청련 이후백

임형택 | 성균관대학교 명예교수, 한문학
심경호 | 고려대학교 특훈명예교수, 한문학
강제훈 | 고려대학교 한국사학과 교수, 조선전기사
김봉곤 | 원광대학교 원불교사상연구원 연구교수, 조선시대 사상사
김학수 | 한국학중앙연구원 한국학대학원 한국사학과 교수, 조선시대사

청련 이후백 靑蓮 李後白
16세기 사림 문화文華를 이끈 지성

초판 1쇄 발행 2023년 4월 1일

지은이 | 임형택 심경호 강제훈 김봉곤 김학수

펴낸곳 | (주)태학사
등록 | 제406-2020-000008호
주소 | 경기도 파주시 광인사길 217
전화 | 031-955-7580
전송 | 031-955-0910
전자우편 | thspub@daum.net
홈페이지 | www.thaehaksa.com

편집 | 조윤형 여미숙
디자인 | 이영아
마케팅 | 김일신
경영지원 | 김영지

값 24,000원
ISBN 979-11-6810-155-5 (93810)

책임편집 | 조윤형
표지디자인 | 이영아
본문디자인 | 김성인

임형택
심경호
강제훈
김봉곤
김학수

청련 이후백

青蓮 李後白

16세기
사림 문화文華를
이끈 지성

태학사

조선은 문으로 빚고 예로 다듬은 나라로 정의할 수 있다. 문치와 예치의 양대 기치를 바탕으로 조선은 주자학적 문명화를 끊임없이 추구하였고, 이런 가치는 현철한 인물들의 협찬을 통해 강한 동력과 함께 지속성을 담보하게 되었다.

이 책의 주인공인 청련(靑蓮) 이후백(李後白)은 16세기 조선의 학술문화적 수준을 한 단계 끌어올린 지성(知性)이자 청직(淸直)을 몸소 실천했던 경세가였다. 그는 전통의 명가 연안이씨 집안에서 태어나 양질의 교육을 받으며 성장했고, 문과 급제 이후 벼슬길에 나아가서는 묵은 폐단을 쇄신하며 관직 사회에 청신한 기풍을 불어넣었다. 뛰어난 학식과 문장 그리고 균형감을 갖춘 현실 대응론은 사림문화를 양성(釀成)하는 자양분이 되었고, 국조유선록(國朝儒先錄)의 명명 과정에서 드러난 탁월한 역사의식은 그가 왜 16세기 사림 사회를 주도하는 리더가 되었는지를 알게 한다.

인물의 역사성을 가늠하는 척도는 행검(行檢)에 있다. 청련은 선언적 주장이나 현학적 담론을 배격하여 학인으로서는 질실(質實)·청담(淸淡)했고, 관료로서는 염결(廉潔)을 행신의 준칙으로 삼아 이를 종신토록 지켰다. 이것이 그의 말과 글 그리고 행위의 자취에 미더움이 실리는 까닭이다.

그의 이러한 삶의 지향은 '청련 가풍'으로 응결되어 충신·문인·학인을 길러 내는 밑거름이 되었다. 청련의 자손들은 강진·해남·영암·무주 등에 세거하며 호남 사대부의 핵심부를 이루었고, 서인 기호학파의 노선을 표방했다. 하지만 이들은 정치·학문적 분화에도 불구하고 영남 본종(本宗)들과의 친연을 굳건히 다져 나가는 한편 퇴계 학풍의 수용에도 매우 적극적 태도를 취했다. 이는 이 집안이 추구했던 개방 및 포용의 가풍과 관련하여 시사하는 바가 매우 크다. 조선 후기 정치·사상사의 실상을 이해함에 있어 이후백과 청련 가문을 특별히 주목해야 하는 이유도 여기에 있다.

이 책에 실린 다섯 편의 글은 지난 2022년 8월 청련 탄생 500주년을 기념하여 한국계보연구회와 연안이씨청련공파도문회가 공동으로 주최한 학술대회에서 발표된 원고를 수정, 보완한 것이다. 당초 이 학술대회는 탄생 500주년이 되는 2019년에 개최할 예정이었으나 코로나19로 인해 순연되는 곡절이 따랐다. 하지만 3년의 세월은 허송이 아닌 원고의 수준을 높이는 숙성의 기간이었고, 임형택·심경호·강제훈·김봉곤 교수님의 옥고는 이런 과정을 거쳐 정치하게 다듬어질 수 있었다.

이 책은 많은 분들의 열성을 바탕으로 출간될 수 있었다. 청련공파도문회의 이철진 회장은 현로불석(賢勞不惜)의 자세로 학술대회를 주선하여 오늘의 결실을 거둘 수 있게 했고, 편집·교정 등 출판 과정을 세심하게 살펴 주신 태학사 관계자 여러분께도 감사의 마음을 전한다.

2023년 3월
연구자를 대표하여 김학수

| 차례 |

연안이씨가의 문화 전통

이후백 및 이의시·이희풍의 저술을 중심으로

임형택

1

연안이씨가와
정양공파(靖襄公派)·문장공파(文莊公派)

"삼한갑족이라면 어느 집안 어느 집안 해도 '연리광김(延李光金)'이라"는 말이 있었다. 연안이씨와 광산김씨를 우리나라 양반으로서 제일로 손꼽는다는 의미이다. 비록 사랑방 담론이긴 했으나 대체로 수긍이 가는 말이었던 것으로 알고 있다.[1]

우리의 전통 사회가 문벌을 중시했던 까닭으로 이런 말도 나왔겠는데, 그 기준은 대체 어디에 있었을까? 물론 법제적 규정이 있었던 것은 아니고, 많은 사람들이 동의하는 준거는 있었다고 본다. 벼슬과 문한(文翰)에다가 빠질 수 없는 것이 범절이다. 이 세 가지가 삼박자로 맞아야만 어엿한 양반으로 행세할 수 있었다.

조선왕조는 당초부터 사대부를 주축으로 성립된 양반·관인사회였기 때

---

1) '延李光金'이란 말이 역사기록으로서는 창강 김택영의 『韓國歷代小史』에 보인다. "時人語曰: '延李光金'. 延李者, … 先世本中國隴西人, 來居延安郡, 光山金氏, 卽金長生之家族也."(권25, 8뒤)

문에 관작이 제일의 기준이 되었던 것은 말할 나위 없다. 문한이란 문학적 교양을 뜻하는바 문학과 학문을 포괄하는 개념이다. 조선의 사대부는 문(文)을 최고의 가치로 숭상했기 때문에 숭문주의 사회를 형성하게 된다. 벼슬보다도 오히려 문한이 중시되었다. 그리고 범절이란 가정의 예의절차 전반을 가리키는 말이다. 가문의 위상과 품위를 떨어트리지 않고 격조 높게 유지하기 위해서는 실제 생활에서 필수로 요망되는 사안이었다. 이는 사실상 여성의 일이었음에 유의할 필요가 있다.

양반문화라고 하면 문한과 범절을 중심으로 이루어지는 것이다. 그런데 문한은 주로 밖에서 남성들의 몫이고, 범절은 주로 안에서 여성들의 몫이다. 양반사회가 남성 위주였던 것은 사실이다. 그렇기에 여성들의 역할과 존재는, 밖으로 드러나진 않았어도 결코 무시될 수 없다는 것이 나의 지론이다. 하지만 양반문화로서 세상에 널리 빛을 발하는 것은 문한이었다.[2] 이 점은 연안이씨가의 경우 또한 다르지 않았다.

연안이씨가의 역사를 정리한 문헌으로 『염주세장(鹽州世藏)』[3]이란 책이 있는데, 여기서 해고(海皐) 이광정(李光庭)의 말로 나와 있는 기록을 먼저 인용해 본다.

우리 이씨는 연안에서 나와 고려 때에 이미 성세가 있었으니 의당 보첩류가 있었을 텐데 알려진 것이 없다. 그래도 다행히 옛 상자에서 호적 몇 장을 얻어 선세 4, 5대를 상고할 수 있으되, 그 형제 및 지파가 밝혀져 있지 않으며, 어느 시대에 시작이 되었는지도 알 수 없다. 여지(興志)에 실린 바로 말하면 연안이씨는 갈래가 셋이다. 휘 귀령(貴齡)·귀산(貴山)은 곧 나의 선조이며, 휘 석형(石亨)

---

2) 양반 가문의 벼슬·문한·범절을 삼박자로 이어 가기 위해서는 그 바탕에 경제적 기반이 전제되어야겠으나, 이 문제까지는 여기서 거론하지 못했다.

3) 『염주세장(鹽州世藏)』이란 책은 미정 초고본으로 덕양재 소장, 내표제는 『尊敬錄』이라고 되어 있다. 원래 전 5책이었는데 마지막 책이 결락된 상태이다.

은 곧 지금 판서 정귀(廷龜)의 선조이며, 휘 숙기(淑埼)·숙함(淑珹)은 곧 지금 연릉(延陵) 호민(好閔)의 선조이다. 이 세 갈래 모두 각기 처음 나온 바를 알 수가 없기로 계통의 근원이 동일한지 여부는 분변할 길이 없다.

세상에 전하는 말이 당나라 이무(李茂)가 소정방(蘇定方)을 따라 백제를 치러 나와 공을 세워서 연안에 채지(采地)를 받아, 연안이씨는 이에 근원하였다고 한다. 연릉 선인의 묘갈(墓碣)에 이 말이 실려 있다. 다만 역사에 분명한 증거가 없으므로 꼭 신빙하기 어려우나 의심이 있는 이대로 전해 두는 것이 좋을 것 같다.

연안을 본관지로 하는 뚜렷한 세 갈래를 간추려 정리한 내용이다. 하나는 해고 이광정(1552~1627), 다른 하나는 월사(月沙) 이정귀(李廷龜, 1564~1635), 또 하나는 오봉(五峰) 이호민(李好閔, 1553~1634, 연릉군의 봉을 받음), 이렇게 세 계통이다. 이 세 분 모두 1600년 전후의 시기에 활동하여 후세에 혁혁한 이름을 남긴 존재이다. 이 세 갈래는 같은 연안이씨라도 세계를 맞출 수 없게 된 사정 및 시조 또한 당나라에서 온 이무(李茂)라고 전해 오고 있지만 역사 기록에 확증은 보이지 않음을 지적하였다. 위의 인용문 가운데 언급된 고려시대의 호적 문서는 사료로서 중요한 것임이 물론이다.

연안이씨 세 갈래 중에서 여기서 논의의 대상으로 잡은 쪽은, "휘 숙기·숙함은 곧 지금 연릉 호민의 선조"라고 한 계통에 속한다. 이숙기는 성종 연간에 호조판서를 역임하고 정양공(靖襄公)이란 시호를 받은 인물이고, 이숙함은 이조참판에 부제학을 역임하고 문장공(文莊公)이란 시호를 받은 인물이다. 정양공의 밑으로 오봉 이호민이 나왔으며, 문장공의 밑으로 16세기에 청련(靑蓮) 이후백(李後白, 1520~1578)이 나왔다. 청련은 오봉보다 한 세대 앞서 활동했던 까닭으로 위 인용문에서는 오봉이 거명된 것이다.

본고는 이후백의 역사적 위상으로 논지를 잡아서 그의 『청련집(靑蓮集)』을 읽어 얻은 소견을 진술한 다음, 덧붙여서 이의시[李宜時, 자 명중(明仲), 호 해동야인(海東野人), 1732~1807]의 저술인 『해동리언(海東俚言)』, 이희풍[李喜豊, 자 성부(盛夫), 호 송파(松坡), 1813~1886]의 문집인 『송파유고(松坡遺稿)』에 대해 거론하려고 한다. 이의시는 정양공파에 속하는 학자이며, 이희풍은 문장공 파로서 청련의 직계후손이다.

이의시의 『해동리언』과 이희풍의 『송파유고』를 이 자리에서 함께 다루는 데 대해서는 설명이 있어야겠다. 『해동리언』은 필사 초고본으로 전혀 알려지지 않은 책이지만 실학적인 저술로 판단되는 자료이다. 『송파유고』는 간행은 되었지만 역시 거의 알려지지 않은 문집인데 시작품의 수준도 만만치 않고 19세기 중엽 국난의 시국에서 시대에 대한 고뇌가 느껴지는 내용이다. 나는 『청련집』과 함께 『해동리언』과 『송파유고』는 연안이씨 가문의 문한 전통을 보여 주는 좋은 사례로 생각하고 있다.

「연안 이씨가의 문화 전통」이란 이 글은 '이후백 및 이의시·이희풍의 저술 을 중심으로」라고 부제를 달았다. 한국의 양반문화를 보다 풍부하고도 폭넓 게 할 수 있는 기회가 되기를 소망한 것이다. 한시에 대한 논의가 삽입된 것 역시 양반문화에서 한시가 빠질 수 없는 부분이기 때문이다.

2

16세기 이후백과 그의 역사적 위상
──『청련집(靑蓮集)』

청련 이후백은 명종에서 선조 연간의 청백리로서 유명한 인물이다. 당시 사대부의 한 전형으로 평가할 수 있는 존재이다.

그는 경상도의 함양 땅에서 생장하여 소년 시절에 전라도의 강진 땅으로 옮겨 와서 호남 사람으로 활동하였으며, 자손들 또한 호남에서 세거하여 호남의 유수한 가문으로 자리 잡기에 이르렀다. 그가 중앙에 진출한 당시는 '사화정국'으로부터 '사림정치'로 이동하는 과도기였다. 이때에 당해서 그는 중요한 역할을 수행한 것이다.

그의 문집으로 지금 전하는 『청련집』은 전부 1책에 불과하다. 그런대로 그의 시 창작과 학문사상의 진수가 담긴데다가 일생의 역정이 기록되어 있다. 이에 주로 『청련집』을 분석 대상으로 삼아서 그가 호남인으로 위상을 갖게 된 경위를 알아본 다음, 중앙정계로 진출해서 수행한 역할과 그의 역사적 위상을 거론할까 한다.

1) 호남인으로 자리매김되는 과정

그의 출생지는 영남의 함양군 개평(介坪) 마을의 우암(牛巖)이란 곳이다. 16세에 강진으로 옮겨 온 이후 문과에 급제하여 중앙 무대로 진출하기 전까지 20년을 전라도에서 학문을 닦으며 교우관계를 가졌다.

영남에서 태어난 청련 이후백

함양의 개평촌에서 지내던 유소년기에 벌써 탁월한 재능을 보였음을 알려주는 일화 두 가지가 연보에 실려 있다. 하나는 8세 때 절에서 공부하던 당시의 일이다. 감사가 그의 재주를 시험하고자 탑 옆에 심어 놓은 소나무를 두고 시를 지어 보게 했다. 이에 즉시 "조그만 소나무, 탑 옆에 서 있는데, 탑은 높고 소나무 낮아 비교도 안 되누나. 사람들 소나무 작다고 비웃지 마오, 뒷날 소나무 자라면 탑은 도리어 낮아지리."[4]라고 읊었다고 한다. 그의 재주가 놀랍기 그지없는데 일찍부터 기상이 범상치 않았음을 느끼게 한다.

다른 하나는 표인(表寅)이란 분의 문하에서 글을 읽던 때의 일이다. 그는 12세로 가장 어려서 말석에 앉았는데 15명의 동학들이 각기 읽는 글까지 모두 배송(背誦)을 했다고 한다. 표인 선생은 학행이 높은 재야의 교육자였다. 문하에서 훌륭한 인재를 양성했던바 청련과 함께 옥계(玉溪) 노진(盧禛, 1518~1578), 덕계(德溪) 오건(吳健, 1521~1574)과 같은 쟁쟁한 인물을 배출한 것이다.

옥계 노진과 청련은 함께 개평에서 생장하여 학문과 명망이 나란히 높았다. 게다가 전라도로 이동하여 호남인으로 자리매김이 된 사실까지 유사하다. 그런데 이 두 분은 공교롭게도 죽음의 길까지 앞서거니 뒤서거니 하였다.

---

4)　이후백, 『청련집』, 「塔松」: "一尺靑松塔畔在, 塔高松短不相齊. 傍人莫怪靑松短, 他日松高塔反低."

옥계가 중앙에서 활동하다가 향리로 돌아와서 세상을 떠났는데, 청련도 같은 시점에서 말미를 얻어 성묘를 하려고 내려왔다가 옥계의 영전에 곡을 하고 돌아와서는 감기를 얻어 하룻밤 새 영면한 것으로 기록되어 있다. 인생의 마지막 길도 고향에서 같이 간 셈이다. 더욱 흥미로운 사실은 옥계 또한 함양에서 가까운 남원 땅으로 넘어가 자손들이 호남지역에 뿌리를 내렸으며, 청련은 더 멀리 떨어진 남도 땅에 정착하게 된 것이다.

전라도 사람이 된 청련의 시인으로서의 위상과 학자적 생활

그가 삶의 공간을 경상도에서 전라도로 이동한 사정은 그의 유사(遺事)와 연보에 같이 기록되어 있다. 그는 16세 때 조모를 모시기 위해 강진 땅으로 옮겨 온다. 이때 조부는 이미 세상을 떠나고 조모 홍씨 부인이 친정인 강진에 머물고 있었다. 청련은 조모를 모시기 위해 강진으로 오게 된 것이다. 조모의 관향은 남양이다. 그는 21세에 역시 남양홍씨와 결혼하는데 조모의 종손녀이다. 당시에는 외족이나 처족 쪽을 따라 사는 것이 관행처럼 되었다. 청련 역시 외족과 처족의 기반에서 자리를 잡았던 것으로 보아도 좋을 것이다.

청련은 24세 때 강진의 박산촌(朴山村)에 새로 터를 잡아 거처를 정한다. "선생이 박산의 산수가 맑고 아름다운 것이 마음에 들어 조모 홍부인을 모시고 이사를 하였다." 그다음 해의 기록에 "선생은 이로부터 절문(切問)·근사(近思)의 학문에 힘써 경전의 뜻과 정주(程朱)의 저술을 전적으로 연구하였다. 이에 원근의 종유하는 사우(師友)들이 자못 많았다."고 나와 있다. 그가 주력한 학문은 오직 성리학으로서 크게 진전하였음을 알게 한다. 32세 때의 기록에 이렇게 나와 있다.

선생은 학문이 날로 진보하여 옥봉(玉峰) 백광훈(白光勳, 1537~1582), 고죽(孤竹) 최경창(崔慶昌, 1539~1583), 동은(峒隱) 이의건(李義健), 고담(孤潭) 이순인(李純仁, 1543~1592), 남계(南溪) 김윤(金胤), 선비 임회(林薈), 선비 윤기(尹箕) 등과 종유

를 하였다. 백공과 최공은 정식으로 예를 갖춘 제자였다. 청계(淸溪) 유몽정(柳
夢井, ?~1593), 건재(建齋) 김천일(金千鎰, 1537~1593) 같은 여러 명유들과도 예론
과 경의(經義)의 의문처를 두고 매양 서간을 주고받으며 토론한바 논리가 정확
한 것이 요즘 사람들의 미칠 바 아니다고 경탄하기도 했다.

위에 호명된 9인은 16세기에 호남에서 명망을 얻은 학인들이다. '종유(從
遊)'란 학문상으로 직접 어울린 관계를 이르는 말이다. 청련과 종유했던 여러
인물들 중에 백광훈과 최경창의 경우 정식으로 예를 갖춘 사제 간으로 강조
되어 있다. 이 두 분은 시인으로 명성을 날려서 『최백시총록(崔白詩叢錄)』이란
시집으로 묶인 바도 있다. 이 시집에 오봉 이호민이 붙인 글에 이 두 사람은
일찍이 청련 이후백의 문하에서 함께 수학한 사실이 언급되어 있다.[5] 백광훈
과 최경창에 이달(李達)이 포함되어 조선한시사에서 '삼당시인'으로 일컬어진
다. 그 자신 당시(唐詩)를 애호했던바 당시풍의 창도자로서 이청련의 존재가
떠오르는 것이다.

유몽정·김천일과는 직접 종유한 관계는 아니었다. 예론과 경학에 대해 서
간을 통해 소통하여, "논리가 정확한 것이 요즘 사람들의 미칠 바 아니다."는
격찬을 받았다고 한다. 이로 미루어 청련의 학문이 도달한 이론 수준이 이미
탁월했음을 짐작할 수 있다.

하서 김인후, 고봉 기대승과의 만남

그 당시 호남의 대표적인 학자로는 하서(河西) 김인후(金麟厚, 1510~1560)와 고
봉(高峰) 기대승(奇大升, 1528~1572)이 손꼽힌다. 청련이 이 두 학자를 심방했

---

5) "崔慶昌 … 少與白光勳遊靑蓮李後白門."(『崔白詩叢錄』의 책머리에 실린 글) 백광훈의 연보(年
   譜)에도 "庚戌, 公年十四歲, 聞靑蓮李公, 以布衣講學于金陵之博山, 就而學焉, 李公每以絶世奇
   寶稱之. 一時有孤竹崔慶昌·尹斯文箕·林斯文薈·金南溪胤, 並有媤切薰陶之益."(『玉峰集』別
   集, 附錄)이란 기록이 보인다.

던 사실이 연보에 특기되어 있다. 하서를 청련은 33세에 찾아갔던바 "이때 하서 김공은 벼슬을 버리고 고향인 장성으로 내려와 있었다. 선생은 공의 출처(出處) 대절(大節)을 존중하여 일부러 찾아가서 인사를 드린 것이다. 더불어 경전의 뜻을 강론하다가 돌아왔다."고 하였다. '출처 대절'이란 하서가 인종의 의문사에서 사화로 이어진 정치상황을 결연히 등지고 향리로 돌아와 있는 그 고결한 자세를 가리키는 표현이다. 청련은 하서의 고결한 자세에 십분 공감하고 존경심을 가졌던 것이 물론이다.

그리고 기고봉을 광주의 본가로 찾아갔을 때 청련의 나이 35세였다. "선생은 소시에 기공과 더불어 시를 짓고 놀아서 사이가 매우 돈독하였다. 이때 이르러 방문, 경전의 뜻을 토론하였다." 청련과 고봉이 소시에 만났다는 데는 전하는 이야기가 있다. 오겸(吳謙, 1496~1582)이 광주목사에 재임할 당시 청련과 고봉 두 사람의 명성을 듣고 같이 불러 자리를 마련했다. 두 분이 다 놀라운 재능을 발휘해서 사람들을 경탄하게 만들었다. 오겸은 "오늘 모임은 참으로 사림의 승사(勝事)라"고 기뻐하였다. 이 고사는 유몽인(柳夢寅)의 『어우야담』에 특기되어 있다. 청련과 고봉은 호남의 학자로서 당대 쌍벽을 이룬 모양이었다.

16세기 호남지방에는 빼어난 문인 학자들이 전에 없이 많이 배출되었다. 일시 휘정(彙征)[6]의 형세를 이루어 인문이 찬란했다. 바로 그즈음 청련은 경상도에서 전라도로 넘어와 폭넓은 교유관계를 가지면서 인재양성에 크게 기여하게 된 것이다. 위의 서술과정에서 여러 인물들을 들었지만 물론 모두 다 호명할 수 없었다. 『청련집』에서 교유한 사실이 확인되지만 호명되지 않은 분들 중에 선배로서 석천(石川) 임억령(林億齡, 1496~1572), 미암(眉菴) 유희춘(柳希春, 1513~1577), 금호(錦湖) 임형수(林亨秀, 1514~1549), 동년배로서 송천(松泉)

---

6) 彙征은 인재들이 일시 무리 지어 진출하는 것을 이르는 말이다. 『周易』, 兌卦: "初九, 拔茅茹, 以其彙, 征吉."

양응정(梁應鼎, 1519~1581), 사암 박순(朴淳, 1523~1589), 그리고 후진으로서 송강(松江) 정철(鄭澈, 1536~1593) 등등이 있다. 특히 유미암에 대해서는 다음에 거론할 예정이다.

이 대목에서 덧붙여 두고 싶은 점이 있다. 16세기 당시 인물이 쏟아져 나왔던 것은 호남과 영남이 마찬가지다. 한반도의 서남부와 동남부에서 '휘정의 형세'가 나타난 모양이었다. 그런 가운데 영남지역을 보면 도학 위주로 되어 좌도에서는 이퇴계(李退溪)가 구심점을 이루었고 우도에서는 조남명(曹南溟)이 구심점을 이루었다. 반면에 호남지역은 도학으로 일색을 이루지 않았던 데다가 구심점도 그렇게 뚜렷하지 못했다. 시문학을 선호하는 등 보다 자유로운 분위기에 도학적 구심점이 형성되기 어려웠다. 그런 분위기에서 청련은 자기 위상을 뚜렷이 갖게 되었다고 볼 수 있다.

2) 사화정국으로부터 사림정치로 이동과정에서 청련의 역할

청련이 문과에 급제한 것은 명종 10년(1555)이었고, 이조판서를 거쳐서 호조판서에 임명되었다가 세상을 떠난 것은 선조 10년(1578)이었다. 이 기간의 전반에는 명종이 국왕으로 있었고 후반에는 선조가 국왕으로 있었다.

조선은 왕을 중심으로 한 체제로서 사대부들이 사회·문화를 주도하는 유교국가였다. 개국 이후 1세기를 경과하면서 연산군이 등장하자 두 차례의 사화가 일어났다. 연산군의 무도한 폭력적인 통치 방식은 유교국가로서는 도저히 용납되기 어려웠다. 하여, 반정(反正)이란 명분으로 지존의 국왕을 축출하기에 이르렀다. 이에 왕조국가는 일단 파국의 위기를 모면하기에 이르렀다. 그런데 훈구·척족세력이 권력을 유지하기 위해 권모술수를 부려서 또 두 차례의 사화가 재연되었다. 기묘사화와 을사사화가 그것이다. 이 지점에서 주목할 사실이 있다. 을사사화를 마지막으로 조선정치사에서 사화라는 형태는 종식이 된 것이다.

이 대목에서 유의할 사실은 을사사화 이후로 지방의 사림층이 중앙으로 꾸준히 진출해 올라오면서 정국이 바뀌게 된 것이다. 청련이 관인으로 활동했던 시간대가 다름 아닌 사화정국에서 빠져나와 사림정치로 옮겨 가는 과도기였다. 이 단계에서 청련이 수행했던 역할을 주목해 보자.

청련의 중앙정계 진입

그가 36세에 문과에 합격하였으니 늦은 편이었다. 그 두 해 전에 하서 김인후를, 한 해 전에 고봉 기대승을 일부러 찾아갔던바 이에 대해서는 앞서 언급했다. 지방 사림의 입장에서 당면한 정세 변화에 어떻게 대응하느냐는 문제도 만나서 대화하는 가운데 자연스럽게 나왔을 터이다. 하서는 기왕에 은둔의 자세를 지키기로 굳게 결심하고 있었다. 청련이 등과한 후 다음번 식년시에 고봉도 합격하여 두 분이 앞뒤로 중앙정계에 진출한다.

청련은 등과를 하자 삼사(三司)의 직책과 이조좌랑을 역임하고 호당(湖堂, 독서당)에 뽑혀 들어간다. 청요직(清要職)의 최고 엘리트 코스를 밟았다. 연보에 이 시기의 활약상을 정리해서, 을사사화의 여파로 사기(士氣)가 저상해 있는 상태에서 원기(元氣)를 부양하는 데 힘썼다고 밝히고 있다.[7] 당면한 역사적 과제는 청련 혼자 감당할 몫이 아니었음은 물론이다. 박응남(朴應男, 1527~1572, 대사헌을 지낸 인물)이란 분의 행장에 이런 기록이 보인다.

을사년에 참화가 일어난 이래 간흉들이 조정에 가득하여 어진 선비들은 숨을 죽이는 판이었다. 이욕이 넘쳐 나고 의리가 가로막혀서 위태로운 형세가 심각한 지경이었다. 공(公, 박응남을 가리킴 ─ 인용자, 이하 같음)은 사암(思庵, 박순)·존재(存齋, 기대승의 다른 호)·청련·황강(黃崗, 김계휘, 1526~1582) 등 여러 분들과 더

---

7) 「年譜」의 경신(41세)년 조에서 "三司職에 계속해 있었다."고 기재한 데 이어서 "時在乙巳斬罰之餘, 士氣沮喪, 先生每入講筵論思之際, 輒請扶植元氣."라고 붙여 놓았다.

불어 동심협력해서 임금의 마음을 바로잡고[正君心], 선비의 기풍을 배양하여 [培士氣] 그 기간을 지탱해서 패망지경에 이르지 않았다. 그래서 명종 말년에 임금이 깨달아 비로소 간흉을 제거하고 풍속이 바뀔 수 있었다. 드디어 공론이 조정에 행하게 되어, 선조 초년에 유풍이 발흥하고 교화가 크게 펼쳐지기에 이른 것이다.

윗글에서 '그 기간'은 을사사화 이후로부터 선조가 왕위에 오르기 직전까지이다. 거명된 5인은 바로 사림적 유형에 속하는 신진 관인들이다. 이분들 중에 3인이 호남 출신이다. 물론 사림적 관인으로 활약한 인물이 위 5인에 국한되지 않았는데, 호남 출신의 비중이 상당했던 것은 분명하다. 당시 선비풍 관료집단의 노력에 의해 사화정국에서 사림정치로 이행하는 길이 닦였던 셈이다.

사림적 관인집단이 주력했던 방향은 국왕의 마음을 흔들리지 않게 하고 사림 자신을 유자로서 일으켜 세우는, 요컨대 도덕적 주체의 확립에 있었다. 지치(至治)의 구현, 곧 유교적 도덕 정치의 이상을 이 땅에 실천하겠다는 의도 그것이었다. 문제는 어떻게 '도덕적 주체'를 확립하느냐. 당연히 공맹(孔孟)의 가르침을 준행하는 데 있다고 확신했던바 공맹의 학을 올곧게 계승한 것으로 여기는 성리학에 그 방법론이 있었다. 우리나라로 와서 성리학을 잘 배워 현실화하려고 했던 학자들이 그 바로 앞에 있었다. 다름 아닌 김굉필·정여창·조광조·이언적이다. 사림정치의 시대로 진입하는 단계에서 이 네 학자의 저술들을 한데 묶어 편찬, 간포한 것이다. 책 이름은 『국조유선록(國朝儒先錄)』이다.

『국조유선록(國朝儒先錄)』

이는 선조 3년(1570)에 홍문관에서 편찬, 교서관에서 간행한 문헌이다. 미암이 주편을 맡고 청련이 서문을 쓴 책이었다. 당시 미암은 홍문관 부제학으로,

청련은 도승지로 있었다. 『국조유선록』은 규모가 4책에 불과하지만 사상사와 정치사에 걸쳐서 의미가 크다. 국왕이 직접 챙겨서 편찬이 시작되었던바 서문 또한 국왕이 직접 지명해서 그가 집필하게 되었다. 서문은 이렇게 시작되고 있다.

… 우리 임금이 왕위에 오르신 3년, 이때에 밤늦도록 국정을 바로 세우기 위해 경연자리가 열렸는데 특히 성리의 학문에 유의하셨다. 그러던 어느 날 석강을 마칠 때 부제학 유희춘에게 "이언적의 문집은 내 이미 보았다. 김굉필·정여창·조광조는 불세출의 현인인데 어찌 저술이 없겠느냐. 너희가 나를 위해 수집해 오도록 하라."고 말씀하셨다. 유희춘은 황공히 명을 받고 물러나 옥당(玉堂)의 유자들과 자료를 수집하여 정리하는 한편, 아울러 행장 및 유사를 엮고 편차와 범례를 『이락연원록(伊洛淵源錄)』에 따라서 하였다. 전 작업과정을 임금께 누차 품의해서 진행한 것이다.

『국조유선록』이 국왕의 특지로 만들어진 책임을 분명히 알게 한다. 그에 앞서 경위가 있었다. 바로 전날 성균관=국학의 학생들이 대궐문에 나아가 진유(眞儒) 4인을 문묘(文廟)에 종사(從祀)할 것을 주장하는 상소를 올렸던바 위지시가 내려진 것이다. '진유 4인'이란 김굉필·정여창·조광조·이언적이다. 김굉필과 정여창은 갑자사화에, 조광조는 기묘사화에 죽임을 당했으며, 이언적은 을사사화에 변방으로 귀양을 갔다가 돌아오지 못하고 죽었다. 문묘종사를 주장한 것은 사화에서 당했던 억울함을 신원해 달라는 것이 일차적이지만 그보다 훨씬 중대한 의미가 있었다. 문묘종사란 국학의 정신적 지주인 공자를 모시는 문묘에 우리나라의 선현을 뽑아 배향하는 조처이다. 문묘종사가 되고 보면 유교국가에 있어서 최고의 명예와 권위가 부여되기 마련이므로 당연히 사림의 표본, 학문의 지침이 되는 것이다. 『미암일기』를 보면 『국조유선록』이 편찬되는 전후의 과정이 구체적으로 상세히 서술되어 있다. 국왕의 지시를 받고 미암 자신 "성상께서 현인을 좋아하고 유학을 숭상하는 정성이 지극하시다. 근세의 임금들에게서 들어 보지 못한 말씀이다."[8]고 감격하였다.

『국조유선록』의 편찬과 문묘종사 문제는 동시에 추진된 일이었다. 청련의 서문에 그 취지가 명료하게 나와 있다. 즉 국왕의 입장에서 이 책은 네 분 진유가 옆에 있어 "한결같은 성스러운 마음을 가지고 성덕으로 인도하는[一聖心 導聖德]" 의미가 있으며, 사림의 입장에서 이 책은 "송독하고 우러러보는 [莊誦景仰]" 자료가 되는 것이었다. 그러니 중국의 낡은 책만 들추어 보는 것과는 비교할 수 없는 효과가 기대되었다. 근본적인 차원에서 학풍의 개조와 정치개조를 통한 '지치의 실현', 그 이상적 경지를 『국조유선록』의 영향력 확대에 걸었던 모양이다.

사림정치와 당쟁

그는 사림정치의 시대를 열기 위한 과제를 명확히 인식하여 이론을 제출하고 실천한 관인이었다. '인사가 만사라'는 말은 예나 지금이나 그대로 통하는 말이다. 그 역시 인사문제를 중대시하여 엄정히 공도를 지킨 것으로 명성이 높다. 인사행정의 수장인 이조판서를 역임하기도 했다. 그런데 사림정치의 시대는 유감스럽게도 바로 당쟁의 시대로 이어졌다. 세상에서 흔히 당쟁 때문에 나라가 망했다고 말하듯, 당쟁이 꼭 역기능만 했던 것은 아니고 순기능도 없지 않았다. 하나 당쟁이 악성 고질병이 되었던 것은 부인하기 어려운 사실이다.

이 대목에서 근본적으로 성찰할 점이 있다. 붕당은 도학=성리학을 숭상하는 정치·사회에 있어서는 생리적으로 발생하기 쉬웠다. 사림정치로 전환하면서 붕당이 일어나기 딱 좋은 조건이 갖춰진 셈이다. 문제는, 당파적 견해와 이해의 대립·갈등은 아무래도 불가피한데 이를 어떻게 조절하고 해소하느냐에 달려 있다. 그 해법은 요컨대 공도이다. 동서의 분열은 청련이 서거하기 3년

---

8)   柳希春, 『眉巖日記草』 제2책, 177쪽(朝鮮史料叢刊 8, 조선사편수회, 1938).

전인 1575년에 발단되었던바 격화되는 쪽으로 발전한 것이다. 당쟁과 관련된 일화 한 토막을 들어 보자.

선생이 돌아가시고 나서 갑신·을유년(1584~1585) 사이에 당론의 분쟁이 걷잡을 수 없는 지경에 이르렀다. 한때의 명류들이 장령 기대정(奇大鼎)의 집에 모였는데 이발(李潑) 또한 좌중에 있었다. 어떤 사람이 "요즘 당론이 이 같은데 언제나 진정될 것이오?"라고 말문을 열자, 누군가 "이모(청련을 가리킴, 인용자. 이하 같음)가 지금 있으면 진정될 것 같소?"라고 물었다. 이에 이발이 말했다. "그렇지요. 대개 사론(士論)이 바르게 되지 않는 것은 사람을 천거하는 일이 공정하지 않기 때문입니다. 이 대감이 이조판서로 계실 적에 내가 낭관으로 있었는데 매양 주의(注擬, 관인 후보자의 명단을 작성하는 것)를 할 적에 아무리 평소 절친한 사이라도 공론에 부합하지 않으면 쓰지 않았고 아무리 모르는 사이라도 공론에 부합하면 놓치기 아까운 듯이 써 올렸지요. 무릇 인사를 이처럼 공정히 처리하면 어찌 안정되지 못할 이치가 있겠소. 이 대감이 오래 (이조판서에) 있으면 사론이 귀일되고 조정도 화평하게 될 것이오." 이발은 선생을 흠모하는 사람이 아니었음에도 말이 이러했다.[9]

청련이 지금 생존해 있다면 당쟁이 이토록 격화되지 않았을 것이라고 말했던 이발(李潑, 1544~1589) 역시 전라도 광주 출신으로 당대 명사였다. 그 자신이 기축옥사(1589)에 걸려들어서 억울한 죽임을 당했다. 당쟁의 희생물이 된 것이다. 정치적 대립·갈등은 없을 수 없다. 더구나 사림이 주도하는 정국이 되면 붕당 형태로 대립하는 양상은 불가피한데, 이 난제를 해결하고 조절하는 방도는 무엇보다도 공정을 기하는 데 있었다. 청련이 치력했던바 '공도의 실천' 그것이었다.

---

9) 『靑蓮集』권3, 「年譜」, 49쪽.

3

18세기 이의시의 실학적 저술
──『해동리언(海東俚言)』

『해동리언』은 목민서에 해당하는 『거관요결(居官要訣)』과 국정 전반에 대해 논한 『동국정론(東國正論)』의 2편으로 묶인 책이다. 모두 1책으로 45장에 불과하지만, 경세학의 저술로서 실학적인 내용으로 평가할 수 있다.

1)『해동리언』과 그 저자 이의시

이 문헌은 내가 20년도 전에 서울 인사동의 어느 고서점에서 발견하여 입수해 둔 것이었다. 표지도 떨어진 상태였는데 맨 앞에 보이는 자서를 통해서 저자는 성명이 이의시(李宜時)이고 호를 해동야인(海東野人)이라 했으며, 본관이 연안이씨로서 영남 사람인 줄을 알 수 있었다. 영남지역의 경우 실학적 저술은 찾아보기 드문 편이어서 더욱 흥미롭게 여겨졌다. 하지만 과문한 나는 전혀 들어 보지 못한 사람이고 처음 보는 책이어서 그냥 책장 속에 처박아 두었다. 마침 그 저자가 연안이씨 정양공파에 속하는 인물임이 확인되어, 이번 기회에 아울러 소개하게 된 것이다. '연안이씨가의 문화 전통'이 성취한 하나의 중요한 사례로 여겨지는 때문이다.

『해동리언』 서문의 첫 문장이 "무릇 '해동'이란 우리 동국의 칭호이며, '이언'이란 야인의 비속한 말이다."라고 되어 있다. 그 스스로 해동야인이라고 했거니와, 저술 주체의 자기 인식이 선명하다. 즉 자신은 중국 중심의 세계에서 동국인인데, 동국에서도 재야에 위치한 존재임을 각성하고 있다. 이어진 글은 이렇다.

나는 교남(嶠南, 영남의 별칭)의 궁벽한 고장에서 초야의 누추한 가운데 생장한 사람이라, 식견이 부족하여 어로(魚魯)를 분변하는 정도이다. 다만 사리와 정의가 어디 있는 줄 알고 있으니 어찌 빈천한 처지라 해서 고궁(固窮)의 태도만을 지키고 있을 것이랴! 이런 중에 약간의 저술이 있다. 하나는 젊은 시절부터 머리가 하얀 고령에 이르기까지 산수 간에 노닐고 친구들과 어울릴 때, 한가롭고 무료하게 지내는 사이에 읊고 수창한 시편들이 있어 『해동리음(海東俚音)』이라 한 것이다. 또 하나는 일상에서 지은 것으로 일을 기록한 글이나 누구에게 준 글이 있어 『해동리문(海東俚文)』이라고 한 것이다.

『해동리언』 말고도 시집으로서 『해동리음』, 산문집으로서 『해동리문』이 있었음을 알게 한다. 『해동리음』과 『해동리문』을 합치면 당시 문인들이 일생의 저작들을 한데 묶어서 남기는 통상적인 문집이 된다. 그는 당시의 관행을 따르지 않고 시문을 분리해서, 『해동리음』과 『해동리문』으로 표제한 것부터도 색다르다. 게다가 따로 본격적인 저술을 한 것이다. 이 저술에 대해 스스로 각별한 의미를 부여하고 있다.

또한 이는 우국우민의 진정으로 가슴속을 짜내서 두 편을 구성하니, 『거관요결』과『동국정론』인데 합해서『해동리언』이라고 이름한 것이다. 대개 맹자의 '제동야인(齊東野人)의 말'이란 뜻을 취하였다. 초야에 있는 이 사람의 말을 위에 올려 국중에 널리 알려져서 이 방도가 채용되고 정책으로 시행된다면 태평의 세상을 기대할 수 있고 국운이 장구하여 무한한 아름다움을 볼 수 있게 될 것이다.

윗글은「해동리언서」의 전편을 끝맺는 단락이다.[10] 저자는 자신이 제출한 방안과 정책이 나라에 접수되어 실행된다면 태평성대가 열릴 수 있을 것이라고 크게 자부한다. 초야의 식견이 부족한 사람이라고 스스로 겸손한 태도를 보이지만, "사리와 정의가 어디 있는 줄 알고 있[知理義之所在]"다면서 주장을 아주 강하게 내세우고 있는 것이다. 시골 사람의 사기과시처럼 여겨지는 면도 있으나, 재야학자의 우분과 진정성을 십분 느끼게 한다.

이의시의 저작집 3부 중에서『해동리음』과『해동리문』은 지금 구해 볼 길이 없으며, 오직 이『해동리언』이 필자의 수중에 있을 뿐이다. 그의 인적사항은 요즘 제공되는 정보에서는 찾아지지를 않는다. 다만 근래 간행된『연안이씨세보』에 그의 이름이 올라 있기로, 가계에 대해 언급하면서 그의 개성적인 학인의 면모를 유추해 볼까 한다.

---

10)「해동리언서」의 전체 원문은 이러하다.
"夫海東者, 唯我朝鮮國之稱也. 俚言者, 野人鄙俚之言也. 余居嶠南僻陋之鄉, 而生長草茅蓬蓽之中, 蒙無見識, 粗解魚魯, 但知理義之所在, 豈嫌貧賤之固窮. □□□ 尙有如下著述. 一, 則自靑春妙齡, 至于白首□□, 其於山水遊觀之日, 朋儕聚會之時, 閒居□□□際, 等閒吟詠, 唱和詩篇, 名之曰海東俚音. 一, 則其於凡常文字之間, 或有記事之文·書事之文·贈人之文, 名之曰海東俚文. 且此篇, 則以憂國憂民之誠心, 瀝出肝隔, 構成二冊子, 合而名之曰海東俚言. 蓋取鄒夫子齊東野人之言之義也. 以此芻蕘之言, 獻于軒陛之下, 而頒行國中, 用此道行此政, 則太平之治可期, 而國祚靈長, 可見無疆之休矣. 崇禎甲子冬之日 海東野人 延安 李宜時序"
중간에 글자가 마모된 부분이 있어서 부득이 문맥에 따라 보충해 번역했다. 끝의 '숭정 갑자'는 순조 4년, 즉 1804년에 해당한다.

이의시의 가계, 그의 지식인으로서의 성격

족보상에 이의시는 자가 명중(明仲)이고, 1732년에 태어나 1807년 세상을 떠났으며, 부인은 기계유씨로 묘소는 거창군의 북성령(北城嶺)에 함께 있는 것으로 나와 있다. 그의 학문이나 저술에 관련해서는 족보상에 기록이 전무하다. 반면에 그의 맏형 이의조[李宜朝, 1727~1805, 자 맹종(孟宗), 호 경호(鏡湖)·명성당(明誠堂)]를 보면 그의 학문에 관해 상세히 기재되어 있다. 운평(雲坪) 송능상(宋能相)의 문인으로 이조참의에 성균관 좨주(祭酒)의 증직까지 받았다. 제자를 많이 길러 '경호선생'으로 일컬어졌으며, 저술로는 문집과 『가례증해(家禮增解)』가 있는데 『가례증해』는 간행되어 그 판목이 경상북도 문화재로 지정받았다는 사실도 첨부해 놓았다. 역사 기록에서도 『가례증해』는 높이 평가받던 사실이 확인된다.[11]

각종 인물정보에 이의조는 아우 이의시와 전혀 다르게 여러 사항들이 제공되어 있다. 하나만 들어 보자면, 어사로 경상도를 다녀온 황승원(黃昇源)이 "지례(知禮) 유학 이의조와 그의 아비 이윤적(李胤績)은 행의(行誼)가 도내에 소문이 나 있다."(『실록』 정조 3년 6월 14일)고 보고서에 올린 것이다. 지례는 지금 경상북도 김천시에 속한 지명인데 이 가문이 살던 고장이다. 부친 이윤적은 족보상에 도암 이재(李縡)의 문인이며, 숭례처사(崇禮處士)라는 일컬음을 받은 것으로 나와 있다. 『가례증해』는 부자가 대를 이어 완성한 저술이었다. 기호학계에서 송능상과 앞뒤로 저명한 학자인 성담 송환기(宋煥箕)는 이의조의 행장(行狀)과 『가례증해』의 서문을 짓는다. 서문에서 송환기는 저술 내용을 평가하면서 부친의 유업을 계승하여 완성한 것을 높이 찬양하고 있다.

연안이씨 정양공파는 영남의 지례 지역에 세거하면서 문한전통을 떨어트

---

11) 창강 김택영은 정조 시기 영남학계의 상황을 설명하면서 大山 李象靖을 중요시하였다. 그리하여 그 문인 柳長源에 의해 완성을 본 『常變通攷』를 든 다음, 李宜朝의 『家禮增解』와 함께 평가하고 있다. "又嘗類輯古今禮說, 名曰『常變通攷』, 屬長源以成之, 凡三十卷. 同時李參奉李宜朝所編『家禮增解』二十卷, 與之幷行. 朝鮮士大夫之禮, 於是大備."(『韓史綮』 권5, 2장 뒤)

리지 않고 이어 왔다. 이 가계는 주로 기호 노론가의 학자들과 종유한 것이다. 남인이 중심을 형성한 영남학계의 전반적 분위기와는 사뭇 다른 양상이다. 지례 지역에 세거한 연안이씨가는 중앙의 기호학계와 연계된 반면 영남학계의 중심부로부터는 소외될 수밖에 없었던 것으로 보인다.

『해동리언』의 마지막 면에 안옥(安沃)이란 친구가 이 책에 붙인 시편이 적혀 있다.[12] 7언율시 2수인데 그중에서 두 구절만 들어 본다. "국사를 조목조목 논술하는데 온통 눈물이요, 민정을 낱낱이 거론하니 글자글자 근심이로다.[條陳國事偏偏淚, 枚擧民政字字憂.]" 그야말로 '우국우민'에 눈물이 어렸고 고민이 담긴 것이라고 한다. 전자는 『동국정론』을, 후자는 『거관요결』을 염두에 둔 시적 표현이다. 이의시는 자신이 대면한 현실에 비분하는 비판적 지식인의 모습이다.

이의시의 비판적·개혁적 학풍은 결과적으로 실학적 경향을 띠게 되었다. 이러한 그의 지식인으로서의 성격과 학문은 특히 보수적인 분위기 속에서 공감을 일으키는 데는 한계가 엄연할 수밖에 없었다. 그는 좋게 말해서 '호걸지사'라는 일컬음을 받기는 했어도[13] 널리 호응을 받고 후세에 기억되는 인물이 되기는 어려웠다. 예학·성리학을 위주로 했던 그의 형 이의조와 같은 존재감을 이의시는 갖지 못한 것이다.

---

12) 원제는 「情友康津安沃題詩于篇末」로 되어 있다. 안옥이란 사람은 이의시와 가까운 사이임을 알겠는데, 여기서 강진은 그의 본관이다. 안옥은 조사해 본바 합천 땅에 살았으며, 생몰년은 1739~1812년이다.

13) 뒤에 소개하는 「上城主尹侯書 陳達捄弊論」에 知禮縣監이 이의시를 상대해 보고 '호걸지사'로 지칭했다는 말이 나온다. "昔者民與閤下相對時, 累次稱民以豪傑之士, 而如民者不過曰 狂妄之人而止耳. 豈敢當豪傑之名乎."

2) 『해동리언』의 분석

『거관요결』

이 저술은 목민서에 속하는 내용이다. 목민서라면 지방관의 행정실무를 위해 엮어진 책이다. 따라서 대체로 실무적이고 기능적인 성격을 띠게 마련이다. 정다산의 『목민심서』 또한 목민서로 분류되긴 하지만 실무적·기능적 차원을 훨씬 넘어서, 『경세유표』·『흠흠신서』와 짝을 이루어 경세학의 중대한 의미를 담고 있다. 이 『거관요결』은 전체 32조로 군현을 다스리는 요목을 진술한 소책자이다. 그렇지만 이 역시 일반 목민서류와 달리 원론적인 문제를 의식하면서 개혁적 주장을 적극적으로 펴고 있다. 끝에 부록처럼 「구폐론(捄弊論)」이란 제목으로 한 편의 논설을 붙여 놓았다. 자기가 사는 고을에서 백성들에게 가해지는 폐해를 따져서 시정책을 강구한 내용이다. 고을의 관장에게 올리는 글로 작성한 것이었다.[14] 이 글이 단적으로 말해 주는바 『거관요결』은 지방민의 입장이다. 목민서류 일반이 관장인 치자의 입장에서 엮어진 것임에 대해 『거관요결』은 피치자인 민의 입장을 대변하고 있다.

『거관요결』에서 역점을 두었던 획기적 제언을 딱 하나만 들어 보면 면장제다. 면장은 현행의 제도에서도 최하부 행정단위의 장이다. 그런데 조선왕조시대에는 면이란 명칭은 있었어도 딱히 면장이란 직명은 있지 않았다. 대신 풍헌(風憲)이다, 집강(執綱)이다, 존위(尊位)다, 면임(面任)이다 하는 등등의 명목이 있었다. 면이란 단위에 이처럼 명목이 각색으로 나오는 것은 공직으로서의 위상을 갖지 못했던 때문이 아닌가 싶다. 『거관요결』에서 면장이란 직명을 표출, 중요한 역할을 부여하려 했던 점은 의미가 적지 않은 것으로 여겨진다.

---

14) 제목은 「上城主尹侯書 陳達捄弊論」이라 했으며, 시점은 "乙丑 正月日"로 밝혀져 있다. 을축년은 1805년에 해당한다. 원문에서는 이 연기에 지우는 표시를 해 놓았다.

먼저 면장이란 직책에 어떤 역할을 부여했는지 보자. 청송(聽訟), 학교, 풍화(風化)의 세 항목이다. '청송'이란 면내에서 일어나는 다툼에 시비를 가려 공정하게 판결하는 일이다. 중대사는 관장에게 보고, 처리하는 것으로 되어 있다. '학교'는 지역의 사부가 자제 및 민간의 준수한 아이들을 교육하는 일인데 면장이 직접 담당, 지도하도록 하고 있다. '풍화'는 향촌의 질서를 유지하기 위해 윤리를 어기고 풍속을 해치거나 행패를 부리는 등의 행위를 단속, 처벌하는 일이다. 그리고 관장을 보좌하여 자문하는 일이 덧붙여져 있다.

이 면장은 어떤 자로, 어떻게 정할 것인가? "고을 안의 사군자(士君子)로 지혜도 있고 문한도 있으며, 사리도 알고 풍의(風儀)가 훌륭한" 사람을 선임한다고 하였다. 선임 방법은 향회(鄕會)에서 공론을 좇아 택정해야 할 것으로 되어 있다. 면장은 지역의 양반으로서 명망과 학식을 갖춘 인사를 택하여 그 역할에 상응하는 위상을 갖도록 의도한 것이었다.

면장제 도입을 주장하는 정합성은 어디에 있었던가? 왕정체제 자체가 온 나라의 모든 지역을 국왕이 일일이 보살필 수 없는 노릇이기에 왕의 대리자로서 관장을 보내 고을의 일체 정사를 총괄하도록 위임한 터였다. 마찬가지로 고을 안에서도 사방의 풍토와 실정이 같지 않은 데다가 관부까지의 거리가 있어 이런저런 불편이 발생하기 마련이므로, 역시 관장의 대리자로서 면내의 제반 업무와 권한을 맡도록 하자는 취지였다. 거기에 자치적인 의미를 곁들이고자 한다. 이 점이 특히 주목된다.

면장은 향회에서 뽑도록 설계되어 있었다. 향회는 고을에 따라 관행적으로 있었던 자치적인 조직체였다. 향회의 회원은 대체로 그 지역에 뿌리가 있는 사족이어야 될 수 있었다. 이 향회에 면장의 선발권을 주어 향중에서 지체도 있고 학문도 있는 사족이라야 면장이 될 수 있도록 설계한 것임을 짐작게 한다. 면장제는 자치적 의미를 담으면서 사족 중심의 향촌 질서를 의도했던 것으로 생각된다.

『거관요결』의 저자는 신분질서를 염두에 두고 있었다. 면장이 면내의 모든 일을 혼자 감당할 수 없음은 물론이다. 그래서 역시 행정업무를 보조하는 이임(里任)을 두고 치안을 담당하는 사령을 두도록 했던바 이임의 경우 중로 평민(中路平民)으로 자격이 규정되어 있다. 면장과 이임은 지위의 고하가 있는데 그에 따라 자격부터 반상(班常)의 구분을 분명히 지어 놓고 있다. 위에서 『거관요결』은 피치자인 민의 입장을 반영한 것으로 말했다. 향리의 사족 중심으로 자치제적 성격을 갖는 면장제를 통해서 민의 입장을 대변하는 방식을 구상한 것이었다. 이 면장제에는 향촌 내에서 사족, 즉 양반의 위상이 인정되고 있었다.

『동국정론』

앞의 『거관요결』이 군현 차원에서 논의한 내용임에 대해 『동국정론』은 국가 차원에서 국정을 논의한 것이다. 위로 임금과 나라[君國]를 걱정하고 아래로 억조 백성을 걱정하여 지었다고 스스로 표명했듯, 우국과 우민을 분리해서 생각할 문제가 아니었다. 논의의 차원이 다를 뿐이다. 경세학이라고 하면 양자가 구비되어야 함이 물론이다. 정다산은 『경세유표』와 『목민심서』로 짝을 이루었는데 그보다 한 세대 이전의 재야학자 이의시는 『동국정론』과 『거관요결』로 짝을 맞춘 모양새였다.

> 나는 해동의 일개 포의(布衣)이다. 초야에서 허름하게 살아가는 처지로 경전을 널리 읽어 천고의 성현들의 말씀을 가슴에 새겼고 역사서를 두루 살펴 역대 제왕들의 사적이 눈에 들어 있다.

'해동야인'으로 자호했던 저술주체의 지식인으로서의 자아의식이 뚜렷하다. 우리 청구(靑丘)의 영역에 군주국가가 성립되어 흥망성쇠를 거듭한 과정이 중화와 다름없다고 한다. 비록 중국 중심적 사고에 의해 중국을 모의한 형태로 간주한 것이긴 하지만, 그의 자아의식 속에는 민족공동체에 대한 의식이 담겨 있다. 특히 한양에 수도를 정한 조선왕조 이래 예악문물이 훌륭하게 정비되어 하나의 문명국을 이루게 된 것으로 본다. 그런데 이 나라가 여러 백 년을 경과하는 동안에 허다한 병폐가 발생한 것으로 현실인식을 하고 있다. 그가 가장 통탄하는 바는 소수의 문벌세족들이 권력을 장악해서 국정이 문 란하게 된 데 있었다. 모든 병폐가 여기서 비롯되었다는 생각이다.

『동국정론』은 전체 13개조로 구성되어 있다. 그중에 국정제도를 구체적으로 들어 따진 것은 10개조이다. 대체로 제도의 운영상에서 발생한 문제점을 지적하고 그 해결책을 제시하는 방식으로 서술되어 있다. 국정제도의 전면적 개혁을 사고한 것은 아니나, '구폐(救弊)'를 위해서 진지하게 논의한 내용이다. 그런 가운데 가장 흥미롭게 보이는 주장 한 가지를 소개한다. 각 지방의 백성들이 당하는 고통이며 억울함을 직접 임금님께 호소하는 방식을 제안하고 있다.

만약 참으로 임금님께서 민간의 은폐된 실상을 아시고자 한다면 팔도 감사를 통해 여러 고을의 수령들에게 이 뜻을 하달, 방방곡곡에 효유하되, "모월 모일에 성상께서 몸소 남대문 문루에 납시사 초야에서 올리는 글을 접수하신다."고 공고하자는 제언이었다. 이에 붙인 설명은 이러하다.

민간의 질고폐막(疾苦弊瘼)을 신민들로 하여금 일일이 조목조목 봉사(封事)에 적어 진술하여, 일제히 기일에 맞춰 도성으로 올라와서 성상 앞에 바치기를 마치 소지(所志, 고을 백성들이 원님에게 올리는 문서)를 올리듯이 하면 사방 백성의 실정이 구중궁궐의 깊은 곳에 도달하게 될 것이다. 중간에 저지 방해하는 자가 있으면 응당 중죄로 다스릴 일이다.

"국가는 다스려질 날이 없고 백성은 편안할 때가 없기에, 밤낮으로 머리를 짜내 떠오른 하나의 좋은 도리"라고 하여 내놓은 안이었다. 물론 각 고을 수령의 정사를 감사로 하여금 고과하도록 하고 또 임금이 암행어사를 파견하여 민정을 감찰하도록 하는 제도적 장치가 마련되어 있었다. 하지만 문벌이 좌지우지하는 세상에서는 별로 효과를 보지 못한다고 말하였다. 백성의 실상을 그대로 임금께 알리는 데는 이 방법이 최선책이라고 한다.

국왕이 중대사에 당면해서 조야에 의견을 묻는 '구언(求言)'이란 제도가 있었다. 이에 화답한 것이 응지소(應旨疏)다. 정조의 치세에는 이 방식이 활성화된 편이었다. 『동국정론』이 제안한 방법은 이를 하부로 확대해서 민간의 원한과 소망이 가감 없이 국왕에게 전달될 수 있도록 하자는 의도다. 민과 임금이 직접 소통하는 형식이다.

이의시는 당면한 현실에 대해 다분히 비판적이었고 불만도 컸다. 향촌에 만연한 질고폐막은 평민들만 아니라 사족들도 많은 부분 같이 겪어야 했다. 그가 자기 고을의 관장에게 올린 「구폐론」은 일종의 소지(所志)였다. 관장에게 건의하는 방식은 한계가 분명했으므로 임금께 직접 소통하는 방법을 고안한 것이었다.

이의시가 『거관요결』과 『동국정론』 두 편으로 엮은 『해동리언』을 저술한 것은 19세기 초였다. 19세기 중엽 임술민란이 일어나서 삼남지방이 크게 동요하였던바 민란의 요인은 삼정(三政)의 문란에 있었다. 삼정문란은 그보다 반세기 앞서 이의시가 「구폐론」에서 적시했던 그 문제였다. 임술민란 당시에도 각 지역 운동의 지도층은 대체로 재야 지식인들이었다. 한편 이때에도 나라에서 '구언'을 하여 삼정책을 주제로 한 응지소들이 많이 제출되었다. 이의시란 존재는 민란을 주도했던 재야 지식인과 의식이 기본적으로 통하는 한편, 그의 발언은 삼정책의 선성이 되었던 셈이다.

4

19세기 이희풍의 시대정신과 시
──『송파유고(松坡遺稿)』

『송파유고(松坡遺稿)』는 이희풍(李喜豊)이 남긴 문집 형태의 저술이다. 시 216수, 문 20수, 잡저 약간 편이 수록되어, 3권 1책의 많지 않은 분량이다. 1907년 목활자로 간행되었으나 보급이 별로 되지 못했던 듯하다. 마침 이 책이 우리 가장서에 들어 있어서 접하게 되었다. 해서 나는『이조시대서사시』를 엮을 때 '국난과 애국의 형상' 부분에 '어재연 장군을 애도하는 노래'(「哀魚將軍」) 1편을 뽑아 넣었던 것이다.

　『송파유고』에는 끝에 행장이 실려 있어 그 인적사항을 대략 짐작할 수 있다. 그는 전라도 무주의 우사(寓舍)에서 순조 13년에 태어났다고 한다. 어떤 경위인지 알 수 없으나, 그의 집이 한때 무주 땅에 있다가 해남의 송정(松汀)으로 환고향을 했던 모양이다. 이후 그의 생애가 호남 연안이씨가의 중심인 송정마을에서 이루어져 호를 송파라고 하였다. 집안 형편이 어려워서 글공부에 전력할 수 없었음에도 15세에 이미 경사(經史)와 백가(百家)에 박통하였고 특히 시에 빼어났다. 벼슬 한자리 못 해 이렇다 할 지위는 없었음에도 사람들에게 송파선생으로 일컬음을 받았다. 그 당시 호남의 대표적 학자일 뿐 아니라 전국적인 명성을 얻은 학자는 노사(蘆沙) 기정진(奇正鎭)이었다. 노사가 "매양 사람을 만나면 송정 이모의 안부를 물었으며 '그는 호남의 제일인이라'고 칭찬했다."[15]고 한다.

그가 세상을 떠난 것은 고종 23년이다. 그의 생애는 1813년에서 1886년에 걸쳐 그야말로 내우외환의 시대를 살았다. 당시 왕조체제가 무너지고 있었다. 내적인 붕궤에 그치지 않고 외세로 인한 국가민족의 위기가 눈앞에 닥치고 있었다. 외세란 다름 아닌 서양이다. 서구 주도의 세계로 휩쓸리는 판국이었다. 이후 오늘로까지 이어진 전 지구적 상황이다. 이에 먼저 그의 서양관에 눈을 돌려 볼까 한다.

1) 서양에 대한 인식논리

16세기 무렵부터 전 지구적으로 움직이기 시작한 서세가 한반도를 포함한 동북아시아 지역에 공격적으로 진입해서 위기가 초래된 것은 19세기에 이르러서다. 서양이란 어떤 성격이며, 우리로서 어떻게 대응해야 할 것인가? 19세기의 시간대가 진행됨에 따라 가일층 점증하는 난제가 이것이었다. 이희풍은 비록 먼 시골의 일개 선비였음에도 역사적 난제 앞에서 고민하여, 「만설(漫說)」이란 표제로 필기 형식의 글을 지었고, 친교가 있는 무장인 신헌(申櫶)에게 따로 편지를 보내 논하기도 했다. 단편적이고 체계적이지 못한 점은 있으나, 서양에 대한 인식의 논리와 대응방향이 선명하다.

서양인은 선박을 잘 운용하여 멀리 진출하기를 좋아하니 대개 저들 습속이 그

---

15) 『松坡遺稿』, 「行狀」(趙重觀 지음): "翁, 篷學淸操, 南方之所模楷. 蘆沙奇先生正鎭, 嘗少許可, 每逢人輒問松汀李某安否, 是湖以南一人也."

러하다.

— 『송파유고』 하, 「만설(漫說)」, 24~26장, 이하 같음

「만설」이 시작되는 첫 문장이다. 이른바 대항해시대를 열었던 서양인의 특성을 정확하게 포착한 발언이다. 이어 전 지구적 세계를 이렇게 표현하고 있다.

이마두(利瑪竇)는 사해를 주유해서 보지 않은 것이 없는 정도인데 천하에는 오대주가 있다고 말한다. 중국과 사방의 한자권은 아시아주라 하며, 서양의 70여 국을 구라파주라 한다. 그리고 삼대주가 아시아와 구라파의 사이에 산재해 있다.

이는 대항해시대 이래 서양인의 경험에 의해서 구성된 세계상이다. 전래의 '중국중심세계'는 전 지구적 세계의 일부에 지나지 않음을 인지하게 되었다. 저 구라파주에 거주하는 서양인을 어떻게 평가하느냐, 이것이 그에게 던져진 의문점이었다.

일찍이 듣건대 윗길 가는 자들은 결혼도 않고 정결한 자세를 지키며 아래쪽은 남녀가 뒤섞여 지내 풍속과 교화를 어지럽힌다. 상급 부류는 더불어 도를 논할 수 있으나 하급 부류는 짐승만도 못하다. 야소(耶蘇)와 이마두 등이 이교(異敎)를 선도한바 저들 나라에서 도가 있는 자로 일컬어진다. 필시 능히 깨끗한 마음으로 욕심을 부리지 않아[淸心寡慾] 사물의 이치를 꿰뚫어 볼 수 있다. 이렇지 않고서야 어찌 도가 있다는 말을 들을 것인가. 지금 저들 무리가 이익을 좋아하고 색을 탐해서 절제가 없는 것은 본뜻이 아닌 것 같다.

'이교'라고 지칭된 것은 이단의 종교, 즉 서교-천주학임이 물론이다. 서양

인을 상급과 하급으로 구분 지어, 상급 부류는 도덕적·학문적으로 높이 평가한 다음 하급 부류에 대해서는 짐승과 다름없는 저질이라고 한다. 더불어 도를 논할 수 있다고 한 상급은 대개 이마두 같은 예수회 신부들이겠다. 인간 이하로 취급된 대상은 어떤 부류이고 왜 그렇게 말했을까? 인용문에서 "남녀가 뒤섞여 지내"는 것으로 적시했다. '남녀칠세부동석'을 절대적 규율로 지켰던 관념에서 짐승처럼 비친 요인이다. 이 물론 편견이다. 하지만 그의 서양 인식 논리에는 주의해서 따져 볼 점이 있다. 당시 조선 사람들 일반의 생각에 서양인은 금수이므로, 이들과 어울리는 일은 도저히 있을 수 없는 노릇이었다. 이에 '척사(斥邪)'의 논리가 성립되어 이데올로기로서 영향력을 행사하게 된 것이다. 그는 서양인들 가운데 상급에 대해서는 '유도자'라는 표현을 썼다. 정통 성리학자들이 저쪽을 온통 싸잡아서 금수라 지목하고 절대적으로 배척했던 것과는 논법이 상당히 다르다. 그렇다 하여 서양을 용인하자는 것은 아니다.

복희씨(伏羲氏)가 문자를 창조하여 인문을 선도하고 헌원씨(軒轅氏)가 배와 수레를 만들어 도로를 개통하여 만세토록 은덕을 입었으니 돌아보건대 위대하지 않은가. 지금 저 붉은 머리에 푸른 눈동자들이 큰 배를 타고 아침에 서양의 항구에서 떠나 저녁이면 동양의 땅에 닿는다[朝發若木之津, 夕抵扶桑之墟]. 그 형세가 처음에는 불이 타오르는 듯 걷잡기 어렵더니 끝내는 물이 터지듯 막아 낼 수 없게 되었다. 천지가 뒤집히고 인류질서가 무너지고 해와 달이 빛을 잃어서 사문(斯文) 또한 종식될 것 같다. 천운인가, 시운인가. 누구를 원망하랴! 황하가 한번 맑아져 적현(赤縣)에 주인이 출현해서 저들의 서적을 소각하고 저들의 선박을 침몰시킨다면 그 공적은 복희씨 헌원씨보다 못하지 않으리라. 이는 내가 볼 수 없는 일이 되었으니 안타깝기만 하다.

복희씨와 헌원씨를 인류문명의 개창자로 사고하여, 당면한 위기상황의 구원자로 복희씨와 헌원씨를 간절히 호명하고 있는 것이다. 위에서 "아침에 서양의 항구를 떠나 저녁이면 동양의 땅에 닿는다."는 구절의 원문은 '해 지는 약목(若木)'과 '해 뜨는 부상(扶桑)'이란 신화적인 표현을 쓰고 있다. 비록 그렇긴 해도 조석간의 일로 말한 것은 당시로서는 심한 과장이다. 그러나 오늘날로 와서는 현실이 되었다. 서구가 주도한 상황이 발전한 결과다. 그가 구원자로 복희씨와 헌원씨를 상상하였지만 실제 현실일 수 없었음은 말할 나위 없다.

우리 동인들은 오대주 전체 지도를 보고서 청구의 구석 땅은 달팽이 뿔처럼 조그만 줄 알고 탄식을 하며 마침내 천하가 작다는 마음이 일어났다. 고명한 인사 중에는 서학에 오염되어 사고를 거기에 의거하지 않는 자가 꼭 없다고 말할 수 없게 되었다. 의당 공맹(孔孟)과 정주(程朱)의 글을 읽어야만 흔들린 마음을 가다듬고 본분을 지킬 수 있다.

위 문맥은 그 당시 지성적으로 빼어난 자들 중에서 서양추종자가 등장하는 사태를 우려하는 의미를 담은 내용이다. 유라시아 대륙의 동쪽 끝에 위치해서 약소한 우리로서는 저쪽에 경도할 일이 아니고 동요하는 마음을 가다듬어 주체를 지키는 자세가 무엇보다도 중요하다는 생각이다. 이런 마음가짐이 당연하긴 하지만 현실적 처방은 되지 못하는 것 아닌가. 중국 대륙에서 아편전쟁·영불연합군의 북경 함락, 한반도에서 병인양요·신미양요가 일어났다. 실로 역사상 전에 없던 경악할 사태가 눈앞에 전개된 것이다. 그는 위기국면에 대처하는 구체적 방안을 나름으로 강구하기도 하였다. 신대장, 즉 신헌에게 보낸 편지에 진술되어 있다. 정만조(鄭萬朝)가 쓴 본 문집의 서문에서 "군사전략을 말했다.[談兵略.]" 함은 이 점을 지적한 것이다.

끝으로 대응의 기본방향에 대한 논평을 붙여둘까 한다. 그가 제기한 대응방향은 한마디로 내수외양(內修外攘)이다. 안으로 가다듬어 외부의 적을 물리친다는 취지이다. 얼핏 위정척사(衛正斥邪)와 동의어로 들리지만 사고의 논리에 다름이 있다. 국민을 안정시키는, 즉 내부의 안정을 취해 외적인 대응역량을 강화하자는 사고다.[16] 요컨대 당시 상황을 주도한 '척사위정'의 논리는 이데올로기적인 성격이 강경했던데 반해 '내수외양'은 문명론적 사고로부터 도출된 것이었다. '내수외양'의 노선은 후일 상황이 급변함에 따라 밖으로 향해서 배우자는 '내수외학(內修外學)'으로 전환될 수 있었다.

2) 송파시의 성격, 허소치 관련 시편

『송파유고』에서 비중이 큰 것은 시편들인데 그가 시대의 당면 과제에 어떤 입장을 취했던가를 알아보기 위해서 '서양에 대한 인식논리'를 방금 거론하였다. 『송파유고』가 모두 1책에 불과한 것이기에 외관상으로 그를 대가급 시인이라고 말하기 어렵다. 하지만 독자적인 시학 이론을 표명한 만큼 시 창작에 유의하여 자기대로 구현을 한 결과물이다.

그 자신 사고하기를 시란 문인들의 일상적이고 관습적인 행위를 넘어서 자각적이고 전문적인 경지로 들어가야 되는 것이다. 시는 문학 중에서 가장 고도의 정화(精華)라고 여긴 때문이다. 우리 동방의 시 ― 한시는 최치원을 비조로 하여 고려시대에 법도가 잡혔으며, 조선시대로 와서 극성을 이루었으나 근래 시풍이 해이해졌다고 한다. 무기력한 시풍을 진작시켜 고전적 시도를 회복하는 일이 긴요하다는 지론이었다.[17] 이러한 그의 시학에 있어서 키워드는

---

16) 이희풍, 『松坡遺稿』 하, 「與申大將櫶書」, 장15: "國有戎事, 先要安民, 爲內修外攘之政. … 當今急務, 尤以安民爲念."

17) 이희풍, 『松坡遺稿』 하, 「答人書」, 장12~13: "新羅崔孤雲早遊中國, 超詣孤高, 當爲東方詩祖, 高麗十八學士, 溫雅有法, 至本朝極盛, 終非選擧之業, 故鉛槧之士, 鮮有專治. 近來韻格漸下, 不及前輩遠甚. 東人文藝之稱, 夙著天下. 詩者文之精華也, 歷萬歲不能廢者, 而薾然不振如此…."

성령(性靈), 그리고 평담(平淡)이다. 성령은 전의 시인들이 누누이 강조했던 천기(天機)와 상통하는 개념이며, 지금 쓰는 말로는 영감과 비슷하다. 평담은 시나 회화의 품격상의 용어이다. 천진(天眞)을 중시하여 형식적 기교를 일삼지 않는 것이 그 특징이다. 그는 주장하기를 시란 성령을 표출하는 데 있으므로 평담을 근본으로 해서 정경(情景)이 어울리는 사이에 아름다움을 담박하게 드러내는 것이 요령이라고 한다. 이 경지를 설명하기 위해 그가 쓴 비유적 표현이 백묘산수(白描山水)이다.[18] 이를 이해하는 데 적절한 예로서 추사의 세한도(歲寒圖)를 들 수 있겠다. 『송파유고』의 서문에서 이도재(李道宰) 또한 송파시의 특징을 평담이라고 하면서 누구도 넘어서기 어려운 경지[19]에 이르렀다고 한다.

그런데 평담이란 품격적인 측면이다. 우리가 송파시를 보자면 응당 내용적 측면까지 고려할 필요가 있다. 즉 시적 대상을 어떻게 드러내느냐에 있어 지적되어야 할 점이 없지 않은 것이다. 어떤 대상을 표현함에 당해서 거기 얽힌 사적이나 일화를 떠올리기도 한다. 예컨대 가야금 소리를 듣고는 우륵이 기존의 현악기를 개조한 일이라든가「청금(聽琴)」, 전주에서는 그곳을 거점으로 역사변혁을 주도한 견훤의 호걸스러운 행적을 떠올리는「전주(全州)」 등등이다. 여러 시편 끝에 달린 해설 주가 눈에 들어오는데 곧 송파시의 특성을 증명하는 꼬리표처럼 보이기도 한다. 고사성, 즉 역사적 의미를 포착한 점을 송파시의 한 특징이라고 하겠다.

여기에 덧붙여 「미인팔영(美人八詠)」과 「소치묵연가(小癡墨緣歌)」를 소개하려고 한다. 이 두 편은 송파시의 역량을 보여 주는 작품일 뿐 아니라 화가로 유명한 소치 허련(許鍊, 1809~1892)에 직결된 흥미로운 내용을 담고 있다. 해

---

18) 위의 글: "須宜品題雪月, 陶寫性靈, 先以平淡爲本, 情景相値之際, 濃麗小現, 譬如白描山水, 略有設色, 神韻倍勝, 不失爲正法."

19) 『松坡遺稿』, 「松坡遺稿序」(李道宰 지음): "其詩文平淡若大羹玄酒, 不加鹽蘗, 久而見其色沃·其味和, 發於聲也, 渢渢乎大塊之所假, 非絲非竹漸近, 自然殆叔季作者之所不跂."

서 특별히 들어 보는 것이다.

그는 이르기를 "나는 소치와 잘 지내 시를 수창(酬唱)한 것이 오래다."[20]고 하였다. 『송파유고』에는 이 두 편 이외에도 소치와 작별하며 지어 준 것[「별소치련(別小癡鍊)」]과 묵죽시에 차운한 것[「차소치묵죽운(次小癡墨竹韻)」]이 보인다. 「옥주기사(沃州記事)」라는 제목의 7언절구 8수가 보이는바 옥주는 진도의 별칭으로 소치의 고장이다. 이 또한 소치와의 친교로 지어진 것일 터다.

이송파와 허소치는 어떤 경위로 이처럼 친교를 갖게 되었을까? 짐작건대 소치는 초의선사(草衣禪師, 1786~1865)를 찾아 해남 강진 등지에서 노닐었는데 그런 중에 송파와도 어울리게 되었다. 초의는 선승이면서도 다산 정약용이 강진 유배지에 있을 때 종유하여 저술을 배웠다.[21] 이 사실 또한 송파가 지은 「초의선사탑명(草衣禪師塔銘)」에 언급되어 있다. 이 글에서 송파 스스로 "나 자신 총각 시절부터 스님에게 시를 배워 관계가 자별하다."고 술회한다. 초의에서 소치와 송파로 이어지는 고리가 자연스럽게 드러난다. 소치의 기록에서도 초의의 종상재(終祥齋)를 드리는 자리에 이송파와 함께 참석한 일이 나오는 것이다.[22]

「미인팔영」

이는 허소치의 시를 보고 이송파가 지은 것이다. 따라서 소치가 주동이고 송파가 추종인 셈이다. 경위를 송파는 시서에서 밝혀 놓았다.

소치의 시는 매양 산수 자연을 떠나지 않더니 근래 '염체팔운(艶體八韻)'을 내게 보여 주었다. 정감을 끌어와서 뜻을 붙인 방식이 그가 평소 하던 것과는 크게 달랐다.

---

20) 이희풍, 『松坡遺稿』, 「美人八詠 幷序」: "余與癡善, 迭相唱和者久矣."

21) 이희풍, 『松坡遺稿』 하, 「草衣禪師塔銘 幷序」: "時丁茶山謫康津, 師往來學著述, 尤長於詩."

22) 허련, 『小癡實錄』, 서문당, 1976, 182쪽: "昨年七月, 予與李松坡, 往哭其終祥齋所焉."

'염체팔운'이란 「미인팔영(美人八詠)」과 다르지 않은 표현이다. 염체, 즉 염체시는 산수시에 대비되는 시양식의 일종이다. 산수시가 자연 정취를 표현하는 성격임에 대해 염체시는 여자를 아름답게 노래한 것이다. 염체시는 회화의 미인도에 해당한다. 송파는 이어서 덧붙이기를 "소치는 회화에 특출하여 그윽하고 담박하고 기이하고 빼어난 솜씨가 예운림(倪雲林)·황대치(黃大癡)의 법을 얻었으니 응당 한부의 미인도를 볼 것이다."고 하였다. 응신담사(凝神覃思)의 필치를 발휘, 변용시킨 점이 이 시편이라[23]고 한 것이다.

소치의 본령인 회화의 성과는 자못 풍부하고 다양한 것으로 평가받고 있지만 미인도에 해당하는 작품은 전하지 않는 것으로 알고 있다. 지금 『송파유고』에서 「미인팔영」을 접하고 보니 소치의 '염체팔운'을 찾아볼 길이 없는 것이 예원의 한 아쉬움으로 느껴진다.

송파의 「미인팔영」 시는 자체로서도 매우 재미있게 엮어진 작품이다. 전체가 8수인데 여성 화자를 주인공으로 삼아서 연(緣)·환(歡)·정(情)·창(悵)·사(思)·수(愁)·몽(夢)·루(淚)로 남녀애정의 진행에 따라 변화하는 심리를 선명하게 표출한 것이다. 서사적인 진행에 맞춰 읊은 서정시이다.

「소치묵연첩가」

위 제목대로 소치의 묵연첩(墨緣帖)을 두고 지은 노래이다. 묵연첩에 담긴 이야기에 한스러운 사연이 깃들어 있는 것이다. 그 대략이 노래 앞에 붙인 글에 서술되어 있다. 이 머리글은 이렇다.

헌종은 일찍이 고조당(古藻堂)을 설립하고 고금의 도서를 수장하였다. 소치 허련이 상공 권돈인(權敦仁) 댁에 객으로 있는데 하루는 이포장(李捕將)이 와서 공첩(空帖) 하나를 주며 산수화를 그려 보내라는 성상의 뜻을 전하였다. 그림

---

23) 이희풍, 『松坡遺稿』, 「美人八詠 幷序」: "此癡本工畫, 幽澹奇峭, 俱得倪·黃之法. 當見一部美人障, 將復摹寫凝神覃思, 奮然下筆, 變而爲詩也."

을 완성해 올릴 적에 권상공이 직접 '소치묵연첩'이란 표제를 썼다. 그리하여 성상의 지우를 입게 되었다. 옛날 화원(畵院)의 대조(待詔)처럼 대궐로 들어가서 공봉(供奉)의 역을 맡아 어연(御硯)에 먹물을 묻혀 즉석에서 붓질을 하였다. 음식을 하사받기도 했으니 사람들이 다 영예롭게 여겼음이 물론이다. 얼마 지나지 않아 성상께서 세상을 떠나시어 허련은 통곡하며 남쪽으로 내려왔다. 그 후 20년이 지나 상경을 하였다가 화첩을 하나 발견했는데 다름 아닌 그 묵연첩이었다. 자기도 모르게 눈물을 흘리면서 즉시 그것을 매입해 가지고 돌아왔다.

소치가 권상공 집에 있으면서 헌종께 「소치묵연첩」을 그려 바친 전후 경위는 『소치실록』에 보다 상세히 나와 있다.[24] 왕명을 받들고 나온 포도대장은 이능권(李能權)이란 인물이며, 그 시점은 병오년, 헌종 12년(1846) 5월이었다. 권돈인의 집은 안현(鞍峴, 지금 안국동 근방에 있었던 지명)에 있었다. 이 화첩이 허소치의 수중으로 다시 돌아온 경위에 대해 소치 자신의 기록은 이렇게 되어 있다.

어느 날 안현을 지나다가 향전(香廛) 사이에서 이 「소치묵연첩」을 발견하였다. … 20년 세월이 지나 나의 눈에 들어오다니, 다시 대하는 감회는 심장이 상하고 내장이 타는 듯했다. 이에 구입해 가지고 와서 지금 상자 속에 들어 있다.[25]

향전은 글자 뜻으로 미루어 향을 파는 상점인가 싶지만 미상이다. 그 당시 권돈인은 이미 세상을 떠난 후였다. 임금의 뜻을 받들어 제작한 그림이 궁정에 있지 않고 왜 밖으로 나와 있을까? 이에 대한 해명은 어디에도 보이지 않는다. 다만 송파의 노래에 "어찌해서 장안의 저자로 흘러나와 어수선한 속에

---

24) 허련, 『小癡實錄』, 174쪽.
25) 허련, 『小癡實錄』, 185쪽.

먼지만 쌓이는가."라는 탄성이 있을 뿐이다. 소치가 이 첩을 대하자 감정이 극도로 고조되었다고 고백한 바로 이 지점에서 송파의 「소치묵연첩가」는 시작된다. "애원의 노래 한 구절에 눈물이 천 줄〔哀怨 一詞淚千行〕"이라고 한 것이다. 뒤로 이어지는 전체 서사는 소치가 하소연하는 형식이다. 시인이 작중 주인공으로 출연하고 있다. 그런 만큼 더욱 절실한 감회가 일어난다.

「소치묵연첩가」는 송강 정철의 「사미인곡」·「속미인곡」에 대비해 볼 수 있을 듯하다. 군신의 관계로서 임금의 존재를 '임'으로 설정한 점은 동일한데 처지가 서로 크게 다르다. 이 경우 고객과 예술가의 관계로 볼 수 있는 면이 있다. 헌종이 그림을 애호하여 화가 소치는 그림을 그려서 헌정하였고 그에 따른 보상을 헌종은 한 셈이다. 물론 그것으로 관계가 끝날 수 없었다. 그런데 이후 더없이 심각한 상황이 일어난 것이다. 헌종은 갑작스레 죽었고 그가 그렸던 그림은 외부로 유출되고 말았다. 헌종의 죽음과 함께 마땅히 궁중에 있어야할 그림이 무슨 곡절이 있었던지 길거리의 상점에 방치되어서 먼지만 쌓이게 된 것일까? 상황의 급변에 소치는 극도의 비통감에 휩싸여 있다.

5

맺음말

이 글은 이조시대에 '삼한갑족'이란 일컬음을 받았던 연안이씨의 한 갈래인 정양공파와 문장공파를 대상으로 잡아서 연안이씨가의 문화 전통을 알아본 것이다. 역사적 실체인 사대부, 양반사회의 전통을 구체적인 사례를 통해 인식하려는 취지이다. 논의의 중심은 연안이씨 문장공파에서 배출된 16세기의 인물 청련 이후백이다. 여기에 후속으로 18세기 정양공파에서 배출된 해동야인 이의시, 19세기 이청련의 직계후손으로 송파 이희풍을 거론하였다. 위에 진술된 내용을 요약하는 말로 이 글의 끝맺음을 삼아 둔다.

⑴ 청련 이후백은 사화정국에서 사림정치로 이동하는 시대에 등장해서 활약한 인물이다. 그는 본디 영남지방에서 생장하였는데 일찍이 호남 지역으로 이주해서 호남의 인물로 뚜렷이 자리매김이 되었다. 그렇게 된 경위를 대략 살펴보았다.

그는 시학으로서 높은 경지에 이른데다가 성리학에도 조예가 자못 깊었다. 시학상에서 청련은 당시 초동 단계였던 당시풍의 선도적 역할을 한 것으로 볼 수 있다. 이 점은 학계에 처음 지적되는 사실로서 한국 한시사에 의미를 갖는 문제이다. 이 문제를 따지자면 응당 청련 자신의 시경향 및 최백시(崔白詩)와의 관련성을 분석해야 할 터이다. 본고에서 여기까지 구체적으로 들어가기는 어렵기에 지적만 해 두는 것으로 그쳤다.

16세기 당시 청련은 호남의 명유인 고봉 기대승, 미암 유희춘 등과 나란히 중앙정계에 진출해서 사림시대를 열어 나가는 데 기여한 것이다. 이 사실을 중시하여, 『청련집』을 통해서 해명하였다. 그런데 조선정치사에서 고질적인 병폐였던 당쟁이 일어난다. 청련이 세상을 떠난 직후에 발생, 걷잡을 수 없이 되고 만 일이었다. 만약 청련이 살아 계시면 당쟁이 이처럼 격화되지 않았을 것이라는 탄식의 말이 당쟁이 발생한 그 시점에서 있었다. 주지하는바 당쟁은 인사문제로 발단이 된 일이었다. 청련이 이조판서로 있으면서 인사처리를 공정하게 행사하여 '공도의 실천'에 힘쓴 때문에 나온 발언이었다. 청백리로 뽑히기까지 했던 그의 관료 정신 그것이다.

(2) 이의시는 정조 때에 영남에서 활동한 학자였다. 그가 남긴 『해동리언』은 초고 상태로서 이번에 처음 소개되는 문헌이다. 목민서에 해당하는 「거관요결(居官要訣)」과 국정의 개혁방안을 논한 「동국정론(東國政論)」의 2편으로 엮어져 있다. 전체 1권 분량에 지나지 않으나 비판적인 재야지식인의 입장에서 시폐를 개혁하고 민생을 구제하려는 그야말로 실학적인 저술로서 주목을 받아야 마땅한 내용으로 생각된다. 그의 가계가 영남에서는 비주류에 속했던 노론인 데다가 비정통의 학문을 추구했던 까닭으로 그 존재 자체가 매몰되었던 것은 유의할 점이다.

(3) 『송파유고』의 저자 이희풍이 살았던 시대의 과제는 당장 눈앞에 진입하는 서양세력에 어떻게 대응하느냐에 있었다. 개화파가 선도하는 개혁·개방

의 노선이 제기되긴 하였으나 전체 상황은 위정척사의 수구적인 노선이 주도하는 판국이었다. 이희풍은 비록 남쪽 변두리의 해남 땅에 거주하는 무명의 학자였음에도 서양을 어떻게 볼 것이며, 저들을 어떻게 대응할 것이냐를 고민하여 자기대로 견해와 대책을 개진하였다. 하여 내놓은 대응책은 내수외양(內修外攘)인데 서양을 경직된 이데올로기로 완고하게 부정·배척하는 위정척사의 방식과는 따지고 보면 분명히 분별된다. 『송파유고』를 보면 그 자신 시 창작에 치력하여 평가할 만한 작품들을 접할 수 있다. 소치 허련과 친교를 가져서 관련된 시편을 남긴바 특히 「미인팔영(美人八詠)」과 「소치묵연첩가(小癡墨緣帖歌)」를 중시, 논평하였다.

(4) 18세기 영남의 이의시, 19세기 호남의 이희풍은 비록 양반신분이긴 하지만 벼슬길로부터 멀어진 지 오래고 생활 또한 청빈을 면치 못했다. 그런 처지에 있으면서도 시문을 창작하였을 뿐 아니라, 자기 시대의 과제를 외면하지 않고 심각하게 고민하여 괄목할 글을 남겨 놓았다. 먼 시골의 한구석에서 어떻게 능히 그럴 수 있었을까? 오늘의 사회현실에서는 도무지 찾아볼 수 없는 현상이 아닌가. 요컨대 연안이씨가의 문화 전통이 이를 가능케 한 것이다.

16세기 조선의 사림계 관인
이후백의 관직 생활과 그 의미

강제훈

1

머리말

이후백은 1520년에 출생하여 1578년 사망하였다. 출생과 사망이 분명하니, 조선 땅에 어느 시점에 존재했다는 점은 의문의 여지가 없다. 이런 사실이 그를 역사적 인물로 설명할 수 있는 근거가 되지는 않는다. 물리적으로 존재했던 자연인이 역사적 인물로 전환되기 위해서는 적어도 그러해야 할 의미 부여가 이루어져야 하기 때문이다.

이후백이라는 인물은 한국의 문학사에서는 그 존재가 인정되는 것으로 보인다. 「소상팔경」 시조의 작자로 주장되고 있는데, 그러나 그 역시 명확하게 동의되고 있지는 않다. 요즘 역사상의 인물을 추적할 때, 통상 첫 번째로 시도하는 일이 「민족문화대백과사전」을 검색해 보는 것인데, 이후백은 이에 수록된 인물이다. 부모상을 치를 때의 일화가 소개되고, 문과급제자로서의 출신과 이후의 이력이 간단하게 기술되고 있다. 광국공신으로 사후에 추봉되었다는 사실과 문장과 덕망으로 사림의 추앙을 받았다는 평가를 덧붙이고 있다. 의례적으로 정리되는 인물의 표본과 딱 일치한다.

16세기 정치사를 서술할 때, 이후백의 이름이 거론되기는 한다. 그런데 거기까지이다. 선조 즉위 초반의 정국을 기술할 때, 나열되는 이름 중 한 명이다. 선조 초 을사사화의 피화인이 복귀될 때 형성된 정국에서 사림의 일원이거나, 동서분당이 이루어질 때 서인 중 한 사람이다. 특정 시점의 역사적 상황에서 이름이 언급되는 것은 사실은 간단한 일은 아니다. 그럼에도 이후백이 시대를 초월하여 기억되어야 할 역사적 인물로는 보이지 않는다. 이 글은 이후백에 대해 접근해 보려는 목적으로 작성되었다. 여러 나열되는 인물의 하나로 한정되어야 하는지에 대한 재검토이다. 혹 그가 기억되어야 한다면, 어떤 이유로, 어떤 의미를 담아야 하는지도 살펴보고자 한다.

2

가문 배경과 출사까지의 과정

이후백을 이해하기 위한 첫걸음으로 가문 배경에 주목해 보고자 한다. 〈그림 1〉은 이후백까지 이어지는 연안이씨 가문의 관련된 인물을 중심으로 관계를 정리한 것이다. 제일 먼저 주목되는 인물은 이말정(①)이다. 이말정(李末丁)은 이백겸의 아들이다. 그의 형제 중에 가장 저명한 인물은 이보정(李補丁, 1393~1456)이다. 이보정은 1420년 문과에 차석으로 합격하였고, 세종 시대에 문관으로 활동하였다. 그의 아들 이숭원(李崇元, 1428~1491)은 1453년 문과에서 장원하였고, 성종 초에 좌리공신에 지정되었다. 이숭원은 『국조인물고(國朝人物考)』에 홍귀달(洪貴達)이 작성한 비명(碑銘)이 수록된 인물이다. 홍귀달은 비명을 작성하게 된 경위로 자신이 이숭원의 사촌형제인 이숙감(李淑瑊)의 친구라고 기술하고 있다. 부자가 연이어 문과에 급제하는 것도 쉬운 일이 아니었는데, 이 부자는 발군의 성적으로 합격하였다.

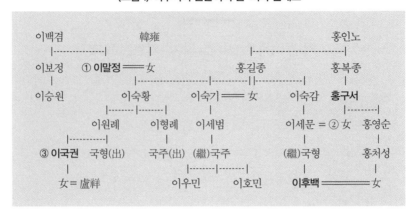

〈그림 1〉 이후백의 연안이씨 친·처족 관계도

이말정은 이보정의 동생으로 경상도 지례(知禮)로 거주지를 정하여, 이 지역 연안이씨가 자리 잡는 계기가 된 인물이다. 서울의 명문 집안 출신이 지례까지 내려오게 된 사연은 분명하지 않지만, 경상도 관찰사를 역임한 한옹이 그의 장인이라는 점이 지적되었다. 당시는 서울에서의 관인 생활이 여의치 않으면, 지방으로 거주지를 정하는 것이 낯선 일이 아니었다. 자녀 균분 상속의 원칙이 적용되고 있었기 때문에 처가의 재산상속을 감안하여 새로운 경제적 터전을 확보하는 일이 흔히 발생하는 시기였다. 연안이씨는 『용재총화』에 명문 거족으로 언급되기도 하는데,[1] 이말정 집안은 지명도를 기반으로 전국적인 통혼권이 성립된 경우였던 것으로 추정된다. 이말정이 처의 상속 지분을 배경으로 경상도에 정착하고, 이러한 경제적 거점을 확보하는 것은 당시 명문가의 통상적인 치부 방식이기도 하였다.

이말정은 경상도에 세거하는 연안이씨 계열의 시점이 되지만, 그의 아들 중에는 서울의 관계에서 크게 성공한 인물이 배출되었다. 이숙황은 1468년 문과에 급제하였다. 동생 이숙감은 1454년 알성시에서 아원에 들었다. 『문과

---

1)   성현, 『용재총화』 권10.

방목』의 두 사람 기록에는 거주지가 기재되어 있지 않다. 1453년과 1457년 무과로 출신한 이숙기는 적개공신과 좌리공신에 연이어 참여하였다. 이보정과 이말정 형제의 아들 세대는 중앙 관계에서 크게 성공하였고, 서로의 친연 관계에서 비명이 작성되는 등의 사례로 보아, 친밀한 관계를 유지하였다. 무관이었던 이숙기는 졸기에 부정적인 사평이 기재되어 있기는 하지만,[2] 두 번의 공신에 참예하였고, 형조와 호조의 2품 판서직을 역임하였다. 그는 남양홍씨와 혼인하였는데, 동생 이숙감의 아들인 이세문도 이 집안과 결혼하였다. 이숙황은 동생들보다 늦게 문과를 통해 관계에 진출했지만, 상서원 직장을 거쳐 종5품 사직서 영에 그치는 등 크게 현달하지는 못했다.[3] 그는 최종적으로 경상도에 안착하였다. 이숙황의 손자인 국주와 국형은 각각 이숙기의 아들인 세범과 이숙감의 아들 세문에게 양자로 입적하였다. 이세범을 승계한 국주는 이우민과 호민 두 아들이 문과에 급제하였고, 이들은 중앙 정계에서 크게 활약하는 인물이 되었다. 한편 이세문에게 양자로 입적한 국형은 경상도 함양에 머물다 일찍 사망하였는데, 그의 아들이 이후백이었다.

이숙감과 아들 세문은 서울에서 활동하였다. 이들은 파주 일대에 별도의 경제적 기반을 확보하였다. 이세문은 남양홍씨 홍구서의 딸(②)과 혼인하였다. 둘 사이에서 가계를 이을 아들을 두지 못했고, 6촌 형제인 이원례(이숙황의 아들)의 둘째를 양자로 들였다. 이는 이세문의 부인인 남양홍씨의 결정으로 생각된다. 당시는 가문에서 양자 문제를 개입하는 관행이 확립된 시기도 아니었고, 누구의 양자로서 입후(立後)가 되는 데는 재산상속 문제가 얽히기 때문에, 남편과 사별했을 경우 부인이 결정권을 행사하는 것이 일반적이었다. 연안이씨 족보에 의하면, 이세문의 무덤은 세거지인 파주에 조성되었는데, 홍씨는 강진에 묻혔다. 자식을 두지 못한 홍씨가 자신의 친정으로 최종 거주

---

2) 『성종실록』 권234, 성종 20년 11월 5일(기미).

3) 『성종실록』 권16, 성종 3년 3월 10일(병오).

<표 1> 이백겸 계 연안이씨 문무과 급제 인원

	성명	과목(순위)	연도	거주지	생졸년	부친	세대
1	이보정	문과(2/33)	1420	?	?~?	이백겸	1세대
2	이숭원	문과(1/40)	1453	?	1428~1491	이보정	2세대
		생원(48/100)	1450				
3	이숙황	문과(28/33)	1468	?	?~?	이말정	2세대
4	이숙기	무과	1453	?	1429~1489	이말정	2세대
		중시	1457				
5	이숙감	문과(2/33)	1454	?	?~?	이말정	2세대
		중시(21/21)	1457				
		발영시(7/20)	1466				
6	이국주	진사(30/100)	1525	한성	?~?	이세범	4세대
7	이우민	문과(21/33)	1546	한성	?~?	이국주	5세대
		생원(2/100)	1534				
8	이호민	문과(3/10)	1584	한성	1553~1634	이국주	5세대
		생원(19/100)	1579				
		진사(1/100)	1579				
9	이후백	문과(32/33)	1555	강진	1520~1578	이국형	5세대
		진사(71/99)	1546				

지를 결정한 것으로 보이는데, 이 결정은 이후백의 일생에 커다란 영향을 미치게 된다. 이세문은 『씨족원류』에 참봉 벼슬이 기재되어 있는데, 집안의 영향력으로 관계에 발을 들여놓기는 하였으나, 활동이 미미하였다. 자녀를 두지 못한 상태에서 남양홍씨가 서울에 적극적으로 체류할 이유는 없었고, 자신의 경제적 근거지로 귀향하는 것은 당시에 흔히 할 수 있는 선택이었다. 어떻든 남양홍씨는 서울 생활을 접고 고향인 강진에서 말년을 보냈다.

이후백의 큰아버지 이국권(③)은 친부모의 사망 이후 일정 기간 후견 역할을 하였다. 이말정이 지례(知禮)에 정착하였지만, 이국권과 국형 형제는 거주지를 함양으로 이주하였다. 이주의 정확한 이유는 분명하지 않다. 조선 초기 함양 지역은 경상도 일대에서 성리학 공부의 중심지였다. 성종 때 크게 활약한 강희맹은 1444년 잠시 함양에 머문 적이 있었다.[4] 강희맹은 흥덕사에서 김종직의 형 김종석과 함께 공부하였고, 김종직도 이에 합류하여 어린 시절의 장난을 하며 엮어지기도 하였다.[5]

김종직(1431~1492)은 함양 군수로서 훌륭한 치적을 쌓은 것이 인정받은 바도 있다.[6] 김종직은 1473년에서 1475년 사이에 함양의 군수를 역임하였고,[7] 성리학 보급에 적극적으로 노력하였다. 이 시점이 이후백과 직접 연결되지는 않지만, 이후백의 부친 세대에게는 직접적인 영향을 미쳤을 시기이다.

이후백이 함양에서 성장할 무렵에는 당곡 정희보(1488~1547)가 이 지역에서 후학 양성에 매진하고 있었다. 정희보가 함양으로 이주하면서 김종직의 성리학 보급 노력과 여파를 충분히 인식하였을 것이다. 이후백은 소년기에 부모를 여의었지만, 큰아버지의 격려를 받으면서 함양 지역의 성리학 학습 열기에 노출될 수 있었다.

이후백은 1520년 함양에서 출생하였다. 1528년 부친과 모친을 연이어 잃었다. 조부 이숙황까지는 무덤이 지례에 있는 것으로 보아 지례현에 거주하였다. 아들인 국권과 국형은 거주지를 함양으로 옮긴 것으로 추정된다. 국권이나 국형의 조부 세대는 과거를 통해 서울로 진출하였고, 고위직을 역임하였다. 이숙황은 지례에 세거하였지만, 문과로 출신하여 관계에서 활동한 인물이었다. 종조부 이숙기와 이숙감은 서울에 거주하였고, 이들의 무덤은 경기 일원에 조성되었다. 이숙황의 아들들은 향촌에 거주하는 사족으로 과거를 통한 관계 진출에 성공하지 못했다. 손자 대인 국권 국형 형제는 나름 과

---

4) 강희맹, 『사숙재집』 권8, 「부모를 봉양하기 위해 귀향하는 유수찬을 전송하는 서」.
5) 강희맹, 『사숙재집』 권1, 칠언절구, 「送金修撰(宗直)作宰咸陽」.
6) 『성종실록』 권32, 성종 4년 7월 18일(정미).
7) 『성종실록』 권62, 성종 6년 12월 28일(계묘).

거 진출을 기대하면서 인근에서 활발하게 학문 활동이 이루어지는 함양을 거주지로 선택하였다. 그러던 중 동생이 일찍 사망하였는데, 다행히 조카인 후백은 어린 나이에도 영특한 면모가 드러났다. 이후백이 정희보의 문하에서 학습하게 된 데는 관계 진출에 대한 백부의 기대도 한몫했을 것으로 판단된다.

이후백은 성리학 공부에 유리한 함양을 떠나서 강진으로 이주하였다. 이후백의 아들까지는 서울에 거주하였고, 파주에 무덤이 조성되었다. 손자 대부터는 강진에 거주하였다. 임진왜란이라는 전란을 거치면서 커다란 전기가 마련되었을 것인데, 이들이 강진에 세거하면서 이후백은 입향조가 되었다. 강진으로의 이주는 할머니 남양홍씨와 관련된다. 가계 기록에는 할머니를 모시기 위해서 이주한 것으로 기술되어 있다. 아마도 강희맹 사례가 반영되었을 것이다.

앞서 언급한 것처럼 강희맹은 함양에 잠시 체류한 적이 있었는데, 여기에는 사연이 있었다. 강희맹은 숙부인 강순덕의 양자였다. 강순덕의 부인이자 강희맹의 양모였던 이씨는 태종 대 최고 권력자였던 이숙번의 딸이었다. 이숙번은 태종의 견제를 받아 처가의 연고지였던 함양으로 유배되었다. 이숙번의 장인은 명나라에 사절로 가서 남경(南京) 현지에 구류되었다가 처형된 정총(鄭摠)이었다. 정총의 딸이었던 이숙번의 처 정씨는 함양에 농장이 있었다. 처가의 연고지로서 경제적 기반이 있다는 것이 이숙번의 유배지로 함양이 선택된 이유이기도 하였다. 유배될 무렵 이숙번은 부부의 재산을 자녀에게 상속하는 결정을 내렸고, 함양의 경제 기반은 강순덕의 처에게 상속되었다. 1442년 이숙번이 사망하였고, 양모였던 이숙번의 딸은 1443년 함양 농장을 강희맹에게 물려주는 결정을 하였다. 1444년 무렵 강희맹이 함양에 내려와서 체류하게 된 것은 새롭게 상속받은 함양 지역의 경제적 기반을 살피려는 목적이었다.

그런데 이때의 상속이 복잡한 소송으로 전개되었다. 이숙번의 처 정씨는 강희맹의 양자 지위를 부정하면서, 상속 자체를 부정하는 소송을 제기하였다. 소송을 제기한 정확한 시점을 알 수 없지만, 소송은 1452년 일단락되었고, 함양 지역에 대한 강희맹의 상속권은 상실되었다.[8] 이때 강희맹의 권리가 상실되는 결정적인 이유는 강희맹이 할머니로서 자신을 부양한 적이 없다는 조모 정씨의 주장이었다. 이숙번이 태종 때 절대 권력자였고, 강희맹은 세종의 처조카였기 때문에 함양에서는 이들의 존재가 크게 인식될 수밖에 없었다. 아마도 이들의 행동은 하나하나 주목의 대상이었을 것이다. 강희맹이 양자의 지위로 함양의 농장을 상속받았다가 훗날 부양을 제대로 하지 않았다는 이유로 상속권이 박탈된 사정은 당시 조정에서 커다란 논란이 되었다. 함양 지역에서도 인구에 회자하는 스캔들이었을 것이다.

이후백의 경우와 강희맹의 사례가 완전히 일치하는 것은 아니었다. 그러나 이세문의 양자로 입적된 아버지 이국형이 일찍 사망하자, 경제적 상속권에 대해 일가 친족들이 숙고하지 않을 수 없었을 것이다. 경상도 지례로 내려온 고조부 이말정은 아들들이 크게 현달함으로써 나름대로 뿌듯한 성취감을 느끼게 되었을 것인데, 아들 이숙기의 처로 남양홍씨 홍길종의 딸을 선택하였다. 이말정은 서울의 명문가 출신이었고, 그를 사위로 들인 한웅은 경상 관찰사 출신이었다. 따라서 이말정 집안과 통혼할 수 있었던 남양홍씨가는 나름 지방의 유력 가문이었을 것이다. 크게 현달한 관직자는 없었지만, 남양홍씨 가문은 지역에서 상당히 안정적인 경제적 기반을 구축했을 것으로 추정된다. 남양홍씨와 연안이씨 가문의 유대는 여기서 그치지 않고, 홍길종의 형 홍복종의 손녀가 이숙감의 외아들 이세문과 혼인함으로써 더욱 공고해졌다.

이숙감은 서울에서 크게 현달하면서 파주 일대에 경제적 기반을 마련하였다. 이숙감의 경상도 상속분과 서울의 재산은 이세문에게 단독 상속되었다. 여기에 이세문의 부인 남양홍씨의 친정 가문으로부터 홍씨 몫의 상속분

---

8) 『단종실록』 권4, 단종 즉위년 11월 5일(계해).

이 다음 세대의 재산으로 물려줄 사정이었는데, 둘 사이에 자녀가 없었다. 남녀 균분 상속의 관행이 작동하는 당시의 상황을 고려할 때, 자녀가 없는 경우 재산은 남편과 부인, 각자의 가문으로 다시 귀속되어야 했다. 이세문의 상속분은 이말정 자녀에게, 홍구서의 딸이었던 남양홍씨 몫의 재산은 홍씨와 형제 관계에 있는 홍구서의 아들들에게 다시 분배되어야 했다. 그러나 양자를 들였기 때문에 이세문 부부의 재산은 양자인 이국형에게 상속될 수도 있었다. 그런데 양자가 남양홍씨보다 먼저 사망하였고, 손자에 해당하는 이후백이 다음 순위 상속자가 되었다. 이후백의 상속권에 대해서 연안이씨의 다른 친족이 문제를 제기할 가능성은 없었다. 이숙감 몫의 재산은 양자로 입양된 이국형을 통해 이후백에게 승계되어도 일족 내에서 반발할 이유가 없었다. 그런데 남양홍씨의 경우는 간단하지 않았다.

홍씨 소생이 없었기 때문에 원칙대로는 홍씨 몫의 재산은 오빠인 홍영손과 동생인 홍영순에게로 귀속되어야 했다.[9] 홍씨의 의지로 양자를 두어, 양자에게 재산을 상속시키는 것은 홍씨 생전에는 주장할 수 있었다. 그런데 양자가 사망하고, 손자에게 상속시킨 후에, 홍씨가 사망한다면, 홍씨 일족이 이 재산을 온전히 포기할지는 장담할 수 없었다. 이후백은 강진으로 이주하여 홍씨를 봉양하기로 하였고, 홍씨의 남동생인 홍영순의 손녀와 혼인하였다. 홍영순의 손녀는 홍씨의 재산이 본가로 귀속된다면 유력한 상속자의 한 사람이었다. 따라서 이후백이 강진에서 할머니 홍씨를 봉양하고, 홍씨의 종손녀인 홍처성의 딸을 아내로 맞이한 것은 상속자로서의 지위를 놓고 향후 전개될 수 있는 분쟁의 여지를 차단하는 조처였다. 실제로 이후백은 파주를 중심으로 형성된 이숙감 계열의 경제적 기반과 강진에 조성된 남양홍씨 집안의 경제적 기반을 확보하였다. 여기에 부친 몫으로 형성되었을 함양 일대 경제적 근거지도 자신의 경제적 재산으로 상속받았을 것이다.

---

9)　남양홍씨 가족 관계에 대해서는,『씨족원류』, 남양홍씨, 417쪽 참조.

이후백의 강진 생활이 어떠하였는지는 드러나지 않는다. 가계 기록에는 1535년 강진으로 이주하였고, 1540년 혼인한 것으로 정리되어 있다. 이후백이 1520년생이고, 함양에서 정희보 문인과의 강한 유대를 고려할 때, 이주 시점이 분명한지는 확언할 수 없다. 1540년 혼인은 만 스물의 나이이므로 정황상 정확할 것으로 추정된다. 1542년에 향시에 들고, 1546년에는 사마시에 합격하여 진사가 되었다. 성적이 준수하지는 않았는데, 이 무렵은 1544년에 인종이 즉위하고, 1년이 지나지 않아 인종이 훙서하여 명종이 즉위한 시기였다. 1545년에는 혹독한 사화가 발생하는데, 이른바 을사사화였다. 이후백은 중종과 인종이 연이어 훙서하고, 새 국왕이 즉위하면서 참혹한 사화가 발생하는 어수선한 상태에서 진사시에 도전하였다. 1548년에는 조모 홍씨가 사망하였다.

이후백의 과거 성적은 빼어난 편은 아니었다. 진사에서 71등을 하였고, 문과에서의 최종 합격 성적은 32등이었다. 그러나 강진을 거주지로 하여 문과에 합격한 첫 인물이었다. 강진은 인근에서는 가장 규모가 큰 고을이었다. 〈표 2〉는 강진이 포함된 진관에 같이 편제된 고을의 규모를 정리한 것이다.

진관체제는 세조 때 편제되었고, 군사적 편제 방식이지만, 유사시 군사를 동원하여 한 사람의 지휘관이 통솔하는 제도이므로 사실상 생활 권역이 같은 고을이 하나의 진관으로 묶였다. 『경국대전』 시점에서 이 일대의 중심 고

〈표 2〉 장흥 진관 고을의 규모와 문과 출신

	수령	『세종실록』 지리지			문과 출신	
		호	구	전결	15세기	16세기
장흥	부사	276	1,041	6,124	2	11
진도	군수	122	707	5,941	0	0
해남	현감	122	707	5,941	0	13
강진	현감	355	1,644	7,179	0	2

을은 장흥이었다. 부사가 지방관으로 배치되고, 장흥 인근에 병마사가 근무하는 군영이 별도로 존재하였다. 이런 편제에 의하면 장흥이 중심 고을이어야 하지만, 『세종실록』에 기재된 자료에 의하면, 15세기 중반 무렵에 강진은 경작지의 규모나 인구에서 장흥보다 규모가 큰 고을이었다. 그러나 문과 진출자를 기준으로 보면 강진은 고을의 규모에 비해 열세를 면치 못했다. 15세기에 강진에서는 단 한 사람의 문과 급제자도 배출하지 못했다.

강진의 옆 고을 해남에서는 1538년 문과 별시에서 유희춘이 급제하는 쾌거를 이루었다. 강진에서는 이보다 훨씬 늦은 1555년 이후백이 처음으로 문과 식년시에 합격하였다. 이후백이 전라도 강진이라는 지역적 기반을 통해 중앙 관계에 진출했을 가능성은 매우 낮다. 오히려 문과 합격자를 다수 배출한 가문적 배경이나 함양에서의 학습이 과거 급제에 영향을 주었을 가능성이 있다.

3

명종 대 시대적 배경과
이후백의 평판과 처신

1) 명종 시대 성리학 발전과 정치 환경

이후백은 1555년(명종 10년) 문과로 출신하였다. 승문원에 분관되었는데, 과거 성적을 고려할 때, 통상적인 배치였다. 출사기에 그의 거처가 강진이었는지는 확실하지 않다.『문과방목』에서의 거주지가 강진으로 기재된 것으로 보아 지방에서 초시에 응시하여 진출하였다. 문과 합격자 방방이 1555년 4월 6일이었는데, 이날부터 한 달쯤 지난 5월 11일 을묘왜변이 발생하였다. 해남현 남쪽의 달량포에 상륙한 왜구는 병마사 원적이 지휘하는 조선군을 연이어 물리치고, 강진과 장흥 일대를 점령하였다. 을묘왜변은 전주부윤 이윤경이 영암으로 남하하여 방어전을 진행하고, 서울에서 이준경이 병력을 인솔하여 영암 일대에서 결정적인 승리를 거두면서 진정되게 된다.

이준경 형제의 영암에서의 승리는 이준경이 훗날 조선 조정의 기둥으로서 역할을 감당하는 중대한 분수령이 되는 사건이기도 하였다. 을묘왜변은 해남, 강진 일대에서 진행된 중대한 역사적 사건이었다. 그럼에도 이후백은 이와 관련된 기록을 남기고 있지 않다. 사건이 발생할 시점에서 그는 이미 서울로 주거 지역을 옮긴 것으로 추정된다. 『문과방목』에 거주지를 강진으로 기재하였기 때문에 전라도에서 초시에 응시한 것은 틀림없다. 그러나 서울에 거주하면서 초시를 지방에서 응시한 것으로 이해된다. 그에게는 서울에서의 상속 지분이 확보되어 있었고, 서울에서 거주할 수 있는 여건이 마련되어 있었다.

이후백은 급제 이후 사망 시점까지 관인으로 활동하였다. 36세에 급제하여 59세에 사망하였으므로, 그의 관인 생활 기간은 23년에 이르는데, 그중 12년은 명종 치세기, 11년은 선조 치세기였다. 명종 치세기가 당하관으로서 문한(文翰)을 담당하는 엘리트 관원으로 성장하는 시기였다면, 선조 치세기는 정국의 주요 인물이며 고위직 관인으로서 조정의 변수가 될 수 있는 활동이 이어졌던 기간이었다. 명종기를 거치면서 이후백은 주요 관원으로 성장하게 되는데, 이 과정은 무난하게 이루어진 것은 아니었다. 선조기 중요한 관원으로 자리매김하는 것이 또한 개인만의 노력에 의한 것도 아니었다. 시대적 상황도 한몫하여 그는 한 시대를 대표하는 관인으로서 관직 생활을 영위하였다.

실록 기록으로 이후백의 관직 생활을 추적할 때, 고려할 사항이 있다. 『명종실록』은 조선시대의 정상적인 실록 작성 작업을 거친 것이기 때문에 자료에 대한 신뢰성이나 판단의 범위가 대체로 측정된다. 반면에 선조의 경우에는 임진왜란이 발발한 1592년 이전의 25년 동안의 기록은 자료 미비 등의 이유로 실록이 갖추어야 할 통상적인 중량감을 갖추지 못한 한계가 있다. 더 나아가서 『선조실록』의 미비점을 노골적으로 문제 삼아 『선조수정실록』이 편간되었기 때문에, 실록 기록이 지니는 엄중성이 현저하게 약화되었다는 자료상의 한계가 노출되어 있다.

명종 대의 정국에 접근하는 대전제는 명종 대가 을사사화로 시작되었다는 점이다. 16세기는 조선 건국 후 100여 년이 경과한 시점이었다. 성리학적 가치가 이미 통치권에 접근하는 모든 계층에서 공유되고 있었고, 공유되는 가치가 정치의 현장에서 어떻게 적용되어야 하는가에 대한 심도 있는 논의가 전개되는 상황이었다. 도입기의 사상적인 주도자가 정도전이나 권근이었다면, 이 시기는 기라성 같은 관인이며 성리학자가 다수 배출되었다. 명종 시대에 접어들면, 주자가 집중했던 사상적 고민을 중국인 못지않은 수준에서 추구하면서 사상적인 돌파구를 모색하는 수준에 이르고 있었다. 이황은 이학(理學)에서 중국철학사에서 주목해야 하는 경지에 도달해 있었다.

서울 인근에서는 서경덕의 문인들이 집중적으로 관계에 진출하고 있었고, 경상도 일대에서는 김종직에 이어, 이황이 수준이 다른 성리학 연구를 진행하였다. 전라도에서는 김인후, 기대승 등이 이어서 공부에 전념하였고, 명종 시기에 이이와 정철 등이 과거를 통해 관계에 진출하였다. 세대를 이어 가면서 뛰어난 성리학 학자와 관인이 배출되고 있었다. 그러나 정치 현장은 이러한 분위기와는 다른 모습이었다.

을사사화로 다수의 관인을 숙청한 명종 시기에는 문정왕후의 섭정이 시행되면서 불교계가 크게 약진하였다. 내수사와 사찰로 연결된 행정 체계는 지방 수령을 핵심으로 하는 통상적인 행정 체계를 무력화시키는 기능을 하였다. 실질적인 실권자로 부상한 윤원형은 뇌물 수수를 노골적으로 자행하였다. 국왕의 존재를 정점으로 대신권과 언관권이 서로 견제하며 균형을 이루는 것이 조선의 전형적인 조정의 모습이라고 할 수 있는데, 명종 시기는 이러한 원칙이 사실상 작동하지 않는 상태가 되었다. 천명을 받은 군주와 성심을 다해 이를 돕는 보덕을 실천하는 신하, 이들의 통치를 통해 안민(安民)을 실천한다는 유교적 이상은 이학(理學) 추구가 절정을 이룬 이 시기에 잠재적 지배층 내에서 공유되는 가치가 되었다. 그러나 현실의 정치는 불교를 옹호하는 대비와 자신의 이권에 골몰하는 외척에 의해 전단되고 있었고, 국왕은 유약하여 공적 구심점의 역할을 제대로 수행하지 못하는 형국이었다. 지배층의 일원으로서 사족층의 광범위한 지지는 사실상 요원하였고, 사욕에 집중하는 권력층에 의해 안민의 이상은 한갓 구호에 불과한 실정이었다.

2) 이후백의 평가와 관직에서의 처신

『명종실록』의 편찬 과정에서 이후백은 직접 업무를 담당하지는 않았다. 외청 당상에 임명되었다는 기록이 있지만, 『명종실록』에 부록으로 수록된 편찬자 명단에는 포함되지 않았다. 『명종실록』의 편찬 과정에서는 방 세 곳에서 초고 작업이 진행되었고, 도청에서 2차 검토 작업이 진행되었다. 이후백에 대해서는 6번의 인물평이 기재되었다. 각 방별로 편집을 담당한 연도를 고려할 때, 세 방에서 각각 이후백에 대한 평가를 수록하였다.

실록의 편집은 사관이 새롭게 글을 짓는 것은 아니고, 편집을 맡은 연도에 해당되는 자료를 수집한 후 당시에 작성된 자료를 기반으로 산삭(刪削) 작업을 거쳐 기사를 작성하게 된다. 인물평은 사관이 작성한 사초에 기재된 사항을 전재하는 것인데, 대체로 이후백에 대해서는 해당 시점의 사관들에 의해 긍정적인 평가가 존재하였고, 각 방에서의 실록 편집 과정에서 이를 수록하였다. 그리고 도청에서의 2차 작업에서도 배제되지 않고 선택되었기 때문에 최종적으로 실록 기사로 남게 된 것이다. 이후백에 대해서는 다음과 같은 평가가 확인된다.

〈표 3〉『명종실록』 각 방별 편찬 담당 연도

	1차년	2차년	3차년	4차년	5차년	6차년	7차년	8차년
1방	즉위	3년	6년	9년	12년	15년	18년	21년
2방	원년	4년	7년	10년	13년	16년	19년	22년
3방	2년	5년	8년	11년	14년	17년	20년	

A1. (명종 13년) 총명하여 시(詩)에 능하고 옛글에 널리 통했다.[10]

A2. (명종 15년) 풍도(風度)가 단아하였다. 그러나 일을 처리할 때는 행위가 지나쳤다.[11]

A3. (명종 18년) 온화하고 단중(端重)하며 맑고 깨끗하였다. 재주가 넉넉하고 문장을 잘했으며 흔들리지 않고 정도(正道)를 지켰다.[12] 이후백만 긍정적인 사평

A4. (명종 19년) 성품은 단아하고 진중하며 강단이 있었고, 조심하며 근신하였다. 글은 꾸밈을 좋아하지 않았다. 벼슬에 임해서는 직분을 다했다.[13]

A5. (명종 20년) 사람됨이 장중하고 근신하였으며 예를 스스로 지켜 행동에 법도가 있었다. 마음가짐이 담백하여 출세를 구한 적이 없었다. 이량(李樑)이

---

10) 『명종실록』권24, 명종 13년 8월 9일(계축): "以吳澐【貪暴鹵鄙, 橫斂媚人.】爲會寧府使, 李後白【聰敏能詩, 博通古書.】爲承文院博士."

11) 『명종실록』권26, 명종 15년 5월 12일(정축): "○以安玹爲資憲大夫刑曹判書,【特命.】元繼儉爲議政府右參贊, 任說爲兵曹參判, 吳祥爲司憲府大司憲, 李樑爲兵曹參知, 李楨爲司諫院大司諫, 朴大立爲司憲府執義, 柳從善爲司諫院司諫, 金百鈞, 黃琳爲司憲府掌令, 姜克誠爲持平,【克誠被駁蹭蹬, 以素附李樑, 故還爲淸顯如此.】張士重司諫院獻納, 李堅, 李後白【風度端雅, 然處事之際, 作爲過之.】爲正言."

12) 『명종실록』권29, 명종 18년 5월 11일(무자): "以姜士尙爲弘文館副提學, 慶渾【昏劣貪毒, 營私太苟.】爲五衛將, 沈銓【通源之猶子也. 貪色黷貨, 無所不至, 而以外戚之故, 位至三品.】爲僉知中樞府事, 權信,【人物庸鄙, 以趨附, 發身爲事.】金百鈞【性忌克, 從他笑罵, 以謀好爵, 而不知其非. 趨事李樑, 以圖榮顯, 而不知其陋. 其貪縱無厭, 南人甚苦之.】爲虎賁衛副護軍, 李後白【雍容端重, 加以淸素. 才富文華, 守正不撓.】爲弘文館副修撰, 權純【信之猶子也. 曾沈下流, 今將騰揚, 以信之故也.】爲成均館典籍."

13) 『명종실록』권30, 명종 19년 10월 13일(임오): "○以尹毅中爲江原道觀察使, 朴淳爲吏曹參議, 姜士弼爲成均館大司成, 安馠【鹵鄙庸劣. 因緣尹任姻婭之勢, 拔身之初, 冒忝淸顯之列. 及任之死也, 攀緣無路, 以其子娶元衡之妾女, 以爲媒爵之路. 其苟祿患失, 反覆趨附之事, 無所不至, 人皆賤惡之.】爲承文院參校, 李蘧爲司憲府掌令, 李後白【性端重剛斷, 操心謹愼. 文不尙浮華, 居官盡職.】爲兵曹正郞, 具鳳齡爲弘文館副修撰, 李增【爲人沈重謹愼.】爲正字."

그의 명성을 중히 여겨 같은 당류로 삼고자 끌어들이려 하였지만, 이를 물리치고 찾아보지 않았다. 이 때문에 미움을 사서 배척하려고까지 하였다. 뜻을 힘써 책을 보았고 학문이 매우 정통하였으며 시문이 호건(豪健)해 사람들이 애송함이 많았다.[14]

A6. (명종 21년) 일찍부터 시에 능하다는 명성이 있었고 몸가짐이 단아(端雅)하였다.[15]

〈표 4〉 『명종실록』 이후백 인물평 정리

	왕력	성품	능력	처신
A1	명종 13	총명.	시를 잘함. 옛글에 널리 통함.	
A2	명종 15	단아.		일 처리 과도함.
A3	명종 18	단아 진중, 맑고 깨끗.	글을 잘함.	정도를 지켜, 흔들리지 않음.
A4	명종 19	단아, 장중, 강단, 삼감.	글을 꾸미지 않음.	자리에서 직분을 다함.
A5	명종 20	장중, 삼감, 담백.	학습에 뜻을 두어 공부가 정밀. 시문이 호건하여 애송됨.	법도 있는 처신. 이량의 포섭에 응하지 않아 배척 대상이 됨.
A6	명종 21	단아.	시를 잘함.	

---

14) 『명종실록』 권31, 명종 20년 11월 18일(신해): "大司諫朴淳 … 掌令朴栗, 李後白【爲人莊重謹愼, 以禮自持, 動止有則, 心存淡泊, 未嘗干進. 李樑重其名, 欲引爲黨類, 退託不見, 以此見忤, 至欲排擯, 勵志觀書, 所學甚精, 詩文豪健, 人多稱誦.】持平河晋寶啓曰: '陪祭不參人員, 本府時方抄出, 將爲推治, 而執義金繼輝以不參陪祭, 引嫌不仕. 臣等妄料, 啓請出仕, 在他人則推治, 在同僚則容護, 其失法官之體甚矣. 不可在職, 請命遞臣等之職.' 答曰: '未及詳察, 勿辭.'"

15) 『명종실록』 권32, 명종 21년 2월 3일(을축): "○乙丑/以朴大立【友愛同氣, 未嘗少替. 且勤於公務. 但人以不學短之.】爲黃海道觀察使, 李陽元爲兵曹參議, 忕義謙爲弘文館直提學, 李後白【早有能詩名, 持身端雅】爲司憲府執義, 金添慶爲司諫院司諫, 高景虛爲議政府舍人, 金繼輝爲弘文館應敎, 李友直【氣質沈濁, 別無才識.】爲司諫院正言."

〈표 4〉는 실록의 인물 평가를 성품과 능력, 처신으로 구분하여 정리한 것이다. 이후백에 대해서는 단아한 성품을 일관하여 기술하고 있다. '담백하다'와 '맑고 깨끗하다'는 것은 이를 강조하는 부가적 표현으로 이해된다. 이와 함께 신중하고 삼가는 성격을 기술하고 있고, 강단 있는 모습을 언급하고 있다. 정도를 지켜 흔들리지 않았다거나 처신에 법도가 있었다는 것도 이러한 평가와 일관된 기술이라 판단된다. 이후백에 대해 일관되게 등장하는 『명종실록』의 긍정적인 기록은 실록 편찬자의 특성에 이유가 있기는 했을 것이다. 『명종실록』을 편찬했던 선조 초의 정국은 을사사화로 물러났다가 정계에 복귀한 사림 세력이 장악하고 있었다. 이후백은 이러한 그룹에 해당하지는 않았지만, 명종 치세기에 조정에 머물면서 사림의 지향성을 명확히 드러낸 인물로 분류할 수 있다. 즉 선조 초 정국의 주도 세력이면서, 『명종실록』의 편집을 담당한 사림들에게서 이후백은 그들의 일원으로서 평가되는 관인이었다. 그렇다면, 이런 우호적 평가를 끌어낼 수 있었던 결정적인 계기는 무엇이었을까?

이후백은 승문원에서 관력을 시작해서 세자시강원을 거쳐 병조와 이조의 낭관을 역임하였다. 1560년(명종 15) 세자시강원의 설서(設書)와 사서(司書)를 역임했다는 관력은 관직 생활 초기부터 특별한 인물로 인정받았다는 사실을 드러낸다. 이후백의 문과 성적은 우수한 편은 아니었다. 승문원에 배속되어 박사(정7품)까지 통상적인 문과 급제자의 분관 생활을 거쳤다. 승문원을 벗어나서 배정된 관서가 세자시강원이었고, 사간원의 정언이었다. 그의 6품 관직은 세자시강원과 사간원이므로, 분관을 벗어나서 초임으로 배정된 관서가 어느 관서인지 분명하지 않지만, 그가 승육(升六)하는 단계에서 특별한 관원으로 인정받았음은 분명하다. 세자시강원과 사간원은 대표적인 청직으로 엘리트 관원으로 평가되었을 때 임직할 수 있는 관서이기 때문이다.

명종 때 관직 생활에서의 최대 위기는 1563년(명종 18)에 발생하였다. 당시 그는 이조의 낭관으로 근무하고 있었다. 정조(政曹)의 낭관을 맡았다는 것은 그가 핵심 문관으로서의 미래를 보장받았다고 할 수 있는 것인데, 이때 그는 만만치 않은 위기를 겪게 된다.

명종비 인순왕후(仁順王后)의 외숙인 이량(李樑)은 효령대군의 5대손으로 단문친에 해당하는 종친이기도 하였다. 이량은 현 왕비의 외숙이자 단문친 종친이라는 특별한 혈연적 지위를 가진 인물로서 1552년(명종 7) 문과에 급제하여 관계에 진출하였는데, 윤원형 세력을 억제하고자 하는 국왕의 의지를 배경으로 커다란 정치적 영향력을 갖게 되었다. 그는 문과급제 8년 만에 당상관으로 승진하는 등 승승장구하다가, 1561년(명종 16) 윤원형의 견제를 받아 외직인 평안도 관찰사로 밀려났다.[16] 이듬해 공조참판을 제수받았고, 서울로 복귀한 이후에는 더욱 권세를 행사하였다.[17] 이량은 국왕의 절대적인 비호를 배경으로 사적인 세력을 확대하고자 하였고, 사림으로부터 윤원형 못지않은 부정적인 척신으로 인식되었다. 이량은 대간에 자신의 측근 인사를 배치하여 자신을 견제하는 세력을 공격하는 방식으로 정치적 수완을 발휘하였다.

1563년 이량은 아들인 이정빈을 이조의 전랑으로 임명하고자 하였으나, 당시 이조의 낭관이었던 박소립(朴素立)·윤두수(尹斗壽)·이후백(李後白) 등이 이에 동의하지 않았다.[18] 이에 격분한 이량은 박소립·기대승 등 자신에게 협조하지 않는 사림의 관작을 박탈하는 정치적 조처를 단행하였다.[19] 당시 이량은 이후백을 과천현감으로 좌천시키는 등 자신에 동조하지 않는 사림 세력을 경관에서 축출하려는 계획을 진행하였다.[20] 이러한 일련의 조처는 사림 세력을 대거 제거하여 또 한 번의 사화를 일으키고자 하는 계획의 일환이었

---

16) 『명종실록』 권27, 명종 16년 4월 12일(신축).

17) 『명종실록』 권28, 명종 17년 1월 14일(기해).

18) 『명종실록』 권29, 명종 18년 7월 12일(무자).

19) 『명종실록』 권29, 명종 18년 8월 17일(계해).

20) 『명종실록』 권29, 명종 18년 8월 19일(을축).

는데,[21] 이를 알게 된 심의겸(沈義謙)의 개입으로 이량 자신이 오히려 중앙 정계에서 축출되어 정치적으로 몰락하는 결과가 야기되었다.[22] 심의겸은 인순왕후의 동생으로서 이량이 외숙이기도 하였지만, 이때 심의겸의 결단은 향후 사림 세력을 구원한 특별한 행동으로 평가되기도 하였다.

이후백의 8촌 종형제인 이우민(李友閔)은 1546년(명종 1) 문과에 급제하여 승정원과 장예원 판결사를 거쳐 황해도와 함경도 관찰사를 역임한 인물이다. 이우민은 이량의 세력에 동조했다는 사실 때문에 사림으로부터 부정적인 평가를 받았다.[23] 이량이 이후백을 포섭하고자 했다는 사평이 실록에 수록되어 있는데, 아마도 포섭의 실체는 이우민이었을 것으로 판단된다. 이량 세력이 극성을 떨치던 시점에서 이후백은 이 세력의 대척점에 있었던 박소립 등과 함께하였고, 권력자의 위세에 흔들리지 않았다. 이 상황의 위험성을 얼마나 인식했는지 확신할 수 없지만, 이러한 선택은 자신의 생명을 위태롭게 할 수 있었던 결정이었다. 이량의 세력이 심의겸의 개입으로 갑작스럽게 몰락하면서, 이후백은 사림으로부터 매우 긍정적으로 평가받게 되었고, 이후 관계에서 주요한 인물로서의 정치적 입지를 구축하게 되었다.

명종 18년부터 집중적으로 나타나는 '정도를 걷고 흔들리지 않았다.'라는 일관된 인물평은 당시 최대 정치적 스캔들이었던 이량 사건에서 그의 처신이 사림들의 입장과 일치되었다는 것에 근거한 것이었다. 이 사건을 겪은 후, 이후백은 홍문관과 의정부, 사헌부 등 청요직만을 역임하는 핵심 문한관(文翰官)으로서의 이력을 이어 가게 된다.[24] 선조가 즉위하면서는 당상관으로 승진하고, 핵심적인 정책 관료로서의 지위에 오르게 되었다.

---

21) 『명종실록』 권31, 명종 20년 1월 6일(갑진).

22) 『명종실록』 권29, 명종 18년 8월 19일(을축).

23) 『명종실록』 권32, 명종 21년 2월 15일(정축); 『명종실록』 권34, 명종 22년 3월 28일(계미).

24) 명종 말년에서 선조 초년의 구체적 관직 이력에 대해서는 〈부표〉 참조.

4

선조 대 중견 관료로서의
활동과 광국공신 추봉

1) 구신 세력과의 갈등

선조 즉위 후 화를 당한 사림들의 방면과 정계 복귀가 진행되었다. 유희춘과
노수신 등이 차례로 기용되었고, 외직으로 밀려난 백인걸(白仁傑) 등이 경직
에 등용되었다. 윤원형과 이량 등 이른바 척신 권세가들이 몰락한 이후 정계
에 진출한 신예들은 피화되었다가 복권된 관인들과 새로운 변화의 분위기를
조성하였다. 그러나 척신 권세가가 발호할 때, 이들을 묵인하면서 관료 생활
을 영위했던 관료들이 고위직에 포진하고 있었고, 새로운 정치적 움직임에 반
발하고 있었다. 척신들이 위세를 떨칠 때 이들에게 반발하였던 관인들은 자
연스럽게 신예 관인들과 하나의 세력을 형성하고 있었다. 이후백은 박순, 김
계휘 등과 함께 이러한 그룹에 포함되었다.

　피화인들의 복귀와 낭관급 신진 관인들, 그리고 척신들과 명확하게 대립했
던 일군의 관인들은 선조 초반 새로운 정치를 열망했지만, 고위직에는 명종

대 척신들을 묵인했던 인사들이 다수를 점하고 있었다. 이들 사이에 여러 현안에서 이견이 드러나면서, 서로의 이견은 양립하기 어려운 정치적 갈등으로 확대되었다.

명종의 상기(喪期)가 종료되면, 신주가 종묘에 모셔질 것이었다. 이 시기 조선에서는 국왕과 왕비의 신주를 종묘에 부묘하였고, 이와 별도로 위판을 문소전(文昭殿)에 모시고 있었다. 두 사당은 단순히 신주와 위판으로 대상의 형식만 달랐던 것이 아니라, 대상을 정하는 방식에서도 구분되었다. 두 사당 모두 원칙적으로는 오묘(五廟)로 운영하였지만, 종묘의 경우는 동당이실(同堂異室)이라 하여 형제간에 왕위를 계승한 경우에는 두 개의 신주를 각각 모시면서, 하나의 묘(廟)로 간주하였다. 이와 함께 세실이라 하여, 대수가 다했음에도 조천하지 않는 국왕이 지정되었다. 조선의 종묘에는 두 원칙을 적용한 결과, 묘실이 더해져서 실제는 오묘보다 더 많은 제사 대상이 유지되었다. 선조 때에는 태조가 1묘에 해당하고, 세조가 2묘, 덕종과 예종이 동당이실로서 3묘, 중종이 4묘, 인종과 명종도 동당이실로서 5묘를 이루었지만, 태종과 세종이 세실로 지정되어 조천되지 않고 모셔져 있었다.

조선의 문소전은 세종 때 확립된 제도였다. 문소전은 궁궐 내에 조성되어 원묘로 운영되었는데, 세종은 태조와 국왕의 직계 4대만을 제사하는 원묘로서 문소전을 설립하였다. 성종은 예종의 양자 자격으로 왕위를 계승하였는데, 성종의 친부는 세자의 신분으로 사망하였고, 사후에 성종에 의해 의경왕으로 추존되었다가 종묘에 부묘되면서 덕종(德宗)으로 묘호가 추상되었다. 성종은 친부인 덕종에 대해 효질(孝姪)을 칭했기 때문에 덕종의 위판은 국왕의 직계 4대를 모시는 문소전에 두지 못하고, 별도로 연은전에 모셔야 했다. 선조 즉위 초에는 명종의 신주를 종묘에 모시게 되었고, 별도로 위판을 문소전에 모실 예정이었는데, 이 과정에서 연은전에 모셔진 인종의 위판을 문소전으로 옮겨 오는 문제가 큰 현안으로 논란이 되었다.

정국의 새로운 세력으로 부상한 사류(士類)는 인종의 위판을 문소전으로 모셔야 한다는 의견이었고, 이준경(李浚慶)을 중심으로 하는 고위 관원들은 기존의 결정을 준수하자고 주장하였다. 문소전은 정사(正祀)에 해당하는 종묘가 아니라 국왕의 사묘의 성격을 담은 원묘였고, 『국조오례의』에는 속제로 규정되어 있었다. 설립 시점부터 문소전에는 태조를 포함하여 국왕의 직계 4조를 모시도록 하였기 때문에, 원래의 규정에 의하면, 인종을 문소전에 모실 이유는 없었다. 그럼에도 선조 초년에 인종을 문소전에 모시자는 의견은 주류를 이루는 주장이었다.

명종에게 인종은 이복형이었기 때문에 문소전에 모시는 데 애매한 부분이 있었다. 결국 윤원형 등이 주도하여 연은전에 모시는 별례를 채택하였고, 그 과정에서 8개월 만에 사망한 국왕에 대한 상례상의 강쇄가 언급되기도 하였다. 명종 치세기에 을사사화를 시작으로 사화가 빈발하였고 척신이 전횡하는 정세가 지속되었다.

선조가 즉위하면서, 을사피화인이 대거 정계에 복귀하였다. 이들과 연합하여 명종 치세기에 척신에 대립하던 관원들과 새롭게 과거를 통해 관계에 합류한 신진 사류가 하나의 목소리를 내면서, 이들 세력에 힘이 실리는 분위기가 조성되었다. 인종을 문소전으로 옮겨 와야 한다는 주장이 이들의 일치된 의견이었고, 정치적 주장을 내세우지 않는 이황도 인종의 위판을 옮겨 오기 위한 구체적인 방안을 피력하였다. 문소전을 조성한 세종의 의도와 그동안의 운영 관행을 주장한 이준경의 의견은 합리적인 내용이었지만, 이미 정치적 물결을 탄 신진 사류의 주장에 묻혀 버리는 상황이었다. 정치적으로 논란이 격렬했던 문소전 현안은 결국 기존의 문소전에 방을 추가로 조성하여 인종을 모시는 타협안으로 귀결되었지만, 고위 관원이나 신진 사류 모두 만족하지 못하는 해결책이었다.

이준경은 명망 있는 재상이었지만, 문소전 논의에서 인종을 문소전에 모실 수 없다는 견해였고, 이러한 그의 논리는 신진 관인들과는 양립할 수 없는 것이었다. 인종을 문소전에 모시는 문제는 적통으로서 왕위를 계승한 인종의 위상을 높이고자 하는 의도 외에도 명종 대를 상대적으로 부정하는 논리를 담고 있었다. 인종을 연은전(延恩殿)에 모셔야 한다는 주장을 고집하는 논리는 기존의 승인된 결정을 유지하려는 것이었고, 이런 점에서 명종 시대의 정당성을 지키고자 하는 정치적 주장이기도 하였다. 결국, 인종과 명종을 모두 문소전에 모시기로 귀결되었지만, 이 과정에서 이준경의 정치적 영향력은 심하게 손상되었다.

새로운 정치를 지향하는 세력과 고위직의 기성 관료 사이에서는 정책적인 충돌이 벌어지고 있었다. 인종을 문소전에 모실 수 있는가로 대립되는 가운데, 구세력을 대표하는 김개(金鎧) 등은 구체적으로 신진세력을 제거하려는 움직임을 취하게 되었다. 사류들이 함부로 떠들어 대니 이를 억제해야 한다는 것인데, 이때 제거의 대상이 되는 사류로 기대승·이후백을 지적하였다.[25] 1570년(선조 2) 야기되었던 이들의 충돌로 결국 김개 등이 축출되었다. 선조 초 대대적인 정치적 사화가 발발할 수 있던 위기가 모면된 사건이었다. 이후백으로서는 일생일대의 위기의 순간이기도 하였다.

다시 1571년(선조 4)에는 고위직의 구신들이 신진사류를 제거하려 한다는 소문이 돌았다. 박순·오건·이후백 등의 세력을 제거하는 일을 이준경이 배후에서 조종하고, 백인걸도 이에 협조하고 있다는 내용이었다. 백인걸이 정치 일선에서 물러나는 것으로 조정되었던 소동은 표면적으로 진정되었으나, 이준경은 이러한 일련의 사건을 겪으면서, 사류들의 정치적 움직임에 깊은 회의를 느끼게 되었고, 1572년 사망하면서 이들의 폐해를 경계하는 유언을 남기게 되었다.[26]

실록 기록 등에 이 시점에서 이후백이 쟁점이 된 사안에서 특별히 논의를 주도하거나 자신의 입론을 제시한 내용이 나타나지는 않는다. 그러나 명

---

25) 『선조수정실록』 권3, 선조 2년 6월 1일(계유).

26) 『선조실록』 권6, 선조 5년 7월 7일(경인).

종 대 성장한 고위직의 관원과 신진 사류가 대립하는 상황에서, 이후백은 신진 사류의 주장을 대변하는 인물로서 지목되고 있었고, 제거의 대상으로서 분명하게 분류되고 있었다. 명종 대 구신의 입장에서 이후백은 제거해야 할 명단에 거듭해서 분류되는 관인이었다. 도승지로 승정원에 재임하면서, 신진 사류의 의견에 큰 힘을 실어 주는 역할을 하였음을 추정할 수 있다. 문소전 갈등이 쟁점이 되었던 정국에서 기대승은 주도적인 위치에 있었다. 그는 기존의 조선의 예학 전통을 부정하면서까지 문소전 논의를 이끌고 있었다. 1563년 이량과의 갈등 국면에서 기대승은 파직되어 폄출되는 등 최대 피해자였다. 이후백은 당시 기대승과 정치적 입장을 함께했던 전력이 있었다. 선조 초기 정치적 대립 상황에서 이후백은 기대승과 정치적으로 하나의 세력을 형성하고 있었다.

문소전 문제와 관련된 신진 사류의 주장은 정치적 색채를 드러내고 있고, 조선에서 운영되었던 제도적 원칙이나 합리성과 부합되는 것은 아니었다. 그럼에도 이들의 논리는 공론으로서 일방적으로 주장되었고, 인종을 문소전에 옮기는 정치적 조처를 끌어낼 수 있었다. 이준경과 같은 권위를 가진 재상이 사망하면서, 정국은 신진 사류가 주도하게 되었다.

2) 『국조유선록』 편찬 과정에서 드러난 시대 인식

이후백은 『국조유선록(國朝儒先錄)』의 서문을 작성하여 자신의 문명을 드러내었는데, 이 작업은 단순한 글을 짓는다는 의미를 벗어나 이 시기 중요한 전환점으로서의 상징성을 갖고 있다.

1568년(선조 1)부터 조광조의 문묘종사 건의가 터져 나왔다.[27] 1517년(중종

---

27) 『선조실록』 권2, 선조 1년 4월 4일(계미).

12) 조광조가 주도했던 문묘종사 건의는 정몽주, 김종직, 김굉필을 대상으로
하는 것이었다. 이는 성종 때까지 지속되었던 이제현, 이색, 권근으로 이어지
는 도학의 계승 의식을 부정하는 것이었다. 도학 정통의 수정은 조광조가 김
굉필의 제자였기 때문에, 중종 때 진행되던 도학 정치론에 대한 정당성을 확
보하는 정치적 의미도 있었다. 결과적으로 정몽주만 문묘에 종사되었고, 조
광조로 이어지는 계통에 대한 문묘종사 주장은 수용되지 않았다. 기묘사화
로 조광조 세력이 제거되면서 문묘종사 논의는 수면 아래로 가라앉게 되었
다.

선조 초의 논의는 단순히 중종 때의 문묘종사 주장이 반복되는 것이 아니
었다. 물론 이때의 논의에도 정치적 함수가 배제되지는 않았다. 문묘종사의
대상에 조광조가 포함되어 있기 때문에 기묘사화의 부당함을 드러내는 주
장이기도 하였다. 그러나 이때 문묘종사의 대상으로 단순히 조광조로 이어지
는 도학의 계통을 반복하여 거론한 것은 아니었다. 이 시점의 논의에는 김굉
필과 그의 제자 조광조만이 아니라 이들과 계통이 이어지지 않는 정여창과
이언적이 추가되었다. 이들은 4현으로 주장되었고, 이들이 문묘에 종사되어
야 하는 이유로 도학을 한 단계 높은 수준으로 고양시킨 업적이 강조되었다.
『국조유선록』의 편집 작업은 이러한 문묘종사 논의가 진행되면서 이루어진
것이었다. 실록에는 유선록의 편찬 경위를 간단하게 기술하고 있다.[28]

B1. 부제학 유희춘(柳希春)에게 『유선록(儒先錄)』을 찬집하여 올리라고 명하였
다. 상이 경연에서 희춘에게 이르기를, "이언적(李彦迪)의 문집은 내가 이미 보
았으나, 김굉필(金宏弼)·정여창(鄭汝昌)·조광조(趙光祖)는 모두 불세출의 현자
들인데 남긴 저술이 어찌 없겠는가. 경은 나를 위하여 찬집하여 올리도록 하
라." 하였다. 희춘이 물러와 옥당의 동료들과 채집 찬정하고, 『이락연원록(伊洛

---

28) 『선조수정실록』 권4, 선조 3년 12월 1일(갑오).

淵源錄)』을 모방하여 한 책으로 만든 다음『국조유선록(國朝儒先錄)』으로 이름할 것을 청하였다. 상이 보고는 교서국(校書局)에 내려 인행(印行)하게 하고, 도승지 이후백(李後白)에게 서문을 쓰도록 명하였다.

『국조유선록』은 국왕 선조의 지시로 작업이 이루어진 것이지만, 이러한 지시는 어린 국왕이 이미 경연을 통해서 이언적의 저술을 접하는 등, 당시 경연 관원들의 훈도를 받아들인 결과였다. 당시 경연 관원으로는 이황, 유희춘, 이후백 등이 참여하고 있었는데, 이들은 경학에 대해서도 대체로 일치된 견해를 가진 인물이었다. 선조의 지시로 편찬된『유선록』은 주자의『이락연원록(伊洛淵源錄)』을 모델로 하여 작성된 저술이었다.『이락연원록』이 송대 도학(道學) 및 도통(道統) 사상을 대표하는 저술이었다는 점에서『국조유선록』의 편찬 목적은 조선의 도학 전통을 분명히 하려는 것이었다. 그런데『국조유선록』이 대상으로 하는 인물이 김굉필, 정여창, 조광조, 이언적 네 사람으로서 이들은 당시 진행되는 문묘종사의 대상 인물이기도 하였다.

이들 네 사람을 현인으로 부각시키는 논의는 이황이 주도한 것으로 밝혀져 있다. 김종직의 제자로서 김굉필과 정여창을 동시에 거론함으로써 김굉필, 조광조로 이어지는 단선적 도통과는 맥락을 달리하였다. 특히 이황은 이언적의 존재를 부각하였는데, 이언적은 강계 유배 중 사망하였지만, 문묘종사에 거론되는 다른 인물들과는 달리 사형을 당하지는 않았다. 즉 실천이라는 면에서 두드러지지 않지만, 학문적 측면에서 도학의 개념과 내용을 추구하여 이루어 낸 성취 때문에 종사가 주장된 것이었다. 문묘종사의 대상자 선정에서 도통의 계승이 아니라 도학의 성취로 강조점을 전환함으로써 향후 이황이 이들과 함께 5현으로 추숭될 수 있는 계기가 마련되었다. 어떻든 문묘종사의 대상으로 4현이 특정되고, 이들에 대해 종전과는 달리 도학의 성취에 강조점을 두는 시각은 이 시점에서 두드러지게 드러나는 특징이었다.

1568년(선조 1) 이황은『성학십도(聖學十圖)』를 저술하여 국왕의 체계적인 성리학 성취를 기대하였다. 또한 그는 앞에서 서술한 바와 같이 인종을 문소 전에 추봉하는 사안 등에서 이례적인 적극성을 드러내고 있었다.『국조유선록』은 이황이 정치 현장에서 활동하던 상황에서 작성되었다.[29]『이락연원록』이 일반 사대부층을 독자로 하여 도학파를 중심으로 한 식자층의 필요에 부응하는 목적으로 저술되었다면,『국조유선록』은 송대의『이락연원록』을 모델로 하였지만, 국왕의 수기치인과 실천궁행을 중요한 문제의식으로 설정했다는 점에서 제왕학(帝王學)에 초점을 맞추고 있다. 또한 이언적과 조한보의 서신을 통한 논쟁을 수록함으로써, 유가적 입장에서 불교의 심성론과 수양론을 비판하는 철학적 논의를 체계적으로 수용하고 있다. 이러한 저술은 명종 시대에 대한 비판적 인식을 담고 있는 것이기도 하였다.

『국조유선록』의 이러한 저술 경향은 명종 시대에 대한 반성으로 국왕을 훈도하는 성학 논리의 당위성을 피력함과 동시에 불교에 경도되었던 전 시대에 대한 부정을 명확하게 표방한 것이다. 이후백은『국조유선록』이 편찬되는 시점에서 도승지로 재직하고 있었고, 주편집자인 유희춘과 긴밀하게 의견을 교환했다.

그런데『국조유선록』은 원래『유선록(儒先錄)』으로 찬집하기 시작하였는데, 국왕에게 보고할 때는『국조유선록』으로 책 제목이 수정되었다. 바로 이 부분에서 이후백의 인식이 반영되었다. 본래 유희춘은 책의 제목을『동국유선록』으로 준비하였다. 그런데 이후백이 '동국(東國)'이라는 지칭이 '국조(國朝)'만 못하다고 지적하였고, 유희춘이 이러한 지적이 사리에 합당하다고 판단하여 제목을 수정하였다는 것이다.[30] 동국은 중국을 기준으로 상대적인 위치성을 담은 지칭이다. 국조는 천명(天命)을 받은 왕조의 독자성을 강조하는 표현인데, 물론 이것이 중국의 존재를 부정하는 것은 아니지만, 별도의 천

---

29) 이황은『국조유선록』이 작성되던 해에 사망하였다.

30) 유희춘,『미암집』권7, 일기, 경오년(1570) 5월 24일.

명이 주어진 실체로서 조선의 위상에 대해 나름의 긍정과 자부심을 담은 표현이라고 할 수 있다. 이후백에 의해 강조되고, 유희춘에 의해 동의된 점은 이학(理學)의 계승과 성취에서 4현의 문묘종사가 거론되던 당시의 조선은 중국과 구분되어 인식될 만한 나름의 의미가 있었다는 사실일 것이다.

새로운 국왕이 등장할 때, 의례적으로 제안되는 상소문의 차원이 아니라, 『성학십도』의 저술을 통해 체계화된 성학론이 제기되었고, 『유선록』의 간행을 통해 불교를 이론적으로 공박하였다. 이러한 공박은 명종 대 문정왕후와 집권세력에 의해 심하게 불교로 경도되었던 상황을 부정함과 동시에 불교가 이론적으로 오류라는 점을 성리학적 입장에서 분명하게 선언한 것이었다. 이런 시점에서 문묘종사의 논의는 단순한 유학 지식이나 실천의 수준이 아니라 도학적 성취를 근거로 인물을 선정하면서 추진되었다. 당시의 사림은 조선의 유학적 수준에 대해 나름의 자긍심을 표출하였고, 이후백이 『국조유선록』으로 저술의 제목을 제안한 것은 이러한 분위기를 정확히 반영한 것이었다. 이후백 스스로 이러한 자긍심을 바탕으로 관료 생활을 영위해 온 실천에의 자신감을 반영한 것이기도 하였다. 즉 조선의 위상을 중국을 기준으로 하여 해동, 혹은 동국으로 자리매김하는 것이 아니라, 국조(國朝)라는 용어를 통해 독자적인 천명을 받은 왕조임을 강조한 것이다. 선조 초기 이전 시기를 청산하면서, 새로운 전환점을 맞이했다고 인식한 사림의 시대 인식을 명확하게 보여 주는 사례이다.

3) 국상과 을사사화의 정치적 청산

이후백은 관직 생활 중 세 차례의 국상을 겪었다. 첫 번째는 1567년 명종의 국상으로 선조가 즉위하면서 이후백은 도승지로 발탁되었다. 이런 점에서 명종의 국상은 이후백 입장에서는 국정의 주요 조정자로서의 역할을 수행하는 계기가 되었다. 두 번째는 1575년(선조 8) 명종비 인순왕후의 국상이었는데, 이때는 종계변무의 주청사로 명으로의 사행을 성공적으로 수행한 재신급 관원으로서 왕비의 지문을 작성하기도 하였다. 국왕의 신임을 받는 핵심 관원으로서의 위상을 가지고 있는 시기였고, 국상은 그러한 위상을 확인하는 자리이기도 하였다. 세 번째는 1577년(선조 10) 인종비 인성왕후의 국상인데, 이때는 선조가 인성왕후에 대해 입어야 하는 복제에 대한 약간의 갈등이 야기되었다.

선조가 명종의 양자의 지위로 왕위를 승계하였고, 인종과 명종은 형제 사이이므로, 인종비는 혈연적으로는 선조의 백모에 해당하였다. 이런 이유로 영의정 권철(權轍), 좌의정 홍섬(洪暹), 예조판서 김귀영(金貴榮) 등은 인성왕후에 대한 선조의 상복을 숙질의 복으로 하되 왕통을 이은 국왕의 부인이므로 자최장기(齊衰杖期)의 복제로 결정하고자 하였다. 이와는 달리 박순(朴淳)은 왕위 계승의 중요성을 강조하여 삼년복을 주장하였다. 형제가 왕위를 계승한 경우 부자와 군신의 의리가 있다는 점을 근거로 하면서, 이미 명종이 인종에 대해 삼년복을 입었기 때문에 선조는 인종에 대해 조손(祖孫)의 의리가 있다는 의견이었다.[31]

왕위를 계승하는 경우 부자의 의리가 있으며, 왕위를 계승한 것으로 적장자에 준하는 승중(承重)의 의리가 있다는 논리에 근거한 이러한 주장은 당시 사류의 지지를 받았고, 결국 이렇게 복제가 결정되었다. 즉 명종이 인종의 대통을 계승하였고, 선조가 명종의 대통을 계승한 승중자에 해당하는데, 적장자는 부친 유고 시에 조모에 대해 삼년상을 입는다는 원칙을 적용한 것이었다. 인성왕후에 대한 선조의 삼년복 주장은 다시 한번 인종의 왕위 계승의 정통성을 강조함과 아울러 명종 시대의 그늘을 지우고자 하는 정치적 의도를 담고 있었다. 당시 이러한 삼년복 주장은 박순에 의해 주도되었고, 이후백도

---

31) 『선조실록』 권11, 선조 10년 11월 29일(신사).

이러한 입장에 동조하였다.

그런데 인성왕후의 상중에 이후백은 중요한 정치적 역할을 수행하였다. 1577년(선조 10) 국왕은 위사공신(衛社功臣)을 삭제하는 결정을 하면서, 김귀영에게 교서의 작성을 지시하였는데, 내용이 소략하다는 이유로 이후백에게 다시 작성하도록 하였다.[32] 위사공신은 을사사화의 공신으로 선정된 것이었는데, 공신의 전면적인 취소는 전례가 없는 일이었다. 과거를 청산하고자 하는 정치적 시도는 을사사화 피화인의 복권 수준에서 진행되었는데, 상훈자에 대한 전면 무효화 결정으로 을사사화의 정당성을 주장할 근거가 완전히 부정되게 되었다. 인성왕후가 위독한 상태에서 왕대비가 간곡하게 부탁하였고, 국왕은 왕대비의 부탁을 수락하면서 왕대비의 사망 직후에 정치적 결단을 단행하였다.[33]

이후백이 작성한 교서에 대해서는 송시열이 이후백의 행장을 지으면서, 두 번이나 언급하여 극찬한 바가 있다. 즉 "화난의 근원을 거슬러 올라가 사악한 간신들이 명종의 이목을 가렸던 사실을 배척하고, 명종의 두터운 우애를 나타내면서, 봉성대군의 원통한 죽음의 원인을 밝혀내었다. 명백하고도 통쾌하여 읽는 사람으로 감격해서 눈물을 흘리게 하는" 글이라고 기술하였다. 이 글이 작성되어 "신인의 원통함이 일시에 깨끗이 씻어졌으니 항상 경탄하고 존경했기 때문에, 행장을 지어 달라는 요청에 응하게 되었다."고 행장을 짓게 된 사정을 밝히고 있다.[34]

을사사화의 공신을 부정하는 작업은 이후백이 관인 생활을 하면서 크게 주목받은 사안이기도 하지만, 그의 생을 마무리하는 마지막 작업과도 같은 의미를 담고 있었다. 이로부터 한 해를 채우지 못하고 뜻밖에 생을 마감하기 때문이다. 동향으로 동문 수학한 노진(盧禛)은 이후백에게는 평생의 벗이며,

---

32) 『선조수정실록』 권11, 선조 10년 12월 1일(계미).

33) 이이, 『석담일기』 하, 만력 오년 정축 11월.

34) 이후백, 『청련집』 하, 「청련이선생행장」(송시열 지음).

동지로서의 의미를 갖는 인물인데, 그가 1578년 8월 사망하였다. 이후백은 휴가를 내어 함양으로 노진을 문상하였고, 전(奠)을 올린 다음 날 갑작스럽게 사망하였다.[35] 그의 사망은 당시에 정승 후보를 물색하는 중이었기 때문에, 인물을 잃었다는 탄식을 일으켰다.[36]

4) 종계변무 사행과 광국공신 책봉

이후백은 명에 종계변무의 사명을 띠고 사행을 하였다. 종계변무는 명 태조의 「조훈조장(祖訓條章)」에서 조선에 대해 그릇되게 언급한 사항을 수정해야 하는 사안이었다. 조선 태조는 위화도에서 회군하여 우왕을 폐위시키고 공양왕을 추대하면서 건국의 기틀을 마련하였다. 이 와중에 윤이(尹彝)·이초(李初)가 명에 망명하였는데, 이들은 고려에서 일어난 정변을 이성계가 우왕을 시해하면서 자신의 인척인 공양왕을 왕위에 앉히는 사건으로 진술하였다. 또한, 이성계는 이인임(李仁任)[37]의 아들이라고 주장하였다.

  명 태조는 조선과 불편한 관계를 조장하면서 이를 정당화하는 명분으로 이러한 진술을 이용하였는데, 유언으로 남긴 「조훈조장」에도 해당 내용을 명기하였다. 조선 태종은 명 태조의 아들이며 쿠데타로 집권한 영락제(성조)에게 관련 사실이 무고에 근거한 오류이므로 수정해 달라고 요청하였다. 영락제는 북방 몽골에 대한 공세에 집중하고 있었기 때문에, 조선과는 그동안의 갈등 관계를 해소하고 우호적 관계를 유지하고자 하였다. 이런 분위기에서 영락제는 조선 태종의 요청을 수락하는 조칙을 보내왔다.

---

35) 이이, 『석담일기』 하, 만력 육년 무인 10월.

36) 『선조수정실록』 권12, 선조 11년 10월 1일(무인).

37) 이인임의 이름은 명 측의 「조훈조장」에는 이인인(李仁人)으로, 관련 사항을 인용한 조선실록에는 이인인(李仁仁)으로 기록되어 있다.

이렇게 일단락되었던 문제는 중종 대에 명에서『대명회전(大明會典)』(정덕본)을 간행하면서「조훈조장」의 원래 내용을 그대로 수록하였다는 사실이 알려지면서, 시급한 외교 현안이 되었다. 조선에서는 명 성조의 조칙을 근거로「조훈조장」내용이 오류이니 시정해 달라고 요청하였고, 명에서는 동이(東夷) 오랑캐가 태조의 조훈에 대해 트집 잡는 것으로 간주하여 상호 불편한 줄다리기가 거듭되었다. 명 세종(가정제)이 새로 즉위하면서 교착된 양국의 논의는 새로운 전기를 맞게 되는데,『대명회전』수정본을 간행하게 되면, 조선이 주장한 내용을 반영한다는 선에서 타협이 이루어졌다. 그러나 수정본 간행은 실현되지 않았고, 종계 문제는 수면 아래로 가라앉게 되었다.

명의『대명회전』개정 작업이 진행되는 와중에 조선의 명종은 여러 번 사신을 보내어 조선에서 반영해 주었으면 하는 수정 사항을 개진하면서, 조선의 주장이 반영된『대명회전』의 개정 초고의 내용을 확인하고자 하였다. 이에 대해서 명에서는 개정 시 내용을 반영하겠다는 칙서를 반복하였다. 1563년(명종 18) 조선의 사신 김주는 북경 현지에서 질병으로 사망하기도 하였는데, 당시 조선에서는 이성계가 환조(桓祖)의 아들임을 명확하게 기재해 달라고 청하였고, 명에서는 이를 수정본에 반영하겠다고 약조하였다. 선조는 종계변무의 노력을 집요하게 진행한 국왕이었다. 명 목종(융경제)이 재위 6년 만에 사망하자, 조선에서는 새로 등극한 신종(만력제) 황제로부터 그동안 진행된 논의를 추인받을 필요가 발생하였다. 1573년(선조 6) 명 신종의 즉위에 즈음하여 여러 대에 걸쳐 양국에서 합의한 사항을 확인받을 목적으로 이후백이 주청사로 명에 파견되었다. 이후백은 선조 대 종계변무 건으로 최초로 파견되는 사신이었다.

이후백은 명의 예부상서(禮部尙書)로부터 그동안의 경과를 명의 실록에 반영하라는 황제의 지시가 있었다는 회답과 함께,『대명회전』을 편수할 때 해당 사실을 반영하겠다는 황제의 칙서를 받아서 귀국하였다. 이후에도 조선에서는 거의 매년 주청사를 파견하여, 1580년(선조 13) 수정된『대명회전』(만력본)에 조선의 주장이 반영되었다는 회답을 받았다. 1584년(선조 17) 파견된 주청사 황정욱이 수정 내용이 기재된 칙서를 받는 데 성공하였으며, 1588년(선조 21)에는 해당 사실이 기재된 회전을 확보하였다. 이를 계기로 광국공신(光國功臣)이 지정되었고, 이미 사망한 이후백도 그 공로를 인정받아 2등 공신에 책봉되었다.

선조가 이 사안에 착수하면서 최초로 파견한 사신이 이후백이었기 때문에 그가 공신 책봉에서 제외될 수는 없었다. 이후백은 공신의 칭호를 얻게 되어 집안의 불천위 제사 대상이 되었지만, 공신의 지정은 죽은 지 10여 년이 경과한 시점에서 이루어진 일이었다. 이후백은 광국공신으로도 언급되기는 하지만, 공신으로 지정된 성과가 생전의 삶에서 그를 대표하는 업적은 아니었다. 그러나 종계변무의 사안은 조선으로서는 심각한 현안이었고, 선조 대에 와서 100여 년이 넘게 지속하였던 노력의 결과가 매듭지어진 것인데, 이후백은 선조가 본 사안에 접근하기 위해 파견한 최초의 사신이었다. 선조가 절실하게 접근하는 사안에서 이후백은 신뢰하면서 파견할 수 있었던 관인이었음이 분명하게 드러나는 것이다.

맺음말 — 관인 이후백의 생애 평가

이후백은 1520년 함양에서 출생하였고, 1579년 친구 노진을 문상 갔다가 함양에서 사망하였다. 삶과 죽음을 선택할 수는 없지만, 그의 죽음은 극적이었다. 이조판서에 재직 중이며, 재상 물망에 오른 인물이 유년 시절 떠났던 함양에서 친구의 문상 중에 갑작스럽게 사망하였다. 당사자인 본인은 물론 누구도 예상하지 못한 죽음이었다. 바로 전해에 그의 손으로 위사공신을 무효화하는 교서가 작성되었다. 이 한 편의 교서를 통하여, 선명한 명분론 위에 전후 사정을 통쾌하게 설명하고 을사사화로 시작된 역사적 부채를 명징하게 청산해 냄으로써, 이후백이라는 인물의 국량이 새삼 재평가되는 시점이기도 하였다. 그는 을사사화기에 출사하여 부정적인 시대상을 굳건하게 버티어 내었고, 한 걸음 나아가서 이를 청산하는 시대적 사명을 부여받은 사람처럼 자신의 소임을 수행하였다. 마치 할 바를 일단락 지은 것과도 시점에서 일부러 선택한 것처럼 생을 마감하였다.

을사사화는 명종 초년에 발생하였고, 이후 시대의 그늘이 되었다. 명종 시기에 이황과 기대승의 논변이 전개되었고, 이이와 정철이 출사하였다. 한국 역사에서 성리학의 발전과 관련하여 반드시 기억되어야 할 시기였지만, 이 시기의 정치는 척신에 의해 농단되는 부정적인 모습이었다. 또한, 문정왕후가 배후가 되어 시도된 불교의 부흥 노력은 대납과 내수사의 부정 등 사회적 폐단만을 배태하고 극적으로 파산하였다. 당시의 시대적 비전과 사회적 소명의식을 가진 지식인 일반에게 명종 시대는 그들의 이상과는 지독하게 괴리된 현실로서 이해되었다. 바로 을사사화가 발생한 직후에 이후백은 진사시에 합격하였다. 20대 중반 이상에 찬 젊은이에게 사화가 빚어내는 현실은 좌절 그 자체였을 것이다. 그는 한동안 정계에 출사하지 않았다.

이후백은 30대 중반 을묘왜변으로 무력한 조선의 역량이 민낯처럼 드러난 시점, 바로 그 현장이었던 강진을 배경으로 문과로 출신하였다. 분관을 벗어난 그의 승육(升六)은 청직에 해당하는 세자의 시강원과 사간원에 선발되는 것이었다. 매우 고무적인 걸음이었지만, 이후 그가 맞닥트린 현실은 척신 이량과의 충돌이었다. 을사사화를 일으킨 척신이 건재한 상태에서, 또 다른 척신의 발호가 예견되는 상황이었다. 그는 이와 충돌하였고, 관직 생활의 위기에 봉착하였다. 그러나 정황은 극적으로 반전되었고, 그는 굳은 심지를 가진 신진의 관인으로서 명성과 기대를 한 몸에 받게 되었다.

문정왕후와 명종의 연이은 훙서, 선조의 즉위로 이어지는 일련의 과정에서 을사사화의 피화인들이 대거 관계로 복귀하였고, 새롭게 출사한 신진의 사림계 인사들이 하나의 세력을 형성하였을 때, 이후백은 자연스럽게 이들을 대표하는 관인으로서 자리매김되었다. 여전히 고위직에는 명종 시대 척신 정치기에 성장한 관인이 대거 포진하고 있었지만, 사림계 관인은 문소전 논쟁과 문묘종사, 『국조유선록』 간행 등에 하나의 목소리를 내고 있었다. 이러한 일련의 작업은 명종 시대를 부정하고, 유교적 사명감으로 시대가 일신되어야 한다는 사림계의 열망을 담고 있었다. 과거 청산의 과정에서 과거의 유산에 협조하면서 성장한 고위 관인층과의 갈등은 불가피하였다.

이후백은 도승지로서 선조를 권유하여, 이황·기대승이 주도하는 흐름에 동조하여 활발히 활동하였고, 나름대로 조선이 중국과 구별되어 별도의 천명을 받은 국가이며, 유학의 도가 볼만한 수준에 이르렀다는 자부심을 명확하게 선언하였다. 이 과정에서 그는 제거되어야 할 신진의 세력으로 분류되었고, 다시 한번 삶의 위기에 봉착하였다. 살얼음 같은 위기 상황은 큰 분란 없이 김개 등의 분쟁 주도 세력을 정국에서 배제하는 방식으로 조정되었다.

선조는 필생의 역점 사업으로 종계변무 사안을 마무리하고자 하였는데, 중국에 사신으로 보낼 첫 번째 선택지로 이후백이 낙점되었고, 성공적으로 과업을 수행함으로써 이후백은 이전과는 다른 책임 있는 정책 담당자로서의 위상을 갖게 되었다. 이조의 참판과 판서로서 그는 공정하고 청렴하게 임무를 수행하였고, 함경도의 외직에 배정되어서도 한 지역의 현안을 매듭짓는 등 선정으로써 치적을 쌓았다. 그리고 인종비 인성왕후의 사망으로 빚어진 정국 갈등의 와중에서 단호하고 결단력 있는 태도로 을사사화의 잔재를 청산하는 의욕적인 성과를 이루어 내었다.

이후백이 명종 시대의 그늘을 청산하는 작업에 일관되게 동조하여 정치적 처신을 함께했다는 점에는 의문의 여지가 없다. 이러한 처신과 정치적 활동이 그의 일생의 관직 생활을 대표한다고 할 수 있다. 그 과정에서 선조 초년 이준경과 김개 등 고위직 관인과 대립하는 세력의 일원이었다. 반대 세력 측에서는 제거해야 할 중요한 대상을 특정할 때, 항상 이후백은 이 명단에 포함되었다. 이 무렵 이후백은 매우 의욕적으로 활동하였지만, 그만큼 삶의 위기이기도 하였다. 그러나 선조 초년 갈등과 대립이 유혈의 사화로 귀결되지는 않았다. 아마도 극단적 사화가 야기되었던 어두운 그림자를 되풀이하지 않으려는 관인층 내의 조정 노력이 작용하였을 것이다.

이후백의 시대는 정치적 그늘과는 상관없이 조선의 이학(理學)이 절정기에 도달하였던 시기이다. 성리학은 수신의 수단이며, 사유의 유일한 논리가 되었다. 그는 이러한 시대상에 부응하여, 성리학이 요구하는 처신을 관인으로 복무하는 정치의 현장에서 실천하였다. 그의 사상적 성취는 분명하게 확인되지 않지만, 그는 성실하며 일관된 태도를 견지한 유능한 관인이었다. 그의 의지와 상관없이 주어진 시대적 과제를 회피하지 않고, 자신의 역량을 다하여 감당하였다. 그는 자신이 살았던 시대에 대한 자부심이 있었고, 그러한 자부심을 실천해 갈 단호함과 확고한 추진력을 겸비하였다.

이후백 사후 그는 서인으로 분류되지만, 그의 생애 시기에 그가 사림계 내에서 파당을 나누어 스스로의 세력을 인식하거나 반대편을 특정하여 정치적 공세를 이어 갔다는 증거는 발견되지 않는다. 드러나는 자료에 의하면, 그가 명종 시대 구신에 대해서는 명확한 대립 세력이었지만, 이들과 대립 관계에 있던 사림계 관료 상호 간 편당적인 인식이나 행위는 확인되지 않는다. 오히려 그는 불편부당한 처신을 견지하였던 인물이었다. 즉 이후백은 을사사화로 대표되는 명종 시대의 그늘 속에서 관계에 진출하여, 부정적인 현실에 타협하지 않았고, 선조 초반 이러한 과거를 청산하는 과정에서 단순히 과거를 지워 가는 것이 아니라, 당시의 시대적 성취를 평가하고 이에 기반하여 다음 세대를 준비해 가는 방향으로 과거를 청산하는 작업에 충실한 인물이었다.

그는 이황이나 기대승같이 시대를 대표하는 사상적 성취를 이루지도 않았고, 이이나 정철과 같이 정치 세력을 대변하는 관인의 모습을 추구하지도 않았다. 그러나 성리학적 이상을 내면화하여 정치적 현장에서 실천하고, 성리학적 학습에 기반하여 시대 정신의 긍정성을 적확하게 인식하고 설득력 있게 평가할 수 있었다는 점에서, 시대가 요구하는 이상적인 관인상에 가장 근접한 인물이었다고 평가된다.

| 참고문헌 |

원전

『청련집』.
『명종실록』.
『선조실록』.
『선조수정실록』.
『연려실기술』.
『문과방목』.

단행본

김돈,『조선전기 군신권력관계 연구』, 서울대 출판부, 1997.

김우기,『조선중기 척신정치연구』, 집문당, 2001.

이성무,『조선시대 당쟁사 1』, 동방미디어, 2000.

정홍준,『조선중기 정치권력구조 연구』, 고려대학교 민족문화연구소, 1996.

논문

강제훈,「조선초기 가계계승 논의를 통해 본 姜希孟家의 정치적 성장」,『조선시대사학보』42, 2007.

강제훈,「조선 光國功臣 金澍의 가문과 관직 생활」,『한국인물사연구』19, 2013.

고영진,「16세기 湖南士林의 활동과 학문」,『남명학연구』3, 1993.

고영진,「조선시대 유학 계보 연구의 검토」,『한국사상사학』12, 2012.

권인용,「明中期 조선의 종계변무와 대명외교」,『명청사연구』24, 2005.

김경래,「명종대 말~선조대 초반의 정국과 沈義謙」,『조선시대사학보』82, 2017.

김동하,「李後白의 生長과 詩人的 形成 過程」,『서강대논문집』17, 1998.

김영두,「宣祖初 文廟從祀 論議와 道統論의 變化」,『한국사상사학』31, 2008.

김항수,「宣祖 初年의 新舊葛藤과 政局動向」,『국사관논총』34, 1992.

박성주,「조선전기 朝·明 관계에서의 宗系 문제」,『경주사학』22, 2003.

백승종, 「16세기 조선의 사림정치와 김인후(金麟厚)—비정치적 일상의 정치성」, 『진단학보』 92, 2001.

송재용, 「미암 유희춘의 생애와 학문」, 『퇴계학연구』 10, 1996.

송찬식, 「조선조 사림정치의 권력구조」, 『경제사학』 2, 1978.

이미종, 「조선시대 중종~선조대 문묘종사논의의 교육학적 해석」, 『도덕교육연구』 22-2, 2011.

이정철, 「선조 대 당쟁의 원인과 전개양상—이이를 중심으로」, 『장서각』 28, 2012.

이정철, 「선조대 '동서분당' 전개의 초기 양상」, 『민족문화』 43, 2014.

이종범, 「15세기 말~16세기 중반 전라도 유배인의 활동과 교유양상」, 『역사학연구』 41, 2011.

임명희, 「『國朝儒先錄』에 나타난 선조대 사림파의 道統 인식과 관념의 변화」, 『민족문화논총』 60, 2015.

정만조, 「조선중기 유학의 계보와 붕당정치의 전개 (1)」, 『조선시대사학보』 17, 2001.

정재훈, 「미암 유희춘의 생애와 학문」, 『남명학연구』 3, 1993.

정재훈, 「16세기 사림 공론의 내용과 의미」, 『조선시대사학보』 71, 2014.

정호훈, 「미암 유희춘의 학문 활동과 『治縣須知』」, 『한국사상사학』 29, 2007.

진상원, 「조선중기 道學의 정통계보 성립과 文廟從祀」, 『한국사연구』 128, 2005.

[부표] 이후백의 생애와 주요 사건

연도	왕력	나이	주요 사항	비고
1520	중종 15	1세	출생(4월 11일, 함양).	
1521				定順王后(단종비) 사망.
1527				작서의 변. 남곤 사망.
1528		9세	부친, 모친상〈연〉.	※기대승 출생.
1529		10세		
1530		11세		
1531		12세	表寅 문하 수학〈연〉?	심정 사사.
1532		13세		
1533	중종 28	14세		경빈, 복성군 사사. 李荇 강진 안치(11월).
1534		15세		
1535	중종 30	16세	강진 거주(조모 홍씨)〈연〉.	※성혼 출생.
1536		17세		※이이, 정철 출생.
1537	중종 32	18세		李荇 방면(10월). 11월 서용.
1538		19세	*귀양 중인 李荇 대면〈연〉?	李荇 예판(2월). ★유희춘 문과.
1539		20세		
1540		21세	혼인(홍씨)〈연〉.	
1541		22세		경빈, 복성군 신원(김안로, 김희 진범).
1542		23세	향시〈연〉.	
1543		24세		
1544		25세		인종 즉위(11월).
1545		26세		명종 즉위(7월). ★을사사화(8월).
1546		27세	사마시〈연〉 진사 3등. 71/99〈사마방목〉.	
1547		28세		★양재벽서사건. ★유희춘 유배(함경 종성).
1548		29세	조모 홍씨 상〈연〉.	
1549		30세		
1550		31세		

1551		32세		
1552		33세	장성 김인후 방문〈연〉?	*김인후 순창에서 활동.
1553		34세		
1554		35세	광주 기대승 방문〈연〉?	
1555	명종 10	36세	문과 을묘 식년. 병과(32인) 4월〈문과방목〉.	을묘왜변(5월).
1556		37세		
1557		38세		★이이 문과.
1558	명종 13	39세	승문원 박사(8월) 聰敏能詩, 博通古書.	
1559	명종 14	40세		
1560	명종 15	41세	世子侍講院說書(5월 3일), 正言(5월 12일) 風度端雅, 然處事之際, 作爲過之. *사간 활동 나타남. 世子侍講院司書(8월 4일).	김인후 사망(1월).
1561	명종 16	42세		
1562	명종 17	43세	世子侍講院司書(11월).	★정철 문과.
1563	명종 18	44세	병조정랑(2월). 弘文館副修撰(5월 11일) 雍容端重, 加以淸素. 才富文華, 守正不撓. 이조좌랑(5월 29일). *이량 아들 이정빈, 압박, 과천현감 좌천 시도(8월 19일). 書堂8인(12월).	
1564	명종 19	45세	科擧等事, 圖形二十三幅(6월). 병조정랑(10월) 性端重剛斷, 操心謹愼. 文不尙浮華, 居官盡職.	
1565	명종 20	46세	홍문관副校理(1월 11일). 兵曹正郞(1월 20일). 議政府檢詳(10월 9일). 議政府舍人(10월 19일). 司憲府掌令(11월 5일). 掌令(11월	

			18일)〈爲人莊重謹愼, 以禮自持, 動止有則, 心存淡泊, 未嘗干進. 李樑重其名, 欲引爲黨類, 退託不見, 以此見忤, 至欲排擯. 勵志觀書, 所學甚精, 詩文豪健, 人多稱誦〉. 議政府舍人(11월 22일).	문정왕후 사망(4월).
1566	명종 21	47세	司憲府執義(2월 3일) 早有能詩名. 持身端雅. *집의 활동. 弘文館副應敎(2월 28일). 弘文館應敎(3월). 議政府舍人(7월). 議政府舍人(9월 10일). 議政府舍人(10월 1일).	
1567	명종 22	48세	弘文館典翰으로 명사 원접사종사관(1월).	명종 사망(6월). ★유희춘 복귀.
1568	선조 1	49세	外房堂上(8월) 실록청 — 편수자 명단에는 미포함.	
1569	선조 2	50세	*김개 모함 논의(6월). 都承旨(8월 26일).	
1570	선조 3	51세	都承旨(5월 14일). *을사 사안 논의(8월). 『국조유선록』 서문(12월 1일―선수).	★이황 사망.
1571	선조 4	52세	庭試魁(3월). 大司憲(8월). 右尹(11월).	
1572	선조 5	53세	○甲寅/柳希春曰: "當代詞章之士, 盧守愼, 金貴榮, 尹鉉, 李後白, 奇大升, 朴承任最著, 而後白差遲澁." 云(10월 1일). ○特旨 大司憲(11월).	이준경 사망. 기대승 사망.
1573	선조 6	54세	호조참판(1월). ○己卯/ 奏請使李後白, 尹根壽, 書狀官尹卓然, 發向中國 燕京(2월). 提學(6월).	

			이조참판(7월 2일). 同知成均館事(7월 17일). 同知經筵(11월 25일).	
1574	선조 7	55세	*호판 추천(3월). 호판(5월 11일-선수). *제학(5월) 활동기록(7월). 대사헌(7월 13일). 대사간(7월 21일). 체차(7월 27일)(7월 1일- 선수). 대사헌初度呈辭 체차(8월).	
1575	선조 8	56세	지문 작성(3월 7일). 대사간(3월 20일). 함경관찰사(8월 1일-선수後白淸惠爲治. 兵民愛悅. 罷去後立碑頌美).	인순왕후 사망(명종비).
1576	선조 9	57세		
1577	선조 10	58세	이판(10월 1일-선수後白按關北, 淸愼明察, 施設有條理. 去後, 民懷善政, 立碑頌德).	
1578	선조 11	59세	이판 신병 체직(6월 1일- 선수). ★사망. 졸기(10월 1일-선수).	노진 사망.
1579	선조 12			
1590	선조 23		광국공신2등, 연양군(延陽君) 추봉.	
1592	선조 25		임진왜란.	

청련 이후백 시문의 재평가

심경호

1

서론

이후백(李後白, 1520~1578)의 본관은 연안, 자(字)는 계진(季眞), 호는 청련(靑蓮)·청련거사(靑蓮居士), 시호는 문청(文淸)이다. 관찰사 이숙함(李淑瑊)의 증손으로, 현감 이원례(李元禮)의 손자이며 이국형(李國衡)의 아들이다.[1] 어머니는 임종의(林宗義)의 딸이다. 이원례는 영남 일원의 문사 32명이 진주 촉석루에서 맺은 진양수계인 금난계의 회원으로 풍월을 좋아하고 당나라 시선이라 불리던 이백을 무척 좋아하여 장자 이국권(李國權)에게서 난 손자의 이름을 '작은 이백'이라는 뜻으로 소백(小白)이라 짓고, 차자 이국형에게서 난 손자는 '뒤에 태어난 이백'이라는 뜻으로 후백(後白)이라고 지었다고 한다. 그리고 이후백의 자 '계진'은 이백을 처음 인정해 주었던 하지장(賀知章)의 그것과 같고, 호 '청련'은 이백의 호와 같다.[2]

---

1) 李國衡은 李元禮의 차남인데, 李世文의 후사로 나갔다.
2) 申用浩·姜憲圭, 『先賢들의 字와 號』, 전통문화연구회, 1998, 62쪽.

이후백은 1520년 4월 11일 경상도 함양군(咸陽郡) 우암촌(牛岩村)에서 출생했다. 9세에 양친을 잃고 백부 국권(國權)의 집에서 양육되었다. 함양에 기거할 때 당곡(唐谷) 정희보(鄭希輔, 1488~1547)를 사사했다. 이때 구졸암(九拙菴) 양희(梁喜, 1515~1580), 옥계(玉溪) 노진(盧禛, 1518~1578)과 동문이어서, 그들과 함께 '천령삼걸(天嶺三傑)'로 일컬어졌다.[3]

16세에는 조모 홍씨의 친정인 전라도 강진(康津)으로 이주했다. 21세 때 군수 홍처성의 딸이며 조모 정부인의 질손 홍씨와 결혼했다. 강진에 거처하면서, 석천(石川) 임억령(林億齡, 1496~1568), 하서(河西) 김인후(金麟厚, 1510~1560), 사암(思庵) 박순(朴淳, 1523~1589), 고봉(高峯) 기대승(奇大升, 1527~1572), 송천(松川) 양응정(楊應鼎, 1519~1581) 등과 교유했다.[4] 이후백은 김인후를 매우 존경하여, 소쇄원(瀟灑園)에서 종유했다.[5]

나이 27세에 사마시(司馬試)에 합격하고, 36세 때인 1555년(명종 10) 을묘 식년시에 을과로 급제했다. 1563년(명종 18) 12월 12일(병진)에는 정원이 뽑은 독서당 인원 8원 가운데 한 사람으로 보고되었다. 박순(朴淳)·정윤희(丁胤禧)·유전(柳㙉)·최옹(崔顒)은 앞서 뽑은 사람들이고, 기대승(奇大升)·이산해(李山海)·신응시(辛應時)·이후백은 뒤에 더 뽑은 사람이었다.[6] 그 후 59세로 졸하기까지 24년간 조정에서 관직 생활을 했다. 호남 암행어사를 지냈고, 대사간·이조판서·호조판서 등을 역임했다. 1569년(선조 2) 성절사(聖節使) 종사관으로 명나라에 다녀왔다. 1573년(선조 6, 계유) 종계변무정사(宗系辨誣正使)의 공적을 세웠다.[7] 1574년 형조판서가 되고 다음 해 함경도 관찰사가 되어

3) 李德壽,『西堂私載』卷8, 墓碣銘,「史曹參判贈史曹判書梁公墓碣銘」: "及長, 與盧玉溪禛·李靑蓮後白, 相切磋爲學, 時稱天嶺三傑."; 김윤수,「좌안동우함양(左安東右咸陽)과 천령삼걸론(天嶺三傑論)」,『한문고전연구』29, 한국한문고전학회, 2014, 7~39쪽.

4) 金東河,「靑蓮李後白의 詩文學硏究」, 연세대 대학원 박사학위논문, 1999, 8~32쪽; 최석기,「李後白論」,『南道文化硏究』19, 순천대학교, 2010, 40~45쪽.

5) 金東河,「靑蓮李後白의 詩文學硏究」, 연세대 대학원 박사학위논문, 1999, 20~22쪽.

6) 『明宗實錄』卷29, 明宗 18年(癸亥, 1563) 12月 12日(丙辰).

선정을 베풀었다. 이수광(李睟光)의 『지봉유설(芝峯類說)』에 임제(林悌)가 이후백이 '맥도(貊道)[8]'를 행하여 흉년 등의 이유로 조세를 견감(蠲減)하는 일이 정도를 잃어서 군읍이 되려 황폐해졌다고 지적한 칠언절구 1수가 전한다.[9] 1590년에 이르러, 1573년의 종계변무 공적으로 광국공신(光國功臣) 2등과 연양군(延陽君)에 추봉되었다. 사후 청백리에 녹선되었고, 함흥의 문회서원(文會書院)과 강진의 서봉서원(瑞峰書院)에 배향되었다. 서봉서원에 배향된 것은 1590년의 일이라고 한다.[10] 원래 강진 서기산 북편 아래 강진읍 서산리 월곡마을에 위치했다. 강진읍의 서쪽, 만덕산 백련사의 북쪽, 호산(湖山)의 북편에 해당한다. 현재 박산서원으로 개칭하여 강진군 작천면 현산리 박산마을로 옮겨져 있다. 서인 노론 계열의 서원이다.

이후백은 어려서부터 시명이 높았고,[11] 박순과 더불어 당시 시단에 당시풍을 진작시키는 데 크게 기여했다.[12] 문학사적으로도 커다란 족적을 남겼다.

---

7) 國譯靑蓮集刊行會, 『國譯靑蓮集』, 「연보」 1573年條, 全南大學校出版部, 1992.

8) 『맹자』 「고자(告子)」 下편 10장에, "백규가 '나는 20분의 1을 세(稅)로 거두려 하는데 어떻습니까?' 하자, 맹자가 '자네의 도(道)는 맥(貊)의 도이니. … 맥국에는 오곡이 생산되지 않고 성곽·궁실·종묘·제사 등의 예가 없다. … 그러므로 20분의 1만 거두어도 넉넉하다.' 했다.[白圭曰: '吾欲二十而取一, 何如?' 孟子曰: '子之道, 貉道也. … 夫貉, 五穀不生, 惟黍生之. 無城郭·宮室·宗廟·祭祀之禮 … 故二十取一而足也.']"라고 나온다. 또 말미에 "요순의 도보다 세금을 경감하고자 하는 자는 큰 맥국에 작은 맥국이요.[欲輕之於堯舜之道者, 大貉小貉也.]"라고 했다. 함경감사 이후백이 맥국의 법도처럼 가벼운 세금을 매겼던 것이 재정난을 초래했음을 맥도로 비유했다.

9) 李睟光, 『芝峯類說』, 文章部 6, 「東詩」: "李判書後白爲咸鏡監司, 莅政淸明, 務祛宿弊, 一道稱頌. 然蠲減太甚, 郡邑凋敝, 科外誅求, 民始苦之, 林悌有詩曰: '蕙折霜風玉委塵, 一時淸德動替紳, 可憐貊道終難繼, 相國醫民是病民.'" 『연려실기술(練藜室記述)』, 『오산설림초고(五山說林草藁)』, 『여유당전서(與猶堂全書)』 등에 실려 있으나 정작 『임백호집』에는 확인되지 않고 있다. 『오산설림초고』는 전구 두 번째 글자가 矜으로 되어 있으나 의미상의 차이는 없다.

10) 나중에 고죽 최경창과 옥봉 백광훈을 추배했다.

11) 柳希春, 『眉巖先生集』 卷9, 「上經筵日記別編」, 「壬申」: "當代詞章之士, 盧守愼·金貴榮·尹鉉·李後白·奇大升·朴承任最著, 而季眞差遲澁云."; 李濟臣, 『淸江先生詩話』: "李佐郎後白朴執義淳皆自幼時有詩名."

12) 李選, 『芝湖集』 卷10, 「思菴朴公行狀」: "後來崔慶昌·白光勳·李達之流, 其源皆自公所倡始."; 金

『청련집』에는 절구·율시·배율·고시 등의 한시 100여 수가 실려 있는데, 당시풍의 절구가 특히 유명하다. 이후백은 허균(許筠, 1569~1618)이 주목한 16세기 호남의 작가에는 선정되지 못했고, 이수광(李睟光, 1563~1628)이 꼽은 당대의 호남 시인에 들지 못했다.[13] 하지만 김창협(金昌協, 1651~1708)은 이후백에 대해 "호남의 시는 청련 이후백 때부터 비로소 당시(唐詩)를 배우기 시작했는데, 백광훈(白光勳, 1537~1582)과 최경창(崔慶昌, 1539~1583)이 대를 이어 더욱 문단에 이름을 높였다."[14]라고 평했다. 1572년(선조 5) 10월 1일(갑인) 유희춘(柳希春)은 선조에게 당대 문장의 대표적 인물을 열거하여, "이 시대 사장(詞章)의 대표적 인물로는 노수신(盧守愼)·김귀영(金貴榮)·윤현(尹鉉)·이후백(李後白)·기대승(奇大升)·박승임(朴承任)을 치는데 이후백이 조금 뒤진다고들 합니다."라고 했다.[15] 1575년(선조 8) 명종의 왕비 인순왕후(仁順王后, 1532~1575, 강릉康陵)가 서거하자, 3월 7일(병오)에 이후백은 지문(誌文)을 지어 올렸다. 애책(哀冊)은 허봉(許篈)이, 시책(諡冊)은 구봉령(具鳳齡)이 차례로 지어 올렸다.[16]

이후백은 경학에 밝았다. 이 사실은 문집 『청련집(靑蓮集)』(3권 1책)의 「연보(年譜)」에서 살필 수 있다.

선생의 학문은 날로 진보되어 옥봉(玉峯) 백광훈(白光勳), 고죽(孤竹) 최경창(崔慶昌), 동은(峒隱) 이의건(李義健), 고담(孤潭) 이순인(李純仁), 남계(南溪) 김윤(金

　　昌協,『農巖集』卷22,「苔川集序」: "湖南之詩, 自李靑蓮始學唐. 因以崔白代興, 益有聲詞苑."

13)　허균은 호남의 대표 시인으로 朴訥齋昆季·崔山斗·眉菴昆季·梁彭孫·羅世纘·林亨秀·金河西·林石川·宋純·吳璟·朴思菴·李一齋·梁松川·奇高峯·高霽峯 등을 꼽았고, 이수광은 당대 호남의 10대 시인으로 朴祥·林億齡·林亨秀·金麟厚·梁應鼎·朴淳·崔慶昌·白光勳·林悌·高敬命을 들었다. 許筠,『惺所覆瓿藁』卷23,「湖胡人才之浮沈」; 李睟光,『芝峯類說』卷4, 文章部7.

14)　金昌協,『農巖全集』,「苔川集序」: "湖南之詩, 自李靑蓮後白始學唐, 因以崔白代興, 益有聲詞苑."

15)　『宣祖實錄』卷6, 宣祖 5年(壬申, 1572) 10月 1日(甲寅).

16)　『宣祖實錄』卷9, 宣祖 8年(乙亥, 1575) 3月 7日(丙午).

胤), 선비 임회(林薈), 선비 윤기(尹箕) 등이 모두 선생을 따라 교유했고, 백광훈과 최경창 두 사람은 사제의 예를 갖추었다. 청계(淸溪) 유몽정(柳夢井)과 건재(健齋) 김천일(金千鎰) 등 이름난 선비들도 예문(禮文)에 착오가 있거나 경서의 뜻에 의심스럽거나 모르는 곳이 있으면 반드시 여러 번 찾아와서 어려운 점을 물어보고 감탄하기를 "논변이 정확하여 지금 세상 사람들이 발돋움해도 따라갈 수 없다." 하였다.[17]

한편, 이후백의 아들 이선경(李善慶, 1576~1619)[18]은 찰방(察訪)을 지냈고, 손자 이태길(李泰吉)은 현감을 지냈다. 이복길(李復吉)은 연시조 「오련가」 2편을 남겼다.[19] 증손 이수인(李壽仁, 1601~1661)은 1624년(인조 2) 생원시와 진사시에 합격하여 1632년 헌릉참봉이 되었고, 이듬해 증광문과에 병과로 급제하여 승문원권지부정자가 되었다. 1638년 저작박사·전적에 승진하고, 이어 감찰·병조좌랑·정언을 지냈다. 1642년 재차 전적에 제수되었으나 사은례만 하고 귀향했다. 이수인에 대해서는 박세채(朴世采, 1631~1695)가 행장을 지어, "평소 임천(林泉)을 몹시 좋아하는 성벽(性癖)이 있어 월출산(月出山)의 안정동(安靜洞)에 집을 짓고 심신을 수양하다가 세상을 떠났다."라고 했다. 강진군 성전면 월하리에는 안운(安雲), 월하(月下), 죽전(竹田) 마을이 있는데, 안운 마

---

17) 國譯靑蓮集刊行會, 『國譯靑蓮集』, 「年譜」, 全南大學校出版部, 1992: "先生學問日進, 白玉峯光勳·崔孤竹慶昌·李峒隱義健·李孤潭純仁·金南溪胤·林斯文薈·尹斯文箕, 皆從而遊. 白崔兩公, 則因執師弟之禮. 柳淸溪夢井·金健齋千鎰, 諸名儒每有禮文庭, 經義疑晦處, 必往復問難, 歎曰論辯精確, 非今世人所可跂及."

18) 이선경은 임진왜란 때 전사했는데, 또 다른 아들 이유길(李有吉)은 18세 때 이순신의 휘하에 들어가 명량해전에서 공을 세워 9품직을 받았다. 명나라에서 후금의 침입으로 원병을 청하자, 이유길이 우영장으로 출전하여 전사했다. 순조 때 대광보국숭록대부의정부영의정겸영경연춘추관관상감사세자사(大匡輔國崇祿大夫議政府領議政 兼領經筵春秋館觀象監事 世子師)로 증직되었으며 충의(忠毅)라는 시호가 내렸고, 부조묘의 은전도 내렸다. 용정사(龍井祠)에 이순신과 같이 배향되어 있다.

19) 구사회·박재연, 「『傳家秘寶』와 松亭 李復吉의 새로운 연시조 〈五連歌〉에 대하여」, 『한국시가연구』 40, 한국시가학회, 2016, 97~117쪽.

을은 바로 인근의 안정동과 백운동을 합친 이름이다. 한국의 대표적인 별서의 하나로 최근 주목받는 강진 백운동 별서는 원래 이후백의 소유였던 것으로 밝혀져 있다.[20] 1661년 이수인이 죽은 후에 백운동 원림의 소유권이 연안 이씨로부터 원주이씨 이담로에게 넘어간 것으로 추정된다. 강진 원주이씨 백운동 입산조 이담로의 부친은 이빈(李彬)으로, 그의 외조부가 백광훈이다. 이후백의 손자 이복길의 부인 해미백씨는 백광훈의 손녀이다. 이후백의 증손이 이수인이고, 이후백의 제자인 백광훈의 외증손이 바로 이담로이다.

이후백의 문학에 대해서는 작가론,[21] 한시론,[22] 시조론,[23] 삼당시인 및 호남 시단과의 교류,[24] 당시풍[25] 등을 중심으로 비교적 많은 논고가 발표되었다.

본고는 기왕의 연구성과를 바탕으로 하면서, 청련 이후백의 시문학이 지닌 특징을 재검토하기로 한다.『청련집(靑蓮集)』은 1700년 전후에 간행된 목판본이 초간인 듯하며, 간행 경위는 분명하지 않다. 불분권 1책으로 총 40판

---

20) 강진 백운동은 이후백 집안의 사패지로 알려져 있다. 정민,『강진 백운동 별서정원』, 글항아리, 2015, 50쪽; 김경국,「강진 원주이씨의 백운동(白雲洞) 별서(別墅) 정착과정 고찰」,『민족문화연구』81, 고려대학교 민족문화연구원, 2018, 177~200쪽.

21) 최석기,「李後白論」,『남도문화연구』19, 순천대학교, 2010.

22) 金東河,「靑蓮李後白의 詩文學研究」, 연세대 대학원 박사학위논문, 1999; 김동하,「이후백의 삶과 시」,『외국문화연구』22, 조선대학교 인문학연구소, 1999; 김동하,「靑蓮李後白詩의 風格」,『고시가연구』15, 한국고시가문학회, 2005; 김동하,「李後白의 七言古詩에 드러난 儒敎思想의 詩的形象化」,『고시가연구』18, 한국고시가문학회, 2006; 金大鉉,「靑蓮李後白漢詩에 나타난 두 가지 새로운 경향」,『한국언어문학』53, 한국언어문학회, 2004.

23) 呂基鉉,「瀟湘八景의 受容과 樣相」,『중국문학연구』25, 한국중문학회, 2002; 鄭容秀,「李後白의 瀟湘八景歌 辨證」,『문화전통논집』창간호, 경성대학교 부설 한국학연구소, 1993; 金基鉉,「李後白과 그의 時調」,『시조학논총』2, 한국시조학회, 1986.

24) 金鍾西,「玉峯白光勳과 湖南詩壇의 交遊」,『한국한시연구』10, 한국한시학회, 2002; 김종서,「16세기 湖南詩壇과 三唐詩人」,『한국한시연구』11, 한국한시학회, 2003.

25) 김동하,「청련 이후백 시의 풍격」,『한국시가문화연구』15, 한국시가문화학회, 2005, 51~74쪽; 李聖炯,「청련 이후백의 당시풍 수용 양상 고찰: 절구의 시어와 소재분석을 중심으로」,『한문고전연구』29, 한국한문고전학회, 2014, 93~123쪽.

이다. 연세대학교 중앙도서관장본(811.97/이후백/청)이 있다.[26] 그러나 초간부터 이후백의 시문을 철저하게 수집하지 못해서, 이 문집으로는 이후백의 문학 세계의 전모를 이해하기 어려운 면이 있다. 이후백의 문집은 5종이 전하는데, 석판본『청련집』에 가장 많은 작품이 수록되어 있다. 또한 이 석판본을 자본으로『국역 청련집』이 간행되었다.[27]

---

26) 半葉은 10行 17字이고 半郭의 크기는 21.8×16.0cm이다. 한국고전번역원 한국문집총간의 『청련집』은 1700年 前後에 刊行된 木板本으로 연세대학교 소장본이다. 影印底本은 行狀의 第1·2·6板과 原集의 第1~6板이 狀態가 不良하여 同一本인 國譯靑蓮集刊行會의 影印本으로 代替했다고 한다.

27) 國譯靑蓮集刊行會,『國譯靑蓮集』, 全南大學校出版部, 1992.

2

이후백 시에 대한 재평가

한문학 연구자들은 16세기 한시에서 당시풍이 중시되었고, 당시풍은 삼당시인(三唐詩人)이 선도했다고 말한다.[28] 앞서 보았듯이, 김창협은 호남의 시가 청련 이후백 때부터 비로소 당시를 배우기 시작했고, 백광훈과 최경창이 그 뒤를 이었다고 말했다. 그러나 '당시풍'의 개념은 함의가 모호하다. '당시'라고

---

28) 삼당시인은 최경창(崔慶昌)·백광훈(白光勳)·이달(李達)을 말한다. 최경창의 본관은 해주(海州), 자는 가운(嘉運), 호는 고죽(孤竹)이다. 백광훈·이후백과 함께 양응정(梁應鼎)의 문하에서 공부했다. 1568년(선조 원년) 증광문과에 을과로 급제하여 북평사(北評事)가 됐다. 다음해 대동도찰방(大同道察訪)으로 복직했다. 1582년(선조 16) 53세에 종성부사(鍾城府使)로 특별히 제수되었으나, 북평사의 참소가 있었고 대간에서 갑작스러운 승진을 문제 삼았으므로 성균관직강에 개수되었다. 상경 도중에 종성객관에서 죽었다. 팔문장(八文章)의 한 사람으로도 불렸다. 문집에 『고죽유고(孤竹遺稿)』가 있다. 백광훈은 본관은 해미(海美), 자는 창경(彰卿), 호는 옥봉(玉峯)이다. 아버지는 백세인(白世仁)이며, 어머니는 광산김씨 첨정 김광통(金廣通)의 딸이다. 형인 백광안(白光顏)과 백광홍(白光弘) 및 종제 백광성(白光城) 등 한 집안 4형제가 문장으로 칭송을 받았다. 『옥봉집(玉峯集)』이 있다. 이달의 자는 익지(益之), 호는 손곡·동리(東里)이다. 허균이 그의 전기 「손곡산인전(蓀谷山人傳)」을 지었다. 『손곡시집(蓀谷詩集)』이 있다.

하여도 크게 4개 시대로 나눌 수 있다. 명나라 고병(高棅)은 『당시품휘(唐詩品彙)』의 1393년 작성 서(序)에서 개원(開元)부터 대력(大曆) 초까지를 성당, 대력부터 원화(元和) 말까지를 중당, 태화(太和)부터 오대까지를 만당이라고 보았다. 조이광(趙宦光)은 『당인만수절구(唐人萬首絶句)』의 1541년 간본 범례에서 성당은 개원(開元) 원년(713)부터 영태(永泰) 원년(765)까지 53년, 중당은 대력 원년(766)부터 태화 9년(835)까지 70년으로 보았다. 조이광의 설에 따르면 초당은 선천(先天) 원년(712) 이전의 95년간, 만당은 개성(開成) 원년(836) 이후 71년간이 이에 해당한다. 그런데 초당·성당·중당·만당의 각 시기마다 다양한 시풍이 공존했다.[29]

이후백의 시 가운데서 절구(絶句)는 당시풍이 짙다고 논하기도 한다.[30] 그러나 이후백의 시가 절구로 대표되는 것은 아니다. 이후백의 시를 당시풍으로 개괄하는 것은 설득력이 없다. 현전하는 이후백 시를 통하여 그 시세계를 재론할 필요가 있다.

송시열의 「청련선생이공행장(靑蓮先生李公行狀)」에는 공이 어렸을 때부터 총명했다고 했다. 『청련집』에는 이후백이 어렸을 때 지은 「탑송(塔松)」도 수록되어 있다. 이 시는 골동적이고 기념비적인 것보다도 생명적이고 성장하는 것

---

29) 이를테면 만당 70여 년간 다양한 시풍들이 공존했다. 우선 杜牧은 유미주의 작가이지만 우국적인 豪健性도 지녔다. 또 溫庭筠과 李商隱을 추종하던 韓偓·吳融·李羣王, 또 李商隱·溫庭筠과는 다른 작풍을 보여 준 皮日休·陸龜蒙, 또 杜牧의 칭예를 받은 張祜·趙嘏, 또 張籍 일파로 불리는 司空圖·朱慶餘, 賈島의 파로 지목되는 李洞·唐求·喩鳧·姚合의 파에 귀속되는 李頻·周賀·李咸用·方干·來鵬·陳陶·曹鄴, 芳林十哲로 불리는 10인 중의 鄭谷·張喬, 통속의 기치를 들고 放歌하던 羅隱·杜荀鶴·李山甫·胡曾 등이 이름을 날렸다. 이혜순, 「신라말 빈공제자의 시에 대하여」, 『한국한문학연구』7, 한국한문학연구회, 1984, 22~23쪽.

30) 17수에서 대우의 특징이 두드러지고, 抒情과 敍景에 적합한 시어의 활용 빈도가 높다. 매화 같은 경물도 고향의 표상으로 제한하여 인식했고, 풍경시는 淸新한 시어와 색감의 대조를 통해서 '淸奇'한 풍격을 구현했다. '閨怨'이나, 조선의 전설 및 지명도 과감하게 작품화했다. 李聖炯, 「청련(靑蓮) 이후백(李後白)의 당시풍(唐詩風) 수용(受容) 양상(樣相) 고찰(考察): 절구(絶句)의 시어와 소재분석을 중심으로」, 『한문고전연구』29, 한국한문고전학회, 2014, 93~123쪽.

을 우위에 두는 관념을 탑과 소나무의 비교를 통해 드러냈다. 이치를 따지듯
하면서, 해학적인 멋이 있다.

한 자 남짓 푸른 소나무 탑 옆에 심었더니	一尺靑松塔畔栽
탑은 높고 솔은 작아 서로 같지 못하네.	塔高松短不相齊
사람들은 소나무 낮은 건 탓하지 마소,	傍人莫怪靑松短
먼 훗날 소나무 더 높고 탑이 오히려 낮으리.	他日松高塔反低

이후백은 대우에 공교로웠다. 언젠가 김인후(金麟厚)가 "영산홍이 사양 속
에 비치고[映山紅映斜陽裏]"라는 구를 지었으나 오래도록 대구를 찾지 못하다
가, 좌랑 이후백이 찾아왔기에 말하자 지황이 뜰에 난 것을 보고 "생지황이
가는 빗속에 났네.[生地黃生細雨中.]"라고 했다. 김인후는 그럴싸하게 여겼다
고 한다.[31] '영산홍(映山紅)'과 '생지황(生地黃)'을 초목문(草木門)의 대어(對語)
로 사용하며, 지리의 '山'과 '地', 색깔의 '紅'과 '黃'을 짝으로 했다. '山'은 평성,
'地'는 거성으로 평측교호의 원리로 지켰다. 본동사 '映'과 '生'을 대로 한 것도
공교하다. '斜陽'과 '細雨'도 천문문(天文門)의 대어이다.

이후백은 시평에도 뛰어났다. 비록, 유희춘은 인간적으로 이후백을 높이
평가하지는 않았으나, 이후백의 시적 재능은 인정했다. 유희춘은 자신이 김계
(金啓, 자 亨彦)를 위해 지은 장편의 만사(挽詞)를 이후백에게 보여주었는데, 이
후백은 그 시를 칭찬하되, "차가운 산에 눈물이 반짝이네.[冷山淚爲熒.]"라는
구절을 병폐로 지적했다. 유희춘은 그 지적을 받아들여, 그 구절을 "또 북해
의 귀양살이 슬프니, 눈물이 두 눈에 반짝이네.[又悲北海棘, 淚眚從雙熒.]"로 고
쳤다고 한다.[32]

---

31) 李濟臣, 『淸江先生詩話』: "金河西嘗得句: '映山紅映斜陽裏,' 久未覓對. 一日見李佐郎後白至, 語
及之. 李見地黃生階, 乃曰: '生地黃生細雨中'. 河西然之."
32) 柳希春, 『眉巖先生集』 권11, 日記, 갑술년(1574)[만력(萬曆) 2년 우리 선조대왕 7년] 1월 4일.

이수광은 『지봉유설』 문장부(文章部) 6 「동시(東詩)」에서 이후백의 시 2수를 거론하고 논평했다.

판서 이후백이 어렸을 때 방백의 길을 범했다. 방백이 이후백에게 시를 짓도록 명하자 공은 즉시 절구 한 수를 올렸다.

먼 들 비낀 날에 동쪽 서쪽을 알 수 없는데	遠郊斜日眩西東
눈을 때리는 티끌 모래가 북풍에 괴롭네.	撲眼塵沙困北風
잘못 상아 깃발에 부딪쳤으나 한스럽지 않아라,	誤觸牙旌知不恨
가낭선이 이로부터 한유 공의 지우를 입으려니.	浪仙從此識韓公

방백은 몹시 놀라며 경탄하고 예를 갖추어 후백을 돌려보냈다. 혹자는 이 시는 옛사람이 지은 것인데 공이 차용한 것이라고 한다.[33]

이후백의 시는 가도(賈島)와 한유(韓愈)의 고사를 이용했다. 가도의 자가 낭선이다. 시의 구절을 퇴고하는 데 골몰하여 한유의 행렬을 보지 못하고 난입하고 말았다. 그러나 한유는 마음에 두지 않고 가도와 함께 시의 구절을 반복해서 토론했다고 한다.

이후백의 「규정(閨情)」 시에 "이 몸은 오로지 문 앞 버들 닮아서, 눈썹 비록 새로우나 속은 이미 썩었다오.[妾身只似門前柳, 眉樣雖新已杇心.]"[34]라 하고, 김

---

33) 李睟光, 『芝峯類說』, 文章部 6, 「東詩」: "李判書後白少時, 犯路於方伯, 方伯令製詩, 公卽呈一絶曰: '遠郊斜日眩西東, 撲眼塵沙困北風. 誤觸牙旌知不恨, 浪仙從此識韓公.' 方伯大加驚歎, 禮而遣之. 或言: 此乃古人所作而公借用云"; 『靑蓮先生集』 卷1, 七言絶句, 「犯馬」: "遠郊初日眩西東, 搏面塵沙滾北風. 誤觸牙旌知不恨, 浪仙從此識韓公."

34) '杇'字가 『靑蓮集』 卷1 「閨怨四時詞」에 '朽'로 되어 있다. 뜻은 통한다.

극검[35]의 시에 "은 촛대의 촛불은 마치 나와 같아서, 눈물 다하자 문득 마음을 태우누나.[銀缸還似妾, 淚盡却燒心.]"라고 했다. 좋은 것 같다.[36]

「규정」은 『청련집』에 있는 「규원사시조(閨怨四時調)」 중 '춘(春)'의 구절이다.

희디희고 붉디붉은 곱던 해 흐려져도	白白紅紅麗日陰
빈 동산 봄빛은 까닭 없이 짙어라.	空園春色等閒深
이 몸은 오로지 문 앞 버들 닮아서	妾身只似門前柳
눈썹 비록 새로우나 속은 이미 썩었다오.	眉樣雖新已朽心

김극검(金克儉)의 구절은 『속동문선(續東文選)』 권9에 실려 있는 「규정(閨情)」이다.

삼동의 옷을 전하지 못해	未授三冬服
부질없이 밤중의 다듬이를 재촉하노라니,	空催半夜砧
은 촛대의 촛불은 마치 나와 같아서	銀缸還似妾
눈물 다하자 문득 마음을 태우누나.	淚盡却燒心

'규원'은 여성 자신이 스스로 지은 것이든 남성이 여성의 말투를 모방해서 지은 것이든 끊임없이 제작되었다. 김극검과 이후백은 여성의 시각에서 먼 곳에 있는 애인을 그리워한다. 비유법을 사용했지만 시의 형식이 서로 다르다.

---

35) 김극검(金克儉, 1439~1499)의 본관은 김해, 자는 사렴(士廉), 호는 괴애(乖崖)이다. 1459년 (세조 5) 식년 문과에 정과로 급제해 한림이 되었다. 『세조실록(世祖實錄)』, 『예종실록(睿宗實錄)』, 『성종실록(成宗實錄)』 편찬에 참여했다.

36) "李後白「閨情詩」曰: '妾身只似門前柳, 眉樣雖新已朽心.' 金克儉詩曰: '銀缸還似妾, 淚盡却燒心.' 似佳."

이후백 시는 감정 표현이 더욱 완곡하고 김극검의 시는 직설적인 듯하다.

『청련집』에 들어 있는 「절구(絶句)」는 심상이 맑다.

보슬비 속에 돌아오는 길 헷갈려	細雨迷歸路
바람 속 십 리를 나귀 타고 어슬렁거리나니,	騎驢十里風
야생 매화꽃이 곳곳에 피어나서	野梅隨處發
그윽한 향기에 넋이 나가네.	魂斷暗香中

이후백의 시세계를 살필 때 주의할 점은 오랫동안 조신(朝臣)으로 있었으므로 궁중의 각종 행사에 참여하고 관련 시들을 작성했을 것이라는 사실이다. 그 일례로 응제(應製)의 칠언배율인 「서총대(瑞葱臺)」 시가 남아 있다. 서총대는 창경궁 후원의 대(臺)이다. 성종 때 창경궁 후원에서 파가 돋아났는데, 줄기 하나에 가지가 아홉이었으므로 당시 사람들이 이를 상서로운 파라고 했다. 연산군은 이곳에 대를 쌓고 서총대라고 불렀다. 곧 영화당(映花堂) 동남쪽, 지금의 춘당대(春塘臺) 동편에 있는 탕춘대(蕩春臺)가 바로 서총대였다. 명종은 1560년(명종 15) 9월 19일(임오)에 서총대에서 곡연(曲宴)을 행했다. 이날의 곡연은 규모가 매우 컸다.[37] 이날 명종은 율시로 지은 어제(御題)를 내리고 좌우에게 명하여 화운시를 지어 올리게 하고, 또 무신에게 명하여 과녁을 쏘게 하여 차등 있게 상을 내렸다. 그러고서 좌우에게 명하여 국화를 머리에 꽂게 하고, 술 잘 마시는 몇 사람에게는 특별히 큰 잔으로 마시게 했다. 저녁이 되어 신하들은 모두 궁촉(宮燭)을 하사받아 귀가했다. 『명종실록』을 편찬한 사신은, 곡연은 조정에서 하는 연향이 아니라 국왕이 사사롭게 신하들을 유희로 이끈 것이거늘 대간까지도 곡연에 참여한 것은 잘못이라고 비판했다. 그만큼 이날의 서총대 곡연은 매우 성대했음을 짐작할 수 있다. 영의정 상

---

37) 심경호, 『국왕의 선물』 1, BM성안당·BM책문, 2012.

진(尙震)은 다음 날 국왕의 은혜에 감사하는 전(箋)을 올렸다. 「상사서총대사
연전(上謝瑞蔥臺賜宴箋)」이라는 글로, 그의 문집 『범허정집(泛虛亭集)』에 전한
다. 명종은 사전(謝箋)을 받아 보고, "군주와 신하의 사이는 막히거나 거리를
두어서는 안 되오. 공경 벼슬과 시종 신하들은 예법에 따라 마땅히 후하게 대
접해야 할 것이오. 사은하지 않도록 하오."라고 비답을 내렸다. 서총대의 곡연
에 참석한 사람들은 예조에 당시의 곡연을 그림으로 그려 달라고 요청했다.
1564년(명종 19)에 비로소 축(軸)을 장황(粧)했다. 이 그림을 〈서총대친림사연
도(瑞蔥臺親臨賜宴圖)〉나 〈서총대시연도(瑞蔥臺侍宴圖)〉라고 하고, 혹은 〈서총
대인견도(瑞蔥臺引見圖)〉라고도 한다. 당시 곡연 참여자들의 명단은 『범허정
집』 부록의 「서총대사연좌목(瑞蔥臺賜宴座目)」이 있어, 당시의 관직까지 자세
히 알 수 있다. 이 좌목에 '승의랑(承義郎) 병조좌랑(兵曹佐郎) 지제교(知製敎)
이후백(李後白)'의 이름이 있다. 〈서총대인견도〉에는 1564년 홍섬(洪暹)이 서
문을 적었다. 이 글을 「서총대인견도서(瑞蔥臺引見圖序)」라고도 하고 「서총대
시연도첩후서(瑞蔥臺侍宴圖帖後敍)」라고도 했다. 조선후기에는 서총대에서 중
구절에 시사(試射)를 했다. 서총대 시사의 상격(賞格)을 반사하고 거둥 전후
에 어가를 따르는 군병에게 시상하라는 영이 내리면 호조의 여러 낭청이 계
사(計士)와 서리(書史)를 인솔하여 무명·베와 호피·표피를 가지고 대령했다.
단 국왕이 친림하여 상을 주는 경우가 아닐 때는 판하(判下)를 기다려서 제급
(題給)했다.[38] 이후백은 서총대 사연(賜宴)에서 응제하여 「서총대」 시를 지었
다. 칠언배율이다. 『청련집』에는 칠언배율의 시로는 이 1수만 들어 있다. 명종
의 시에 갱운(賡韻)한 것이 아니라 왕명에 응해서 지은 것이다.[39] '瑞蔥臺' 시
제 가운데 '臺'자를 제1연 마지막에 사용하고, 그 글자가 속하는 평성 灰운을
일운도저(一韻到底)했다.

---

38) 조선후기에 이르러 정조도 서총대 시사를 통해 신하들의 결속을 다졌다. 정약용은 「구월 서
총대에서 시사하던 날에 짓다[九月瑞蔥臺試射日作]」 시를 남겼다.

39) 李後白, 『青蓮先生集』 卷1, 七言排律, 「瑞蔥臺」(應制).

북쪽 궁원(宮苑) 언덕이 구불구불 돌아 나가는 곳	北苑岡巒邐迤回
동쪽 단애를 잘라 대라 부르네.	東邊斷卓割稱臺
하늘이 국업 열어 백성의 노역 덜어 주니	天開奕業鐲煩地
파가 영험한 복을 표시하여 서기 심었네.	葱表靈祇效瑞栽
날마다 만기를 총괄할 터에 행차를 간솔히 하여	日摠萬機臨幸簡
국운이 비운(否運)하여 연회를 재촉해서,	運丁中否宴遊催
증축을 하여 고소대와 장려함을 다투려 하여	築增欲軋姑蘇壯
환락이 극하여 사직의 재앙을 잊어버렸지.	樂極都忘社稷災
선인의 진계에는 잡초의 생성을 용납하지 않기에	眞界不容生草棘
중흥하여 먼지 없이 깨끗함을 기뻐했네.	中興初喜淨塵埃
대통을 크게 이어 황망한 옛 자취를 거울로 삼고	丕承永鑑荒亡迹
한가하신 날에 의장(儀仗)을 옮겨 오시어,	暇日閑移仗魏來
무예 살피고 농사 돌보아 방일을 방지하시니	閱武省農防逸弛
향그러운 연꽃과 푸른 솔이 소요의 흥을 돋우네.	荷香松翠侑徘徊
맑은 가을 조정의 신하들을 모두 불러	淸秋盡召周行彦
보불의 옥좌에서 옥술잔 따스한 술을 친히 주시니,	黼座親傳暖玉杯
범골이 풍진 너머로 어이 쉬이 이르랴?	凡骨隔塵那易到
이때 창을 든 시랑으로서 우연히 모셨다오.	當時執戟偶叨陪
신선 반열의 연회가 끝나 돌아갈 길 헷갈려서	仙班一輟還迷路
삼청궁을 꿈속에 맴도는 듯 황홀하여라.	怳似三淸夢裡廻

이후백은 이 「서총대」 시에서 연산군의 황음(荒淫)을 비판하고, 중흥의 이후에 군신제우(君臣際遇)의 성대한 광경을 칭송했다. 이후백은 이러한 사연의 때만이 아니라 각종 행사 때에도 응제시를 많이 지었을 것이다.

또한 이후백은 「중국 사신의 한강 시에 차운하다[次天使漢江韻]」라는 제목의 칠언율시를 문집에 남겼다.[40] 1567년(명종 22) 1월 12일(무진), 융경제(隆慶帝)의 등극조(登極詔)를 반포하러 중국 사신이 온다는 보고가 있어 좌찬성 홍섬(洪暹)이 접반관, 예조판서 박충원(朴忠元)이 원접사가 되었고, 홍문관 전한이던 이후백은 의정부 사인 기대승, 이조좌랑 이산해와 함께 원접사 종사관에 임명되었다. 당시 명나라 정사는 허국(許國), 부사는 위시량(魏時亮)이었는데, 일행의 한강 선유 때 지은 시일 것이다.

사행의 일 마치고 잠시 출유하니	使事初竣且出遊
우리나라에 이 누대 있음이 얼마나 다행인가?	陋邦何幸有玆樓
섬돌과 나란히 푸른 물결이 끝없이 일렁이고	階平碧浪漫無際
하늘 드넓어 먼 구름들 흩어져선 모이지 않네.	天闊遙雲散不收
한바탕 바람이 미친 듯하니 누가 장난하는가?	風陣放顚誰作戲
연회 자리 낭자하여 부끄러울 뿐.	宴筵狼藉秖堪羞
총총하여 누에 올라 조망하는 흥취를 다하지 못했는데	怱怱未盡登臨興
귀로에는 펄펄 눈송이가 갖옷에 가득하구나.	歸路翻然雪滿裘

이후백은 시문에 뛰어났으므로, 명나라 사신이 왔을 때 접반(接伴)의 역할을 하면서 중국 사신과 창화를 많이 했을 것으로 추정된다. 단, 『황화집(皇華集)』에는 이 시가 수록되어 있지 않다.[41]

이후백은 시의 중체(衆體)에 모두 능했다. 문집을 구성할 때 만시(挽詩)를 많이 수록했다. 그 가운데에는 백광홍(白光弘, 1522~1556)을 위한 만시가 있

---

40) 李後白, 『靑蓮先生集』 卷1, 七言律詩, 「次天使漢江韻」.

41) 趙季 輯校, 『足本皇華集』 中 卷之三十(隆慶元年丁卯頒登極詔使), 鳳凰出版社, 2013. '정묘황화집(丁卯皇華集)'에는 허국(許國)이 이후백에 준 시로 「양원증이사성(陽原贈李司成)」의 오언율시 1수가 있다. 주석에 "都監官, 成均館司成 李後白, 號陽原"이라 했다. 『명종실록』에서 이후백의 관함이 '홍문관전한'으로 되어 있는 것과는 차이가 있다.

다.[42] 백광홍은 평안도 평사(平安道評事)로 있을 때 그곳의 자연 풍물들을 두루 돌아보고 「관서별곡」을 지은 것으로 유명하며, 문집으로 『기봉집』이 전한다. 이후백이 지은 백광홍 만시는 재주 있는 이의 불우함을 한탄하고, 홀로 남은 고독감을 짙게 드러냈다.

무성한 재주는 중망에 부응하고	茂材膺重望
장대한 계책은 형통한 강구를 가리켰더니,	長策指亨衢
관서로 이별하매 슬픔을 어이 참을 수 있었나?	可忍關西別
낙하의 와병 소식에 놀라고 말았지.	空驚洛下瘯
풍상의 세월이 홀연 바뀌어	風霜時忽改
우주 사이에 나만 되려 외로워라.	宇宙我還孤
앞으로 예수(탐진강)에서 한을 품고서	汭水他年恨
시골 탁주를 홀로 사다 마시겠지.	村壺獨自酤

이후백 시의 서정성을 잘 보여 주는 시가 칠언율시 「비구승(比丘僧)」이다.[43]

금주성(나주) 안 비구승	錦州城裡比丘僧
성 머리에 홀로 서서 불러도 응답 없네.	獨立城頭喚不應
멀리 생각하면 어버이 계신 곳은 해마다 기근이라	遠憶親鄕連歲饉
보리가 어느 때 풍년일까 마음 아파하네.	苦看來麥幾時登
바람 불어 푸른 보리물결 일렁이면 수심이 감하고	風搖翠浪愁初減
해가 뜨겁다가 누런 벼밭 구름 일면 기쁨이 곱절 되네.	日曝黃雲喜却增
여생에 풍수지탄의 말을 들을 때마다	泣樹餘生聞此語

42) 李後白, 『靑蓮先生集』 卷1, 五言律詩, 「挽白評事」(光弘號岐峯).

43) 李後白, 『靑蓮先生集』 卷1, 七言律詩, 「比丘僧」.

애간장이 어지러이 무너짐을 견디지 못하네.　　　　　不堪腸肚亂摧崩

　비구승이 비록 출가한 사람이지만 부모의 형편을 생각하는 마음을 끊을
수 없고, 풍수지탄의 말을 떠올리면 효도를 다하지 못하여 애간장이 무너지
게 된다고 그 마음을 추측했다. 인간에 내재하는 효심의 말려야 말 수 없는
본질을 꿰뚫어 본 것이다.
　오언고시 「경로정(敬老亭)」은 고향에 경로정을 세우고 경로연을 주도하며,
촌사(村社)의 사람들이 기로들을 경로하는 뜻을 잘 지켜 나가길 다짐했다.

　　타관에서 십 년 나그네　　　　　　　　　　殊方十年客

　　고향으로 지금에야 돌아와,　　　　　　　　故鄕今歸矣

　　초가 정자를 물가에 얽었으니　　　　　　　茅亭水際構

　　놀이하고 관상하려는 것이 아니라네.　　　　非爲遊觀事

　　경로 잔치를 여기서 하고　　　　　　　　　敬老燕於斯

　　표석을 게시하는 것은 진실로 까닭 있도다.　揭石良有以

　　마을의 옛일들 모두 바뀌고　　　　　　　　村中往事改

　　기로들은 얼마 남지 않았구나.　　　　　　　耆舊存無幾

　　이분들 봉양을 더디 할 수 없나니　　　　　養之不可遲

　　모인 사람들 모두 다른 분의 아들이기에,　　一社皆人子

　　간곡히 여러 사람들을 타이르나니　　　　　丁寧戒諸子

　　부디 처음 뜻을 어그리지 마시게.　　　　　愼勿隳其始

　　당우(요순)의 세상이란 다름 아니라　　　　唐虞世無異

　　오직 효제를 지켰을 뿐이라네.　　　　　　孝悌而已耳

　이후백이 지은 사경(寫景)의 시로 「장춘오(藏春塢)」, 「인수교(仁壽橋)」, 「관어
대(觀魚臺)」, 「백화담(百花潭)」, 「송국경(松菊逕)」의 5수가 문집에 남아 있다. 사

패지의 공간을 구획하여 지은 것인 듯한데, 단순한 사경이 아니라 노년의 감회를 담아내었다. 본래 장춘오와 인수교는 북송 때 조약(刁約, 자 경순景純)의 고사에서 연유한다. 조약은 진사에 급제하고 교리(校理)와 사관(史館)의 요직을 맡았으나, 뒤에 벼슬을 그만두고 윤주(潤州)로 돌아가 장춘오라는 서재를 짓고 소요했다. 『상우록(尙友錄)』 권6에 전한다. 소식(蘇軾)의 「증장조이로(贈張刁二老)」 시에 "장춘오에는 꾀꼬리와 꽃들이 떠들썩하고, 인수교 가에는 해와 달이 길어라.[藏春塢裏鶯花鬧, 仁壽橋邊日月長.]"라고 했다. 이후백의 이 5수 시는 당시풍의 어구를 많이 빌려 왔다. 특히 「장춘오」, 「인수교」, 「관어대」, 「백화담」은 기존의 시구를 그대로 사용하기도 했다.

「장춘오(藏春塢)」의 첫 구는 원나라 육문규(陸文圭, 1252~1336)의 「기사신춘(己巳新春)」[44] 시에서 가져왔다.

일만 자색 꽃 일천 붉은 꽃이 속속 피어나니	萬紫千紅續續開
조물주가 빙글빙글 돌린다는 말이 믿기지 않네.	天公不信有環回
봄을 숨김은 화훼가 아까워서만이 아니니	藏春不獨慳花卉
아이 얼굴이 복어반점 등으로 바뀜을 진압함이네.	鎭得童顔換背鮐

「인수교(仁壽橋)」의 제4구는 소식(蘇軾)의 「동파(東坡)」[45]에서 가져왔다.

바위 하나로 넓적한 다리가 서너 자로 평평하여	方橋數尺平
칠십 노인 흥 일어 한가히 나다녀 오로지 좋구나.	憐耆興作閑行
손잡아 부축함이 번다하여 갓 쓴 이도 아동들도 물리치고	扶携煩却冠童輩
젱그렁 지팡이 끄는 소리를 사랑한다오.	自愛鏗然曳杖聲

---

44) 陸文圭, 「己巳新春」: "年年春色先摧柳, 萬紫千紅次第開. 零落墻陰人不問, 只憐殘雪一株梅."
45) 蘇軾, 「東坡」: "雨洗東坡月色淸, 市人行盡野人行. 莫嫌犖确坡頭路, 自愛鏗然曳杖聲."

「관어대(觀魚臺)」의 제4구는 두보(杜甫)의 시[46]에서 가져왔다.

진세에 골몰하던 젊은 날이 늙어서는 우스워라,　　　　少日塵埃老可哈

평평한 모래밭 사이로 물이 흐르고 석대는 아스라하다.　　平沙流水石臺危

아이 손자는 내가 물고기의 즐거움을 아는지 모르고　　兒孫不識知魚樂

희고 흰 물고기를 반찬으로 넣을 수 있다고 으스대네.　　白白徒誇入饌來

「백화담(百花潭)」의 제4구는 두보의 「광부(狂夫)」 시[47]에서 가져왔다.

백화담 물이 맑고 풍부하여 서리같이 흰 구레나룻을 비추고　潭水滄浪燭鬢霜

메버러 물 대고 남은 파랑이 찬빛으로 일렁이네.　　　灌秫餘浪漾寒光

푸른 대나무가 곱디곱게 고요한 풍광은 없어도　　　縱無翠竹娟娟靜

가다가 붉은 연꽃이 몽실몽실 향기로운 모습을 보노라.　行見紅蕖冉冉香

「송국경(松菊逕)」은 다른 시들과는 달리 명시의 어구를 차용하지는 않았으
나, 각 구의 시어는 옛 시의 시어를 차용한 것이 많다.

뭇 방초 흐드러진 철을 지난 절기에 홀로 강하여　　　過盡群芳節獨强

오솔길의 천지는 서리와 얼음의 시기에 해당하네.　　　逕中天地屬水霜

인간세상의 젊었던 이들은 반나마 이울어 사라지고　　人間年少凋零半

백발로 배회하노라니 감개가 무한하다.　　　　　白髮徘徊感慨長

---

46) (宋)曾季狸, 『艇齋詩話』: "老杜: '靑靑竹筍迎船出, 白白江魚入饌來.'"

47) 杜甫, 「狂夫」: "萬里橋西一草堂, 百花潭水卽滄浪. 風含翠篠娟娟淨, 雨裛紅蕖冉冉香. 厚祿故人書
斷絶, 恒飢稚子色凄凉. 欲塡溝壑唯疏放, 自笑狂夫老更狂."

3

정식시(程式詩)의 칠언고시

이후백은 당시의 문인-관료들이 그러하듯 정시(程詩), 즉 과시(科詩)를 오랫동안 연마해야 했을 것이다. 그것과 관련 깊은 것이 『청련집』의 칠언고시 11수이다. 즉, 11수의 칠언고시는 2수의 오언고시와 달리 고전에서 시제를 취하고, 시제의 한 글자를 운자로 사용해서 일운도저(一韻到底)했다. 영계(瀅溪)의 늙은이라든가 궁향의 서행이라든가 하는 식으로 자칭한 것으로 보아, 아직 관직에 나아가기 전에 정식시를 연마하면서 자신의 관념을 투영한 듯하다. 영계는 거창의 시내로, 영계의 늙은이란, 자신이 거창(합천) 출신임을 드러낸 말이다. 어떤 시는 나주의 금구(金狗)를 소재로 삼기도 하고, 어떤 시는 재주 있는 문인은 하늘의 시기를 받아 현달하지 못한다는 시궁(詩窮)의 관념을 토로하기도 했다.

五言古詩: 01 次林石川 億齡 贈月出山僧彗遠韻 02 敬老亭

七言古詩: 01 題紅葉 02 曹娥碑 03 鸚鵡洲 04 巫山神女廟 05 銀橋 06 鐵狗行 07

이후백보다 조금 뒤의 장만(張晩, 1566~1629)의 경우 『낙서집(洛西集)』 권1에 정식시 2수가 있는데, 첫 번째 「금용선을 하사하다[賜金龍扇]」는 어느 때 지은 것인지 분명하지 않다. 두 번째 시 「매선생의 비음에 제하다[題梅先生碑陰]」는 낙서가 24세 되던 1589년(선조 22, 기축) 진사시의 회시(복시)에서 입격한 과시이다.[48] 「금용선을 하사하다[賜金龍扇]」는 19운 19련(19구)으로, 제목의 '扇'자를 선택하여 그 글자를 제4련 마지막 글자로 사용하고, 그 글자가 속하는 거성 霰운에 속하는 글자들로 압운했다. 각 구 안의 평측은 고시의 형식이다. 시제는 송나라 장영(張詠, 946~1015)의 고사에서 따온 것이다. 3련 (즉 조선에서 말하는 구) 1단의 모두 6단으로 구성하고 마지막 결미 1련(1구)을 두었다. 조선후기 과시와 같은 구성이다. 다만, 평측은 조선후기의 과시와 달리, 장편고시의 율격이다. 또 한편 장만의 「매선생의 비음에 제하다[題梅先生碑陰]」는 24운 24련(24구)으로, 제목 중 '碑'자를 선택하여 그 글자를 제15련 마지막 글자로 사용하고, 그 글자가 속하는 평성 支운에 속하는 글자들로 압운했다. 이 시는 4연 1단으로 되어 있다. 따라서 조선중기에는 정식시가 3연 1단도 있지만 4연 1단도 허용되었던 듯하다. 이후백의 정식시는 단 구성이 각기 다르며, 3연 1단의 예는 없다.

01 「홍엽에 쓰다[題紅葉]」는 군불견체(君不見體) 26구 장편 칠언고시로, 제3연 마지막 글자에 제목의 '紅'자를 사용했다. 평성 東운, 일운도저이다. 『태평광기(太平廣記)』에 나오는 '홍엽양매(紅葉良媒)'의 고사를 소재로 했다. 당나라 때에 궁녀 한씨(韓氏)가 붉은 잎에 시를 써서 궁궐 도랑물에 흘려 밖으로

---

48) 심경호, 「낙서와 지천 최명길의 창수(唱酬) 및 지천의 서찰에 관하여」, 허경진·심경호 외, 『낙서 장만 연구』, 보고사, 2020.

내보냈는데, 그 시에, "흐르는 물은 왜 이다지도 급한고, 깊은 궁중은 종일토록 한가한데, 은근히 붉은 잎을 부치노니, 잘 가서 인간에 이르러라.[流水何太急, 深宮盡日閒. 慇懃付紅葉, 好去到人間.]" 했다. 우우(于祐)가 개울에서 이 시를 읽고 화답하는 시를 역시 붉은 잎에 써서 궁성 뒤 개울의 상류에서 궁중으로 띄웠다. 그 뒤 궁에서 한씨를 방출하여 시집보낼 때에 우우가 한씨를 만나 첫날밤 붉은 잎을 내보이니, 한씨도 그 붉은 잎을 내놓으면서 시를 짓기를, "한 절의 아름다운 글귀 흐르는 물 따랐으니, 십 년 동안 시름이 가슴에 가득했네. 오늘날 봉황의 짝을 이루니, 홍엽이 좋은 중매인 줄 이제야 알겠네.[一聯佳句隨流水, 十載幽愁滿素懷. 今日已成鸞鳳侶, 方知紅葉是良媒.]"라고 했다.

미앙궁에 가을이 저물려 하자	未央宮中秋欲暮
하룻밤 매서운 찬 기운에 허공에 서리 가득하니,	凉威一夜霜滿空
상림원 일천 그루의 잎이 죄다 붉어져	上林千樹葉盡赤
나풀나풀 일만 조각 동서로 흩어지네.	飄零萬片隨西東
미인은 잠에서 깨어나 세월의 흐름에 느껴	美人睡起感年華
옥 같은 눈물에 붉은 비단 소매가 남몰래 젖누나.	玉淚暗濕羅衫紅
하염없는 그윽한 마음을 말할 수 없어	幽懷脈脈不敢語
주렴 걷고 처량한 바람결에 붓 대롱 들었네.	捲簾搦管臨凄風
시 적으려고 설도(薛濤)의 종이를 쓰랴,	題詩何用薛濤牋
잎에 먹 글씨 기름져 향그런 안개 짙어라.	葉間膩墨香霧濃
읊조리며 애간장 끊어진들 누가 알랴,	吟哦腸斷知者誰
궁중 도랑만이 영롱하게 울려 날 뿐이니.	只有御溝鳴玲瓏
차라리 시 쓴 잎사귀 띄워서 성 밖으로 내보내면	寧將泛水出城去
그 정이 인간세상과 통하리라.	有情庶與人間通
우우는 참으로 마음 깊어	于郎眞箇有心者
다 읽기도 전에 속에서 먼저 감응하여,	一讀未了先感衷

청련 이후백 시문의 재평가 · **심경호** 123

물살 근원에 답시 부쳐 장난했다만	波原寄赴聊戲耳
뉘 알았으랴 여인의 상자 속에 들어간 줄을.	誰知已入香筍中
하루 아침 풍류로 멋진 인연 이뤄	風流一朝好緣成
난새 봉새가 십 년을 깊은 숲에 살았도다.	十年鸞鳳棲深叢
중매한 옛 잎에 글자 여전히 분명하니	傳媒舊葉字尙明
한바탕 웃음이 조물주 인연 아니었던가.	一笑豈非由天公
예로부터 유정물은 사물을 감동시켰으니	從來有情解感物
월하노인 실이 뭉치에 가득한들 무어 부러우랴.	何羨月老繩滿絨
그대 보지 못했나 태자사 누대의 동엽 시도	君不見大慈⁴⁹⁾樓上桐葉題
이 일과 기연이 같음을!	亦與此事奇緣同

마지막 구의 태자사 누대 운운은 『본사시(本事詩)』에 나오는 촉후(蜀候) 계도(繼圖)의 고사이다. 계도가 대자사(大慈寺)의 누대에 기대어 있을 때 우연히 큰 오동잎이 바람에 불려 왔는데, 그 위에 시가 있어 "푸른 화장을 지우고 아미를 모으나니, 심중의 일이 울적하기에. 붓 대롱 잡고서 뜰에 내려가, 상사의 글자를 쓰노라. 이 글자를 바위에 쓰지 않고, 이 글자를 종이에 쓰지 않고서, 가을 잎 위에 쓰나니, 추풍이 일어나 따라가서, 천하의 유심한 사람들이 상사병으로 죽는 일이 없게 하고, 천하의 마음 저버린 사람들이 상사의 뜻을 알지 못하게 했으면 하여, 유심한 사람이든 마음 저버린 사람이든 어느 곳에 떨어졌는지 모르게 했으면 하노라.[拭翠斂蛾眉, 爲鬱心中事. 拗管下庭除, 書作相思字. 此字不書石, 此字不書紙. 書向秋葉上, 願逐秋風起. 天下有心人, 盡解相思死. 天下負心人, 不識相思意, 有心與負心, 不知落何地.]"라고 했다. 수년 후 계도가 혼인 상대를 가려서 임씨(任氏)와 혼인했다고 한다.

---

49) '大慈'가 『청련집』에 '太兹'로 오식되어 있다.

124

02 「조아비(曹娥碑)」는 22구 장편 칠언고시로, 제목의 '碑'자를 시에 사용하지 않았지만 '碑'자가 속한 평성 支운을 일운도저했다. 효녀 조아(曹娥)는 무당 조우(曹旰)의 딸이다. 아비가 5월 5일 강에서 파사신(婆娑神)을 맞는 굿을 하다가 불어난 강물에 빠져 죽자, 조아가 밤낮으로 소리치며 아비의 주검을 찾다가 17일이 지난 뒤 강에 몸을 던져, 익사한 채 아비의 주검을 안고 물 위에 떠올랐다. 『고금사문유취(古今事文類聚)』 권9 「서익강도(胥溺江濤)」에 나온다. 뒤에 후한 한단순(邯鄲淳)이 조아를 위해서 비문을 지었는데, 이것이 「조아비(曹娥碑)」이다. 뒷면에 후한의 채옹(蔡邕)이 '황견유부외손제구(黃絹幼婦外孫齏臼)'라는 은어(隱語)를 써넣었다. 후한 말 조조(曹操)가 양수(楊修)와 함께 길을 가다가 이 글을 보았을 때 양수는 곧바로 알아챘으나 조조는 30리를 더 가서야 깨달았다. 그 의미는 '절묘한 좋은 문장[絶妙好辭]'이다. 황견(黃絹)은 오색실[色絲]로 만들었으므로 '절(絶)', 유부(幼婦)는 소녀(小女)이므로 '묘(妙)', 외손은 딸의 자식[女子]이므로 '호(好)', 제(齏)는 매운[辛] 부추이고 구(臼)는 물건을 받아들이는[受] 기구이므로 둘을 합하여 '사(辭)'이다. 『세설신어(世說新語)』 「첩어(捷悟)」에 나온다.

아득한 절벽 풀덤불 수북한 곳에	蒼茫斷岸草蘺蘺
버려진 비석 넘어지고 귀부도 갸우뚱하네.	荒碑半倒龜趺危
이끼가 깊이 끼었어도 글자는 아직 완연하여	苔衣深合字尙宛
헤쳐 보니 하나하나 말을 하는 듯하다.	披拂一一猶言之
조아는 스물네 살에 효의 덕을 이뤄	娥年廿四德成孝
부모 봉양하려고 슬하를 떠나지 않았더니,	自擬奉養無違離
어찌 알았으랴 자중하지 못하여 부녀간 그만두고	豈意卽罷不自重
천 이랑의 파도를 거슬러 강물에 빠져 죽을 줄을?	逆濤千頃爲沈屍
강변으로 달려가 곡하느라 눈동자도 마를 정도로	江邊走哭雙眸枯
열이레 동안 정신이 피로했으니,	一十七日精神疲

슬프고 슬프다 살아서 다시 뵙지 못하니	哀哀此生不復見
차라리 물결 밑으로 몸을 던져 혼이 따르리라.	寧投波底魂相隨
되려 풍이(馮夷)에게 호소하여 아비 시신 찾아내어	却訴馮夷覓父屍
의연히 안고서 강가로 나왔네.	依然抱出江之湄
유해가 고기 자라의 먹이는 면했으니	遺骸免被魚鼈食
하늘이 시킨 것이지 사람이 한 일 아니로다.	天實使之非人爲
누가 글을 새겨 석 장(丈) 높이 비석을 세워	何人刻立三丈石
아름다운 자취를 주옥같은 시어에 실었나?	美迹載以瓊琚詞
비가 때리고 서리가 갈아도 귀신이 보호하여	雨蕩霜磨神鬼護
천년토록 남아 시인의 슬픔을 자아내네.	千年留與騷人悲
말 멈추고 다 읽은 후 한번 돌아보니	停驂讀罷一回顧
망망한 낙조에 강물이 가이없구나.	茫茫落日江無涯

03 「앵무주(鸚鵡洲)」는 20구 장편 칠언고시이다. 시제의 '洲'를 수구입운의 글자로 사용하고, 그 글자가 속하는 평성 尤운을 짝수구에 일운도저했다. 앵무주는 중국 호북성(湖北省) 무창(武昌)의 서남쪽 양자강 가운데 있는 강섬이다. 후한 때 황조(黃祖)가 강하태수(江夏太守)로 있을 때 그의 아들 장릉태수(章陵太守) 황역(黃射)이 빈객을 모아 잔치를 했는데 앵무새를 바치는 자가 있으므로, 이를 기념하기 위하여 「앵무부」를 짓게 하자 예형(禰衡)이 「앵무부」를 지어 문장을 과시했다. 하지만 황조는 예형을 살해했다. 『후한서(後漢書)』 권80 하 「문원열전(文苑列傳)」에 나온다. 이백(李白)의 「앵무주를 바라보며 예형을 슬퍼하다[望鸚鵡洲懷禰衡]」에 "오강에서 「앵무부」 지을 제, 붓 들어 쓰매 뭇 영재를 초월했거니, 쟁글쟁글 금옥 소리 떨치어라, 구절마다 훨훨 날며 우는 듯하네.[吳江賦鸚鵡, 落筆超群英. 鏘鏘振金玉, 句句欲飛鳴.]"라고 했다. 지금의 중국 호북성 무한시(武漢市) 사산(蛇山) 장강(長江) 가에 황학루가 있는데, 당나라 최호(崔顥)의 「황학루(黃鶴樓)」 시에 "비 갠 강엔 선명한 한양의 나무, 방

초 금세 무성해진 앵무주로다.[晴川歷歷漢陽樹, 芳草萋萋鸚鵡洲.]"라는 구절이
있다.

황학루 앞 앵무주	黃鶴樓前鸚鵡洲
하늘이 잠긴 푸른 강물은 기름같이 평평하고,	涵天碧江平如油
갈대꽃은 양쪽 기슭에 눈처럼 휘날리고	蘆花兩岸雪紛披
나그네가 찾았을 땐 서풍 부는 때로다.	遊人正值西風秋
예형(禰衡)의 무덤은 지금 어디 있나?	禰君遺塚今何處
차가운 흰 모래밭 십 리에 눈동자 희미해라.	白沙十里迷寒眸
당시의 그 재주는 천하에 뛰어나서	當年才調天下奇
이름이 사해를 뒤흔들어 속된 무리 놀랐는데,	名動四海驚凡儔
어찌하여 가는 곳마다 받아들여지지 않아	如何到處不見容
몸이 자주 조조와 유표의 꾀에 빠졌던가?	將身屢陷曹劉謀
마침내 강하에서 재앙 입어	終然江夏謾懽怏
원통한 뼈 묻힌 곳에 안개 긴 물결만 으슥하다.	冤骨葬處烟波幽
예형(禰衡)이 평생 한 번 지은 부를 사람들은 흠모하고	平生一賦人所慕
최호(崔顥)는 앵무주 이름 내걸어 천고의 시름 남겼네.	揭作洲名千古愁
단풍 숲 멀고 아스라하며 방초는 시들었으니	楓林迢遞芳草歇
그대 시혼은 일모에 머뭇머뭇하겠지.	詞魂日暮應夷猶
이날 말 멈추고 옛 자취를 찾아서	停驂此日訪陳迹
물풀 강기슭에 눈물 뿌리며 마음이 유유해라.	洒淚蘋洛心悠悠
부질없이 시를 배워 「초혼사」를 본뜨려 하니	空學些吟擬楚招
오강 만리 하늘에 수심 찬 구름이 떴구나.	吳天萬里愁雲浮

04 「무산신녀묘(巫山神女廟)」는 18구 장편 칠언고시로, 시제의 '山'자를 마
지막 구인 제18구 마지막 글자로 쓰고 '山'이 속한 평성 刪운을 일운도저했다.

무산신녀묘는 남송 육유(陸游)의 「입촉기(入蜀記)」 가운데 1170년 10월 23일의 기록에서 사천성 무산현 무산을 지날 때 방문한 응진관(凝眞觀) 묘용진인(妙用眞人)의 사당이 그곳이다.[50] 묘용진인은 곧 무산신녀를 말하며, 초나라 양왕이 운몽택 가운데 고당(高唐)에서 무산신녀를 만났다고 한다. 송옥(宋玉)의 「고당부서(高唐賦序)」에 보면, 초나라 양왕이 고당에 노닐다 나른해져서 낮잠을 자다가 꿈속에서 한 부인을 만났다. 그 부인은 자신이 무산의 여인인데, 고당의 손님으로 왔다가 그대가 고당에 와서 노닌다는 말을 듣고 천침(薦枕)하려 왔다고 했다. 다음 날 신녀는 떠나면서, "나는 무산의 남쪽, 고구(高丘)의 험벽한 곳에 있으면서, 아침에는 지나가는 구름이 되고 저녁에는 지나가는 비가 되어, 아침마다 저녁마다 양대(陽臺)의 아래에 있을 것입니다."라고 했다.

하늘가 푸른 봉우리 열둘이 늘어선 곳	天邊碧峯橫十二
나그네는 단풍 숲에서 잠시 쉬었네.	遊人暫憩楓林間
양대(陽臺)의 꿈 깨자 운우락(雲雨樂)은 흩어졌어도	陽臺夢罷雲雨散
사당은 남아 아스라하다만,	尙有遺廟留孱顔
비단 이불 구슬 자리는 찾을 길 없고	錦衾瑤席無處尋
벽 사이 옛 그림엔 이끼 잔뜩 끼었네.	壁間古畫苔班班
등나무 칡나무 덩굴 뻗어 허물어진 틈을 메꾸고	藤蘿引蔓補屋罅
찬 시내는 집을 둘러 나가며 찰찰 소리 내네.	寒溪繞戶鳴潺潺
때맞추어 제수를 몇 차례나 올리나?	時將羞殽能幾薦
분주한 길손은 와서 부여잡고 오르네.	行人旁午來躋攀
당년의 곱던 신녀는 지금은 허환이 되어	當年神艷是虛幻
몽혼은 떠난 뒤 다시 오기 어려우니,	夢魂一去難復還

50) 심경호, 『여행과 동아시아고전문학』, 고려대학교 출판부, 2011.

끝끝내 사람들은 실제라고 가리키지만	終然世人指爲實
사당은 간특한 신에 의지하는 것 아니랴?	廟宇無乃憑神姦
괴이한 일 좋아하는 풍속이야 말해서 무엇 하랴?	好怪末俗何足道
유연히 홀로 완고한 비석에 기대어 보니,	悠然獨倚碑石頑
구름 사이 원숭이 울음소리가 끝나기도 전에	雲間猿叫聽末了
한줄기 소낙비가 앞산을 지나가누나.	一陣行雨過前山

05 「은교(銀橋)」는 50구 장편 칠언고시이다. 시제의 '銀'자를 제8연 마지막 글자로 사용하고, 그 글자가 속한 평성 眞운을 일운도저했다. 은교는 은홍(銀虹)과 같다. 당나라 도사 나공원(羅公遠)이 중추절에 계수나무 지팡이를 공중에 던져 은빛 다리를 만들어 현종(玄宗)과 함께 월궁(月宮)에 올라 선녀들의 춤을 구경하고 「예상우의곡(霓裳羽衣曲)」을 듣고 돌아왔다고 하는 전설이 있다. 『설부(說郛)』와 『고금사문유취(古今事文類聚)』 등에 전한다. 달의 광한전(廣寒殿)에서 연주하는 곡조가 「예상우의곡」이라고 한다.

화청궁에 가을바람이 불자	華淸宮裡秋風新
태액지 수면에 물결이 잔잔하다.	太液池面波紋勻
군주가 난간에 기대 서늘한 밤기운 즐기니	君王憑欄御夜涼
밝은 달이 바로 팔월 대보름이로다.	明月正當三五辰
엷은 구름 흩어지고 옥 이슬 똑똑 지는데	薄雲散盡玉露零
긴 하늘 맑고 맑아 먼지 하나 없구나.	長天澹澹無纖塵
고개 들어 바라보니 얼음 바퀴가 구만리 비추어	仰眺氷輪九萬里
남은 빛에도 오히려 정신 상쾌하구나.	餘輝尙可爽精神
계수나무 가에 두꺼비와 약 찧는 토끼를	倚桂蟾蜍搗藥兎
방불하듯 보려고 해도 올라갈 인연이 없네.	欲見彷彿知無因
나공원은 원래 상계에서 온 손님이니	羅仙元自上界客

광한루에 노닌 지 몇 해이던가?	遊賞廣寒知幾春
신선 경지 보여 주어 세속 눈 놀래키고자	期將異境駭俗眼
장난삼아 계수 지팡이 던져 하늘을 떠받치니,	戲擲桂杖撑蒼旻
잠깐 사이에 천 길 다리로 변해서	須臾化作橋千丈
곧바로 구름 끝에 걸려 하얀 은이 가로놓인 듯하니,	直掛雲端橫素銀
아스라한 사닥다리라도 올라가기 좋아서	參差危級穩宜躔
올라가서 항아의 손님 될 수 있다 하면서,	攀登可作姮娥賓
끝내 지존에게 밤이슬 마시게 하고	終敎至尊餐沆瀣
잠시 아름다운 신발 끌어 자신전을 하직했네.	暫曳寶舄辭紫宸
자취를 허공에 붙이길 평지같이 하여	迹着空虛若平地
상쾌하게 학 타고 동해 바다로 날아,	快勝駕鶴東海濱
구층 하늘 맑은 기운이 살갗에 닿는데	九霄冷氣逼肌骨
홀연 보니 옥황상제 궁궐이 솟아 있네.	忽見玉闕高嶙峋
굽어보니 흙덩이 풀덤불[51]같은 저것이 어디쯤인가?	俯視塊蘇是何許
무지개 치마와 옷옷을 가까이하네.	霓裳羽衣還相親
돌아와도 황홀하여 꿈으로 돌렸더니	歸來怳怳付一夢
새로운 기이한 악보가 세상 사람 놀라게 했도다.	新翻異譜驚世人
신선 사다리 한번 사라지자 다시 오르기 어려워라,	仙梯一滅難再攀
몇 번이나 달을 보며 머뭇거렸던가?	幾時望月空逡巡
어찌 알았으랴 오랑캐 말이 추풍에 내달려 와서	那知胡馬騁秋風
서쪽 검문(劍門)으로 도망해야 할 줄을?	西作劍門奔逃身
사다리 구불구불 구천에 이어지고	棧梯縈紆接九天
쓸쓸히 홀로 가자니 쓰라린 슬픔이 가득하다.	蕭蕭獨去饒悲辛
문득 은교 생각하니 다시 창자 끊어져서	却憶銀橋更斷腸

---

51) 원문은 괴소(塊蘇)이다. 『열자』에 보면, 주 목왕(周穆王)이 신선의 옷을 입고 하늘에 올라, 자기의 궁궐을 바라보니 흙덩이와 풀더미 같았다고 한다.

행궁에서 밤마다 옷과 두건을 눈물로 적셨네.	行宮夜夜沾衣巾
본시 군도란 달리 구해서는 안 되나니	由來君道不外求
지극한 덕으로 신민을 대함이 소중하여라.	貴用至德臨臣民
음양 일월 고르게 이어 가도 아름답다 할 터인데	承調日月足云美
어이하여 물외의 신선과 이웃하랴?	詎向物外仙爲隣
어찌하여 한 몸이 맑은 혼령 흠모하여	胡爲一身慕淸靈
궁궐 깊이 방술가를 끌어들였던가?	禁闥引接方術倫
광한루에 촛불 비추어 보며 다시 달에 노닐고자	觀燭廣寒復遊月
황괴한 일에 마음 쓰길 어찌 그리 잦았던가?	役意荒怪何其頻
끝내는 나라 운명이 전도될 판이었으니	終然國步際顚倒
은교는 기우는 나라를 부지하는 데 도움이 못 되거늘,	銀橋無賴扶傾淪
풍류를 어찌 조지미(趙知微)와 같이 하여	風流爭似趙知微
그늘진 가을 달을 진정 꾸짖으랴?	秋空翳月誠堪嗔
지팡이 짚고 천주봉에 걸어 올라	携筇步上天柱峯
은교를 탈 것 없이 상진인을 찾아가리라.	不用銀橋訪上眞

당나라 말 의종(懿宗)의 함통(咸通) 연간에 연화관(延華觀) 도사 조지미(趙知微)는 비 오는 밤에 제자들에게 "오늘 밤에 천주봉(天柱峯)에 달을 구경하러 가자." 했다. 제자들이 반신반의하면서 따라나섰더니 앞길에 비가 오지 않았으므로 천주봉에 올라가서 달을 구경하고 술을 먹고 놀다가 내려왔는데, 산 아래에는 여전히 바람과 비가 쳤다고 한다. 이후백은 나공원(羅公遠)이 술수를 부려 군주를 광한전으로 데리고 갔던 일을 비판하고, 차라리 자신은 조지미처럼 풍류로운 산나들이를 하겠다고 말한 것이다.

06 「철구행(鐵狗行)」은 군불견체 56구 장편 칠언고시이다. 시제의 '狗'를 제3연 마지막 글자로 사용하고, 그 글자가 속한 상성 有운을 일운도저했다.

철구는 비보설(裨補說)의 압승법(壓勝法)과 관련이 있는 듯하다. 불교에서는 『오등회원(五燈會元)』 권14에 "쇠 개는 바위에 비친 달을 보고 짖고, 진흙 소는 산에 걸린 구름을 들이받아 부순다.[鐵狗吠開岩上月, 泥牛觸破嶺頭雲.]"라는 공안(公案)이 있어, 정식분별(情識分別)을 벗어날 것을 가르친다. 그런데 옛 대방국이라고 전하는 남원의 광한루 아래에 철구가 있었던 듯하며, 이것은 불교의 공안과는 관련이 없다. 이후백은 이 철구의 조각을 각서(刻犀)와 범마(範馬)의 고사와 비교했다. 각서는 진(秦)나라 효문황(孝文王) 때 이빙(李冰)이 촉(蜀) 땅을 다스릴 당시 돌로 물소 세 마리를 만들어 수정(水精)을 진압해서 물의 재해를 진압한 일을 말한다. 두보(杜甫)의 「석서행(石犀行)」에 "원기만 항상 조화한다면, 자연히 파도의 피해는 면하리라. 어찌하면 장사를 얻어 천강을 끌어다가, 다시 수토를 다스려 돌물소를 없앨까?[但見元氣常調和, 自免坡濤恣調瘵. 安得壯土堤天綱, 再平水土犀奔茫.]"라 했다. 전라도 광주 석서정(石犀亭)은 비보설과 관련하여 석서를 세운 것에서 기원한다. 범마의 고사는 한 무제가 대완(大宛)의 말을 얻고 그 기념으로 동상을 만들어 노반문(魯班門) 밖에 세우고 그 문을 금마문이라 불렀던 것을 말한다. 이 시에서 이후백은 자신을 영계(瀯溪)의 늙은이라고 불렀는데, 영계는 거창의 시내이다.

그대 못 보았나 진나라 때 이태수가	君不見秦時李太守
돌 다듬어 무소 상 새겨 파강 어귀에 세운 일을?	伐石刻犀巴江口
또 못 보았나 한나라 때 무제가	又不見漢家武皇帝
놋쇠 부어 구리 말을 만들길 언덕같이 높게 한 일을?	鑄銅範馬高如阜

천년 이전 승사(勝事)가 동해에 이르러서	千年奇勝到東海
귀한 쇠를 녹여 철구를 만들었네.	還敎寶鐵融成狗
번화한 대방(남원)은 예전에는 나라라 일컬었으니	繁華帶方古稱國
그 처음 어느 호사가가 쪼아 새겼는가?	厥初好事誰調剖

굳은 쇠 아직도 주인 그리는 마음 띠고 있으니　　　　堅鐵猶帶戀主心
진흙탕 수레 따르며 장난하는 개에 견주랴?　　　　　豈比泥車隨戲走
광한루 밑에서 문지기 일 맡아　　　　　　　　　　　廣寒樓下作司閽
포악한 객이 창을 넘보지 못하게 하네.　　　　　　　未許暴客干隱牖

복숭아꽃 같은 미인이 멀리 홀로 서 있으면　　　　　桃花妙粧迥獨立
그림자가 오작교의 맑은 가을 물에 들어오네.　　　　影入鵲橋秋水溜
삼생에 고기 훔쳤다는 말을 부끄러워하는 듯하여　　三生似恥盜肉語
날마다 연한 고기와 좋은 곡식을 먹으며,　　　　　日啖桂糜哺瓊糗

나는 새 쫓고 달리는 토끼 치는 일은 전혀 익지 않아　追飛搏走渾未貫
어슬렁거리는 여우도 사주하기 어렵네.　　　　　　綏綏有狐難爲嗾
뼈다귀 던져 주어도 부를 수 없음을 사람들은 아나니　人知投骨不可招
데리고 놀 이는 영계(濚溪)의 늙은이뿐이네.　　　狎翫自有濚溪叟

늙은이는 아름답고 현명하니　　　　　　　　　　叟乎其人美且偲
늘어진 귀에 매단 두 귀고리가 참으로 짝을 얻었도다.　墮耳重環眞得偶
긴긴 날에 깨끗한 서재에 앉아 책상에 책들이 가득하니　淸齋日永書滿几
이원(梨園)의 기생들은 분분하게 추한 모습일 따름.　梨園粉黛紛矗醜

빠른 곡조 피리를 난잡하게 불고 느린 현악을 낑낑 소리
　내며　　　　　　　　　　　　　　　　　　　　亂吹繁管戛慢絃
높이 괸 상도 업수이 보며 술동이에 술이 질펀하다만,　陵看崇案樽湎酒
영특하게 길든 너는 참으로 당나라 사원마(沙苑馬) 같아　靈馴眞似唐苑馬
술잔 물고 춤추고 절하며 만세 부르며,　　　　　啣杯拜舞稱萬壽

봄꽃과 가을 달 아래 즐거움이 다할 날 없더니　　　　　春花秋月樂未畢

남쪽 바닷가로 한번 떠나서는 돌아갈 기약 아득하고,　　南涯一去歸期久

얼굴 모습 여위어 상가 사람 같아　　　　　　　　　　形容瘦已似喪家

쑥대 같은 수염의 때를 누가 씻겨 줄 것인가?　　　　蓬毛誰爲掃塵垢

사람 향해 어여삐 여겨 달라 빌지 않았으니　　　　　不向人中更乞憐

일찍이 꼬리 흔들고는 머리 숙인 적 있었던가?　　　何曾掉尾因俛首

외론 누대에 밤이 적막하여 꿈도 싸늘한데　　　　　孤樓夜寂夢未溫

은하의 별빛은 관로의 버드나무를 적셨구나.　　　　星河正蘸官街柳

바람에 까마귀는 몸을 뒤집고 이지러진 달이 떠오르는데　風鴉翻樹缺月昇

말똥말똥 물시계 종이 치는 소리를 새벽에 듣네.　　　耿耿漏鍾聞曉扣

망선루(望仙樓) 향하는 길은 큰길에 통하여　　　　　望仙一路接通衢

분분하게 나그네가 앞뒤로 아득하네.　　　　　　　　紛紛過客迷前後

컹컹 시기하는 개들은 온종일 짖어 대니　　　　　　狺狺猜吠日未休

괴통(蒯通)의 말이 구차하지 않음[52]을 비로소 알겠네.　　始信蒯生言不苟

옛날 사수 가에 취해 누웠던 일 생각나나니　　　　　憶曾泗水澳醉臥

비록 속아 팔려 왔어도 배신감을 참을쏘냐?　　　　　縱有所賣邪忍負

듣자니 남긴 자취를 신선에 의탁하여　　　　　　　　似聞遺迹托神仙

바위 숲 가까이 소나무에 가린 누각에 있다지.　　　　隱松樓觀依巖藪

---

52) 원문의 괴생은 괴통(蒯通)이다. 괴철(蒯徹)이라고도 한다. 한신(韓信)이 제나라를 치려다가
　　역이기(酈食其)가 이미 변설로 제나라의 항복을 받자 포기하려 했다. 이때 괴통이 공을 뺏기
　　지 말라고 간언하여 한신이 제나라를 치자, 제나라는 역이기에게 속았다고 여겨 그를 삶아
　　죽였다. 괴통은 또 한신이 제왕(齊王)이 된 이후 연나라와 조나라 세력을 합쳐 한나라와 초
　　나라에 맞서는 삼분계책을 올렸으나 받아들여지지 않았다. 한신은 잡혀 죽을 때 괴통의 말
　　을 듣지 않은 것을 후회했다. 후에 고조가 잡아 죽이려 하자 "개는 각각 자기 주인을 위해 짖
　　는다."는 명언을 하여 풀려났다. 『사기(史記)』 권92 「회음후열전(淮陰侯列傳)」에 나온다.

높은 인연 맺어 단약의 솥을 핥던 옛날을 못 잊겠군,   高緣未忘舐鼎時

신선의 집[회남왕(淮南王) 유안(劉晏)]에서 흰 구름을   仙家白雲輕可蹂

  가볍게 밟았었지.

하물며 청련이란 도우가 있어   況知道友有靑蓮

코끼리 타고 학을 놀려도 끝내 허물 없으리란 것을 알지 踏象弄鶴終無咎

  않는가?

달려가 맑은 모임에 참여함이 또한 몹시 즐거운 일이건만 走參淸契亦甚樂

하루에도 열에 여덟아홉 번 머뭇머뭇하네.   一日趑趄恒八九

순천의 순강(鶉江)도 아니고 전주의 사수(泗水)일 수 不是鶉江不可泗

  없으며

보물 쇠사슬도 아니거늘 매듭 풀기 어려워라.   不是寶鎖難解紐

길가의 이리와 범도 하나도 해코지 않지만   道傍豺虎摠非害

다만 규중의 사자후(獅子吼)가 두려워서라오.   只怕閨中獅子吼

 철구가 청련도사를 선뜻 따라나서지 못하는 것은 해코지할 무엇이 있어서가 아니라 규중의 사자후가 두려워서라고 했다. 공처가의 해학스러운 말인 듯하다. 함경도 관찰사로 있을 때 「철구에게 전하는 두 절구[傳鐵狗書二絶]」를 지었는데, 이것은 남원에 있는 기생을 직접 부르지 못하고 그 기생을 철구라고 대칭(代稱)한 듯하다.

 07 「소석(韶石)」은 20구 장편 칠언고시이다. 시제의 '石'자를 제2연의 마지막 글자로 사용하고, 그 글자가 속한 입성 陌운을 주로 사용하되 입성 錫운을 통압했다. 그리고 수구에도 입운했다. 제3연과 제5연은 출구(바깥짝)의 마지막에 石자를 사용했다. 소석은 소주(韶州)의 지명으로, 우순(虞舜)의 사당이 있는 곳이다. 한유(韓愈)가 원주(袁州)로 유배 가면서 소주 자사(韶州刺史) 장서(張曙)에게 화답한 시에, "잠시 배를 소석의 아래에 묶어 놓고, 우순(虞舜)의

사당에 상빈이 되어 관과 옷깃을 정돈하려 한다.[暫欲繫舟韶石下, 上賓虞舜整冠裾.]라고 했다. 한편 순 임금이 만든 음악을 소악이라고 한다. 『논어』「술이(述而)」에 "부자께서 제(齊)나라에 계실 때에 소악(韶樂)을 들으시고 석 달 동안 고기 맛을 모르셨다."라 하고, 「팔일(八佾)」에서는 공자가 소악(韶樂)에 대해 "지극히 아름답고 또 지극히 좋다.[盡美矣, 又盡善也.]"라고 했다. 순 임금을 '중화(重華)'라고도 한다. 『서경』「순전(舜典)」에 "옛날 순 임금을 상고해 보니 중화가 요 임금에 합치했다.[曰若稽古帝舜, 曰重華協于帝.]"라고 했다.

함지의 여향이 오랫동안 적막한데	咸池遺響久杳寂
동정호 물결에 가을 푸른 하늘이 흔들린다.	洞庭波浪搖秋碧
정호의 시름에 찬 구름에 애간장 끊어졌거늘	愁雲鼎湖已斷腸
하물며 소주에서 소석을 다시 보니 어떠랴?	況復韶州見韶石
소 음악이 바야흐로 연주될 때 봄기운이 소석을 감돌아	韶之方奏春繞石
음률이 팔음에 화협하여 순수하게 다시 펼쳐지네.	律協八音純更繹
새와 짐승도 모두 춤을 추고 신과 사람도 감동시켜	率舞鳥獸感神人
상서로운 바람 일어 순의 덕을 고무하여 먼 나라까지 불어 보내네.	祥風鼓德吹遐域
소 음악이 끝나면 구름이 소석을 잠가	韶之旣闋雲鎖石
아홉 곡조 흩어져 산이 적막하여,	九成淪散山寥闃
원숭이 울고 산새도 울고 시냇물도 오열하여	猿鳴鳥嘯澗聲咽
빈 바위에서는 그윽한 자취 찾을 길 없네.	空巖無處尋幽迹
중화(순)의 당시 화평이 어찌 우연이랴?	重華當日豈徒哉
지극한 음을 써서 괴리자·반역자도 화합시켰다네.	要用至音和乖逆
분분한 관현으로 산수나 구경하면	紛紛管絃賞山水
난잡한 탐닉을 후세에 책망함을 어이 견디랴?	荒耽後世那堪責
슬피 바라보아도 남훈(南薰)을 볼 수 없어	悵望南薰不可見

저물녘 가을바람에 나귀 탄 나그네로다.	西風日暮騎驢客
석양은 산에 걸리고 돌은 말이 없는데	斜陽掛山石無語
구의산 돌아보니 구름이 정말 희구나.	回頭九疑雲政白

이후백은 남훈의 시절을 볼 수 없다는 사실을 슬퍼했다. 남훈은 순 임금이 지었다는 노래로, 『공자가어(孔子家語)』 「변악해(辨樂解)」에, "옛날에 순 임금이 오현금을 뜯으면서 남풍 시를 지었는데, 그 시에 '남풍이 솔솔 불어옴이여, 우리 백성들의 울분을 풀 수 있겠구나. 남풍이 때맞추어 불어옴이여, 우리 백성들의 재산을 늘릴 수 있겠구나.[南風之薰兮, 可以解吾民之慍兮. 南風之時兮, 可以阜吾民之財兮.]' 했다."라고 했다.

08 「검려(黔驢)」는 38구 장편 칠언고시이다. 첫 구는 감탄사 '噫噓嘻'를 사용하여 8자로 구성했다. 제목은 검주(黔州)의 나귀란 뜻으로, 졸렬한 기능(技能)을 비유하는 말이다. 중당 때 유종원(柳宗元)의 「삼계(三戒)」 가운데 '검지려(黔之驢)'에서 소재를 취했다. 검주에는 본디 나귀가 없었는데, 어떤 사람이 나귀를 그곳 산 밑에 풀어놓았더니, 호랑이가 처음에는 나귀의 큰 체구를 보고 큰 울음소리를 듣고 대단히 무서워했으나, 나귀의 발길에 한번 차여 보고 나서는 나귀에게는 차는 것 이외의 기능이 없음을 알고 마침내 나귀를 물어 죽였다고 했다. 「임강지미(臨江之麋)」·「검지려(黔之驢)」·「영모씨지서(永某氏之鼠)」 등 서로 독립되어 있으면서 서로 호응하는 세 개의 단편으로 구성된 「삼계(三戒)」에서 유종원은 미(麋, 큰 사슴)·여(驢, 노새)·서(鼠, 쥐) 등 풍자적 형상을 이용해서 부패한 세력들을 풍자했다.

아아 슬프다 세상 사람은 제 힘을 못 헤아려	噫噓嘻世人不量力
걸핏하면 작은 분노를 타서 곧바로 망령되이 침노하네.	動乘小忿旋妄侵
경망하고 조급하면 어떻게 스스로 보존할 계책을	輕躁何知自保計

알겠는가?

강한 사람 업신여기고 큰 힘과 싸워 재앙이 잇따르네.	凌强鬪大災相尋
누가 어리석은 짐승 시켜 이런 불행 범하게 했나?	誰敎微獸冒此辜
슬프다 노새여 검주에서 죽었구나!	哀哉驢也死於黔
강배에 실어 올 때 이미 즐겁지 않았는데	江舟載入已非樂
하물며 다시 궁벽한 산 음지에 버림받았음에랴!	況復放棄窮山陰
형모만 쓸데없이 큰 것을 무어 자랑하랴?	形貌空大何足誇
타향 사람 시기와 의심, 시름과 근심이 깊었다네.	異鄕猜訝虞憂深
맑은 샘물 살찐 풀에 (이하 불명)	淸泉豊草□□□
오히려 산봉우리에 의지해서 제명을 마쳤으리.	尙可畢命依山岑
산군(호랑이)의 맹위는 온 짐승을 벌벌 떨게 하니	山君威猛慴百毛
위태로워라 갑자기 빈 숲속에서 튀어나오니!	危乎倉卒於空林
혼이 놀라 멀리 도망침이 정말 다행이다만	魂驚遠走是云幸
숲에 숨어 엿보는 것을 끝내 어찌 금하랴?	蔽林窺覘終何禁
큰 소리 지름이 비록 방어의 도구는 아니더라도	宏聲縱非捍禦具
그래도 조금은 놀라게 해서 기회 노리는 마음 소거할 수 있지.	猶可微駭消機心
어찌하여 촐싹대어 삼가지 않고서	胡爲狌黠不自愼
짧은 기술로 포악한 놈 막으려 했던가?	欲將短技防暴臨
두 발굽으로는 호랑이의 발톱 이빨 당하기 어려워	雙蹄難可敵爪牙
뼈와 살이 으깨지고 부서져 숲덤불에 수북했네.	骨肉委碎叢榛森
이로써 기술을 내어 강한 자를 성나게 하여	由來出技以怒强
끝내 사로잡히지 않는 것이 거의 없네.	畢竟鮮不爲所擒
채나라 멸망시킨 식후(息侯)도 몸이 끝내 죽었고	息侯滅蔡身竟殲
초나라 노략한 호자 표(豹)도 나라가 침몰되었네.	胡子掠楚邦亦沈
분분하게 앙화를 도박하고 자성하지 않으니	紛紛賭禍不自省

왕개미가 나무를 흔들어 봐도 원래 담임하지 못하네.	蚍蜉撼樹元非任
유주자사 완세옹(유종원)은	柳州刺史玩世翁
영광스런 때에 남해 물가에서 불우하게 지내며,	光年坎軻南海潯
어리석은 자들이 남 이용해 기회 타기를 좋아함을 　불쌍히 여겨	秪憐昧者好乘物
이에 가탁하여 비유를 끌어와 잠규(箴規)를 진술했네.	托斯引譬陳規箴
노루가 개와 동류가 아니고 쥐의 훔치는 일도 때가 　있음을 말하여	麏干非類鼠竊時
합하여 「삼계」를 드리워 지금까지 전하네.	並垂三戒傳至今
그 말이 비록 옳다 해도 그런 바른 말만 반드시 있지는 　않으니	其言雖是未必有
일은 세상을 놀라게 함이 귀하다는 점을 나는 믿는다네.	事貴驚世吾所諶
붓 휘갈기길 사양하지 않고 하찮은 말을 서술하여	不辭揮翰述微詞
거듭 병들고 미친놈과 더불어 폄침(砭針)으로 삼으리라.	重與病狂當砭針

이후백은 약자가 자신의 능력을 헤아리지 않고 강자에게 망령되이 덤비는 사례로『춘추좌씨전』에서 두 고사를 들었다. 기원전 684년 식국(息國)의 식후(息侯)는 자신과 이종간인 채(蔡)나라 애후(哀侯)가 부인 식규(息嬀)에게 무례를 범했다는 이유로 초나라에게 본국을 토벌하려는 것처럼 가장해 달라고 청하여 채나라로 하여금 구원을 오게 해서는 채나라를 타격하고 채나라 제후를 모욕 주기로 했다. 초나라 문왕이 이에 동의하여 채나라 군사를 쳐서 채나라 제후를 포로로 잡았다. 채나라 제후는 원한을 품고 초나라 문왕에게 식규의 미모를 찬양해서 문왕이 이 때문에 식국을 멸망시키고 식규를 아내로 맞아 두 아들을 낳았다. 이 두 아들이 초나라 왕 도오(堵敖)와 성왕(成王)이다. 문왕은 식규를 총애하여 기원전 680년에 그녀를 위해 채나라를 토벌했다.『춘추좌씨전』애공(哀公) 17년에 초나라 문왕이 "신과 식에 현을 두었

다.[實縣中息.]"라고 했다. 기원전 585년에 진(晉)나라가 채나라를 토벌하자, 초나라가 신식(申息)의 병력으로 채나라를 구원했다. 한편 기원전 506년(노나라 정공 4년) 오나라 합려(闔閭)가 초나라 수도를 침공하자 호자(胡子) 표(豹)가 호나라에 가까운 초나라 성읍을 점령했다. 초나라가 나라를 회복한 뒤에도 표는 초나라에 사대를 하지 않고, "존망에는 천명이 있으니, 초나라를 섬긴다고 하여 무엇 하겠는가? 비용만 많이 든다.[存亡有命, 事楚何爲? 多取費焉.]"라 했다. 기원전 495년(노나라 정공 15년) 2월 신축에 초나라 소왕(昭王)이 호를 멸망시키고 호자 표를 포로로 잡았다.

09 「호화령(護花鈴)」은 42구 장편 칠언고시이다. 시제의 '鈴'자를 제10련 마지막 글자에 사용하고, 그 글자가 속한 평성 靑운을 일운도저했다. 호화령은 당나라 현종 때 참새로부터 꽃을 보호하기 위해 매달아 놓은 방울로, 『개원천보유사(開元天寶遺事)』에 보인다. 현종은 동산에서 갈고를 치게 하여 꽃이 빨리 피게 했다는 갈고최화(羯鼓催花)의 고사도 있다.

장안성에 비 갓 지나가자	長安城裡雨初經
장안성 위로 안개가 자욱하다.	長安城上烟冥冥
봄빛은 오후(五侯)의 집에 먼저 찾아들어	春光先到五侯家
담탕한 봄바람이 뜨락에 불어오면,	東風淡蕩吹階庭
온갖 꽃이 망울을 터뜨려 소화(韶華)의 기운을 희롱하고	百花齊綻弄韶華
홍색과 자색이 햇빛에 반짝여서 광형(光熒)을 다투네.	紅紫耀日爭光熒
빼곡히 촘촘하게 숲을 이룬 곳에	叢叢窠窠密成林
따스한 구름이 낮게 깔려 꽃향기가 무르익으니,	暖雲低壓蒸芳馨
풍류 공자는 두 눈을 열어	風流公子雙眼開
비단 두건 반쯤 벗고는 빈 난간에 기대어,	半脫錦幘憑虛欄
술잔 잡고 오랜 시간 요염한 꽃을 아끼고	把酒多時惜妖艷

봄이 다해 꽃도 따라 떨어질 일을 다만 염려하건만,	秪恐春盡隨凋零
얄밉게도 참새들이 사태를 모르고	生憎烏雀不解事
가지 끝에 어지러이 모여서 분분하여 그치지 않누나.	亂集梢上紛未停
남은 꽃심 짓밟으며 연약한 망울 쪼아 대어	踏破殘蘂啄軟葩
좋은 곡식이 메뚜기를 만난 것 같누나.	有如嘉穀遭蝗螟
쇠 탄환을 던져 쫓아내도 헛일이니	金丸彈去亦徒勞
죄다 몰아내려면 장차 어이하랴?	欲盡驅逐將何令
새 기계를 교묘히 고안해서 새 그물 이외에 두니	新機巧出網羅外
붉은 줄에 황금 방울을 가득히 이어 달아,	紅繩滿綴黃金鈴
가지 사이에 백여 자를 빼꼭히 두어	枝間橫繁百餘尺
홀연 바람에 움직여 쩔렁쩔렁 소리 내니,	忽然風動聲玲玲
짹짹거리며 서로 돌아보며 가까이 오려 않으니	嘈啾相顧不敢近
날아 흩어짐이 우레에 놀랄 정도에 그치랴?	飛散豈啻驚雷霆
정원 난간이 적적하고 석양이 걸릴 때	園欄寂寂掛夕陽
일만 가지가 적절하게 누각을 에워쌌네.	萬條帖妥環樓亭
주춤주춤 연회하며 기쁨이 남아돌아	逡巡遊宴喜有餘
손바닥 매만지며 혼잣말로 위세 영험 자랑하며,	撫掌暗語誇威靈
해마다 해마다 이 즐거움 누려서	年年歲歲管此樂
이 몸이 몇 번이나 취했다가 몇 번이나 깰까 하는데,	將身幾醉還幾醒
영화를 하루아침에 머물 수 없게 되어	繁華一朝不可留
누대 자빠지고 동산 황폐하며 사초만 푸르러,	臺傾苑廢莎草青
다만 나의 사치로 기롱과 폄하를 사리니	只將奢侈買幾貶
꽃 보호한다는 설이 천년이나 내려오네.	護花之說垂千齡
산중의 늙은이는 그윽하고 담백한 일을 일삼아	山中老夫事幽淡
동풍이 하룻밤에 붉은 빗장을 뒤흔들면,	東風一夜搖紫扃
처마 앞 많은 화훼가 이미 수를 깔아 놓은 듯하니	簷前亂卉已布繡

지팡이 짚고 홀로 구경하며 때때로 술병을 차기도 하며,	扶筇獨賞時携瓶
꽃 피고 지는 일은 조물주에게 맡기고	只將開落付天公
들새가 서식하여 깃을 뒤섞든 말든 괘념 않아서,	遮莫野鳥棲交翮
나불나불 고운 들새의 말은 정말 짝할 만하거늘	喃喃好語政可伴
하물며 방울을 매달아 저 새가 듣고 놀라게 할 건가?	何況懸鈴驚彼聽

10 「큰 잉어가 용문을 오르다[大鯉上龍門]」는 22구 장편 칠언고시이다. 시제의 '門'자를 제10련 마지막 글자로 사용하고, 그 글자가 속한 평성 元운을 일운도저했다. 용문은 지금의 섬서성 한성현(韓城縣)의 교외인 하양(夏陽) 사마판(司馬坂) 부근에 있는 황하의 나루터로, 이 부근은 협곡이어서 황하의 흐름이 급속히 빨라진다. 그 때문에 물고기가 이 급류를 오르려면 상당한 곤란을 겪지만, 일단 그곳을 다 오른 고기는 용으로 화했다고 한다. 이것은 『삼진기(三秦記)』라는 서적에 보이는 전설로, 뒷날에 이른바 '등용문' 전설이 생겨난 곳이다. 혹은 '용문'은 용문지유(龍門之遊)의 뜻을 지닌다. 『남사(南史)』「육수전(陸倕傳)」에 보면, 유방(劉昉)이 중승(中丞)으로 있을 때 연회를 자주 열자 육수·유효작(劉孝綽) 등 명인들이 모였는데, 그들의 모임을 '용문지유'라고 했으며, 귀공자들조차도 끼지 못했다고 한다.

용문의 산이 높이 구름을 헤치는 곳	龍門之山高拂雲
일만 리 강물 근원은 은하수가 쏟아지는 곳이라네.	河源萬里天河奔
산 밑에 숨은 피라미가 수없이 많건마는	山下潛鰷不知數
펄떡 뛰어 폭포를 오르려 해도 잡을 것 없네.	跳躍欲上難爲援
그중에 큰 잉어는 참으로 이물이라	中有大鯉眞異物
물결 뚫고 뒤집히는 놀란 파도 위로 한 번에 튀어 오르네.	衝波一躍驚濤翻
마음으로 물고기나 자라의 짝이 아니라고 기대하여	心期不是魚鼈伍
기세가 이미 강과 바다도 삼키려 하네.	氣勢已欲江海吞

지느러미 떨치며 삼급 위로 곧바로 올라가서	奮鬐直上三級上
벼락 치는 소리에 천지가 캄캄하더니,	震雷一聲天地昏
구층 하늘 위로 솟구쳐 날아서 변화하여 사라지니	飛騰九霄變化去
비린내 나는 바람이 꾸역꾸역 산뿌리에 불어온다.	腥風陣陣吹山根
구름 내뿜고 안개 마시며 해와 달에 가까이 이르러	噓雲吸霧薄日月
신령한 비를 시원스레 쏟아서 팔극을 적시누나.	快注靈雨浸八垠
굽어보니 예전에 같이 무리 짓던 고기들은	俯視昔時同隊魚
아직 점액(點額)하고 모래 속에 도사리고 있네.	尙將點額蟠沙痕
종래 신물이란 끝까지 칩거하지만은 않으니	從來神物不終蟄
틀림없이 날개 떨쳐 건곤 위로 솟구치리라.	會須振翼凌乾坤
십 년간 바다를 향해 나아간 잠룡이 있어	十年學海有潛鱗
꼬리 흔들며 곧바로 용문을 찾으려 하나니,	搖尾經欲尋龍門
어느 때 갈기 흔들어 큰 파도 깨뜨리고	何當掉鬣破巨浪
하토에 한바탕 비를 내려 백성들을 소생시키랴?	一雨下土蘇黎元

11 「운명은 문장의 현달을 미워한다[文章憎命達]」는 54구 장편 칠언고시이다. 시제의 '憎'자를 제3연 마지막 글자로 사용하고, 그 글자가 속한 평성 蒸운을 일운도저했다. 시제는 두보(杜甫)의 「천말회이백(天末懷李白)」시의 한 구절로, 두보는 "운명은 문장의 현달을 미워하고, 도깨비들은 사람의 잘못을 좋아하네.[文章憎命達, 魑魅喜人過.]"라고 했다. 문장지사(文章之士)와 기박한 운명의 관계를 논하는 화두가 되었다.

긴 휘파람 불며 격앙하여 우주를 둘러보고	長嘯激昂眄宇宙
가슴에는 오악이 높이 솟아 있구나.	胸中五岳高崚嶒
안타까워라 예부터 글하는 무리는	堪嗟古來翰墨徒
기구하고 울퉁불퉁하게 분잡하게 이어졌다니.	崎嶇嶒嶝紛相承

초당의 두보 노인이 어찌 헛말했으랴?	草堂杜老豈虛語
천명의 탓으로 문장이 미움받는 듯하네.	有命似被文章憎
선비가 천지간에 태어나 범용한 무리와 달라	士生天地異凡庸
재주와 기세가 낙락하여 구름 하늘로 치솟고,	才氣落落雲霄凌
반딧불이 창 아래 기예를 닦아 잠시도 쉬지 않아	螢窓遊藝不暫停
책상 가득한 고전들에 정신을 의지하여,	盈床典墳神所憑
기약하긴 곧바로 천자의 계책을 빛내려고 하지,	心期直擬燠皇猷
세상에 아첨하여 벼슬로 명예를 구하랴?	豈欲媚世求譽稱
문사의 근원에서 삼협의 강물이 거꾸로 쏟아지듯 하고	詞源倒流三峽水
문채는 신묘한 빛이 일만 장(丈)이나 솟아오르네.	文彩萬丈神光騰
천손이 운금 치마를 짜 주어[53] 티끌의 베틀에서 　벗어났고	天孫雲錦脫塵機
초록 못에 물결이 맑아 연꽃 마름 펼쳐졌네.	綠池波淨披荷菱
꽃다운 이름은 화국수와 함께하리니	英名共許華國手
금마문 들어가 옥당에 몸이 의당 오르련만,	金馬玉堂身宜登
어찌하여 불의하여 드날리길 득의하지 못하고	如何不遇揚得意
조칙이 영영 끊겨 천문에 징소되지 못하는가?	飛詔永斷天門徵
한 관직도 못 받고 얼굴 이미 늙어서	一官未授顔已衰
동곳 처지고 흰머리만 부질없이 더부룩하구나.	垂簪白髮空鬇鬡
배고픔과 추위로 겪는 고통을 어이 다 말하랴?	飢寒困苦何足道
인간세상 앙화와 환난이 끊임없이 이어지네.	人間禍患紛相承
평생의 자부가 도리어 빌미로 되니	平生所負反爲祟

---

53) 송나라 소식(蘇軾)이 「조주한문공묘비(潮州韓文公廟碑)」에서 한유(韓愈)의 문장을 칭송하여 "공이 옛날에 용을 타고 백운향에 노닐면서, 손으로 은하수를 헤치고 하늘 문장을 나눠 받으니, 천손이 공을 위해 운금 치마를 짜 주었도다.[公昔騎龍白雲鄕, 手抉雲漢分天章, 天孫爲織雲錦裳.]"라고 한 것에서 차용했다.

간 곳마다 슬피 읊나니 그 시름을 이기기 어려워라.	悲吟到處愁難勝
부평같이 떠돌기에 생활에 끝내 보탬 없고	萍蓬飄迫竟莫補
후세에 시인의 신세를 동정받을 뿐이라네.	後來祗得騷人矜
기이한 재주가 어찌 몸 해치는 것이랴만	奇才豈是害身物
예부터 궁색한 일이 왜 잇따라 일어났나?	古來窮阨何相仍
「치안책」 올렸던 가의(賈誼)는 장사(長沙)로 좌천되고	治安賈生落長沙
『춘추』 필법 지킨 동호(董狐)는 강도(江都)의 승(丞)으로 그쳤네.	春秋董子江都丞
유주(柳州) 강에서는 자후(子厚, 유종원)가 늙어 간 일을 보고	柳江又見子厚老
창려는 한유가 「불골표」 올려 남방으로 귀양 간 일을 게양하네.	昌黎揭揚罹炎蒸
추운 맹교(孟郊)와 가난한 가도(賈島)야 말할 것도 없으니	寒郊貧島未須言
시에는 장안 부자 아이들은 모기와 파리 같다고 한 말[54]이 있었네.	吟哦有似蚊與蠅
홀로 어여뻤어라 적선 이 한림(이백)은	獨憐謫仙李翰林
풍모가 훤출하여 남명으로 날아가는 붕새 같았거늘,	風儀軒豁南溟鴻
천자의 상에서 국맛 조절함을 귀하다 않고	調羹御床未爲貴
만리 밖 야랑으로 좌천되니 산이 일천 층이었지.	夜郎萬里山千層
지음이 두릉에 포의로 있어(두보를 가리킴)	知音杜陵有布衣
일생에 금란지교로 허락했다만,	一生自許金蘭朋

---

54) 한유(韓愈)의 시 「취하여 장 비서에게 주다[醉贈張秘書]」에서 차용한 듯하다. 한유의 시에
"장안의 부잣집 아이들은, 식탁에 고급 안주 잔뜩 차려 놓고, 글 지으며 술 마실 줄은 아예
모른 채, 오직 기녀의 붉은 치맛자락에만 취하나니, 비록 한동안 즐거움은 얻을지 몰라도, 떼
지어 나는 모기떼나 똑같다 하리라.[長安衆富兒, 盤饌羅羶葷. 不解文字飮, 惟能醉紅裙. 雖得
一餉樂, 有如聚飛蚊.]」라고 했다.

응당 가여워하리라, 불우하여 유분(幽憤)을 기탁해서	應憐坎軻寄幽憤
고초(苦楚)를 겪어 시사(詩詞)가 너그럽지 못했다네.	詩詞苦楚非寬弘
천년을 흘러 전해 관례로 지목하니	流傳千載指爲例
시단에서 외우며 슬픔이 가슴을 메우네.	騷林遺誦悲塡膺
오늘날 가난한 시골의 한 서생이	窮鄉今日一書生
십 년 동안 흰 눈의 빛으로 책 읽으며 산승과 이웃했으니,	十年映雪隣山僧
높은 풍모는 고인에게 미치지 못한다 해도	高風縱末涉古人
기예를 바침은 어찌 시속의 무리에게 양보하랴?	奏技豈讓時輩能
어찌하면 분주하여 풍진에서 고달프랴?	胡爲奔走困風塵
이름이 천거 문서에 끼는 것을 여태 이루지 못했네.	名參薦書猶未曾
길게 읊어 짐짓 다시 불평을 호소하여	長吟聊復訴不平
온종일 붓을 잡아 전전긍긍할 따름이네.	搦毫盡日心兢兢

이후백은 문학으로 아름다운 이름을 남긴 역사상의 인물들이 실생활에서 곤욕을 당한 사실을 차례로 열거하여 문학의 재주가 있는 사람을 하늘이 시기한다는 통념을 재확인했다. 『춘추』 필법 지킨 동호(董狐)는 강도(江都)의 승(丞)으로 그쳤다는 고사는 알 수 없다. 이어서 이후백은 "이름이 천거 문서에 끼는 것을 여태 이루지 못한" 자신의 처지를 서글퍼했다.

4

이후백의 산문

이후백은 삼자함(三字銜), 즉 지제교(知製敎)의 관함을 띨 만큼 조정의 대소 문자 제술에 능했다. 1575년(선조 8) 정월에 명종의 왕비 인순왕후(강릉)가 서 거한 후 3월 7일(병오)에 이후백이 지문(誌文)을 지었다는 사실로도 그가 선 조 초 조정의 대소문자를 상당히 많이 지었으리라는 것을 추측할 수 있다. 또 한 사행 때 종사관으로 활약했던 것으로 보아, 주로 변문으로 작성하는 외교 문서의 제작에 공을 많이 들였을 것이다. 하지만 이후백이 제술한 대소문자 나 외교문서는 남아 있지 않다.

이후백의 학술사상을 추정하는 데 중요한 자료로, 1570년(선조 3) 12월 하 순에 작성한 「국조유선록서(國朝儒先錄序)」가 있다. 이와 관련하여 송시열 찬 술의 행장에 다음과 같은 말이 있다.

선조가 일찍이 공에게 『국조유선록(國朝儒先錄)』 서문을 지으라고 명했는데, 공 이 위로 도학(道學)의 연원(淵源)을 밝히고 다음으로 전수(傳授)의 통서(統緒)를 서술함에 있어 노숙하고 우아 간요하여 사람들이 이론을 제기하지 않았으니, 공은 식견이 있는 말을 하는 군자(君子)라고 말할 만하다. 참으로 알아서 실제로 행함의 공효가 있지 않았다면 어찌 이렇게 되겠는가? 옛사람이 말하기를, "고기 한 점만 맛보고도 솥 전체의 국 맛을 알 수 있다."고 했는데, 더군다나 이 몇 가지 문자는 고기 한 점에 비할 바가 아니지 않은가?[55]

『국조유선록』은 1570년 부제학 유희춘(柳希春)이 왕명에 응해 『이락연원록(伊洛淵源錄)』의 체례를 참조하며 김굉필(金宏弼)·정여창(鄭汝昌)·조광조(趙光祖)·이언적(李彦迪) 등 사현(四賢)의 행적을 모아 편찬한 징문초촬(徵文抄撮)이다. 5권 4책 목활자본이 규장각에 있다.[56] 선조는 즉위 후 기묘명현(己卯名賢)을 추장(推奬)하고 그들의 도학과 지치정치(至治政治)를 본받기 위해 이 책의 편집을 명했다. 권두에 이후백의 서가 있고 발문은 없다. 권1은 김굉필의 행장·서술·유사·소·제문·부·시, 권2는 정여창의 행장·유사·명설(名說)·소, 권3은 조광조의 행장·상소문·춘부(春賦)·잠·묘갈명·시·경연진술(經筵陳述), 권4는 이언적의 행장·잠·십조소편(十條疏篇), 권5는 이언적의 서(書)·진수팔규(進修八規)를 수록했다. 김굉필의 문헌은 주로 『경현록(景賢錄)』에서 뽑고, 이언적의 문헌은 『회재집(晦齋集)』에서 뽑았다. 정여창과 조광조의 경우는 견문을 수집하거나 『경연일기(經筵日記)』를 참조했다. 이후백의 「국조유현록서」는 정여창(鄭汝昌)의 『일두선생집(一蠹先生集)』 속집에도 전문이 실려 있

55) 宋時烈, 『宋子大全』, 「青蓮先生李公行狀」: "宣廟嘗命公作「國朝儒先錄序」. 公上明道學之淵源, 次敍傳授之統緖. 老成典要, 人無間言, 公可謂知言之君子矣. 不有眞知實踐之功, 焉得而與此哉? 古人云: '一臠可以知全鼎,' 況此數件文字, 不止一臠而已乎?"

56) 동양문고에는 낭선군 이우의 구장본 필사본이 있는데, 제3권과 제4권만 있다. 필사본 2卷 2冊 (缺帙): 四周雙邊 半郭 23.9×16.5cm, 有界, 10行18字 註雙行, 上下內向3葉花紋魚尾; 32.2×20.8cm 表題: 儒先錄 印: 碩卿, 朗善君重器章, 濟谷; 在山樓蒐書之一 藏書記: K. Mayema.

다.[57] 이 서문에서 이후백은 유희춘이 편찬을 행한 방법과 서명을 『국조유선록』으로 품정하고 교서관에서 간행하기에 이른 경위를 먼저 밝혔다.[58] 이어서 사현이 조선의 도통을 잇고 있으며 그들의 저서가 군주의 덕을 높이는 데 효용이 있다는 점을 강조했다. 전체 내용을 요약해서 단락별로 제시하면 다음과 같다.

ⓐ 맹자 이후 송나라 염락관민(濂洛關閩)의 군자들이 유학을 집대성했습니다. 그들은 당세(當世)에 쓰이지 못했더라도 백대(百代)의 뒤에 유서(遺書)가 남아, 의리(義理)와 왕패(王霸)의 구분 및 조존(操存)과 극치(克治)의 방도에 있어서 가르침을 드리웁니다.[59]

ⓑ 신라와 고려의 명인(名人)은 장구(章句)에 치우치고 장과 문사(文士)는 사조(詞藻)를 중시했으며, 일부는 절의(節義)와 훈업(勳業)이 뛰어났습니다. 하지만 성명(性命)을 연구하고 성현의 뜻과 계합해서 세상의 유종(儒宗)이 된 사람은 정몽주(鄭夢周)가 유일합니다.[60]

---

57) 鄭汝昌, 『一蠹先生集』續集 卷3, 附錄「儒先錄序」(李後白). 한국고전번역원 제공 공근식 역(2004)을 일부 참조했다.

58) 李後白, 「國朝儒先錄序」: "隆慶庚午歲, 卽我殿下踐祚之三年也. 于時宵旰求治, 勤御經筵, 尤留意於性理之學. 一日夕講罷, 上語副提學柳希春曰: '李彦迪文集則予旣覽之矣. 金宏弼·鄭汝昌·趙光祖, 玆皆不世出之賢, 亦豈無所著述乎? 爾其爲予衮輯以來.' 希春承命兢惶, 退與玉堂諸儒, 蒐撫標別, 幷收其行狀及遺事, 彙纂凡例, 倣『伊洛淵源錄』, 屢蒙睿裁而更定焉. 於宏弼則取『景賢錄』所載, 稍有增損. 彦迪文字頗多, 不可盡錄, 則抄列其緊要者若干篇, 其他多得之於聞見. 書旣成, 投進請名之爲『國朝儒先錄』, 上允之. 深加玩繹, 下校書館印而布國中, 且命臣序之." 작성 일자에 대해 서문 끝에 "是歲冬十有二月下澣, 通政大夫承政院都承旨知製敎兼經筵參贊官春秋館修撰官藝文館直提學尙瑞院正臣李後白奉敎謹序"라고 밝혔다.

59) "臣竊惟自孟子沒而儒者之學不傳, 人心賢賢, 邪說幷興, 千有餘年, 至于有宋, 濂洛關閩諸君子相繼而作, 發其關鍵, 極其歸趣, 而集其大成, 使孔孟之道, 粲然復明於世. 雖其身不見用於當時, 百代之下, 遺書尙存. 讀而味之者, 於義理王霸之辨, 操存克治之方, 瞭然若親承指誨而作興焉, 其功可謂盛矣."

60) "吾東方自箕子受封, 肇被仁賢之化, 世代荒邈, 文獻無徵, 降及新羅, 以迄高麗, 非無名人器士之可稱, 顧其所治者章句, 所尙者詞藻, 而其尤者不過以節義勳業相高而已. 有能自拔於流俗, 研窮

ⓒ 조선에 들어와 김굉필은 정몽주의 서업(緖業)을 이었고, 정여창은 의리를 드러내 밝혔으며, 조광조는 김굉필을 스승으로 삼아 주경(主敬)에 잠심하여 본원(本源)을 함양했고, 이언적은 경(敬)을 유지하는 공부가 깊어져서 융회관통(融會貫通)했습니다. 네 신하는 염락관민의 학을 이어 위기지학(爲己之學)을 일삼았으나 모두 재앙을 면하지 못했습니다. 그들 덕택에 이륜(彝倫)이 실추되지 않고 맑은 의론이 민멸되지 않았지만, 그들의 말과 행실이 날로 인멸되어 사문(斯文)의 유감이었습니다.[61]

ⓓ 전하께서 등극한 이래로 김굉필과 정여창 두 사람을 포증(襃贈)하시고, 또 이 편(編)을 찬집하여 인출하라고 하셨습니다. 이는 진유(眞儒)를 표장(表章)하고 정도(正道)를 부식(扶植)하는 성대한 뜻입니다.[62]

ⓔ 다만 가려 모은 것이 근거가 없어서 그들의 평소 훌륭한 언행을 대개 열에 여덟아홉은 잃어버렸는데, 정여창의 경우는 더욱 소략합니다.[63]

ⓕ 그러나 경계하고 규간(規諫)한 글과 경연 석상에서 권강(勸講)한 말이 간곡하고 정성스러워 임금의 덕을 도왔으며, 후학을 흥기시킨 점도 이미 많았습니다. 전하께서 여기에 한결같이 마음을 두는 것이 이른바 급선무입니다. 저

性命, 超然自得, 妙契聖賢之旨, 卓乎爲世儒宗者, 鄭夢周外未聞其人焉."

61) "天眷我朝, 列聖相承, 培養之厚, 歷年之久, 人材之出, 夐絶古昔. 宏弼奮乎絶學, 遠紹夢周之緒, 志學聖賢, 精積力久, 忠信篤敬, 動遵禮法. 汝昌生并一世, 志同道合, 相與講磨切磋, 以闡義理. 光祖承師宏弼, 得其依歸, 其嚮道誠而其厲志確, 潛心主敬, 涵養本源, 省身克己, 常若不及. 彦迪天資近道, 自奮於爲學, 持敬功深, 大有定力, 神會心融, 所見精邃. 玆四臣者, 倡之於前, 而繼之於後. 其工程之疏密, 造詣之淺深, 臣後生愚鹵, 何足以知之? 然其所學, 卽濂洛關閩之學, 專事爲己, 體履眞實, 從事於人倫日用之常, 以求至乎聖賢之閫奧, 則其揆一也. 乃遭連困躓於讒賊之口, 俱不免奇禍以死, 豈天不欲斯民蒙至治之澤乎? 何其遭遇休明, 言聽計從者, 亦不得保其終耶? 民彝不墜, 淸議難泯, 至今閭巷之間, 縫掖之流, 欽其風而慕其人, 咸知好善而惡惡, 子孝而臣忠, 崇吾道而斥異端. 謂文藝爲不足尙, 謂聖賢爲必可學者, 是誰之功也? 惜乎! 時世不遠, 而遺響莫尋, 徽言懿行之播於人者, 日就煙沒, 寧不爲斯文之憾也?"

62) "我殿下臨御以來, 不遑他事, 首擧曠典, 襃贈二人, 昭雪幽冤, 四方之耳目, 固已煥然一新. 又命撰印是編, 與濂洛關閩之書, 幷傳於天地之間. 是表章眞儒, 扶植正道之盛意, 嗚呼至哉!"

63) "第恨採摭無據, 其平生言行之大者, 蓋十亡其七八, 而於汝昌爲尤疏略."

150

필찰(筆札)과 문사(文詞)의 공부에 뜻을 둔 자와 비교한다면 거의 동급으로 말할 수 없을 것입니다.[64]

ⓖ 시비(是非)가 비록 정해져 있더라도 호오(好惡)는 일시에 어지럽게 될 우려가 있습니다. 지나간 현인을 포장하는 것이 어렵고 당세의 현인을 믿는 것은 더욱 어렵습니다. 임금의 지혜가 밝지 못하고 등용이 성실하지 못하여 질시하는 무리가 함정에 밀어 넣고 원한을 품음이 깊었습니다.[65]

ⓗ 송나라 이종(理宗)이 주염계(周濂溪)·장횡거(張橫渠)·정자(程子)·주자(朱子)를 숭상하고 그 책을 존숭했으나 진덕수(眞德秀)와 위요옹(魏了翁)은 곧 폄직(貶職)과 방축(放逐)을 면하지 못했습니다. 성철(聖哲)이 정몽주를 이미 문묘에 종사했고 김굉필과 정여창의 관작이 이미 융성해졌으나, 간사한 이들이 뜻을 얻어 차마 말할 수 없는 일이 있었습니다.[66]

ⓘ 전하께서는 변함없이 더욱 현인을 좋아하는 실상을 채워서 위임하는 정성을 다하소서.[67]

이후백은 『국조유선록』이 조선 유학의 정맥으로 인정한 김굉필·정여

---

64) "然卽此以觀, 亦足以知其致意用力之地, 無彼此之間, 而箴敬規諫之文, 經席勸講之說, 丁寧懇惻, 裨補君德而興起來學, 亦已多矣. 深宮燕閑之中, 常置之几案, 日賜覽觀, 則是猶四臣者環侍左右, 迭進嘉言, 所以一聖心導聖德者, 何可勝言? 而志學之士, 莊誦景仰, 以爲吾邦亦有此等人, 想像親切, 不自覺其脫舊習而立根本, 其亦賢於披閱陳編而嘐嘐者矣. 由是而彝倫日明, 俗尙日變, 善人輩出而至治可復, 是書之行, 其有補於世道, 爲如何哉? 我殿下之眷眷於斯, 誠所謂急先務矣. 視彼役意於筆札文詞之工者, 殆不可以同年語也."

65) "抑臣於此, 有感焉. 正直難親, 讒諛易惑, 是非雖定於百年, 好惡或眩於一時, 此古今之通患也. 是以褒旣往之賢爲難, 而信當世之賢尤難. 蓋士之特立篤行, 躬道義之學者, 雖等級有異, 何代無其人也? 獨人君知之不明, 用之不誠, 而媢嫉之徒排陷讐怨之深耳."

66) "宋理宗能崇顯周程張朱, 尊尙其書, 而眞德秀·魏了翁乃不免貶逐, 姦臣擅政, 運祚衰替, 此固不足論. 且如聖哲在上, 夢周之祀旣升矣, 宏弼·汝昌之爵旣隆矣. 畢竟憸邪得志, 事有不忍言者, 豈不痛哉?"

67) "今我殿下之於四臣, 崇獎表異之可謂盡矣. 後之視今, 亦猶今之視昔, 願聖明念玆在玆, 終始罔間, 益充好賢之實, 以盡委任之誠, 則斯道大幸, 而宗社之福, 悠久無疆矣."

창·조광조·이언적의 각각에 대해 장단점을 공정하게 논했다. 이황(李滉, 1501~1570)도 조광조와 이언적의 행장을 작성하면서, 조광조에 대해서는 '천자고처(天資高處)'를 극언하면서도 학력에 대해서는 말하지 않았고 이언적에 대해서는 '학력심처(學力深處)'를 극언하면서도 '천자고처'는 가볍게 다루었다.[68] 조광조 행장에서는 그가 도학을 창명한 공적도 실마리조차 찾을 수 없으므로 함부로 적지 못하겠다고 했다.[69] 그리고 이황은 조선의 문장대가 가운데 이언적만이 흉중으로부터 유출하여 의리가 밝고 올바른 글을 남겼다고 평가했으나, 행장에서는 그의 천자(天資)에 대하여는 가볍게 다루었다. 이후백의 논점은 이황의 논점과 유사하다. 다만 이후백은 『국조유선록』이 김굉필·정여창·조광조·이언적 등 사현을 정몽주 이후 염락관민의 학을 잇는 정통으로 공인한 것이라고 보았다. 또한 그 사현의 업적을 염락관민의 학과 마찬가지로 "의리(義理)와 왕패(王覇)의 구분 및 조존(操存)과 극치(克治)의 방도에 있어서 가르침"을 드리운 점에 있으며, 그들이 권강(勸講)을 통해서 군주를 계옥(啓沃)한 점, 그들의 저서가 당대에도 군주의 덕을 보필할 수 있다고 보았다. 그런데 이후백은 사현에 대한 간사한 이들의 비판을 봉쇄하려는 뜻을 분명히 했다. '간사한 이들'이란 명종 때 사림을 비방하던 자들을 가리키는 듯하다.

---

68) 權斗經 編, 『退陶先生言行通錄』 卷5, 議論 第4 論人物: "某於靜菴行狀, 極言天資高處, 而其說學力處少. 晦齋行狀, 極言學力深處, 而其說天資高處較輕."

69) 李滉, 『退溪集』 卷12, 「答柳仁仲 論趙靜菴行狀 別紙」: "趙先生倡明道學之功固大. 然由今而欲尋其緖餘, 不知何書何言而有所稱述耶? 鄙意, 推尊先正, 雖曰務極贊揚, 然亦當從其實而言之, 不可以捏虛誇能, 而爲之辭, 以欺後人也. 故如是云云. 今雖承誨而不能從."

5

결론 — 『청련집』의 정본화를 촉구하며

박세채는 이후백을 앙모하여 시장(諡狀)을 다음과 같이 맺었다.

아! 공의 재주와 덕망으로 선조(宣祖)의 태평성대에 혹 경륜하는 큰 책임을 맡겼더라면 그 모유(謀猷)가 반드시 볼만한 것이 있었을 것이다. 그래서 여론이 모두 조석 사이에 정승이 될 것을 바랐는데 공이 병이 났으니, 애석함을 견딜 수 있겠는가? 나 박세채는 젊어서부터 매양 공의 명망과 덕행에 감복하여 명종과 선조 사이에 제일가는 인물로 여겨 일찍이 그분의 논저(論著)한 문자를 얻어 보고자 했는데, 얻지 못하여 마음속으로 매우 서운하게 여겼다.[70]

현재로서도 논저가 많이 남아 있지 않아, 마음속으로 매우 서운하게 여기

---

70) 朴世采, 「靑蓮李公請諡行狀」, 國譯靑蓮集刊行會, 『國譯靑蓮集』, 全南大學校出版部, 1992. 박세채의 문집 『남계집(南溪集)』에는 들어 있지 않다.

지 않을 수 없다.

그리고 『국역 청련집』은 이후백의 시문이 아닌 것을 싣기도 하여, 주의가
필요하다. 이를테면 『국역 청련집』은 유희춘(柳希春)의 주달 내용을 이후백의
주의로 잘못 수록했다. 즉, 『국역 청련집』은 이후백의 주의체 산문이라면서
3편을 수록해 두었으나, 그 가운데 하나는 이후백의 글이 아니고, 다른 둘은
본문이 전재되어 있지 않다.

    ⓐ「주자감흥시로써 소동파의 시와 바꾸시기를 청하는 주[請以朱子感興詩蘇東
       坡詩奏]」[71]

    ⓑ「인성왕후의 상복제도를 논한 주[論仁聖王后服制奏]」"殿下於仁聖王妃, 有祖孫
       之義."

    ⓒ「홍문관과 양사에서 남곤의 시비에 관한 차론을 그만두라는 명을 내려 주
       십사고 청하는 주[請寢令弘文館兩司南袞是非劄論之命奏]」

    ⓐ는 『선조실록』 권7, 선조 6년 계유(1573) 12월 21일(정묘)의 조강에서 유
희춘이 주달한 내용으로 나온다.[72]

    강독이 끝나고서 대간과 승지가 진언한 후에 유희춘이 말했다. "지난번에 위에
서 동파(東坡)의 시(詩)를 들여오라고 명하셨는데 신은 위에서 한두 곳을 살펴

---

71) "頃日, 上命入東坡詩, 臣未知上欲者一二處耶? 欲留覽耶? 蘇軾爲人, 矜豪詭譎, 心術不正, 發於文
    詞, 亦皆不平, 是故芮曄掌學校之政, 朱子遺書論曰: '蘇氏以雄深繁妙之文, 扇其傾危變幻之習, 以
    故人之被其毒者, 淪肌浹髓, 而不自知,' 今正當抜本塞源, 庶乎可以障狂瀾, 而東之, 自上若欲興於
    詩, 則有朱子感興詩二十首在, 蓋皆五言, 凡一千二百六十字之中, 天地萬物之理, 聖賢萬古之心, 古
    今萬事之變, 無不在焉, 音韻鏗鏘, 興致悠遠, 吟詠之間, 意味深長, 以此詩, 易在彼幸甚."

72) 『宣祖實錄』 卷7, 宣祖 6年(癸酉, 1573) 12月 21日(丁卯). 이날 영상(領相) 이탁(李鐸), 동지경연
    (同知經筵) 이후백(李後白)·유희춘(柳希春), 특진관(特進官) 강섬(姜暹)·성세장(成世章), 승
    지(承旨) 구봉령(具鳳齡)이 입시했다.

154

보려 하시는 것인지 두고 보려 하시는 것인지 모르겠습니다마는, 소식(蘇軾)은 잘난 체하고 궤사스러워 심술이 바르지 않기 때문에 문사(文詞)에 나타난 것도 다 평탄하지 않습니다. 이 때문에 예엽(芮曄)이 학교의 정사를 맡았을 때에 주자(朱子)가 글을 보내어 논하기를 '소씨(蘇氏)는 웅심(雄深)하고 번묘(繁妙)한 글로 경위(傾危)하고 변환(變幻)하는 버릇을 선동하므로 그 해독을 입는 사람들이 살에 젖고 뼛속에 스미게 되어도 스스로 깨닫지 못한다.' 했으니, 이제 바로 뿌리를 뽑고 근원을 막아야만 세찬 물결이 동방으로 밀려오는 것을 막을 수 있습니다. 위에서 시에서 감흥을 일으키려 하신다면, 주자의 감흥시 20수가 있습니다. 이는 다 오언으로 모두 1천 2백 60자인데 그 가운데에 천지 만물의 이치와 만고 성현의 마음과 고금 만사의 변천이 모두 다 들어 있으며 음운(音韻)이 잘 조화되고 흥취가 유원(悠遠)하여 읊는 동안에 의미가 심장하니, 이 시로 그것에 대체하시면 다행하겠습니다." 했다. 윤현이, 소식이 이천(伊川)을 시기한 일을 아뢰었다. 유희춘이 아뢰었다. "소식은 도덕을 말할 경우에는 대본(大本)을 어지럽히고 사실을 논할 경우에는 권모(權謀)를 숭상하며, 통달(通達)은 귀하게 여기면서 명검(名檢)은 천하게 여기고 부화(浮華)를 자랑하면서 본실(本實)을 잊으므로, 전혀 예법과 염치가 무엇인지를 모릅니다. 이 때문에 이천의 규구(規矩)·준승(準繩)을 보면 꺼리고 미워하는 것이 심하여 마치 훈유(薰蕕)·빙탄(氷炭)처럼 상반됩니다. 신은 전에 송 고종(宋高宗)이 소식·황정견(黃庭堅)의 시를 즐겨 보는 것에 대해 군자들이 유감스럽게 여겼다는 것을 보았는데, 더구나 전하의 성명(聖明)으로 어찌 이러하실 수 있겠습니까." 했다. 강설(講說)을 끝내고서 물러갔다.[73]

---

73) "講畢, 臺諫·承旨進言, 希春進於其後曰: '頃日, 上命入東坡詩, 臣未知上欲者一二處耶? 欲留覽耶? 蘇軾爲人, 矜豪詭譎, 心術不正, 發於文詞, 亦皆不平. 是故芮曄掌學校之政, 朱子遺書論曰: '蘇氏以雄深繁妙之文, 扇其傾危變幻之習, 以故人之被其毒者, 淪肌浹髓, 而不自知.' 今正當拔本塞源, 庶乎可以障狂瀾而東之. 自上若欲興於詩, 則有朱子感興詩二十首在. 蓋皆五言, 凡一千二百六十字之中, 天地萬物之理, 聖賢萬古之心, 古今萬事之變, 無不在焉. 音韻鏗鏘, 興致悠遠, 吟詠之間, 意味深長. 以此詩, 易在彼幸甚.' 尹晛言蘇軾娼嫉伊川之事. 希春曰: '蘇軾語道德,

ⓑ는 『선조실록』 권11, 선조 10년 정축(1577) 11월 29일(신사)의 기사와 관련이 있다. 당일, 예조가 대행 왕대비의 상에 자최 기년복이라 아뢰니 이로 인해 논란이 있었으나, 이후백의 견해는 밝혀져 있지 않다.

예조가 대행 왕대비(大行王大妃)의 상(喪)에 전하가 자최(齊衰) 기년복(朞年服)을 입어야 한다고 하니, 옥당과 양사가 논쟁하고 나서서 자최 삼년복(三年服)을 입어야 한다고 하므로 대신들에게 의논하게 하라고 명했다. 영상 권철(權轍)과 좌상 홍섬(洪暹)은, 송 고종(宋高宗)이 철종(哲宗)과 맹후(孟后)에 대해 기년복을 입었으니 지금도 이에 의거하여 숙질(叔姪)이 복(服)을 입는 것이 마땅하다고 했고, 박순(朴淳)은 계체(繼體)가 중하다는 것으로 당연히 삼년복을 입어야 한다고 하면서 명종(明宗)이 인종(仁宗)의 상에 이미 삼년복을 입었으므로 대행 대비(大行大妃)와 전하 사이에는 조손(祖孫)의 의리가 있으니 당연히 삼년복을 입어야 한다고 했고, 우상 노수신(盧守愼)도 박순의 의견과 같았는데 말이 분명하지 않았다. 그리하여 2품 이상에게 수의(收議)했는데 의견이 각각 달랐다. 제5일이 되어서야 비로소 삼년상으로 할 것을 청했다.[74]

ⓒ는 『선조실록』 권2, 선조 1년 무진(1568) 7월 29일(병자)의 유희춘 주달과 관련이 있다. 주강에서 유희춘은 남곤의 군부 기망죄를 들어 그의 관직을 추탈할 것을 요구했다.

則迷大本;論事實, 則尙權謀貴, 通達而賤名檢, 衒浮華而忘本實, 漠然而不知禮法廉恥之爲何物. 是以見伊川之規矩準繩, 其忌惡之甚, 如薰猶氷炭之相反也. 臣嘗觀宋高宗好觀蘇黃詩, 君子不能無憾, 況以殿下聖明, 豈可如此乎?' 說畢而退."

74) "禮曹以大行王大妃之喪, 殿下當服齊衰朞年, 玉堂及兩司爭論, 當服齊衰三年, 命議于大臣. 領相權轍·左相洪暹以爲: '宋高宗服哲宗孟后期年之服, 今亦依此行叔姪之服爲當.' 朴淳: '以繼體之重, 當服三年. 明廟於仁宗之喪, 旣服三年. 大行大妃於殿下, 有祖孫之義, 當服三年.' 右相盧守愼亦同朴淳之意, 而語不分明. 收議于二品以上, 各有同異. 至第五日, 始定三年喪."

주강에서 응교 유희춘이 아뢰었다. "악한 짓을 한 사람은 20~30년이 지나면 그에 대한 공론이 정해지게 마련입니다. 남곤(南袞)이 군부(君父)를 기망하고 왕실을 해친 죄는 매우 중대합니다. 그런데도 생전에는 부귀를 보전했고 사후에도 관작을 잃지 않았으니 이러한 간인이 요행으로 모면함은 온 나라 사람이 통분해하는 바입니다."[75]

또 한 예로 이후백의 '보살만(菩薩蠻)' 조의 전사(塡詞)로 간주되는 작품이 석판본에 전한다.[76] 보살만 조는 '菩薩鬘'으로 적으며, 무산일편운(巫山一片雲)·자야가(子夜歌)·화간의(花間意)·화계벽(花溪碧)·성리종(城裏鐘)·중첩금(重疊金)·매화구(梅花句)·만운홍월(晩雲烘月) 등 별칭이 많다. 쌍조 44자로, 전·후단 각 4구 2측운 2평운으로 되어 있다. 『문집』에 실린 것은 다음과 같다.

> 平沙漠漠烟如織, 寒山一帶傷心碧.
> 平平仄仄平平仄 平平仄仄平平仄
> 暮色入高樓, 樓上有人愁.
> 仄仄仄平平 平仄仄平平
>
> 闌干空佇立, 宿鳥歸意急.
> 平平平仄仄 仄仄平仄仄
> 何處是歸程? 長亭復短亭.
> 平仄仄平平 平平仄仄平

---

75) "丙子/晝講, 應敎柳希春啓曰: '爲惡之人, 至二三十年, 則未有公論不定者. 南袞欺罔君父, 斲喪王室, 其罪甚大, 生旣保富貴, 死又不失官爵, 此姦之幸免, 國人所憤.'"
76) 國譯靑蓮集刊行會, 『國譯靑蓮集』, 全南大學校出版部, 1992, 139~140쪽.

이 사는 실은 이백의 보살만 조 「평림막막연여직(平林漠漠烟如織)」을 베낀 것이되, 일부 글자가 잘못되어 있다. 가중에 전하는 전사본을 이후백의 작으로 오인한 듯하다. 이백의 사와 격률은 다음과 같다.(中은 평측에 구애받지 않는 경우를 말한다.)

平林漠漠烟如織, 寒山一帶傷心碧.
中平中仄平平仄 中平中仄平平仄

暝色入高樓, 有人樓上愁.
中仄仄平平 中平中仄平

玉階空佇立, 宿鳥歸飛急.
中平平仄仄 中仄中平仄

何處是歸程, 長亭更短亭.
中仄仄平平 中平中仄平

이백의 사를 베끼면서 글자를 바꾸어 적어 평측 규칙에서 어긋난 부분이 있다. 아마도 이후백이 베껴 둔 것으로는 생각되지 않는다. 이후백의 시문 저술을 수집할 때는 문헌학적 방법을 활용해야 할 것이다.

이후백은 시문에 뛰어났고, 정황상 조정의 대소문자와 외교문서를 상당히 많이 제술했으리라 추정된다. 시에 대해서도 호남지방에 당시풍을 일으킨 것으로 한정할 수가 없다. 장편 칠언고시 11수는 조선중기의 정식시(程式詩)로 조선 과거 문체의 변천을 살필 때 귀중한 자료일 뿐만이 아니다. 이후백은 정식시를 이용해서 남원 광한루의 비보(裨補)를 위한 철구(鐵狗) 건립 사실을 밝히고 자신의 심회를 토로했으며, 또 다른 시편에서는 문학과 궁달의 문제를 심각하게 논했다.

한편, 이후백의 시조 및 가사는 한문학의 세계와 긴밀하게 연계되어 있다.

『교주가곡집(校註歌曲集)』에 이후백의 시조 한 수가 실려 있다.[77] 중장은 당나라 왕발(王勃)의 「등왕각서(滕王閣序)」에 나오는 "지는 놀은 짝 잃은 따오기와 나란히 날고, 가을 강물은 끝없는 하늘과 한 색이로다.[落霞與孤鶩齊飛, 秋水共長天一色.]"라는 구절에서 유래한다.

독상악양루(獨上岳陽樓)ᄒ야 동정호(洞庭湖) 칠백리(七百里)라
낙하(落霞)는 여고목제비(與孤鶩齊飛)ᄒ고 추수(秋水)는 공장천일색(共長天一色)으로
한(限)업슨 오초동남경(吳楚東南景)이 안전(眼前)의 니어시니 락무궁(樂無窮)인가

향후 이후백의 정치행동, 학술사상, 문학세계를 논하기 위해서는 이후백의 저작으로 다른 문헌에 산견되는 자료들을 수습하고 기왕의 시문도 재검하여 정본을 만들어야 할 것이다.

---

77) 『校註歌曲集』 573, 作家〈李後白〉.

| 참고문헌 |

원전

國譯靑蓮集刊行會,『國譯靑蓮集』, 全南大學校出版部, 1992.

李後白,『靑蓮集』, 한국문집총간 속3, 민족문화추진회.

國史編纂委員會 편,『朝鮮王朝實錄』, 探求堂, 1981 영인.

편자 미상,『國朝人物考』上·中·下, 서울대학교 도서관 편, 서울대학교출판부, 1978 영인; 세종
     대왕기념사업회 편역,『국역 국조인물고』1~34, 1999~2007.

權斗經,『退陶先生言行通錄』, 花山, 英祖 8年(1732)跋.

金得臣,『柏谷先祖文集』, 한국문집총간 104, 민족문화추진회, 1988.

金昌協,『農巖集』, 한국문집총간 162, 민족문화추진회, 1997.

白光弘,『岐峯集』, 한국역대문집총서 452, 경인문화사, 1993.

白光勳,『玉峯詩集』, 한국문집총간 47, 민족문화추진회, 1988.

宋時烈,『宋子大全』, 한국문집총간 108~116, 민족문화추진회, 1990.

申景濬,『旅菴遺稿』, 한국문집총간 231, 민족문화추진회, 1999.

柳希春,『眉巖先生集』, 한국문집총간 34, 민족문화추진회, 1988.

李德壽,『西堂私載』, 한국문집총간 186, 민족문화추진회, 1997.

李選,『芝湖集』, 한국문집총간 143, 민족문화추진회, 1995.

李睟光,『芝峯類說』.

李睟光,『芝峯集』, 한국문집총간 66, 민족문화추진회, 1988.

李濟臣,『淸江先生詩話』, 고전번역총서, 민족문화추진회.

李滉,『退溪集』, 한국문집총간 29~31, 민족문화추진회, 1989.

丁若鏞,『與猶堂全書』, 한국문집총간 281~286, 민족문화추진회, 2002;『정본 여유당전서』, 다
     산학술재단, 2012.

鄭汝昌,『一蠹先生集』, 한국문집총간 15, 민족문화추진회, 1988.

崔慶昌,『孤竹遺稿』, 한국문집총간 50, 민족문화추진회, 1988.

許筠,『國朝詩刪』, 보고사, 2017 영인.

편자 미상,『校註歌曲集』, 正陽社, 1951 영인.

趙季 輯校, 『足本皇華集』上中下, 鳳凰出版社, 2013.

국사편찬위원회 한국역사정보시스템(http://www.koreanhistory.or.kr/).
한국고전번역원 한국고전종합DB(http://db.itkc.or.kr).

논문 및 단행본

구사회·박재연, 「『傳家秘寶』와 松亭 李復吉의 새로운 연시조 〈伍連歌〉에 대하여」, 『한국시가
연구』 40, 한국시가학회, 2016.

김경국, 「강진 원주이씨의 백운동(白雲洞) 별서(別墅) 정착과정 고찰」, 『민족문화연구』 81, 고
려대학교 민족문화연구원, 2018.

金基鉉, 「李後白과 그의 時調」, 『時調學論叢』 2, 한국시조학회, 1986.

金大鉉, 「靑蓮 李後白 漢詩에 나타난 두 가지 새로운 경향」, 『한국언어문학』 53, 한국언어문학
회, 2004.

金東河, 「이후백의 삶과 시」, 『외국문화연구』 22, 조선대학교 인문학연구소, 1999.

김동하, 「靑蓮 李後白의 시문학 연구」, 연세대 대학원 박사학위논문, 1999.

김동하, 「靑蓮 李後白 詩의 풍격」, 『고시가연구』 15, 한국고시가문학회, 2005.

김동하, 「李後白의 七言古詩에 드러난 유교사상의 詩的 形象化」, 『고시가연구』 18, 한국고시가
문학회, 2006.

김윤수, 「좌안동우함양(左安東右咸陽)과 천령삼걸론(天嶺三傑論)」, 『한문고전연구』 29, 한국
한문고전학회, 2014.

김종서, 「玉峯白光勳과 湖南詩壇의 交遊」, 『한국한시연구』 10, 한국한시학회, 2002.

김종서, 「16세기 湖南詩壇과 三唐詩人」, 『한국한시연구』 11, 한국한시학회, 2003.

朴秉益, 「玉峯白光勳의 唐詩風展開樣相考」, 『고시가연구』 14, 한국고시가문학회, 2004.

박병익, 「思庵朴淳의 唐詩風受容과 展開樣相」, 『한국한시연구』 14, 한국한시학회, 2006.

申用浩·姜憲圭, 『先賢들의 字와 號』, 전통문화연구회, 1998.

심경호, 『여행과 동아시아고전문학』, 고려대학교 출판부, 2011.

심경호, 『국왕의 선물』 1, BM성안당·BM책문, 2012.

심경호, 「낙서와 지천 최명길의 창수(唱酬) 및 지천의 서찰에 관하여」, 허경진·심경호 외, 『낙
서 장만 연구』, 보고사, 2020.

呂基鉉, 「瀟湘八景의 受容과 樣相」, 『중국문학연구』 25, 한국중문학회, 2002.

禹在鎬·權寧海, 「唐代梅花詩에 나타난 梅花의 상징성」, 『중국어문학』 61, 영남중국어문학회,

2012.

李聖炯, 「청련(青蓮) 이후백(李後白)의 당시풍(唐詩風) 수용(受容) 양상(樣相) 고찰(考察): 절구
　　(絶句)의 시어와 소재분석을 중심으로」, 『한문고전연구』 29, 한국한문고전학회, 2014.

이종묵, 「朝鮮前期漢詩의 唐風에 대하여」, 『한국한문학연구』 18, 한국한문학회, 1995.

이혜순, 「신라말 빈공제자의 시에 대하여」, 『한국한문학연구』 7, 한국한문학연구회, 1984.

정민, 「16·7세기 唐詩風에 있어서 낭만성의 문제」, 『한국시가연구』 5, 한국시가학회, 1999.

정민, 『강진 백운동 별서정원』, 글항아리, 2015.

鄭容秀, 「李後白의 瀟湘八景歌 辨證」, 『문화전통논집』 창간호, 경성대학교 부설 한국학연구소,
　　1993.

최석기, 「李後白論」, 『남도문화연구』 19, 순천대학교, 2010.

기호사림(畿湖士林)의
청련 이후백 인식과 서원 건립

김봉곤

1

머리말

조선시대 학자들은 공맹(孔孟)의 수기치인(修己治人)의 이념에 따라 『소학(小學)』에서 제시한 '오륜(五倫)'과 『대학(大學)』에서 제시한 삼강령(三綱領) 팔조목(八條目)을 토대로 삶을 전개하여 왔다. 오륜은 나를 기준으로 가족, 사회, 국가에 대한 관계 규정이며, 삼강령 팔조목은 명덕(明德)을 밝히고[明明德] 백성을 새롭게 하며[新民] 지극한 경지에 이르는[止於止善] 길을 제시한 것이다. 그러나 이러한 덕목을 어떻게 실천할 것인가에 대해서는 개인이 처하고 있는 혈연, 지연, 학연, 정치적 성향에 따라 크게 좌우되었다. 본고에서 다루고자 하는 청련(靑蓮) 이후백(李後白, 1520~1578) 역시 그러한 경향을 크게 벗어나지 않는다.

이후백은 경상도 함양 출신으로 전라도 강진에 이주하였으며, 호남의 학자들과 교유하여 학문을 대성하고, 정치적으로도 선조 대 사림 집권기에 사림의 이념을 대변하고 이조판서와 호조판서를 역임할 정도로 중앙정계에서 두각을 나타내었다. 그럼에도 불구하고 이후백의 경우 사후 70년이 지나서 서원이 건립되었고, 행적을 서술한 행장은 사후 100년이 지나서 작성되었으며,

묘소 앞에 세워지는 신도비는 사후 200년이 지나야 건립되었으니, 이후백에 대한 후인의 추숭은 개인의 행력보다는 시대적 추이에 따라 전개되는 정치, 사회, 문화 등의 변동과 뗄 수 없는 관계가 있는 것이다. 이러한 이후백에 관한 후인의 평가는 이후백 사후 전개된 기축옥사와 임진왜란, 광해군의 즉위와 인조반정, 서남갈등, 노소 당쟁과 점차 우세해지는 노론의 우세를 반영하는 것이다. 본고에서는 이러한 시대적 상황과 정치적 변동에 따라 기호사림들의 이후백에 관한 평가가 어떻게 변모되었으며, 서원 건립에 어떠한 영향을 끼쳤는가를 확인하고자 한다. 이는 전통시대의 호남지역의 지적인 전통과 변동양상을 확인하는 작업이기도 하다.

기존의 이후백에 관한 연구는 시를 통해 주로 문학 차원에서 이루어졌으며,[1] 최근에 김학수에 의해 이후백 가문의 정치적 변동과 상관관계가 상세히 밝혀지게 되었다.[2] 본고에서는 이러한 선행 연구를 토대로 이후백 사후 기호사림에서 이후백에 관한 평가가 어떻게 변모하였으며, 이러한 평가가 서원 건립, 행장 작성, 시호 요청, 신도비 작성 등에 어떠한 영향을 끼쳤는가를 분석하고자 하는 것이다.

---

1) 이후백의 시문학 연구로는 다음과 같은 논문이 있다.
    金基鉉, 「李後白과 그의 時調」, 『時調學論叢』 2, 한국시조학회, 1986.
    전형대, 「靑蓮 李後白의 선비정신과 시」, 『京畿語文學』 8, 경기대학교 인문대학 국어국문학회, 1990.
    정용수, 「李後白의 瀟湘八景歌 辯證」, 『문화전통논집』 1, 경성대학교 부설 한국학연구소, 1993.
    김동하, 「李後白의 生長과 詩人的 形成 過程」, 『서강정보대학문집』 17, 서강정보대학, 1998.
    김동하, 『靑蓮 李後白의 詩文學 硏究』, 연세대학교 대학원 박사논문, 1999.
    김동하, 「이후백의 칠언고시에 드러난 유교사상의 시적 형상화」, 『한국시가문화연구』 18, 한국시가문화학회, 2006.
    이성혜, 「청련 이후백의 시세계」, 『동북아문화연구』 26, 2011.
    이성형, 「靑蓮 李後白의 唐詩風 受容 樣相 考察 ― 絶句의 詩語와 素材 分析을 中心으로」, 『漢文古典硏究』 29, 한국한문고전학회, 2014.
2) 김학수, 「영호(嶺湖) 통섭의 기미(幾微)와 그 좌절 ― 연안이씨 이후백가(李後白家)를 중심으로」, 『전국역사학대회논문』, 2020. 10. 31.

2

이후백에 대한 실록의 졸기(卒記)와
이이(李珥)의 평가

이후백은 영남 함양 출신으로서 전라도 강진으로 이주하여 호남의 학자들과 함께 학문과 시를 주고받으며, 선조 초에 정국을 이끌어 간 인물이다. 그는 이백의 시를 흠모하여 이름도 이백의 뒤를 잇는다는 뜻의 후백(後白)이라고 하였고, 자신의 호도 이백의 자호인 청련(靑蓮)을 그대로 썼으며, 최경창(崔慶昌, 1539~1583)·백광훈(白光勳, 1537~1582) 등과 함께 호남에 이백의 당시풍(唐詩風)을 유행시켰다. 그는 도학으로도 저명하였다. 하서 김인후, 고봉 기대승 등 호남의 학자들과 교류하였고, 성리학이나 예학의 수준은 당대 최고 수준이어서, 사암 박순도 그에게 여러 가지로 자문을 구하였다. 뿐만 아니라 유희춘이 지은 『국조유선록』의 서문을 작성하여 김굉필, 조광조, 이황으로 이어지는 도학의 계통을 확립하였으며, 선조의 교서를 대신 지어 을사사화 때 표창된 인물에 대해서 위훈으로 규정하고 당시까지 신원되지 못한 인물을 복권함으로써 을사사화에 대한 조치를 최종 마무리하였다.

뿐만 아니라 그는 정치적으로 선배사림에 속하였지만, 청백한 처신과 공정한 인사를 통해 후배사림들에게도 존경을 받았다. 1577년 이조판서에 제수되고 장차 정승으로서 기대되는 인물이었다. 그러나 이후백은 안타깝게도 친구 노진이 1578년 8월 타계하자 함양의 묘소에 다녀온 뒤 곧바로 병을 얻어 두 달 만에 타계하였다. 실록에서는 이후백에 다음과 같이 평가하였다.

호조판서 이후백이 졸하였다. 자(字)는 계진(季眞)이며 호는 청련거사(靑蓮居士)였다. 젊어서는 시가와 문장으로 호남지방을 주름잡았는데 과거 공부를 좋게 여기지 않다가 중년에 비로소 과거 공부를 하여 급제하였다. 처음에 훈도(訓導)가 되어 발해(發解)되었기 때문에 교서관 정자로 삼으니 선비들의 논의가 모두 애석하게 여겼다. 그러나 그의 명성이 더욱 성대해지자 즉시 청현직에 두루 통했다. 일찍부터 문장으로 명성이 높았던 그는 문원(文苑)에 두루 선임되어 양관(兩館)의 제학(提學)에 이르렀으나, 김귀영(金貴榮)의 저지로 대제학에는 이르지 못했다.

그의 사람됨은 침착하고 중후하였으며 기개가 있었다. 그가 비록 문한(文翰)에 종사하였지만 몸단속을 엄숙하게 하였고 말할 때나 조용히 있을 때에도 절도가 있었으며 기쁜 표정과 언짢은 표정을 얼굴빛에 나타내지 않았다. 또 자제들이나 아랫사람들이 감히 시사의 득실에 대하여 묻지를 못했다.

그는 벼슬이 육경(六卿)의 반열에 이르렀으나 가난하고 소박하기가 유생과 같았다. 비록 선배 명류로서 서인으로 지목을 받았지만, 그는 좋다 나쁘다는 등의 말을 하지 않았으므로 후진들도 역시 그의 전주(銓注)에 승복하였다. 김효원(金孝元)이 번번이 선진(先進)들을 공박하면서 항상 하는 말이 "이후백은 단지 육경의 재능을 가지고 있을 뿐이다. 만약 정승이 된다면 나는 그를 논박할 것이다." 하였지만 사람들은 그가 정승이 되기를 기대했었는데 갑자기 졸하고 말았다. 사람들은 노진과 이후백이 잇따라 죽자 정2품에 사람이 없게 되었다고 하였다.[3]

이후백은 문장이 뛰어나 문한직에 종사하였으며, 육경의 반열에 이르렀으나 가난하고 소박함이 유생과 같았고, 선배 명류로서 서인으로 지목받았지만 좋고 나쁘다는 말을 하지 않았으므로 후배사림들이 승복하였으며, 선진들을 공박하였던 김효원 외에는 이후백이 모두 정승이 될 것을 기대했지만 이후백이 죽자 정2품에 사람이 없게 되었다는 것이다. 즉 실록에서 이후백에 대한 평가는 문장가로서 청렴결백하였으며, 선배사림으로서 정치적 중립을 지키고자 하였다는 점에 방점이 찍혀 있었던 것이다. 이 때문에 이후백의 업적으로서 훗날 높이 평가되었던 1570년 작성한 『유선록(儒先錄)』 서문과 1577년 작성한 '위훈삭제(僞勳削除)' 교서 같은 중요한 업적이 빠져 있다.

먼저 『유선록(儒先錄)』 서문에 대해서 살펴보도록 하자. 『유선록』은 1570년 (선조 3) 부제학 유희춘(柳希春)이 왕명으로 찬집한 책이다.

부제학(副提學) 유희춘(柳希春)에게 『유선록(儒先錄)』을 찬집하여 올리라고 명하였다. 상이 경연에서 희춘에게 이르기를, "이언적(李彦迪)의 문집은 내가 이미 보았으나, 김굉필(金宏弼)·정여창(鄭汝昌)·조광조(趙光祖)는 모두 불세출의 현자들인데 남긴 저술이 어찌 없겠는가. 경은 나를 위하여 찬집하여 올리도록 하라." 하여, 희춘이 물러와 옥당(玉堂)의 동료들과 채집 찬정하고, 『이락연원록(伊洛淵源錄)』을 모방하여 한 책으로 만든 다음 『국조유선록(國朝儒先錄)』으로 이름할 것을 청하였다. 상이 보고는 교서국(校書局)에 내려 인행(印行)하게 하고,

---

3) 『선조수정실록』卷12, 선조 11년(1578) 10월 1일: "戶曹判書李後白卒 字季眞, 號靑蓮居士 少以詞藻, 擅名湖南, 不屑擧業, 中年始就擧登第 初爲訓導發解, 故屈爲校書館正字, 士論皆惜之, 聲名益盛, 卽通淸顯 以文名早著, 故歷選文苑, 至兩館提學, 而阻於金貴榮, 不及典文衡 爲人天資凝重, 神氣秀朗, 雖從事文翰, 而律己嚴肅, 語默有節, 喜慍不形於色 子弟, 小生, 不敢問時事得失 位至六卿, 寒素如儒生, 雖以先輩名流, 目爲西人, 而口無適莫之言, 後進亦服其銓注 金孝元每攻駁先進, 而常言: '後白只是六卿之才, 若作相則我當論之' 然衆望冀其入相, 而遽卒 人以爲: '盧禛, 李後白繼卒, 正二品無人' 云."

도승지 이후백(李後白)에게 서문을 쓰도록 명하였다.[4]

선조는 김굉필, 정여창, 조광조, 이언적을 불세출의 현자로 규정하고 부제학 유희춘에게 명하여 이들의 저술을 찬집하라고 하였던 것이다. 이렇게 해서 만들어진 책에 당시 도승지로서 이후백이 서문을 지어 김굉필, 조광조, 이언적으로 이어지는 사림의 도통 확립에 큰 기여를 했던 것이다.

뿐만 아니라 이후백은 '위훈삭제(僞勳削除)'교서를 통해 을사사화를 소인들에 의해 자행된 사화로 규정하였다. 즉 1577년 12월 1일 선조는 즉위한 지 10년이 되는 시점에서 이기(李芑)·임백령(林百齡)·허자(許磁)·정순붕(鄭順朋)·김명윤(金明胤) 등의 공신지위를 박탈하고, 복권되지 못하고 있던 윤임과 이류(李瑠)를 신원시키면서 다음과 같은 교서를 공포하였다.

나는 보잘것없는 자질로 외람되게 어렵고 큰 왕업(王業)을 지키게 되어, 황고(皇考)의 뜻을 우러러 체득하고 자후(慈后)의 교명을 직접 받들었다. 정묘년 즉위할 때를 당하여 구로(舊老)의 신하들을 수용(收用)하였고, 경오년에 왕정(王庭)에서 간쟁(諫諍)할 때 미쳐서는 공론을 대략 채취하였다. 그리하여 이기·정순붕·임백령·정언각(鄭彦慤) 등은 그들의 관작을 삭탈하고, 유관·유인숙 등은 그들의 역명(逆名)을 씻으며, 정미(명종 2)·기유(명종 4)에 죄를 입은 사람들은 그들의 직첩(職牒)을 회복시키고 적몰(籍沒)했던 것을 돌려주었다. 온 나라 사람이 모두 고치려 하였으나 선조(先祖)의 일을 감히 경솔하게 의논할 수 없었다. 그런데 여러 사람들의 심정이 더욱 격해지니 아마도 천도가 반드시 회복될 듯싶다. 더구나 동조(東朝, 대비)는 직접 변고를 겪어 당시의 실상을 환히 알고 계시므로 병이 낫지를 않자 네 사람의 원통함을 씻어 주도록 명하였다.

나는 이 일에 대해서 대신에게 자문을 구하여 즉시 유인숙의 관직을 돌려주

4) 『선조수정실록』 卷4, 선조 3년(1570) 12월 1일.

도록 하였으나, 다만 윤임과 유(瑠)는 사체(事體)가 중대하여 아직까지 결정하지 못했었다. 그런데 국민의 여론이 그치지 않고 사람들의 노여움이 물불보다 심하고 왕대비(王大妃)의 병세가 위태로우니, 마음을 위로해 드리는 것은 약(藥)에 달린 것이 아니다. 일은 옳은 것을 구해야 하고, 하늘은 거짓을 용납하지 않는다. 이에 11월 28일 윤임과 유의 직첩을 되돌려주고 위사 공신(衛社功臣)을 혁파하여 그들의 녹권(錄券)을 거둘 것을 빨리 왕대비전에 아뢰고, 또 사람들의 뜻에 답하려 하였다. 그러나 하늘이 불쌍히 여기지 않고 재앙을 내려 미처 교서를 반포하지 못한 상황에서 대비께서 승하하셨으니, 찢어지는 듯한 아픔이 더욱 심하여 이에 포고하노라.

아! 원통함을 바루고 죄를 벌주어 이미 선왕의 뜻을 끝내고 국사를 해 나가는 데 있어서 영원히 소인의 화를 근절시켜야 하겠기에 이렇게 교시하노니 잘 알지어다.[5]

을사사화 관련자들의 지위를 박탈하고, 복권되지 못한 인물들을 신원함으로써 을사사화에 대한 조치를 최종 마무리 지었던 것인데, 이 교서를 이후백이 지었던 것이다. 원래는 대제학 김귀영(金貴榮)이 짓기로 되어 있었으나, 문장 내용이 졸렬하고 소략하여 중외에 선포하기가 마땅치 않았기 때문에, 선조가 이후백으로 하여금 다시 짓게 하였던 것이다.[6] 이후백은 조서의 마지막에서 "영원히 소인의 화를 근절시켜야 하겠기에 이렇게 교시한다."고 함으로써 다시는 을사사화에 대해 논의하지 않도록 시비의 근거를 없앴다.

이 밖에도 이후백은 1573년(선조 6) 11월 1일 윤근수와 함께 중국 연경에 가서 이성계 등의 종계(宗系)를 바로잡고 시역(弑逆)의 일을 고쳐 『대명회전(大明會典)』에 추가할 것을 청하였는데, 나라의 체통과 관련된 중대한 문제에 대

---

5) 『선조수정실록』, 선조 10년(1577) 12월 1일.
6) 위의 글.

해서도 실록에서는 전혀 언급을 하지 않고 있다.

이에 실록의 줄기가 이후백의 주요한 업적을 빠뜨렸음을 확인할 수 있는데, 왜 실록에서 김효원이 이후백에 대해서 육경에는 올랐지만 정승의 재목은 못 된다고 비난하였을까라는 점이 궁금해진다. 이와 관련해서는 이이가 지은 『석담일기』를 통해 저간의 상황을 짐작해 볼 수 있다. 이후백이 청렴결백하고 인사에 공정하였다는 점에 대해서는 이이 역시 전적으로 동의한다.

이조판서 이후백(李後白)이 병으로 사면하였다. 이후백이 전장(詮長)이 된 뒤로 공론을 숭상하고 청탁을 받지 않아 정사가 볼만하였다. 비록 친구라 할지라도 자주 찾아가 보면 마땅하게 생각하지 않았다. 하루는 족인(族人)이 찾아가 보면서 말끝에 관직을 구하는 의사를 보이니 이후백이 얼굴빛을 고치며 사람들의 성명이 많이 기록된 종이 한 장을 내어보이는데 모두 장차 벼슬을 시킬 사람들이었고 그 족인의 이름도 기록 안에 들어 있었다. 이후백이 말하기를, "내가 자네 이름을 기록하여 장차 천거하려 하였더니, 지금 자네가 관직을 구하는 말을 하니 그것을 구하게 된다면 공도(公道)가 아니다. 애석하다. 자네가 만일 그 말을 하지 않았더라면 벼슬을 할 뻔하였는데." 하였다. 그 사람이 그만 부끄러워서 돌아가 버렸다. 이후백은 매양 하나의 벼슬이라도 시키려면 꼭 그 사람이 쓸 수 있는가 없는가를 두루 물어서 만일 합당하지 못한 사람을 잘못 시켰다면 밤에 잠을 자지 않고, "내가 국사를 그르쳤다." 할 정도였다. 시론(時論)이, "이후백 같은 공정한 마음은 근세에는 비할 사람이 없다." 하더니, 지금에 와서 병으로 사면하고 정대년(鄭大年)이 대신하였다.[7]

이이는 이후백은 이조판서로서 근신하고 친척이라고 하더라도 사적인 청탁을 받아들이지 않았으며, 반드시 공론에 따라 합당한 인물을 뽑았던 인물

7)   이이, 『석담일기』, 1576년(선조 9) 6월.

로서 "이후백 같은 공정한 마음은 비할 사람이 없다."고 이후백의 청렴결백함을 높이 평가하였던 것이다. 이이는 이후백이 타계하자 다시 다음과 같이 술회하였다.

이후백은 벼슬에서 직무를 다하고 몸단속을 청간(淸簡)하게 하였으며, 지위가 육경(六卿)에까지 이르렀으나 빈한하고 소박하기가 유생(儒生)과 같았다. 또한 뇌물을 일절 받지 않으므로 사람들이 그 결백함을 탄복하였다. 김효원(金孝元) 이 늘 말하기를, "계진은 다만 육경의 인재이다. 만일 정승이 되게 되면 내가 논박하리라." 하였는데, 이는 이후백이 심의겸(沈義謙)과 알기 때문에 김효원이 심의겸을 미워하여 이 말을 한 것이다. 이이가 혼자 생각하기를 "계진은 과연 정승이 될 그릇은 못 된다. 김효원이 잘못 보았다고 할 수 없다. 다만 계진보다 나은 사람이 없으면 어찌 그가 정승 되는 것을 논박하겠는가." 하였다. 이때에 선비들이 동·서로 나누어지니, 이후백은 서인이라 지목받았으나 입으로 결정적인 말을 하지 않으므로 연소한 선비들이 꺼리지 않았으니, 바야흐로 정승이 될 물망이 있었다. 이후백은 노진이 죽자 동향(同鄕)이므로 노진의 무덤 앞에 전(奠)을 하고 집에 돌아와 하룻밤을 앓다 죽었다. 사림(士林)이 심히 애석하게 생각하였으니, 이때에 노진과 이후백이 서로 이어 죽으니, 여론이 정2품에 사람이 없다 하였다.

이후백이 직무를 다하고 청렴결백하였던 것은 모두가 아는 사실인데, 김효원이 이후백이 정승이 될 그릇이 못 된다고 비난한 것은 심의겸 때문이라는 것이다. 김효원이 심의겸을 미워하였기 때문에 이후백 역시 미워하였다는 것이다. 이에 대해서 이이는 이후백보다 나은 인물이 있지 않은 이상 이후백이 정승 되는 것은 문제가 될 수 없다고 하여 이후백을 옹호하였다. 당시 김효원과 심의겸과의 대립으로 동서분당의 조짐이 나타나고 있었는데, 이후백에 대한 평가 역시 이러한 격렬한 대립을 반영하고 있는 것이다.

3

광해군 때 호남사림의 이후백 재평가와
서원 건립 논의

이후백에 대한 사림들의 재평가는 이후백을 제향하는 서원을 건립하자는 운
동이 17세기 초 강진에서 일어나면서 본격적으로 이루어지게 된다. 정조 때
인물인 이긍익(李肯翊)은 『연려실기술』에서 강진의 사우에 대해서 다음과 같
이 기록하고 있다.

강진(康津)

서봉서원(瑞峯書院) ─ 만력 경인년(1590, 선조 23)에 세웠고 사액하였다: 이후백
(李後白)·백광훈(白光勳)·최경창(崔慶昌)

월남영당(月南影堂): 이의경(李毅敬) ─ 고금도(古今島)의 관왕묘(關王廟)에 진린
(陳璘)과 이순신을 배향하였다. 제사조(諸祀條)에 들어 있다.[8]

---

8) 李肯翊, 『燃藜室記述別集』 卷4, 祀典典故, 「書院」.

강진에는 서봉서원과 월남영당이 있는데, 서봉서원에서는 이후백, 백광훈, 최경창을 배향하고 있고, 월남영당에서는 사도세자의 스승인 이의경과 왜란 때의 명장(明將) 진린과 충무공 이순신을 배향하고 있다는 것이다. 서봉서원은 원래 서기산(瑞氣山) 아래 월곡리(月谷里)에 청련 이후백만을 모셨는데,[9] 1712년 백광훈, 최경창이 추배되었으며, 1868년 훼철되었다. 그러다가 1924년 장소를 옮겨 강진 박산에 서원이 복원되면서 명칭이 서봉서원에서 박산사(博山祠)로 바뀌게 된다. 뿐만 아니라 청련(青蓮) 이후백(李後白), 옥봉(玉峯) 백광훈(白光勳), 고죽(孤竹) 최경창(崔慶昌) 외에 죽곡(竹谷) 임회(林誨)와 남계(南溪) 김순(金淳)과 같은 강진 인물을 추배(追配)함으로써 서원의 향사주체를 주로 강진사림으로 재편성하게 되었다.[10]

이상과 같은 점을 염두에 두고 먼저 서원의 건립 연대에 대해서 검토해 보자. 위『연려실기술』에서는 서원이 만력 경인년, 즉 1590년 세워지고 사액되었다고 하였다. 서원이 1590년 건립되었다고 기술하고 있는 것은 영암 출신의 태호(兌湖) 조행립(曺行立, 1580~1663)이 1610년 무렵 지은 「서봉서원영건통문(瑞峯書院營建通文)」에서 비롯된다. 조행립은 이 통문에서 이후백을 제향하는 서원이 기축년, 즉 1589년(선조 22) 전라관찰사 손식에 의해서 건립되었다고 주장한다.

지난날 만력 기축년(1589, 선조 22)에 손식 공이 호남을 안찰할 때에 문학을 숭상하는 뜻으로 도내의 선비들을 인도하여 넉넉하게 재료를 공급하여 강진현에 선생의 사우를 창건하고자 하였다. 이 고을은 선생이 우거하였던 땅으로 학문을 익힌 곳이기 때문이다. 도내의 많은 선비들이 선생의 풍모를 듣고 사모하여 거의 공사를 끝내게 되었으나 임진왜란을 만나 이루지 못하였으니, 우리 유생

9)   양광식, 「서봉서원과 이후백」, 『강진신문』, 2002. 11. 29.
10)   『康津郡誌』 卷3, 院宇, 「博山祠」.

들이 늘 서운하게 여겼다.[11]

1589년에 손식이 전라도 관찰사가 되어 강진현에 이후백의 서원을 세우기 위해 도내의 선비들의 협조를 받아 서원 건립을 추진하였다는 것이다. 그런데 손식은 1580년 4월 전라도 관찰사에 제수된 인물이기 때문에 1589년에 부임하였다는 것은 사실과 부합되지 않는다.[12] 1589년 무렵의 전라 관찰사는 이광(李洸)이다.[13]

또한 이후백의 서원 건립은 조행립이 밝힌 것처럼 순조롭지 못하였다. 임진왜란을 맞아 공사가 중단되었다고 하였으나, 호남에는 1589년 일어난 기축옥사의 여파가 1591년에도 큰 영향을 미치고 있었다. 1591년 2월 정철이 선조에게 광해군을 세자로 책봉해야 한다고 주청한 건의 사건이 일어나 정철이 7월 20일 함경도 강계로 유배당했으며, 최영경 등을 무고했다고 하여 고암 양자징의 아들 양천경·양천회 형제가 8월 13일 무고죄로 국문을 당한 끝에 장독으로 죽었다.[14] 이후백의 아들 이선경(李善慶, 1546~1592)은 기대승의 아들 기효증(奇孝曾)과 함께 기축옥과 관련되어 혐의를 받았다. 또한 이후백의 외손 안영(安瑛, 1565~1592)도 김인후의 고제 양자징의 딸과 혼인하였기 때문에 처남인 양천경·양천회가 화를 당하자 곤경에 처하였다. 안영은 1592년 임진

---

11) 曹行立, 『兌湖集』 卷2, 「瑞峯書院營建通文」: "往在萬曆己丑 孫公軾按節湖南之日 以右文之意 倡一道之士 優給材料 欲刱先生祠宇於康津縣 是縣乃先生僑寓之地 而藏修之所也 一道多士聞風而慕 庶幾訖功 而值壬辰之變 不得成就 爲吾儒落寞之恨者 雅矣."

12) 기축년 때의 전라 감사는 李洸이다. 이광은 1589년 1월 부임하여 1590년 3월 瓜遞되었다. 이동희, 『朝鮮時代 全羅道의 監司, 守令名單』, 전북대학교 전라문화연구소, 1995, 9쪽.

13) 이후백과 같은 시기에 활약하였던 기대승을 제향하는 광주의 월봉서원은 전라도 관찰사 김계휘의 지원으로 1578년에 건립되었고, 이후백과 같은 동향으로 친분이 두터웠던 노진은 남원의 고룡서원에 1580년 배향되었다. 이후백의 선배였던 하서 김인후는 1590년 장성 필암서원이 세워져 제향되었던 것을 고려하면 이후백의 서원 역시 1589년에 건립이 모의되었을 것이다.

14) 『선조실록』, 1591년 8월 13일.

왜란 때 담양에서 일어난 고경명 의병진에 참여하여 금산전투에서 전사하였다.

임진왜란으로 인한 참화는 더욱 심각하였다. 이후백의 아들 이선경은 왜군을 피하지 못하고 서울에서 죽음을 당하였다. 이선경의 어머니와 부인은 자녀들을 데리고 강진으로 다시 내려왔다. 이에 이선경의 아들 태길(泰吉), 유길(有吉), 복길(復吉), 익길(益吉)의 후손들은 강진과 해남 일대에 정착하게 되고, 막내아들 정길(井吉)은 선산을 지키기 위해서 다시 파주로 올라갔다.

이후 이후백의 손자 이복길이 1609년 생원시에서 2등 3위의 높은 성적으로 합격하면서 강진 지역에서 이후백이 끼친 영향이 크게 부각되었다. 강진 성전면 대월 출신의 곽기수(郭期壽, 1549~1616)[15]는 「금릉사마재기(金陵司馬齋記)」에서 강진의 문풍에 대해 다음과 같이 언급하였다.[16]

우리 고을은 예전에 사마재가 없었습니다. 대개 편벽되고 누추한 곳이기 때문이었습니다. 강진현이 설치된 수백 년 이래 활쏘기 잘하는 사람은 많았지만 책을 끼고 다니며 과거합격자 명단인 연방(蓮榜)에 이름을 올린 자가 거의 없었습니다. 비록 있다고 하더라도 많지 않았으니, 사마재를 설치하지 못한 것이 본래다 이유가 있었습니다.

접때에 다행히 이조판서 이후백(李後白) 청련선생(靑蓮先生)이 문장으로 저명하여 장차 문장이 끊어지려 할 때에 굴기(崛起)하셨으니, 아마도 하늘이 우리 외딴곳의 선비들을 인도하고 도와주신 것이겠지요. 이로부터 후진들이 줄지어

---

15) 곽기수: 자는 미수(眉叟), 호는 한벽당(寒碧堂), 본관은 해미(海美)인데, 1579년(선조 12) 진사과에 합격하고 1583년 별시문과에 병과로 급제하여 관직이 예조좌랑, 부안현감에 이르렀다. 부모가 아흔이 되자, 부모 봉양을 위해 벼슬을 그만두었으며, 1598년과 1599년 부모상을 당하자, 삼년상을 치르느라고 병에 걸렸으며, 광해군은 혼조라고 규정하고 두문불출하면서 오로지 『주역』의 연구에 몰두하였다.

16) 「금릉사마재기」는 양광식 전 강진문헌연구회장이 서술한 「서봉서원과 이후백」(『강진신문』 2002년 11월 29일 기사)에서 소재를 알게 되었다.

일어나게 되니 청련 선생과 동시 사람으로는 최응두(崔應斗), 조팽년(趙彭年), 임자신(林自新), 그리고 곽기수(郭期壽)가 바로 그들입니다. 인재가 이때에 성대하게 배출되었으나 사마재 설치는 겨를이 없었습니다. 그 후 청련께서 세상을 떠나고 최응두가 죽자, 혜초는 부질없이 탄식하고 소나무만 날로 무성하였습니다.[17]

기유년(1609) 삼월에는 세 사람이 동방(同榜)하였으니, 이복길(李復吉), 곽치요(郭致堯), 김택선(金宅善)이 그들입니다. 가히 한 고을의 성대한 일이며 종전에도 없는 바라고 할 수 있으니, 사마재를 설치하여 이름을 올려서 열읍의 일을 본받지 않을 수 없었습니다. 그러나 난리의 여파로 사재(私財)가 아무것도 없고, 공력(公力)을 얻기 어려워서 뜻이 있어도 이루지 못한 지가 4, 5년이 되어 가니, 지금에 우리 무리들이 탄식함이 어찌 끝이 있겠습니까. 지금 우리 명부(明府) 사문 정후(鄭侯)께서 봉황이 가시나무에 깃들듯[18] 백성을 어루만지기에 힘써서 모든 일을 그냥 넘기지 않으시니, 갖가지 없어진 것이 모두 흥기합니다. 특히 문학을 숭상하는 정사와 후세에 남기는 일에 대해서는 더욱 마음을 다하고 계십니다.[19]

---

17) 육기(陸機)의 「탄서부(歎逝賦)」에 "참으로 소나무가 무성하니 잣나무가 기뻐하고, 아 지초가 불에 타니 혜초가 탄식하네.[信松茂而柏悅, 嗟芝焚而蕙歎.]"라고 한 말에서 유래하였다.『文選』卷16.

18) 봉황이 … 깃들듯: 정후와 같은 현자가 작은 관직에 몸담고 있는 것을 탄식한 말이다. 후한(後漢)의 고성 영(考城令) 왕환(王渙)이 구람(仇覽)을 주부(主簿)로 임명하려다가 그의 그릇이 워낙 큰 것을 보고서 "가시나무는 봉황이 깃들 곳이 못 된다. 100리의 지역이 어떻게 대현이 밟을 땅이리오.[枳棘非鸞鳳所棲, 百里豈大賢之路.]"라고 탄식하고는 한 달 치 월급을 구람의 태학(太學) 학자금으로 내준 고사가 전한다.『後漢書』卷76, 循吏列傳,「仇覽」.

19) 곽기수,『寒碧堂文集』卷2,「金陵司馬齋記」: "吾鄉舊無司馬齋 蓋僻陋故也 設縣數百年來 人多彎弧 士罕挾書 登名蓮榜者 絶無而僅有 雖有而不多 其不設齋也 固也 曩者 幸有二判書後白靑蓮先生 以文章聞 而崛起於將絶之際 意者 天啓佑我偏荒之士子歟 自是頗有後進頂背相望 與靑蓮先生同一時者 崔君應斗 趙君彭年 林君自新 而郭期壽 亦其一也 人才之出於斯爲盛 而設齋 則有未遑焉 厥後 靑蓮捐館 應斗就木 蕙歎空切松茂無日 歲在己酉三人同榜 李復吉郭致堯金擇善 其人也 可謂一鄉之盛事 從前之所無 則不可不置齋籍 名以擬列邑之事 而亂離之餘 私財赤立公力難得 有志未就者四五載 于今吾黨之歎 寧有旣乎 今我明府 斯文鄭某 鳳棲枳棘 心勞撫字 凡事不

178

강진현이 남쪽 바닷가에 치우쳐 있어서 무인들은 많이 배출되었지만, 과거 합격자가 배출되지 못하여 문장이 끊어지려고 할 즈음에 이후백이 문장으로 굴기하여 이 지역 선비들을 인도하여 왜란 전과 후에 많은 인물들이 배출되었다는 것이다. 그러나 왜란 전에는 사마재를 설치할 겨를이 없었고, 왜란 후에는 전쟁의 여파로 사마재를 지을 재력이 모자란 형편이었는데, 우리 고을을 다스리는 정후(鄭侯)와 같은 대현(大賢)이 도움을 주어 사마재를 건립하게 될 수 있었다는 것이다.

그렇다면 곽기수가 사마재 건립 때 도움을 주었다고 한 정후(鄭候)는 누구일까? 가장 근접한 인물로 1612년 6월 강진군수로 부임하여 1613년 6월 체직되어 돌아간 정인(鄭寅)을 들 수 있다. 정인은 본관은 초계이며, 문과에 급제하였는데, 사람됨이 용렬하고 열읍의 업신여김을 받는다고 사헌부에서 탄핵을 받았던 인물이다. 정인은 광해군이 즉위하자 예조판서 이이첨(李爾瞻)의 추천을 받아, 1611년(광해군 3) 병조정랑에 다시 등용되었다.[20] 따라서 광해군을 혼조(昏朝)로 여겨 출사하지 않았던 곽기수가 그를 '봉황'으로 높이 칭송하였으리라고 여겨지지는 않는다.

따라서 곽기수가 지칭한 정후는 정인보다는, 1610년 12월 나주목사에서 전라도 관찰사로 승진하였던 우복(愚伏) 정경세(鄭經世, 1563~1633)로 추정하는 것이 타당하지 않을까 여겨진다.[21] 곽기수는 이황의 영남 문인들과 관계가 깊은 인물이다. 곽기수는 1583년 별시문과에 급제하여 나주교수관을 지내면서 나주목사 김성일과 두터운 교분을 쌓았다.[22] 곽기수는 김성일이 김굉필, 정여창, 조광조, 이언적, 이황 등 동방오현을 배향한 대곡서원을 건립하였

放過 百廢俱得興 其於右文之政 垂後之事 尤所盡心焉."

20) 『민족문화대백과사전』(http://encykorea.aks.ac.kr).

21) 『광해군일기』, 광해군 2년(1610) 12월 22일: "나주 목사(羅州牧使) 정경세(鄭經世)를 전라도 관찰사로 삼았다."

22) 김종성, 「학봉 김성일의 지방관 활동과 목민관　나주목사 재임기를 중심으로」, 경기대학교 사학과 석사학위논문, 2019, 48~49쪽.

을 때 적극적으로 참여했던 것으로 보인다. 곽기수는 1584년 3월 19일 김성일이 대곡서원의 누대에서 인근의 수령, 유생들과 시회를 열었을 때 참여하였고, 1586년 12월 안동에 돌아간 김성일이 이황이 강도하던 자리를 기념하여 지은 명옥대(鳴玉臺)에서의 시회에도 참여하였다.[23] 이처럼 이황이나 김성일을 존숭하였던 곽기수는 이황의 재전문인인 우복 정경세에 대해서도 높은 평가를 했다고 할 수 있는 것이다.

1610년 무렵 강진에서는 사마재 건립과 함께 청련 이후백의 서원 건립이 다시 추진되었다. 이 사실은 태호(兌湖) 조행립(曺行立, 1580~1663)[24]이 앞서 1589년 기축년에 이어 1610년 경술년에 다시 시작되었다고 다음과 같이 지적한 사실에서 잘 드러난다.

이에 경술년(1610)이 되어 선배이신 김존경(金存敬)[25] 감사 임서(林㥠),[26] 해남 출신의 정랑 윤광계,[27] 정랑 조팽년,[28] 영광의 좌랑 강항(姜沆),[29] 장령 윤길(尹

23) 조지형, 「한벽당(寒碧堂) 곽기수(郭期壽)의 국문시가 향유 양상과 시가사적 의미」, 『민족문화연구』 74, 고려대학교 민족문화연구원, 2017, 14쪽.

24) 『민족문화대백과사전』(http://encykorea.aks.ac.kr).

25) 김존경(1569~1631): 본관은 광산(光山), 자는 수오(守吾), 호는 죽계(竹溪)이다. 1617년(광해군 9)에 성절사(聖節使)로 명나라에 갔으며, 이후 강원감사, 지중추부사, 경주부윤을 역임하였다가 인조반정 이후 대북파의 몰락과 함께 관직에서 밀려났다.

26) 임서(1570~1624): 본관은 나주(羅州)이고, 자는 자신(子愼), 호는 석촌(石村)이며, 나주 출생이다. 임평(林枰)의 증손으로, 할아버지는 임붕(林鵬)이고, 아버지는 정자 임복(林復)이며, 어머니는 서열(徐說)의 딸이다. 1589년(선조 22) 사마시에 합격하고, 1599년 정시문과에 병과로 급제하였다. 1610년(광해군 2) 병조정랑이 되었고, 이듬해 지평으로 있을 때 정인홍(鄭仁弘)이 이언적(李彦迪)·이황(李滉)의 문묘종사(文廟從祀)를 반대하였다가 성균관 유생들에 의하여 유적(儒籍)에서 삭제되자 그는 수성찰방(輸城察訪)으로 좌천되고, 이어 덕원군수로 나갔다가 파직되었다.

27) 윤광계(1559~1619): 자는 경열(景說), 호는 귤옥(橘屋)이며, 윤효정(尹孝貞)의 증손이다. 1606년 평안도도사가 되고, 다음 해 공조좌랑이 되었는데, 조헌의 문인이었기 때문에 시론의 배척을 받게 되어 해남에 은퇴하여 있었다. 백진남(白振南), 박동열(朴東說), 정봉(鄭韸) 등과 교유하였다.

趙),[30] 첨지 홍천경,[31] 결성군수 이희웅,[32] 진사 최전(崔琠),[33] 진사 유경현,[34] 생원 김안방[35] 등 여러 대부들이 모의 없이도 말을 같이 해서 온 고을에 통고하여 함께 다시 서원을 창건할 뜻을 품게 되었다. 사당의 모습과 처마가 반듯반듯하고 정연하여 볼만한 바가 있었지만 혼탁한 조정의 침체한 시대를 만나서 결국 10분의 1 정도의 모자람으로 완성을 보지 못했으니, 어찌 우리 유교의 재앙이며 우리 사림의 불행이 아니겠는가.[36]

---

28) 강항(1567~1618): 본관은 진주(晉州), 자는 태초(太初), 호는 수은(睡隱)이며, 영광 출신이다. 좌찬성 강희맹(姜希孟)의 5대손이며, 성혼(成渾)의 문인이다. 1593년 전주 별시문과에 병과로 급제하였으며, 1596년 공조좌랑과 이어 형조좌랑을 역임했다. 정유재란 때 영광이 함락되어 포로로 일본으로 압송되었는데, 후지와라(藤原惺窩)와 아카마쓰(赤松廣通)의 도움으로 1600년에 포로 생활에서 풀려나 가족들과 함께 귀국할 수 있었다. 이후 대구교수(大邱教授)와 순천교수(順天教授)에 임명되었으나 부임하지 않고 후학을 양성하였다. 『간양록(看羊錄)』·『수은집(睡隱集)』 등의 글이 전한다.

29) 조팽년(1549~1612): 본관은 한양(漢陽), 자는 경로(景老), 호는 계음(溪陰)이다. 1573년(선조 6) 생원이 되고, 1576년 식년문과에 병과로 급제하였으며, 1588년 전의현감, 1599년 여산군수로 재임하였고, 1610년에는 강진에 돌아와 있었다. 문집으로『계음집(溪陰集)』이 전하고 있다.

30) 윤길(1567~1615): 자는 여직(汝直), 본관은 파평이며, 무안에 거주하였다. 1589년 증광시 병과에 합격하였고, 司憲府掌令를 지냈다.

31) 홍천경(1553~1632): 본관은 풍산(豊山), 자는 군옥(群玉), 호는 반항당(盤恒堂)이며, 아버지는 홍응복(洪應福)이다. 기대승(奇大升)·이이(李珥)·고경명(高敬命)의 문하에서 배워 유학에 조예가 깊었다. 임진왜란 때 창의사 김천일(金千鎰), 도원수 권율(權慄)의 휘하에서 군량과 의병을 모집하였다. 1609년 증광문과에 갑과로 급제하여 전적·나주교수·남원교수 등을 역임하였다. 1623년 노인직(老人職)으로 첨지중추부사가 되었다. 월정서원(月井書院)에 제향되었다.

32) 이희웅(李喜熊, 1562~1648): 본관은 전의, 자는 정서(廷瑞), 호는 기천(杞泉)이다. 1612년 생원시에 합격하였고, 1624년 문과에 급제하였다. 결성현감을 지냈다.

33) 최전(崔琠): 1605년 진사 2등 21위로 합격하였다. 연령은 43세, 본관은 화순, 거주지는 나주이다.

34) 유경현(柳敬賢): 1606년 생원시에서 2등 3위로 합격하였다. 연령은 47세, 본관은 고흥, 거주지는 나주이다.

35) 김안방(金安邦): 1605년 생원시에서 3등 67위로 합격하였다. 연령은 53세, 본관은 김해, 거주지는 해남이다.

청련 이후백을 향사하는 서원이 1610년에 이르러 다시 지중추부사 김존경 (金存敬), 감사 임서(林㥠), 정랑 윤광계, 정랑 조팽년, 좌랑 강항(姜沆), 장령 윤길(尹趌), 첨지 홍천경, 결성군수 이희웅, 진사 최전(崔琠), 진사 유경현, 생원 김안방 등이 모의하여 건립할 뜻을 모았다는 것이다. 김존경은 담양, 임서·홍천경·최전·이희웅·유경현은 나주, 윤광계는 해남, 조팽년은 영암, 강항은 영광, 윤길은 무안 출신이다. 주로 나주 출신의 인물들이 주축이 되어 이후백을 향사하는 서원 건립에 나섰음을 알 수 있다. 이는 정경세가 나주목사로 재직하다가 국왕의 특명으로 전라도 관찰사가 되었기 때문에 정경세가 추진한 일을 나주 선비들이 적극 협조한 것이라고 할 수 있다.

정경세는 퇴계 이황-서애 유성룡으로 이어지는 학맥을 계승한 인물인데, 이후백과 관련하여 주목할 만한 사실은 유성룡의 부친 유공작(柳公綽)은 이후백과는 6촌간이 된다는 것이다.[37] 이말정의 5자 중에서 장남 이숙황은 원례, 형례, 정례, 종례 등 네 아들을 두었는데, 큰아들 원례의 아들이 국형이며, 국형은 다시 이후백을 낳았다. 그리고 이말정의 차남 형례는 국양(國梁), 국주(國柱, 이숙기 손자로 양자) 두 아들과, 각각 김수영(金秀英), 유공작(柳公綽)에게 시집간 두 딸을 두었는데, 유공작의 손자가 유운룡, 유성룡인 것이다. 따라서 유공작의 처와 이후백의 부친 국형은 사촌간이며, 이후백과 유성룡은 6촌간이 된다.[38] 이 때문에 정경세는 전라관찰사로 부임하여 스승인 유성룡과 가까운 인척인 이후백의 서원이 건립되지 않았음을 안타깝게 여기고, 나주 지역 사림들과 힘을 모아 서원 창건에 나섰다고 이해되는 것이다.

그러나 조행립이 1610년경 혼탁한 조정의 침체한 시대를 만나 서원 건립을 다 이루지 못하였다고 기록하고 있는 점을 통해, 대북정권하에 정인홍 일파로부터 정경세가 탄핵을 당하고 교체됨으로써, 더 이상 서봉서원 건립이

---

36) 조행립,『兒湖集』,「通文」.

37) 이 귀중한 정보는 김학수 교수가 알려 주었다. 이 기회에 감사드린다.

38)『延安李氏世譜』丙, 延安李氏府使公派譜所, 1979年刊, 33쪽.

추진되지 못한 사실을 알 수 있다. 정경세는 1611년 호남을 순찰하는 도중 5월 「오현종사집례계첩서(五賢從祀執禮契帖序)」를 지어 이황과 이언적을 문묘 종사에서 퇴출해야 한다고 하였던 정인홍을 다음과 같이 비판하였다.

성대한 전례를 막 거행하자마자 사특한 말이 문득 행해져 현인(賢人)을 헐뜯는 말을 조금치도 거리낌 없이 마구 떠들어 대고 있으니, 아, 저 사람이라고 하여 어찌 떳떳한 인간의 본성이 없겠는가마는, 오직 편벽되고 사사로운 견해가 앞에서 가리고 화내고 원망하는 기운이 뒤에서 내몰아 쳐 스스로 시기하는 데 빠진 것을 모른 것이다.[39]

이처럼 정인홍을 현인을 헐뜯는다고 비판한 정경세는 다시 순창에 가서 「순창의 벽에 걸려 있는 박눌재가 지은 시에 차운하다[次淳昌壁上朴訥齋韻]」라는 제목으로 절구 세 수를 지어 정인홍에 의해 시비가 바뀐 어지로운 세상을 비판하였다. 시의 내용은 대체로 이러하다. 첫 번째 시에서는 물고기 눈알을 야광주라 한다면 오리 다리가 학의 다리보다 길게 되어 시비(是非)가 뒤바뀌게 됨을 노래하였고, 두 번째 수에서는 이리 같은 마음으로 성현의 말을 논하니 그 거센 물결을 막을 수 없다는 것을 노래하였으며, 세 번째 시에서는 차라리 경전을 끌어안고 노년을 보내려는데 혼란함이 운세임을 알면서도 눈물이 절로 흐른다는 비통한 심정을 노래한 것이다.[40] 시를 읽어 본 정인홍은 크게 노하여 그의 당파인 유역(柳淢)과 강익문(姜翼文) 등을 사주하여 탄핵하게 하였고,[41] 이후 정경세는 그해 8월 전라도 관찰사에서 파직되고, 서봉서원

---

39) 鄭經世, 『愚伏先生別集』 卷4, 附錄, 1511년(광해 3) 先生 49세 5월조.

40) 鄭經世, 『愚伏先生別集』 卷4, 附錄, 1511년(광해 3) 先生 49세 8월조: "若將魚目齒宵光 鳧鶴還應換短長 公是日非非日是 世間無用是雌黃 狼腹偏心說聖賢 誰能隻手障奔川 歸歟水石煙霞裏 獨抱遺經送暮年 懷山波浪幾千尋 鎬邑翻爲匪茹侵 一亂極知緣運氣 殘生猶自涕霑襟."

41) 鄭經世, 『愚伏先生別集』 卷4, 附錄, 1511년(광해3) 先生 49세 8월조.

역시 혐의를 받아 더 이상 건립이 어려워졌다고 할 수 있다.

당시 서원 건립을 위한 통문은 영광의 강항에 의해서 작성되었다.[42] 강항은 이 글에서 청련 이후백이 주자의 스승 이연평의 담박함과 왕문정의 동요하지 않는 마음을 겸한 인물이라 평가하고, 그가 학문사변을 좋아하고 만년에는 임금을 성군으로 인도하였다는 것을 지적하였다. 이후백은 청렴결백하고 문장이 뛰어났을 뿐만 아니라, 을사위훈을 삭탈하자 황천의 귀신들도 두려워하였으며, 유선록 서문을 써서 선현들의 숨어 있는 덕을 세상에 밝혔으니 그의 공적이 일세에 커서 백세 뒤의 사람들도 감동케 할 만하다고 하였다. 이후백이 임금을 성군으로 보도하고 사림정권의 기틀을 세웠다는 점을 부각한 강항의 이러한 평가는 실록의 졸기에 나타나 있는 평가를 훨씬 넘어섰다. 강항은 끝으로 이후백의 공적이 이처럼 큰데도 아직 사당이 설립되지 않은 것은 강진 고을만의 책임이 아니라는 점을 강조하였다. 도내 전체의 책임이므로 호남의 여러 고을에 통고하니, 형편에 따라 협력하여 성대하게 일을 이루어 주기를 호소하였던 것이다.

---

42) 姜沆, 『睡隱集』 卷3, 「李靑蓮書院新刱通文」: "蓋嘗聞李文靖澹然無欲 王文正儼然不動 兼之者 吾靑蓮李先生其人也 先生早自奮發 爲切問近思之學 晩而樹立 有利民澤物之志 遭遇明時 始終 一節 引君當道 懇懇不已 好賢樂善 休休有容 樓臺起無地 暮夜執懷金 淸白之可質鬼神 形於處士 之歌詠 文章金擲地 風采玉成樓 聲容之聳動耳目 播於學士之章句 草削勳之文 而九地之姦鬼慄 序儒先之錄 而先賢之潛德發 長風峻節 緒言餘論 足以百世下興起 而況於一世乎 況於一道乎 況 於一邑乎 如是而廟貌不立 風聲未樹 其於高山仰景行行之義 何如哉 遠近士大夫 指吾南爲頹靡 其孰能說之 竊念康津縣 乃先生僑寓地 而月出山 是先生藏修所也 玆用於縣北山南 刱立書院 文 武不謀同辭 士子咸懷盡力 第念先生 一國之名卿 而斯文之蓍龜 非康津一縣之所得以私 則書院 之設 乃一道公共之責 非一邑之所應獨任也 肆敢播告于列邑諸君子 伏願隨多少或米布 共成盛 事 以侈斯文 不勝幸甚."

4

1656년 서봉서원 건립과
기호사림의 이후백 인식

광해군 때에 좌절된 이후백 서원 건립은 효종 때인 1656년(효종 7)에 이르러서 다시 논의되었다. 이때 서원 건립에는 이후백의 증손 이수인(李壽仁)이 큰 역할을 하였다. 이수인은 1624년 생원시와 진사시에 합격하고 1633년 문과에 급제하여 감찰·병조좌랑·정언을 지냈는데, 벼슬에 별로 뜻이 없어서 1642년 전적에 제수되자 사직하고 고향인 강진에 내려와 학문에 몰두하였다. 그러나 그는 학문적 명망이 높아 효종 때에도 매년 장령, 지평, 사간, 부수찬 등에 제수되었다. 게다가 1656년 1월에는 이수인의 처이모부인 조계원(趙啓遠, 1592~1670)이 전라감사에 제수됨으로써,[43] 이후백 서원의 건립이 용이하게 되었다.

『연안이씨청련공파보』(1983년 간행)에 따르면 이수인의 배(配)는 반남박씨 부사(府使) 박호(朴濠)의 딸이며, 그 외조부가 상촌(象村) 신흠(申欽)이다. 상촌

---

43) 『효종실록』, 효종 7년(1656) 1월 10일.

신흠은 신익성과 신익전 등 아들 둘과 딸 여섯을 두었다. 큰딸은 박호, 둘째 딸은 조계원(趙啓遠), 셋째 딸은 박의(朴漪)와 결혼하였기 때문에 이수인의 부인은 상촌 신흠이 외조부, 신익전이 외삼촌, 조계원과 박의가 각각 이모부가 되는 것이다. 이수인의 처는 아버지 박호를 통해 할아버지 박동열, 증조할아버지 박응복으로 이어진다. 박동열의 동생이 박동량이며, 박동량의 아들이 박의(朴漪), 박의의 아들이 박세채이기 때문에 이수인의 처는 박세채와도 6촌 간이 된다. 이처럼 이수인은 처가를 통해 중앙 정계의 신흠의 후손, 박응복의 후손들과 깊이 인척관계로 얽히게 된 것이다.

서원 건립은 1656년(효종 7)에 강진과 영암, 해남 세 고을의 선비들이 착공하기 시작하였고, 물력이 부족하자 조행립(曹行立)이 통문을 보내 각 고을에 협조를 구하였다. 조행립은 임진왜란 때 서울에서 외향인 영암의 구림촌(鳩林村)으로 이거한 이후, 사헌부감찰(司憲府監察), 태인현감, 익산군수 등을 지냈고, 영암의 소화산(小華山)의 별당에 은거하여 10여 년을 공부하였다. 조행립은 박동열(朴東說)과 김장생(金長生)에게서 수학하였다.[44] 박동열은 전술한 대로 이수인의 처조부였고, 김장생은 이후백이 천거한 인물이었다. 김장생은 1578년(선조 11) 이조판서 이후백이 "깊이 성인의 경전을 연구하고, 옛날의 훈계를 독실하게 믿는다.[沈潛聖經, 篤信古訓.]"라고 천거하여 창릉참봉(昌陵參奉)을 제수받았기 때문에,[45] 김장생 후손들은 이후백 후손들과 세의가 깊었다.

---

44) 宋時烈, 『宋子大全』 卷175, 「斂樞曹公墓碣銘 幷序」: "奉母夫人 往依表親 仍受業於南郭朴公東說 喪敗之餘 能屬文爲擧子業."; 김학수, 「영호(嶺湖) 통섭의 기미(幾微)와 그 좌절—연안이씨 이후백가(李後白家)를 중심으로」, 『전국역사학대회논문』, 2020. 10. 31; 조행립은 김장생의 아들 김집이 "만년의 나의 유일한 친구이다."라고 할 정도로 김장생 가문과 교분이 두터웠다(『沙溪全書』 卷4, 附錄, 「門人錄」).

45) 金長生, 『沙溪全書』 卷43, 附錄, 「年譜」: "무인년(1578, 선조 11) 선생 31세. ○ 천거되어 창릉참봉(昌陵參奉)에 제수되었다. 그 당시에 조정에서는 학행(學行)이 있는 선비를 가려 뽑아 등용하였는데, 이조 판서 이후백(李後白)이 '성인의 경전을 깊이 연구하였고 옛날의 훈계를 독신하였다.[沈潛聖經, 篤信古訓.]'는 내용으로 천목(薦目)을 만들어 올리니, 상이 대신들에게 의논하라고 명하였다. 그러자 영상 홍섬(洪暹)과 좌상 노수신(盧守愼)이 모두 마땅하다고 하

조행립은 통문에서 조팽년과 강항의 글에 나타나지 않았던 ① 청련 이후 백의 수사연원의 학문, ② 얼음 같고 옥같이 강직한 지조와 어진 사람을 좋아하고 선을 즐기는 덕, ③ 몸을 돌보지 않고 성심을 다하는 절개, ④ 을사위훈 삭제와 유선록을 통해 사림들의 도통을 바로잡은 것을 칭송하였으며, ⑤ 왕후의 상례제도, ⑥ 종실의 계보를 바로잡은 일에 대해서도 서술하였다. 특히 만년에 임금을 보도하여 을사삭훈(乙巳削勳)의 글을 써서 간신들이 두려워하였고, 중국에 주문(奏文)을 올려 나라를 빛냈으며, 청렴하고 탐관오리를 내쳤으니, 이는 중국의 이문정(李文靖,[46] 이항李沆)이나 왕문정(王文正,[47] 왕단王旦)과 필적할 만하다고 언급하였다. 조팽년의 이 글은 실록의 졸기와 강항의 평가를 모두 망라하였으며, 중국에 사신을 다녀와 이성계의 종계(宗系)를 바로잡은 일이 비로소 언급됨으로써, 이후백 관련 사실이 집대성되었다는 점에서 큰 의의가 있다.

조행립은 이후백에 대한 조정의 평가를 함께 언급하였다. ① 유성룡은 옥당에 있을 때 청련의 글을 베껴서 표본을 삼았으며, ② 박순은 청련이 세자를 맡길 만하며 제후 정도의 나라를 다스릴 만하다고 하였고, ③ 유희춘은 청련의 문장과 학문이 최고경지에 도달하였다고 하였으며, ④ 임억령은 청련의 효심은 천성에서 우러나온 것이라고 하였고, ⑤ 이산해는 청련이 셋집에 살 정도로 청렴하였다고 하였으며, ⑥ 이이는 청련이 직분을 다하고 청빈하였으며 이조판서로서 공정한 인사를 했다고 하였다는 등 이후백에 대한 당시

였으므로 드디어 이 제수가 있게 된 것이다."

46) 문정(文靖)은 송 진종(宋眞宗) 때의 사람인 이항(李沆)의 시호(諡號)이다. 이항은 왕단(王旦)에게 임금이 백성의 질고를 알지 못하면 토목공사나 전쟁을 일으키게 된다고 하였는데, 이항이 죽고 왕단이 재상이 되었을 때 임금이 토목공사를 크게 벌였다고 한다.

47) 문정(文正)은 송나라 재상 왕단(王旦, 957~1017)의 시호이다. 『소학』 「선행(善行)」에 "어떤 사람이 희롱하기를 '삼장(三場)에서 시험을 보아 장원을 하였으니 한평생 먹고 입는 것이 풍족하겠다.'라고 하자, 공이 정색하면서 '내 평소의 뜻이 따뜻하게 입고 배불리 먹는 데 있지 않다.'라고 답하였다."라고 하였다.

조정의 평가를 가능한 한 망라하여 이후백의 사당 건립의 정당성을 홍보하였다. 조행립은 끝으로 이후백 서원 건립이 1610년에 좌절되었으나, 다시 강진, 영암, 해남 등 세 고을 선비들이 사당을 짓기 시작했으니, 이제부터 여러 고을에서도 지방관과 선비들이 적극적으로 물력을 도와달라고 요청하였다.

이후 이후백을 모시는 서원은 호남 각처의 협력으로 물력이 확보되고 건물을 짓게 됨으로써 그해 가을 상량(上樑)이 이루어지게 된다. 상량문은 곽기수의 손자 곽성구(郭聖龜, 1606~1668)[48]가 지었다. 곽성구는 1631년 문과에 합격하여 지평·장령을 역임했고, 1647년부터 1650년까지 세자시강원 필선이 되어 후일의 현종의 교육을 담당할 정도로 명망이 높았다. 또한 곽성구는 조부 곽기수 이래 남인과의 관계도 원만했다. 곽성구는 백호 임제(林悌)와는 손녀서가 된다. 임제는 임탄(林坦)을 낳았고 임탄의 딸이 곽성구와 혼인하였기 때문이다. 또한 미수 허목은 임제의 외손이다. 허목의 부친 허교(許喬)가 임제의 차녀(次女)와 혼인하였기 때문이다. 따라서 곽성구와 미수 허목은 5촌의 척연이 있게 되는 것이다. 허목은 1656년 광주목사(光州牧使)로 부임하는 곽성구[49]와 동지사의 서장관(書狀官)으로 연행(燕行)에 배종한 곽제화를 전송하는 글을 보냈고,[50] 1660년 진사시에 합격한 곽제항을 격려하는 글을 보냈다.[51] 이러한 허목과의 관계 때문에 1674년 갑인예송의 결과 서인이 축출되

---

48) 곽성구: 본관은 해미(海美), 자는 문징(文徵)이다. 곽세공(郭世功)의 증손으로, 할아버지는 예조좌랑 곽기수(郭期壽)이고, 아버지는 곽치요(郭致堯)이다. 생원시에 합격하여 성균관 유생이 된 뒤, 1631년(인조 9) 태학시취(太學試取)에서 2등을 하여 직부전시(直赴殿試)의 은전을 입었으며, 같은 해 별시문과에 병과로 급제하였다. 1640년 지평이 되고, 1646년 장령에 올랐으며, 1665년(현종 6)까지 장령에 10여 차례 임명되었다. 정언을 거쳐 1650년(효종 1) 필선이 됨으로써 뒤의 현종을 보도하였다. 1655년 이후 1667년까지 헌납에도 여러 차례 올랐다. 문집으로『현주세고(玄洲世稿)』2권 1책이 전한다.

49) 곽성구는 1656년 11월부터 광주목사로 부임하여 1658년 4월 체직되었다(『광주읍지』). 허목은 광주목사로 부임하는 곽문징을 전송하는 시를 보냈다(『記言別集』卷8, 「送郭光州文徵序」). 허목과 곽성구, 곽제화, 곽제항과 관련된 글은 모두 김학수 논문의 도움을 받았다.

50) 許穆,『記言別集』卷8, 「送郭仲望燕京之行小序」(丙申).

51) 許穆,『記言別集』卷8, 「送郭仲望與其弟歸石湖序」.

고 남인정권이 수립되자 곽제화는 정치적으로 남인을 자처하기도 하였다.[52]

서봉서원 상량문은 이후백의 인품과 공적을 아뢰고, 서원을 짓게 된 내력과 서원의 주변 경관을 서술하였으며, 마지막으로 상량문 육위시(六偉詩)를 노래하고 축원하는 형식으로 짜여 있다. 곽성구는 먼저 이후백의 인품과 학문에 대해서 효성은 천성에서 우러났고, 문장은 당대에 으뜸이었지만 즐기지 않았다고 하여 절개를 지키고 도학에 치중하였음을 드러내었다. 공적에 대해서도 을사위훈을 삭탈하는 글의 초안을 짓고 유선록의 서문을 써서 사림의 신원과 도맥의 계승에 힘썼고, 인사 선발에서도 공정함을 다하였다고 하였다. 또한 함경감사로서 일대의 교화의 책임을 다하였음을 밝혔는데,[53] 이는 이후백이 1642년(인조 20)에 함흥의 문회서원에 배향된 이후, 강진에 이후백을 모신 서원을 건립하는 데 크게 자극을 준 것으로 이해되는 것이다. 또한 당시 조정에서 사암 박순과 율곡 이이가 칭송한 정론이 있는데, 어찌 그의 인품과 공적을 잊을 수 있겠느냐고 반문하고 서원을 지어 제사를 지낼 필요성을 제기하였다. 이어 공사를 시작하자 온 도에서 거들었는데, 감사도 마음을 다하고 수령도 정성을 다하여 월출산 아래 사동(沙洞)에 아름다운 전각을 짓게 되었다는 것이다. 그리고 마지막으로 곽성구는 동서남북상하를 육위사

---

52) 김학수, 앞의 글, 6쪽.

53) 이후백은 1575년 8월 함경도 관찰사로 제수되었는데, 청렴 근신하고 밝게 살피고 시정(施政)에 조리가 있었다. 백성들이 이후백이 떠나자 그의 선정(善政)을 사모하여 비를 세우고 덕을 기렸다(『선조수정실록』, 1577년 10월 1일조). 또한 이후백은 함흥의 문회당을 문회서원으로 승격시키고 이듬해 사액을 받았다. 그는 선조에게 계청하여 서원에 경서를 반사(頒賜)하였으며, 각 고을에 학전(學田)을 마련하여 세금을 거두어 수송케 하고 매월 어물과 찬을 운반하여 날마다 30인분을 공급하게 하였다. 그리하여 남도 13개 고을의 유생들을 모아 학업을 익히게 하였다(남구만, 『藥泉集』 卷27, 「北關各廳節目序」 癸丑). 아울러 주현(州縣)의 백성들 중에 시서(詩書)를 외우고 글을 잘 짓는 사람이 있으면 친히 그와 주객(主客)의 예(禮)를 차리니 사람들이 다 다투어 권면되므로, 글을 숭상하는 풍습이 성하여 신적(臣籍)에 이름이 적히고 조정에 등용된 자가 서로 뒤를 이었다[金時讓(1581~1643), 『涪溪記聞』]. 이후백은 이러한 함경도민의 교화의 공이 컸으므로, 서원을 세운 관찰사 유강(兪絳)과 함께 1642년(인조 20) 서원에 배향되었다.

(六偉詞)로 노래하고, 상량한 뒤에 많은 선비들이 모여서 문학이 번성해 달라고 축원하였다.[54]

서봉서원은 이처럼 강진, 영암, 해남 세 고을의 선비들뿐만 아니라 전라감사 조계원과 강진현감 최계형(崔繼亨),[55] 호남 각처의 선비들의 협조로 건립되었다. 상량식을 거행한 뒤 1656년 10월 서원이 완공되고, 이후백의 신주를 봉안하는 의식이 행해졌다. 서봉서원 봉안축문은 백강(白江) 이경여(李敬輿, 1585~1657)가 지었고, 서봉서원 봉안제문은 동강(東江) 신익전(申翊全, 1605~1660)이 지었다. 모두 이후백의 증손 이수인(1601~1661)과 교분이 두터운 인물이다. 이경여는 1633년 전라도 관찰사로 내려온 적이 있고, 다시 1646년 강빈의 사사에 반대하여 2년간 진도에 유배되었다가 다시 삼수에 이배되었는데, 이경여는 강진에 은거하고 있던 이수인에게 세 수의 시를 보냈다.[56] 이수인이 1633년 문과에 급제하여 병조좌랑, 정언, 전적 등을 역임했으나 벼슬을 좋아하지 않아 1642년 이래 강진에 은거하고 있었던 때였다. 이경여는 석문을 닫고 은거하고 있던 이수인에게 자신이 남쪽으로 내려와 못가를 떠도는 객이 되었는데, 이수인이 월출산 백운곡에서 옥 같은 나무와 구슬 같은 연못을 짓고 만권의 서적을 펼치고 독서를 하고 있으니 뱁새 같은 자신의 처지로서 북명의 붕새가 한없이 부럽다는 시를 보냈다.

이경여는 「강진서봉서원 봉안축문(康津瑞峯書院奉安祝文)」에서 이후백의 학문과 인품, 업적이 서원에 배향될 만한데도, 왜란의 영향으로 오랫동안 세우지 못하다가 이제야 사당과 강당을 갖춘 서원을 건립하게 되어, 신주를 봉안하고 축원을 드린다는 글을 지었다. 여기에서 주목되는 것은 이전의 글과

54) 李後白, 『靑蓮集』, 附錄, 「建院事蹟」, 〈瑞峯書院上樑文〉(郭聖龜).

55) 최계형은 1665년 2월 부임하여 1657년 8월 퇴임하였다(『康津邑誌』, 1924年刊).

56) 李敬輿, 『白江先生集』 卷2, 五言絶句, 「贈李正言 壽仁」: "爲問李正言 山中掩石門 南來澤畔客 回首杏花村."; 卷2, 七言絶句, 「贈李正言 壽仁」: "仙家寄在白雲隈 琪樹瓊潭洞府開 存沒十年多少恨 一溪流水泛花來."; 卷5, 七言律詩, 「贈李正言 壽仁」: "天元館裏昔摻裾 意氣還輸傾蓋初 三十年前如幻夢 二千里外過仙居 滄溟獨酒孤臣淚 石室方開萬卷書 寸地卽今天壤別 鷦鷯空羨北溟魚."

달리 이후백의 학문이 도학에 뜻을 두고 주자학을 공부했다는 것과 문장은 여사로 하였지만 당대(唐代)의 이백과 한대(漢代)의 사마천을 방불한다는 것, 그리고 북방을 순무하여 국경이 튼튼해졌다는 사실이 더 추가된 점이다.

이수인과의 관계가 돈독하였던 동강 신익전은 「강진현청련이공후백사우 봉안제문(康津縣靑蓮李公後白祠宇奉安告祭文)」을 지었다. 신익전이 세상을 떠난 뒤 이수인은 제문을 보내서

뜰에는 옥수 같은 자제 가득하니   盈庭紛玉樹
모두가 지초와 난초 같은 인재일세. 領首盡蘭芝
못난 나는 예전에 친분을 맺어   薄劣曾投分
평생 가장 많은 은혜를 입었지.   生平最獲私

라고 하여 신익전의 자제들이 훌륭할 뿐만 아니라 자신이 신익전에게서 가장 큰 은혜를 입었다고 함으로써 보통 이상의 특수한 관계였음을 밝히고 있다.

신익전은 서봉서원 봉안제문에서 이후백이 유림의 영수이자 정도를 걸었으며, 문장은 여사로 익혔고, 인사를 공정히 하고, 종계의 무고를 씻었으며, 상례를 바로잡고 유선록을 지어 후학을 깨우쳤으니, 이제 후생들이 더욱 앙모하는 마음에 사우를 세워 봄가을로 제사를 지내게 되었으니 흠향해 달라고 하였다. 앞서 이경여의 제문과 비교하면 이경여가 명과의 관계를 다루지 않은 것에 비해 신익전은 명나라와의 현안이었던 종계의 변무를 씻었다는 것과 이후백이 유림의 영수였다는 사실을 강조하였다는 점에서 큰 차이가 있다.

송시열의 이후백 행장과 기호학통 강조

이후백을 모신 서봉서원이 건립되자 서봉서원에서는 서원의 원장으로 중앙의 산림을 초치하기 위해 부심하였다. 1671년 강진의 서봉서원에서는 송시열에게 글을 보내 원장의 직임을 맡아 달라고 요청하였다. 이에 송시열은 나라에서 관직을 제수하고 소명(召命)이 잇달았으나 병이 깊어 위중한 상태임을 밝혔다. 이미 은명을 사양하였기 때문에 성균관의 일이나 향리(鄕里)의 인사에 관한 일도 일절 돌보지 못하고 있다며 정중히 거절하고, 후일을 기약하자고 하였다.[57] 당시 송시열은 1671년 우의정에 제수되고 세자사부를 겸하게 되었으나, 속리산 화양동에 머물러 출사하지 않고 있을 때였다.

이후 송시열이 예송논쟁에서 패해 1674년 유배되었다가 1680년 회덕에 돌아오자 서봉서원에서는 재차 원장을 맡아 줄 것을 부탁하였다. 그러나 이때

---

57) 宋時烈, 『宋子大全』 卷120, 書, 「答瑞峯院儒」(辛亥十二月六日): "比來猥有職名 召命頻仍 而賤臣
疾病垂死 終不能冒謝恩命 故凡干學宮論議鄕里人事 一切倚閣 今若迫於諸君子之命 黽勉應副
則取舍從違之殊 而得罪於儒家宗黨者不少 幸須少俟職名之遞 蹤跡異於今日 則敢不敬諾."

에도 송시열은 자신이 석방되었으나 아직 죄가 커서 자신이 거주하는 회덕이나 청주, 석실, 도봉 등지도 감히 발을 디디지 못하고 있다며 재차 거절하였다.[58]

1683년 9월에도 서봉서원에서 원장으로 모시려고 하였다. 이에 송시열은 1683년 3월 노병으로 인하여 영중추부사를 사직하고 고향에 내려온 처지로서, 맡을 수 없다고 사양하였다. 즉 임금이 병을 치료하라고 한 교지를 저버릴 수 없고, 서원 원장은 예법이 엄하기 때문에 자신이 맡을 수 없다고 사양하고 제사에 올린 고기만 받았다.[59] 이 시기는 서인들이 노론과 소론의 갈등이 심화되어 분당의 위기에 처했던 상황인 데다가 숙종의 교지가 엄중하여 맡지 않았던 것이다.

이처럼 세 차례에 걸쳐 서봉서원의 원장을 맡아 달라는 부탁을 받았던 송시열은 1686년 8월, 이수인의 아들 이석형(李碩亨)이 찾아와 행장을 부탁하자, 더 이상 거절하지 못하고 드디어 이후백의 행장을 짓게 된다. 선조 때 이후백이 지은 글로 인해 을사사화 때 일세의 영수로서 화를 당하였던 송시열의 종증조인 규암 송인수의 원분이 깨끗해지게 되자, 경앙하여 마지않았는데, 이제 행장을 써 달라는 부탁을 받았으니 더 이상 거절하지 못하고 이후백의 행장을 쓴다는 것이다.

송시열은 당시까지 논의된 사림들의 평가를 바탕으로 이후백의 가계와 학문, 관직 생활, 증손까지를 두루 서술함으로써 이후백에 대한 사림의 평가를 총괄하였다.[60] 송시열은 먼저 이후백과 관련하여 기존에 언급되지 않았던 가

---

58) 宋時烈, 『宋子大全』 卷120, 書, 「答瑞峯院儒」: "蓋以負犯罪累 前古所無 雖蒙聖上洗拭 其在賤臣 訖有負霜之心矣 以故賤臣所居懷德, 清州及石室, 道峯等地 皆不敢更爲側跡."

59) 宋時烈, 『宋子大全』 卷120, 書, 「答瑞峯院儒」: "答瑞峯院儒 癸亥九月八日, 粤自老病謝事之後 聖上恩旨不翅繾綣 而禮律旣嚴 不敢違越 故不免一向辭遜 則聖上寬仁 亦不強迫 況此院任 其敢冒昧承當乎 斂脅若知此漢情事 則必荷矜恕矣 所送膰胙等物 切欲還付來使 而惟此餕餘 事體尊嚴 有不敢慢 謹已拜領 並惟斂諒."

60) 宋時烈, 『宋子大全』 卷206, 行狀, 「青蓮李公行狀」.

계와 어린 시절에 대해서 언급하였다. 이후백의 가계는 당의 중랑장(中郎將) 이무(李茂)의 후손으로 신라에서 벼슬하여 연안을 본관으로 받았고, 이후백의 선조 계손(係孫)은 문충공 이제현의 사위이며, 고조 말정(末丁)은 증연성부원군(贈延城府院君)으로서 관찰사이며 문장으로 성종조의 명신이라는 것, 그리고 열 살이 못 되어 부모가 세상을 떠나 종형제 7, 8인이 백부 집에서 양육되었는데 부모 상중에는 술을 마시지 않았다는 것, 10세 때에 노진(盧禛), 양희(梁喜) 등과 더불어 표인(表寅)의 문하에서 수학하였는데 총명함이 뛰어나 학도 15인의 공부를 모두 배송하고 성리대전을 읽었다는 것, 소상팔경(瀟湘八景)을 지어 명성이 자자하였으며, 여러 번 향시에 장원하였다는 것, 송소(松巢)로 자호하고, 동은(峒隱) 이의건(李義健), 고죽(孤竹) 최경창(崔慶昌), 옥봉(玉峯) 백광훈(白光勳) 등 여러 사람과 교유하였다는 것 등을 밝히고 있다. 이어 송시열은 이후백 행장에서 다음과 같은 점을 부각시켰다.

첫째, 이후백은 도학과 의리를 겸비하였다. 이후백은 어린 시절부터 성리대전을 공부하여 도학에 조예가 깊었으며, 새벽에 일어나서 정좌하여 경전을 연구하였으며, 독실하게 실천하였다. 미세한 일이라도 모르는 채 내버리는 일이 없었으며, 의리가 진실한 곳을 보면 확실하게 지켰다. 몸가짐이 바르고 위엄이 있어서 도승지 때에는 그를 감히 범접하지 못하여 청내가 숙연하고 내전의 궁녀들도 조심하였다. 학문 수준 역시 기대승과 나란할 정도로 높은 경지에 올랐고, 유성룡이 옥당에 있을 때에 이후백의 글을 읽고 "이 어른의 학문이 이러한 경지에 이르렀는가." 하고 경탄하여 모범으로 삼았으며, 문장이 뛰어나 오랫동안 대제학의 물망에 올랐다는 점이 강조되었다.

둘째, 이후백은 실천과 이론을 겸비한 예학의 최고수준을 이룩했다. 이후백은 부모상에 술을 마시지 않았으며, 조모상을 당하여 묘를 지키고 삼년상을 치르자 유희춘, 임억령 등이 이후백의 효성은 하늘이 낸 것이라고 평가하였다. 그리고 호남의 학자였던 유몽정이나 김천일 등도 예문(禮文)과 경리(經理)에 대해 모르는 것이 있으면 묻고 이후백의 이론과 분별이 지금 세상에서

넘볼 사람이 없는 수준이라고 평가하였다는 것을 서술하였다. 특히 선조 때 인성왕후가 승하한 뒤 복제 논의가 일치하지 않자, 이후백이 선조에게 3년 상복을 입어야 한다고 주청하였는데, 이는 예법에 근거를 두고 경전을 인용함이 명백하고 정확하여 모든 논의 중에 제일이라고 추대되었다는 점을 강조하였다.

셋째, 이후백은 인사에 공정하였다. 사람을 등용할 때마다 두루 아랫사람에게 물어보고 의론이 일치한 뒤에 등용하였으며, 만약 잘못 등용한 사람이 있으면 밤새도록 잠을 못 자고, "내가 주상을 속였다."고 말할 정도였다는 것이다. 또한 이조판서 때 친척이 찾아와 청탁을 하자 이후백은 얼굴빛이 변하며 장차 벼슬을 시킬 사람의 명단에서 족인의 이름을 뺐다는 것이다. 그래서 시론(時論)이, "이후백 같은 공정한 마음은 근세에는 비할 사람이 없다." 하였고, 이후백이 병으로 사면해서야 정대년(鄭大年)이 대신하였다고[61] 기술하였다.

넷째, 이후백은 을사사화에 대한 철저한 비판의식을 통해 사림의 역사적 정당성을 부여하였다. 이후백은 명종 때의 권신 이기가 강진에 유배되자[62] 글을 배우러 갔으나, 이기가 "일을 숨기고 사람에게 알리지 않으니 군자의 심사가 아니다."고 하여 곧바로 돌아와 버렸고, 산사에서 독서하였을 때 을사위훈에 책봉받은 사람이 이후백을 만나고자 하여 찾아왔으나 거처를 옮겨서 피하였다. 그리고 이후백은 「국조유선록서」를 써서 도학의 연원을 밝히고, 도학이 수수되고 전래된 계통을 서술하였으며, 조정에서도 선조를 대신하여 을사사화의 근원이 사악한 권신들에 의해 명종의 이목을 가린 것임을 명백히 밝혀서, 형제간의 두터운 우애, 봉성대군의 억울한 죽음을 신원하였다는 것

---

61) 이이, 『석담일기』, 1577년 6월조.

62) 『중종실록』, 중종 28년(1533) 11월 9일: "김형(金泂)은 장 일백에 의주(義州)에 안치(安置)하고, 이기는 장 일백에 강진(康津)에 안치하였다.【기의 아우인 행(荇)이 평안도에 있고, 매부인 조계상이 함경도에 있었으므로 이쪽에다 안치한 것이다.】"

이다.

다섯째, 이후백은 사림의 경세론을 대표하였다. 이후백은 뇌물을 받지 않았으며, 청백리로서 청빈함이 유생과 같았다. 함경도를 다스릴 때 폐단을 바로잡고 백성들을 위엄과 은혜로 인도하였으며, 1572년 나라에 큰 흉년이 들자 유민들의 참상을 그린 유민도(流民圖)에 10편의 시를 지어 선조로 하여금 반성의 자료로 삼게 하고 덕화로 이끌었다. 당시 이이나 박순도 이후백이 경륜의 큰 책임을 맡길 만한 인물로 여겼다는 것이다.

이처럼 송시열은 특히 이후백이 도학과 의리를 겸비하였고, 실천과 이론을 겸비한 예학의 최고 수준의 학자였으며, 인사에 공정하고, 을사위훈을 타파하고, 선조(宣祖)를 덕화로 인도하는 정치를 행하였다고 서술함으로써 이후백의 학문과 행실이 이이와 김장생으로 이어지는 기호학통의 연원임을 강조하고, 이후백이 사림의 정통성을 부여한 인물이라고 평가하였다.

6

박세채, 김보택, 황경원의
이후백 인식과 추숭

이후백에 대한 송시열의 평가는 이후 이후백 시호 요청과 문집 간행, 서원에 대한 사액 요청, 함경도 문회서원, 지례의 도동서원으로의 추배, 그리고 마지막으로 1776년 신도비 건립의 근거가 된다. 먼저 박세채가 이후백의 시호를 청하게 된다. 박세채는 이수인의 아들 이석형(1648~1716)이 이후백의 행적을 갖고 와서 이후백의 시호를 요청하자, 송시열이 작성한 이후백 행장을 옮겨 적고, 자신의 존모하는 마음을 덧붙여 봉상시에 시호를 청하였다.

나 세채는 젊었을 때부터 선생의 명성과 덕망에 감복하여 명종과 선조 연간의 제일가는 인물로 생각해 왔다. 늘 선생이 지으신 글을 보고자 하였으나 기회를 얻지 못하여 마음속으로 깊이 민망해하였다. 지금 석형 씨가 선생의 행적을 갖고 와서 내게 보이면서 이로써 명호를 바꾸는 전고가 되게 해 달라고 하니, 나는 쇠약하고 혼미하여 새롭게 글을 쓸 수가 없어서 오직 옛글로 인하여 서술하였으니, 삼가 봉상시에서는 실상을 가려내 주기를 바랄 뿐이다. 대광보국숭록

대부 의정부좌의정 겸영경연사 세자부(大匡輔國崇祿大夫 議政府左議政 兼領經筵事 世子傅) 박세채(朴世采) 삼가 지음.[63]

당시 박세채의 직위가 좌의정 겸영경연사인 것을 보아, 박세채가 봉상시에 시호를 청한 것은 갑술환국으로 1694년 4월 좌의정을 제수받은 이후 1695년 2월 타계하기 전 사이의 일이라고 할 수 있다. 그 무렵 1694년 10월 전라도진사 김증(金膾) 등이 이후백의 덕행, 경술, 문장, 언의가 관리들과 선비들의 모범이 되어 수십 년 동안 춘추로 제사를 지내 왔는데, 아직 사액이 되지 못하여 사림들이 탄식하고 있다고 사액을 요청하였던 사실로 미루어 볼 때,[64] 대체로 1694년 10월 무렵으로 판단된다. 박세채는 시호를 청하는 행장에서 송시열이 작성한 행장을 그대로 인용하고 자신은 이후백을 명종, 선조 연간의 제일가는 인물로 생각하고 있고 시장(諡狀)을 올렸으니, 봉상시에서 시호를 내려 달라고 청하였다. 이에 대해 봉상시에서는 1696년 6월 초 시호를 다음과 같이 논의하였다.

문청(文淸) — 부지런히 배우고 묻기를 좋아함을 문이라고 하고, 불의를 피하고 멀리함을 청이라고 함.[勤學好問曰文, 避遠不義曰淸.]

---

63) 李後白, 『靑蓮集』 下, 附錄, 「靑蓮李公請諡行狀」(朴世采撰): "世采自少 每服公明德 以爲明宣間 第一人物 常欲得見其論著文字而不能得 心竊悶然 今碩亨以公行蹟來示 俾成易名之典 適坐昏昏 不能有所發揮 只因舊文 而銓次之 庶幾爲太常氏探取之實云爾 大匡輔國崇祿大夫 議政府左議 政 兼領經筵事 世子傅 朴世采謹狀."

64) 『승정원일기』, 1694(숙종 20) 10월 17일: "全羅道進士金 等上疏 大槪, 故判書李後白, 德行·經 術·文章·言議, 亦爲搢紳之模範, 士林之標的, 立祠俎豆, 今已累十春秋, 而請額一事, 因循未擧, 久爲多士之慨然 玆敢封章, 仰籲天閽, 冀蒙允許, 亟賜華額, 以副士林之望事 入啓 答曰, 省疏具 悉 疏辭, 令該曹稟處." 『승정원일기』 탈초본에서는 金鱗이라고 하였으나, 원문을 살펴보면 金 으로 판독하는 것이 옳다. 김증(1647~?)은 본관은 광산이며, 자는 운경(雲卿), 거주지는 영 암이다. 1681년 식년 진사시에서 진사 2등 1위로 합격하였다. 『승정원일기』 1725년 4월 16일 전라도유학 김면(金냇) 등의 상소에서도 1694년 김증이 상소를 올린 것으로 되어 있다.

문장(文莊) — 문은 동일함. 바른 것을 실천하고 뜻이 화평함을 장이라고 함.[履
正志和曰莊.]

문정(文靖) — 문은 동일함. 관대하고 안락하며 끝맺음이 있게 함을 정이라고
함.[寬樂令終曰靖.]

이 셋 중에서 숙종은 첫 번째인 문청(文淸)에 낙점하였고, 1696년 7월
24일 이조판서 이후백에게 문청(文淸)이라는 시호를 내렸다.[65]

이후 1710년 무렵에는 이후백의 문집이 간행되었다. 당시 간행된 초간본에
는 송시열이 1686년 지은 이후백 행장이 맨 앞에 있고, 목록(目錄), 시(詩), 서
(序), 삭훈문(削勳文), 보유(補遺) 순으로 되어 있다. 현재 초간본은 연세대본과
장서각본, 존경각본 세 가지가 존재하는데, 보유에 다소간의 차이가 난다. 연
세대본의 경우 「전철구서(傳鐵狗書)」, 「무제(無題)」, 「탑송유시작(塔松幼時作)」
이 실려 있는데, 장서각본과 존경각본에는 「탑송(塔松)」과 「내승제명기(內乘
題名記)」가 수록되어 있다.[66] 즉 장서각본과 존경각본에는 연세대본의 「전철
구서(傳鐵狗書)」, 「무제(無題)」 대신 「내승제명기(內乘題名記)」를 수록하였다. 이
「내승제명기」는 이후백의 증조부 이숙함(李淑瑊)이 지은 것인데, 「내승제명
기」 말미에 1710년 7월 김보택(金普澤)이 추기한다는 기록이 있는 것을 보아
초간본은 1710년 이후 간행되었다고 할 수 있다.

「내승제명기」 말미에 기록된 김보택은 김장생의 5세손이며 김만기의 손자
인데, 1695년 문과에 급제하여 검열·정언(正言) 등 삼사(三司)의 요직을 역임
한 인물이다. 그는 1701년 희빈 장씨(禧嬪張氏)의 처벌을 놓고 가벼운 형을 주
장하는 소론의 영수인 남구만(南九萬)·최석정(崔錫鼎)을 호역죄(護逆罪, 반역
을 옹호한 죄)로 탄핵했으며, 역시 송시열과 대립하였던 윤증(尹拯)을 배사죄

---

65) 『숙종실록』, 숙종 22년(1696) 7월 24일.
66) 김은정, 「靑蓮集 解題」, 고전번역원, 2006.

(背師罪)로 논핵할 정도로 노론의 선봉장이었다. 김보택은 종제인 김복택(金福澤)과 우애가 두터웠는데, 김복택은 이후백의 5세손 석빈(碩賓)의 딸과 혼인하였다. 이러한 계기로 선조 때 이후백이 김장생을 추천하여 이루어진 김장생 가문과의 관계가 더욱 깊어졌고, 김보택 등의 주도로 이후백의 문집이 목판본으로 간행된 것으로 여겨진다.

문집이 간행된 이후 1725년(영조 1) 4월 16일에는 전라도유학 김면(金昮) 등이 서봉서원의 사액을 요청하였다. 이들은 상소에서 송시열의 행장을 근거로 이후백이 "소탈하고 정대하며 깊이 음미하고 직접 실천한다."고 하였고, "효성이 독실하고 예학에 정통하며 처신을 엄격하게 하고 행실을 맑게 한다."고 하였으며, 이후백의 도덕과 학문은 당대의 명현들이 숭봉(崇奉)하였다는 사실을 들어 서봉서원의 사액을 요청하였다.[67] 그러나 이때에도 "이후백의 경술(經術), 문장, 행의(行誼), 언론은 한 시대에 뛰어났지만, 가벼이 허락할 수 없다."고 하여 사액을 내리지 않았다. 이미 사액서원인 함흥의 문회서원에서 1642년(인조 20) 이래 이후백을 제향하고 있었기 때문이었을 것이다.

이후 이후백의 신도비명이 1760년대에 황경원에 의해서 작성되었다. 황경원은 도암(陶菴) 이재(李縡)의 문인으로서 이천보(李天輔), 오원(吳瑗), 남유용(南有容) 등과 교유하며 문장(文章)으로 저명하였는데, 1746년 조태구(趙泰耈), 유봉휘(柳鳳輝), 이광좌(李光佐) 등 경종 때의 소론대신들의 추탈관작을 청할 정도로 노론 강경파였다. 신도비명에 적힌 황경원의 직위가 '가선대부 이조참판 겸수홍문관대제학 예문관 직제학 지성균관사'라는 것을 보아, 황경원이 이후백의 신도비명을 작성한 시기는 1766년(영조 42) 6월 대제학, 7월에 이조참판을 제수받은 시기로 추정된다. 이 무렵이 되면 이후백 가문은 완전히 노론으로 기울었다. 1755년 영조와 노론을 비방하는 나주괘서사건이 일어남으로써 호남지역에서 소론이 결정적인 타격을 받았고, 이후백 가문에서도 신도

---

67) 『승정원일기』, 영조 1년(1725) 4월 16일.

비명을 노론 강경파인 황경원에게서 받게 된다.

황경원이 지은 신도비는 송시열의 행장을 보완하는 성격을 갖는다. 송시열은 이후백의 고조 말정이 증연성부원군(贈延城府院君)으로서 관찰사이며 문장으로 성종조의 명신이라고 하였고, 증조 숙함에 대해서는 서술하지 않았다. 이 부분에 대해 황경원은 말정을 기록하지 않고 증조 숙함(琡珹)이 관찰사로서 성종을 섬겼다고 보완하였다. 또한 이후백이 시문학에 뛰어난 점을 강조하였다. 최경창과 백광훈 등과 함께 가사(歌辭)를 잘 지었으며, 호당의 사가 독서 때 학사들은 이후백이 지은 시가에 미칠 수 없었다고 여겼다는 점 등이 강조되었다. 이것은 1712년 강진 서봉서원에 최경창과 백광훈이 함께 배향되었기 때문에 이후백과의 관계를 강조하기 위해서 삽입된 것으로 보인다. 또한 이후백이 1573년 주청사로 북경에 들어가서 국계(國系)를 바로잡았는데 당의 예부상서 육수성(陸樹聲)이 이후백의 청에 감동하여 『세종황제실록(世宗皇帝實錄)』과 『회전(會典)』을 편수할 때에 바로잡았다는 사실을 구체적으로 기술하였다.

황경원 역시 송시열의 관점을 계승하여 위사 공신을 삭제하고 시비를 판가름했다는 것과 함께, 정치적으로는 박순과 정철 등의 서인, 학문적으로는 율곡 이이와 사계 김장생으로 이어지는 기호학통임을 강조하였다. 김개가 이황을 비난하자 이후백과 기대승에 이어 정철이 변호하여 김개를 축출하였고, 이후백이 관찰사에 임명되자 이이가 이후백과 김계휘 두 사람은 조정을 떠나서는 안 된다고 만류하였으며, 박순은 선배, 정철은 친구, 이이는 후배로서 서로 이끌어 주었다는 것을 강조하여 이후백을 서인의 중심 인물로 위치시켰다. 이후백은 박순과 이이 두 현인과 함께 덕으로써 양보하고 의리와 청렴함으로 이끌었는데, 이후백이 죽자 붕당의 설이 날로 치열해져 소인들이 화를 만들어 내어 박순과 이이가 중상을 입었다고 비판하고, 이후백이 교서를 지어 선포하니 시비가 정해지고 왕도가 바로 선 것처럼, 박순과 이이 등의 현인을 기리고 중상을 입힌 소인들을 영구히 배척해야 한다고 주장하였다.

현명한 이는 기리고	哲人則譽
간사한 자는 비판하여,	憸人則訾
돌에다 시를 새기나니	刻詩于石
백세 뒤에도 허물리지 않으리.	百世不隳

이처럼 이후백은 노론 강경파인 황경원에 의해서 선조 때에 박순, 이이와 함께 세상을 이끌어 간 기호학통의 영수로 평가되었던 것이다.

이후로도 이후백은 1789년에는 경상도 지례의 도동서원(道洞書院), 1801년에는 영암의 구암서원(龜巖書院)에도 모셔지게 되었다. 도동서원은 연안이씨 부사공 이지(李漬) 계열의 인물 중 이백겸(李伯謙)의 손자이자 이보정(李補丁)의 아들인 성종 때의 좌리공신 충간공(忠簡公) 이숭원(李崇元)을 모신 서원이다. 1771년 김천시 구성면 상좌원 도동에 세워졌을 때 충간공파 이민관(李民觀)이 상량문을 짓고, 상원리의 정양공파 이의조(李宜朝, 1727~1805)가 글을 썼다. 그런데 상원리의 이의조는 자는 맹종(孟宗), 호는 경호(鏡湖)인데, 이재(李縡, 1680~1746), 송능상(宋能相, 1710~1758)의 문인으로서 기호학통을 계승한 인물이다. 그는 1779년(정조 3) 학행으로 천거되어 공릉참봉(恭陵參奉)에 임명되었으나, 주로 후진양성으로 일생을 보냈다. 저술로는 『가례증해(家禮增解)』가 있다. 이처럼 영남지역에서 기호학통을 이어 간 정양공파 이의조 등에 의해서 ① 정양공(靖襄公) 이숙기(李淑琦)와 증손자인 문희공(文僖公) 이호민(李好閔), ② 양원공(楊原公) 이숙함(李淑諴)과 증손자인 문청공(文淸公) 이후백이 도동서원(道洞書院)에 추배되었다. 이호민이나 이후백 모두 서인을 대표하는 인물로 간주되었기 때문이다. 그리고 1801년 호남유생들은 영암 장암마을의 구암서원에도 이후백을 배향하였다. 이후백이 강진 외에도 영암에서 거주하여 남평 문씨를 비롯한 인근의 학자들에게 문풍을 일으켰다고 여겼기 때문이다.[68]

---

68) 李後白, 『靑蓮集』下, 附錄, 「建院事實」.

7

맺음말

청련 이후백은 영남 함양 출신으로서 전라도 강진으로 이주하여 뛰어난 문
장과 공정한 인사로 선조 초 정국을 이끌어 간 인물이다. 그는 선조의 교서를
대신 작성하여 을사사화 때 표창된 인물에 대해서 위훈으로 규정하고 당시
까지 신원되지 못한 인물들을 복권시킴으로써 을사사화에 대한 조치를 마
무리하였다. 뿐만 아니라 「유선록서」를 지어 김굉필, 조광조, 이황으로 이어
지는 도학의 계통을 확립하였으며, 당시 사림들이 선배사림과 후배사림으로
분열될 때 선배사림이었지만, 청백한 처신과 공정한 인사를 통해 후배사림들
에게 존경을 받았다. 그리하여 이조판서의 직위에 올랐으며, 장차 정승으로
서 기대되는 인물이었다. 그러나 이후백 사후 동인과 서인 간에 격렬해진 당
쟁, 왜란, 이에 따른 이후백 가문의 부침으로 인해 이후백에 대한 평가가 제
대로 이루어지지 못하였다.

　사림들의 이후백에 대한 재평가는 왜란으로 인해 좌절된 서원 건립이
1610년대에 강진에서 다시 논의되면서 본격적으로 시작되었다. 강진은 이후

백이 문풍을 진작하여 많은 과거합격자가 배출되었다고 이후백의 학문과 도학을 높이 평가하였다. 더욱이 유성룡의 고제 정경세가 부임하여 오자 호남사림과 함께 건립을 모색하였다. 정경세는 스승 유성룡과 인척으로서 유성룡이 존모하였던 이후백의 서원을 건립하기 위해서 노력하였다. 그러나 정경세는 이언적과 이황의 문묘종사에 반대한 정인홍에 맞서다가 파직되어 서봉서원 또한 공사가 중지되었다.

이후 이후백의 증손 이수인이 중앙정계에 진출하면서 1656년 서원 건립이 다시 논의되었다. 이수인은 박호의 딸과 혼인함으로써, 신흠의 아들 신익성, 신익전을 비롯해서 신흠의 사위인 박호, 박의, 조계원과 인척관계이다. 서원 건립에는 박호의 부친인 박동열의 문인, 미수 허목과 5촌의 인척이 되는 곽성구 등이 중심이 되어 강진, 영암, 해남의 선비들이 발 벗고 나섰다. 이들은 물력이 부족하자 전라도 전역에 협조를 구하였는데, 이수인의 처이모부인 조계원이 전라감사였기 때문에 일이 원활하게 진행될 수 있었다. 또한 인척인 신익전은 서봉서원의 봉안제문을 지었다.

서원이 건립된 이후에는 송시열을 원장에 모시고자 하였으나 송시열이 예송논쟁 등의 여파로 처신이 자유롭지 못하여 부임하지 못하였다. 대신 송시열은 이수인의 아들 이석형의 요청을 받아들여 1686년 이후백의 행장을 작성하게 되었다. 송시열은 지금까지의 이후백에 관한 평가를 집대성하였는데, 특히 이후백의 도학과 예학의 수준이 높았음을 강조하고, 을사삭훈을 주장하여 사림의 기틀을 확립하였다는 점을 부각하였다.

이후 이후백에 대한 평가는 문장보다는 도학, 사림의 기틀과 사림정신을 확립하였다는 점에 초점이 맞추어졌다. 송시열 사후 1894년 이수인과 인척관계에 있었던 박세채는 송시열의 행장을 토대로 시호를 청하였다. 이후 이후백은 1696년 '문청(文淸)' 시호를 받게 되어 학문에 힘쓰고 불의를 멀리하는 인물이 되었다.

이어 이후백의 문집이 이후백에 의해 발탁된 김장생 후손들의 노력으로 간행되었다. 그리고 1766년에는 노론 강경파인 황경원에 의해서 신도비명이 작성되었다. 황경원은 이후백의 가계를 바로잡고, 이후백이 의리와 청렴을 바탕으로 박순, 이이와 함께 선조 때의 정치를 이끌었다고 함으로써 기호학통임을 강조하였다. 황경원은 또한 이 글에서 이후백이 선조의 교서를 대신 지어 시비가 정해지고 왕도가 바로 선 것을 높이 평가하고, 앞으로도 박순과 이이 등의 현인을 기리고 중상을 입힌 소인들을 영구히 배척해야 한다고 주장함으로써 1755년(영조 31) 나주괘서사건 이후 노론 강경파로서의 시각을 드러내기도 하였다. 이처럼 이후백은 18세기 후반에 이르러 서인의 대표적인 인물로서, 학문뿐만 아니라 경세에서도 박순과 이이에 버금가는 인물로 부각되었고, 지례의 도동서원이나 영암의 구암서원에 추가로 배향되기도 하였다.

지금까지 이후백 사후 서원 건립과 이후백의 지장(誌狀) 문자, 사림들의 평가 내용을 통해 이후백은 시인보다는 문장가, 문사보다는 도학과 절의를 중시하는 인물로서 사림들의 이상에 걸맞은 인물로 조명되었다. 학문적 계통상으로는 퇴계 이황의 영남학파보다는 율곡 이이와 사계 김장생의 기호학파와 밀접한 관련을 맺는 인물로, 그리고 정치적으로는 동인이 아닌 서인으로서의 족적이 중점적으로 부각된 것이다.

본고의 이러한 이후백 연구는 호남사림의 역사적 부침과 관련되어 진행되었다. 세부적으로는 강진과 나주, 영암, 해남 사림의 서인과 남인, 노론과 소론의 분화과정과 갈등 양상이 접목되어 있다. 향후 지방뿐만 아니라 중앙권력과의 관계 속에서도 이후백의 선양과정이 어떻게 이루어지고, 어떠한 의의가 있는가를 보다 상세하게 밝힐 필요가 있다. 이를 통해 조선후기 호남사림의 면모가 보다 정확하고 분명하게 드러날 것이다.

| 참고문헌 |

기본 자료

『朝鮮王朝實錄』.

『承政院日記』.

『後漢書』.

『文選』.

金時讓, 『涪溪記聞』(한국고전종합DB).

金長生, 『沙溪全書』(한국고전종합DB).

宋時烈, 『宋子大全』(한국고전종합DB).

李敬輿, 『白江集』(한국고전종합DB).

李肯翊, 『燃藜室記述』(한국고전종합DB).

李珥, 『石潭日記』(한국고전종합DB).

李後白, 『青蓮集』, 국역청련집간행회, 1992.

鄭經世, 『愚伏集』(한국고전종합DB).

趙彭年, 『溪陰集』(한국고전종합DB).

曺行立, 『兌湖集』(원광대학교 중앙도서관).

許穆, 『記言別集』(한국고전종합DB).

『延安李氏世譜』, 延安李氏府使公派譜所, 1979年刊.

『康津郡誌』, 1924年刊.

단행본

이동희, 『朝鮮時代 全羅道의 監司, 守令名單』, 전북대학교 전라문화연구소, 1995.

『민족문화대백과사전』(http://encykorea.aks.ac.kr).

논문

김기현, 「李後白과 그의 時調」, 『時調學論叢』 2, 한국시조학회, 1986.

김동하, 「李後白의 生長과 詩人的 形成 過程」, 『서강정보대학문집』 17, 서강정보대학, 1998.

김동하,『靑蓮 李後白의 詩文學 硏究』, 연세대학교 대학원 박사논문, 1999.

김동하, 「이후백의 칠언고시에 드러난 유교사상의 시적 형상화」, 『한국시가문화연구』 18, 한국시가문화학회, 2006.

김종성, 「학봉 김성일의 지방관 활동과 목민관 — 나주목사 재임기를 중심으로」, 경기대학교 사학과 석사학위논문, 2019.

김학수, 「영호(嶺湖) 통섭의 기미(幾微)와 그 좌절 — 연안이씨 이후백가(李後白家)를 중심으로」, 전국역사학대회 논문, 2020. 10. 31.

양광식, 「서봉서원과 이후백」, 『강진신문』, 2002. 11. 29.

이성형, 「靑蓮 李後白의 唐詩風 受容 樣相 考察— 絶句의 詩語와 素材 分析을 中心으로」, 『漢文古典硏究』 29, 한국한문고전학회, 2014.

이성혜, 「청련 이후백의 시세계」, 『동북아문화연구』 26, 2011.

전형대, 「靑蓮 李後白의 선비정신과 시」, 『京畿語文學』 8, 경기대학교 인문대학 국어국문학회, 1990.

정용수, 「李後白의 瀟湘八景歌 辨證」, 『문화전통논집』 1, 경성대학교 부설 한국학연구소, 1993.

조지형, 「한벽당(寒碧堂) 곽기수(郭期壽)의 국문시가 향유 양상과 시가사적 의미」, 『민족문화연구』 74, 고려대학교 민족문화연구원, 2017.

연안이씨 청련가(青蓮家)의 가풍과 그 계승 양상

김학수

1

머리말

이 글은 연안이씨 청련가풍(靑蓮家風)의 계승양상을 분석하고, 그것이 지니는 정치·사회·문화적 의미를 부여하는 데 주안점이 있다. 이후백(李後白)은 관료인 동시에 학자였고, 뛰어난 문장으로 당대는 물론 후대 사람들의 이목을 사로잡았다. 하지만 전공 영역의 경계가 불분명했던 전통시대 식자들의 다면적 인간상은 초점 포착의 난해함을 수반하여 때로 연구의 장벽으로 작용하기도 한다. 이후백의 존재에 대한 착상이 결코 용이하지 않은 이유도 여기에 있다.

이후백은 경상도 함양(咸陽)에서 태어나 전라도 강진(康津)으로 이주했고, 관료의 특성상 활동기의 대부분을 서울에서 보냈다. 주거 기반의 변화는 단순한 공간적 이동을 넘어 그 공간과 결부된 인간관계, 생활 및 문화환경 등의 총체적 변동으로 이어진다. 더욱이 이후백은 결코 단절될 수 없는 생가의 터전인 지례(知禮)·군위(軍威)라는 또 다른 공간과 연계되어 있었던 만큼 공간에 있어서도 그는 다른 인물에 비해 복합성이 컸다.

이 연구는 호남과 영남이라는 지역적 격리가 사회·학문적으로 어떻게 좁혀질 수 있는가에 주목한다. 청련가문은 이후백을 기점으로 전후(前後) 세대가 지니는 정치·사회·문화적 결이 매우 달랐고, 이후백은 그 중간지대에 존재했다. 생가 쪽 전 세대 계통은 영남을 기반으로 남인 퇴계학파(退溪學派)를 표방했고, 후 세대는 호남을 거점으로 서인 기호학파(畿湖學派)에 편입되었다. 당쟁은 이러한 지역·정치·학문적 차이를 대립의 틀 속에 가두었고, 그 결과는 상극에 가까운 괴리로 나타났다. 하지만 청련가문은 이런 일반성으로부터 일정 부분 비켜나 있었다. 그들은 후사가 단절될 경우, 단절된 계통의 종족적 비중이 클수록 본향의 생가로부터 후사를 맞아들이는 것을 주저하지 않았다. 그것도 서인들이 혐원해 마지않았던 허목(許穆)의 학통을 이은 계통으로부터의 수혈을 마다하지 않았던 것이다. 이것은 분명 특징이고, 이 특징은 조선후기 사회를 다소 새롭게 바라볼 수 있는 매우 신선한 장면으로 포착된다.

청련가문의 세거지는 강진을 비롯하여 해남(海南)·영암(靈巖) 등 호남이었다. 조선후기 호남의 정파·학파적 주류는 서인 기호학파였고, 모든 청련가문의 구성원들은 적어도 표면적으로는 이 그룹에 속했다. 그러나 이들은 지적 에너지를 기호학에 대한 맹종에 할애하지 않았고, 결코 적지 않은 여력을 퇴계학의 수용과 학습에 투여했다. 흡사 호남 퇴계학의 살롱과 같은 분위기가 강진의 '안정동(安靜洞)'이란 공간에서 연출되었다. 이 또한 당쟁사에 침몰된 연구자의 시각에서는 이채로운 장면이 아닐 수 없다. 이에 대한 해답은 본문에서 내려질 것이다.

형식 요건에 있어 이후백이 획득했던 사회적 지위를 가장 근접하게 구현한 것은 차손 이유길(李有吉) 계통이었다. 실직 현령에서 증작(贈爵, 영의정領議政)·증시(贈諡, 충의공忠毅公) 그리고 부조지전(不祧之典)의 특권을 확보하면서 청련가에 버금가는 하나의 '종(宗)'을 형성할 수 있었다. 그것은 '노론(老論)'이라는 신권과 '정조(正祖)'라는 군권이 합작한 '의리사업(義理事業)'의 상징적 결과로서 조선시대의 가(家)가 어떻게 창출되고, 또 관리 및 육성될 수 있는지를 생생하게 보여 준다.

특히 각종의 권리를 인준하는 공문서에 이유길가(李有吉家), 즉 '충의공가(忠毅公家)'를 언급하면서 '이후백의 자손'이라는 관계성을 필수 요건으로 삼은 것에서는 종계변무에서 발휘된 충과 심하에서 구현된 충의 일체(一體) 및 계승성에 대한 강조를 넘어 왕조가 청련가문 전체를 향해 던지는 '충절의무(忠節義務)'의 강렬한 메시지가 담겨 있었다. 신분제 사회인 조선에서의 가(家)는 부여되는 것이 아니라 기본 자격을 지닌 개인이 사회적 성취를 통해 획득해야 하는 다분히 법제적인 가치였다. 충의공가의 사례는 가의 획득성을 실증적으로 설명할 수 있는 양질의 표본이라는 점에서 주목될 필요가 있다.

2

서봉원향론(瑞鳳院享論)
— 존현론(尊賢論)에 바탕한 가적(家的) 권위 및 외연의 확장

조선후기 사림문화에서 현조에 대한 추양은 배타적 가문의식의 표방을 목표로 한다. 상대와의 차별성을 그 시대 사람들이 용인하는 합리 또는 합법적인 수단을 통해 강조함으로써 자신의 수월성을 드러내고, 가문의 사회적 영역을 확장시키는 방식이다. 추양론의 핵심 테마는 문집 및 유고의 편찬 및 간행, 석학·명사를 통한 묘도문자의 찬술과 그것의 실체적 건립, 시호(謚號)·신도비(神道碑)·불천위(不遷位)·충정(忠旌)·효정(孝旌) 등 국가가 공인하는 자격 또는 인준(認准)의 획득이었다. 여기에 결코 빠트릴 수 없는 또 하나의 아이템은 원향(院享)이다.

조선은 문치주의 사회였다. 통치 및 국가운영에 있어 지식기반적 요건이 숙성된 사회일수록 지식인, 즉 유자에 대한 선호도가 높았다. 시호에 있어 '문(文)' 자에 집착했던 이유도 여기에 있었다. 3대 또는 4대 봉사를 전제로 하는 사대부 예법에 기초할 때, 사실상 모든 사대부는 사후에 후손들의 기림을 받는다. 그 기림의 방식은 제사(祭祀)이고, 그것을 상징하는 공간은 가문공동체를 엮어 주는 가묘(家廟)이다. 엄밀한 의미에서, 가묘에서의 신주 봉안 및 제향은 유교시대를 살았던 치자(治者) 계층의 의무 영역에 속한다.

그렇다면 원향(院享)은 어떤 의미를 함축하고 있는가? 그것은 의무가 아닌 자율이라는 점에서 가묘와 차별성이 있고, 특정 인물에 대한 공공적 내지 사회적 기림의 형태라는 점에서 내포하고 있는 가치의 총량이 매우 크다. 가묘가 숭조의식(崇祖意識)을 실천하는 사적 공간이라면 원우는 존현의식(尊賢意識)을 표명하는 공적 영역이었다. 이런 이유에서 서원 출범 이후인 16세기 중후반 이후의 사림들은 원향에 집착했던 것이다. 자신들의 선대를 제향하는 서원이 많을수록 또 그 서원이 갖는 중량감이 클수록 가격(家格), 즉 가문의 품격도 함께 상승하는 것이 유교문화 속에서 가(家)가 지니는 메커니즘이었다.

이런 측면에서 볼 때, 이후백(1520~1578)에 대한 원향론은 선행성(先行性)을 갖는다. 원향이 발론되던 1580년경은 그가 사망한 지 2년밖에 되지 않은 시점이다. 1571년에 사망한 이황이 도산서원에 제향된 것이 1576년임을 감안한다면, 원향론이 얼마나 빨리 추진되었는지를 쉽게 짐작할 수 있다.

이후백을 제향하는 원우는 서봉(瑞鳳, 강진康津)·문회(文會, 함흥咸興)·도동(道洞, 지례知禮)·구암(龜巖, 영암靈巖)서원이며, 이들 4원(院) 체계는 약 200년이라는 역사적 시간의 경과 속에서 구축된 것이다. 이 가운데 주향처(主享處)는 서봉(瑞鳳)·구암서원(龜巖書院)이고, 나머지는 모두 배향처(配享處)이다. 원향의 등급, 원우의 건립 시기 등을 고려할 때, 서봉서원이 수원(首院)임은 재론의 여지를 남기지 않는다.

강진 서봉서원 건립론이 발의된 것은 1580년경이다.[1] 당시 전라감사였던

---

1) 李後白, 『靑蓮集』 附錄 「建院事蹟」에는 서봉서원 건립이 발의된 시점이 1589년이고, 당시 전라감사 孫軾을 주론자로 기술하고 있다. 그런데 『宣祖修正實錄』 13年 閏4月 1日(己亥)에 따르면, 손식이 감사에 임명된 것은 1580년 윤4월 1일이고, 재임한 것은 1581년까지이다. 오류의 가능성을 人名보다 年條에 무게를 둔다면, 1589년은 1580~1581년으로 수정되어야 한다.

손식(孫軾)이 도내 사람의 공의를 수렴하여 강진현 북쪽 박산촌(博山村)에 터를 잡고 건립에 착수한 것이다. 존현(尊賢)이 본질인 원향은 원칙적으로 사사로운 관계성을 배격하는 속성을 지니지만 조선시대 원우 건립의 양상에서는 피향자와 건립자가 학연(學緣)·척연(戚緣) 등으로 연계된 예를 쉽게 발견하게 된다. 이후백과 손식의 경우 큰 틀에서 보면 같은 조정에서 벼슬한 환우(宦友)의 범주로 묶을 수 있지만 상호간의 사적인 친연성을 감지할 수 있는 장면은 잘 포착되지 않는다.[2] 그렇다면 손식은 감사라는 공적인 지위에서 이후백의 원향을 문교 차원에서 추진했던 것으로 읽힌다. 이것은 서봉서원 건립의 공공성과 관련하여 매우 중요한 대목이다.

손식의 주선과 지원에도 불구하고 건립의 과정은 순조롭지 못했던 것 같고, 1592년의 왜란은 모든 상황을 원점으로 돌려놓았다. 서원 건립 논의가 재점화된 것은 왜란의 상처가 아물기 시작하던 1610년이었다. 건립 주체는 도유(道儒)였는데, 주도적인 역할을 한 것은 영광의 강항(姜沆)과 강진의 조팽년(趙彭年)이었다. 두 사람은 각기 통문 또는 청원서를 통해 서원 건립에 따른 공론(公論)을 수렴함은 물론 경제적 지원까지 확보함으로써 서봉서원사(瑞鳳

---

2) 孫軾은 1552년 문과에 합격하여 전라감사, 호조참판을 지낸 인물이다. 본관은 平海인데, 성종조의 명신 孫舜孝의 일족으로 추정된다. 매부 任輔臣(1512~1588)이 退溪門人이고, 처남 李鍾가 해남윤씨 尹端中을 사위로 맞았다는 사실은 그의 주변 상황을 이해하는 데 일정한 참고가 된다. 윤단중은 崔溥의 동서이자 문인이었던 尹孝貞의 손자이다. 1565년 안동부사로 부임했던 아버지 尹復(1512~1577)을 시종하는 과정에서 두 형 剛中·欽中과 함께 이황을 사사하여 호남지역의 대표적인 退溪學統으로 존재했다(『陶山及門諸賢錄』 卷3, 「尹剛中」, 「尹欽中」, 「尹端中」). 1610~1611년경 서봉서원 건립의 주역 가운데 한 사람으로 역할하는 尹光啓는 그의 종질이다. 이처럼 孫軾의 인친 중에는 李滉과 관련을 가진 인물이 많았는데, 이는 서봉서원 건립을 이황의 '서원보급운동'의 틀 속에서 바라볼 수 있는 단서가 된다. 이런 추론은 李後白의 혈통[生家]과 결부시킬 때 설득력이 더욱 높아진다. 혈통상 이후백은 李淑瑛의 손자 李國衡의 아들이다. 이숙황의 孫壻 柳公綽은 퇴문고제 柳成龍의 조부가 된다. 즉 이후백은 생가로 계촌하면 류성룡과 7촌의 척분이 있었다. 특히 李滉은 이후백에게는 종조가 되는 李亨禮의 묘갈명, 그의 딸로 류성룡의 조부 류공작에게 출가한 이씨 부인의 묘갈명을 아울러 찬술할 만큼 李淑瑛 가문과의 연관성이 컸다(李滉, 『退溪集』 卷47, 「贈通政大夫吏曹參議行甲山教授李公墓碣銘幷序」; 卷46, 「淑人李氏墓碣銘幷序」.)

書院史)에 큰 족적을 남기게 된다.

먼저 강항의 경우 이후백을 송나라 유학자 이연평(李延平, 이통李侗)과 왕문정(王文正, 왕증王曾)에 비견되는 존재로 평가하는 한편 학문(學問)·보군(輔君)·경세(經世)·잠덕(潛德)·준절(峻節) 및 시대를 선도했던 문장(文章)을 들어 제향의 당위성을 피력하며 협찬을 촉구했다.[3] 그는 이후백 서원을 강진의 월암촌(月巖村)에 건립해야 하는 명분을 이렇게 설명한다.

강진현은 선생께서 우거(寓居)하시던 고을이고, 월출산은 장수하던 곳이다.[4]

강항의 통문이 사림을 대상으로 건원의 정당성 및 필요성을 천명한 것이라면, 강진현감에게 올린 조팽년의 청원서는 관을 대상으로 물력의 협찬을 촉구하는 데 초점을 맞추고 있다. 철저한 역할의 분담이었고, 문서의 형식은 달랐지만 그 문맥은 상통한다. 다만 강항의 통문이 '공감(共感)'이라는 무형의 협찬을 호소한 것에 반해 조팽년의 청원서는 그 요점이 매우 구체적이다. 건립에 따른 재원은 물론 향후 운영에 필요한 노비까지 지원하여 사림의 여망에 부응할 것을 강청하고 있다.[5] 강진현감이 조팽년의 요청에 어떻게 대응했는지는 자세하지 않지만 도유들의 입장을 수용했을 것으로 짐작된다. 서원은 존현(尊賢)을 기치로 한 교육시설이고, 문교(文敎)의 진흥을 뜻하는 흥학

---

3) 姜沆, 『睡隱集』 卷3, 「李青蓮書院新刱通文」: "蓋嘗聞李文靖澹然無欲 王文正儼然不動 兼之者吾青蓮李先生其人也 先生早自奮發 爲切問近思之學 晚而樹立 有利民澤物之志 遭遇明時 始終一節 引君當道 懇懇不已 好賢樂善 休休有容 樓臺起無地 暮夜孰懷金 淸白之可質鬼神 形於處士之歌詠 文章金擲地 風采玉成樓 聲容之聳動耳目 播於學士之章句 草剏勳之文 而九地之姦鬼慄 序儒先之錄 而先賢之潛德發 長風峻節 緖言餘論 足以百世下興起 而況於一世乎 況於一道乎 況於一邑乎 如是而廟貌不立 風聲未樹 其於高山仰景行行之義 何如哉."

4) 姜沆, 『睡隱集』 卷3, 「李青蓮書院新刱通文」: "竊念康津縣 乃先生僑寓地 而月出山 是先生藏修所也."

5) 趙彭年, 『溪陰集』 卷5, 「上邑宰請建李青蓮書院書」: "伏願閤下命以營建之財力 加以守護之奴婢 作列邑先 副多士望 以成其美 以張斯文 豈不幸甚 伏惟閤下特加垂察焉."

(興學)은 수령7사(守令七事)의 하나였던 만큼 건원 지원은 직무상으로도 수령의 본무 가운데 하나였기 때문이다. 무엇보다 강항·조팽년[6] 등 전현직 관료 및 지역의 명사들로 구성된 인력풀은 주장의 신뢰성과 함께 관의 지원을 효율적으로 견인하는 강한 압력으로 작동한 측면이 있었다.

서봉서원 창건에 참여한 주요 인물[7]

□ 金存敬: 光山人 _文科 _府尹 _居潭陽

□ 林 惶: 羅州人 _文科 _監司 _居羅州

□ 尹光啓: 海南人 _文科 _正郎 _居海南 _重峯門人

□ 趙彭年: 漢陽人 _文科 _正郎 _居康津

□ 姜 沆: 晉州人 _文科 _佐郎 _居靈光 _牛溪門人

□ 尹 趪: 坡平人 _文科 _掌令 _居務安

□ 洪千璟: 豊山人 _文科 _教授 _居未詳 _高峯·栗谷·霽峰門人

□ 李喜熊: 全義人 _文科 _郡守 _居未詳

□ 崔 瑛: 和順人 _進士 _居羅州

□ 柳敬賢: 高興人 _進士 _居羅州

□ 金安邦: 金海人 _生員 _居海南

위는 강항의 통문(通文) 또는 조팽년의 청원서[上書]에 연명한 인사들의 명단이다. 총 11명 가운데 8명이 문과 출신이며, 그 가운데 둘은 부윤·감사 등 2품의 반열에 오른 고관들이다. 지역적으로는 담양·나주·해남·강진·영광·무안 등 호남의 남서부권을 망라하고 있고, 학통상으로는 성혼·이이·조

---

6) 실록에서는 조팽년을 조급하고 虛妄하며, 庸劣한 인물로 평가하고 있으나[『宣祖實錄』, 宣祖 21年 閏6月 16日(丁酉); 宣祖 32年 12月 16日(辛卯)], 『日省錄』正祖 7年 1月 23日(乙卯)에서는 그를 '康津의 忠臣'으로 지칭하며 충신 및 효자 정려를 논의하고 있다. 그에 대한 지역 사회의 인식과 평가는 후자에 무게 중심이 있었을 것으로 짐작된다.

7) 이 명단은 효종~현종 연간에 작성된 曺行立(1580~1663)의 '建院通文'에서 추출한 것이다. 李後白, 『靑蓮集』, 附錄, 「建院事蹟」, 〈曺行立通文〉.

헌·기대승·고경명 등 기호학파 석학들의 문인이 중심을 이룬다. 위의 표에는 나타나지 않지만 백광훈의 아들 백진남(白振南)[8]과 김응정(金應鼎) 또한 건원론에 적극 협찬했던 것으로 파악된다.[9]

이런 정황을 종합할 때, 서봉서원은 호남유림의 공론을 바탕으로 기호학통에 속한 관료들의 주도 속에 출범의 기틀이 마련되었다고 할 수 있다. 하지만 공론의 수렴과 관으로부터의 지원 확보 등 다각적인 노력에도 불구하고 서원의 건립은 현실화되지 못한 채 약 40년 동안 잠복기에 들어가게 된다.

이런 상황에서 건원의 필요성을 재환기시킨 인물은 조행립(曹行立)이었다. 그는 임진왜란 때 서울에서 외향인 영암의 구림촌(鳩林村)으로 이거한 인물로 아버지 조기서(曹麒瑞)는 성혼(成渾)의 우계문하(牛溪門下)에서 수학했고, 자신은 박동열(朴東說)과 김장생(金長生)의 문하에서 수학한[10] 전형적인 기호학통이었다. 특히 송시열은 그의 묘갈명을 찬술하면서 김집(金集)과의 교계를 특서했을 만큼 사계문하(沙溪門下)에서의 위상이 높았던 인물이었다.

공은 일찍이 사계(沙溪) 김선생(金長生)의 문하를 출입하여 문경공(文敬公, 김집金集)과 친분이 깊었다. 문경공께서는 말년에 늘 "친구 중에는 조 아무개(조행립曹行立)만 남아 있을 뿐이다."고 했는데, 문경공께서 인정하신 것을 살펴보노라면 또한 공이 어떤 사람이었는지를 알 만하다.[11]

---

8) 백진남은 靑蓮門人인 白光勳의 아들이다. 그는 이후백의 손자 李復吉을 사위로 맞았는데, 이로써 양가는 학연과 척연의 중첩적 世誼를 형성하게 되었다. 후술하겠지만, 1723년 白光勳의 서봉서원 追享도 이런 맥락에서 파악할 필요가 있다.

9) 趙彭年, 『溪陰集』 卷6, 附錄, 「行狀」: "辛亥湖南多士 有以李靑蓮後白將欲俎豆之議 公與白進士振南金處士應鼎 與夫二三同志者 奔走經始焉 凡論議之際 公皆謙讓未遑也 至於文字 皆出於公之手 其樂道尙賢之誠 有若嗜慾然矣."

10) 宋時烈, 『宋子大全』 卷175, 「僉樞曹公墓碣銘 幷序」: "奉母夫人 往依表親 仍受業於南郭朴公東說 喪敗之餘 能屬文爲擧子業."

11) 宋時烈, 『宋子大全』 卷175, 「僉樞曹公墓碣銘 幷序」: "公嘗出入沙溪金先生門 與文敬公友善 文敬公暮年嘗曰 親舊中人 只有曹某在耳 觀其所與 而亦可以知公矣."

또한 그는 향약(鄕約) 및 향음주례(鄕飮酒禮)의 시행을 통해 향풍(鄕風)을 교화하고 서숙(書塾)을 건립하여 촌사(村士)들의 교육을 장려하는 등 '후속육재(厚俗育才)'의 공이 있어 이사(里社)에서 제향을 입을 정도로 지역사회에서는 학술문화적 선각자로서 큰 존경을 받았다.[12]

효종 연간에 추진했던 서봉서원 건립론 또한 '후속육재(厚俗育才)'의 확장적 적용으로 볼 수 있다. 우선 그는 강진·영암·해남 등 3군 사론의 협조 속에 건립에 착수하였으나 물력의 부족으로 진전이 어렵게 되자 통문을 돌려 보다 광범위한 협력을 촉구한 것이다. 이 통문의 대상은 사림이 아닌 위 3군의 지방관들이라는 점에서 관의 공조를 이끌어 내는 데 주안점이 있었고,[13] 그의 노력은 상당한 효과를 보였던 것 같다. 이윽고 치러진 상량식은 공역 진전의 가시적 성과였기 때문이다.

상량문의 찬술자로 선정된 인물은 곽성구(郭聖龜, 1606~1668)였다. 곽성구는 1631년 문과에 합격하여 지평·장령을 역임했고, 1647년부터 1650년까지 세자시강원 필선이 되어 후일의 현종의 교육을 담당하기도 했다. 그와 함께 필선에 재임한 대표적 인물로는 김응조(金應祖)·이일상(李一相)·오정위(吳挺緯)[14] 등이 있다. 이런 맥락에서 그는 지역사회에서 문명도 높았는데, 그에게

---

12) 金壽恒, 『文谷集』 卷19, 「僉知中樞府事曹公墓誌銘」: "歲乙卯 余讁魅于南寅靈巖之鳩林里 即故僉樞曹公苞裘也 時曹公歿已十餘年 其諸子尙居之 中里有亭 曰會社 修鄕約鄕飮之所也 又直數里許 建塾置師 聚村秀敎之 皆曹公所創設 以厚俗育才者云 … 林氏世居靈巖 公自少依於外家 及光海時 不樂京輦 遂盡室南遷 晩卜別業於小華山 益有勝致 公實考終於此 鳩林人思公不已 即里中立屋以祀之 豈古所謂沒而可祭於社者歟."

13) 李後白, 『靑蓮集』, 附錄, 「建院事蹟」, 〈曺行立通文〉: "諸宰閤下 臨莅一邑 實南士風化之任 則其於尙賢聳動之擧 不必後於士子之趨風 況先生風裁 特立之操 爲縉紳間師領袖 則諸宰亦必欽仰範式 若聞建祠之事 則何惜損俸之費 而不救嬴屈之慮乎 伏願諸宰惠顧尊慕之義 優助工匠之資 以副區區之望 不勝幸甚."

14) 柳成龍·張顯光의 고제였던 金應祖는 17세기 영남학파의 구심점을 이룬 학자관료로 禮學에 해박했고, 李一相은 조부(李廷龜), 부친(李明漢)을 이어 대제학을 지낸 대문호였다. 이는 조선시대 '3代文衡'의 첫 사례가 된다. 김학수, 「月沙 李廷龜의 학문적 계통과 사림에서의 역할」, 『한국인물사연구』 16, 한국인물사연구회, 2011.

상량문 찬술권이 부여된 것도 중앙에서 획득한 인지도와 무관치 않았다.

그는 상량문에서 이후백을 박순(朴淳)과 이이(李珥)가 인정하고 존중했던 청직(淸直)한 관료, 후대의 모범이 될 만한 문장가, 무이(武夷, 주자朱子)의 정신을 계승한 빙청옥결(氷淸玉潔)의 주자학자로 칭송하는 한편 그의 제향처 서봉서원이 조선의 문명성(文明性)을 고양하는 사림교학(士林敎學)의 연수(淵藪)가 되기를 축원했다.[15] 이로써 건원론은 탄력적으로 진행될 수 있었고, 1655~1657년 무렵 이후백을 제향하는 예식을 치름으로써 70여 년을 끌어온 원향을 마무리하게 된다.

여기서 한 가지 짚고 넘어갈 것은 상량문의 찬자로 원향론에 깊이 관여했던 곽성구(郭聖龜)와 그 일문의 정치·학문적 성향이다. 이는 서봉서원의 성격과 관련하여 매우 중요한 문제이기 때문이다. 강진 출신인 곽성구는 서인계로 분류되지만 척연에 바탕한 연대망은 정파적 경계를 비교적 자유롭게 넘나드는 통로가 되었다. 그 단적인 예로 들 수 있는 것이 숙종조 남인의 영수 허목(許穆)과의 관계였다. 곽성구는 임탄(林坦)의 사위였는데, 임탄은 성운(成運)의 문인으로[16] 선조조 문단의 거장 임제(林悌)의 아들이다. 임제의 사위가 허교(許喬)였고, 그 아들이 허목이었다. 즉, 허목은 임제의 외손자이고, 곽성구는 손서였으므로 두 사람 사이에는 4촌의 척분이 있었다.

나주임씨 임제(林悌) 자손도

林悌	➡ 林坦	➡ 女 郭聖龜	➡ ① 郭齊華
			➡ ② 郭齊恒
	➡ 女 許喬	➡ 許穆	➡ 許翽
			➡ 女 鄭岐胤

---

15) 李後白, 『靑蓮集』, 附錄, 「建院事蹟」, 〈瑞峯書院上樑文〉(郭聖龜).

16) 林悌, 『林白湖集』, 「林白湖集跋」(林愃撰): "白湖早歲有志于學 負笈從師 尋大谷成先生于鍾山之下受中庸 仍入俗離山 探究義理 累經寒暑 深得先生旨趣 而先生亦不待之以外."

허목과 곽성구는 계보상의 박제화된 인친이 아니었다. 그들은 서로 왕래하며 교유했고, 주고받은 문자 또한 적지 않았다. 아래는 1656년 허목이 광주목사(光州牧使)로 부임하는 곽성구를 전송하는 글인데, 인친으로서의 정리(情理)가 강하게 묻어나고 있다.

난리 후 내가 남쪽에서 객지살이를 한 지 4년째 되던 해에 호남으로 나가 낭주(朗州)를 유람하는 길에 석포(石浦)로 군을 찾아갔는데, 이때 군은 1년 전에 시종(侍從)의 직임을 사직하고 바닷가로 돌아와 있었다. … 아! 수십 년 동안에 군과 나눈 만남은 항상 나그넷길에서였다. 지금 나는 가련하게도 벌써 늙어 인사(人事)를 기약하기 어렵다. 더구나 광주는 경성에서 천 리나 떨어져 있는 곳이 아닌가. 광주는 산수가 아름다운 곳에 위치하고 있는 데다 인구가 많고 물산이 풍부하여 노령(蘆嶺) 남쪽의 큰 도회로 꼽힌다. 그곳의 풍속이며 인물의 성쇠, 상서(祥瑞)와 요얼(妖孼), 고금의 변화를 북쪽으로 오는 인편이 있을 때 적어 보내도록 하라. 내 비록 늙었으나 아직 문학의 말업(末業)을 일삼고 있으니, 그것을 보고서 남국고사(南國故事)에 붙이고자 한다.[17]

곽성구와의 관계는 그 아들 곽제화(郭齊華)·곽제항(郭齊恒)에게 대물림되었다. 이런 정황은 1656년 허목이 동지사의 서장관(書狀官)으로 연행(燕行)하게 된 곽제화를 전송한 것이라든지 1660년 진사시에 입격한 곽제항을 면려하는 글에서 확인할 수 있다.

금상 7년 겨울에 나의 이질(姨姪) 곽중망이 성균관 직강(成均館直講)으로서 사명(使命)을 받들고 연경으로 가게 되었다. 내가 연로하여 항상 감회가 많은데, 더구나 이렇게 만리 밖 이역(異域)으로 가는 경우이겠는가. 내가 그대에게 무

---

17) 許穆, 『記言』 別集 卷8, 「送郭光州文徵序」.

엇을 주겠는가. 내 듣건대 군자의 학문은 말과 행동에서 벗어나지 않는다고 한다. 그러니 힘써서 옛사람의 훈계를 잊지 말고, 또한 사신으로서의 임무를 실추시키지 않도록 하라. 이별에 임하여 간곡히 할 말은 오직 이것뿐이다. 녹봉노인(鹿峯老人)은 쓴다.[18]

제항(齊恒)이 어린 나이에 좋은 성적으로 과거에 합격하여 타고난 재주를 일찍 이룬 것을 내가 축하하는 바이나, 그는 얻건 얻지 못하건 간에 본디 그 마음속에 기뻐하거나 실망하는 바가 없다. 그런데도 부모를 위하여 기뻐하는 표정을 지었으니, 이는 또한 부모의 마음을 자신의 마음으로 삼은 것이다. 한편 군은 간원(諫院)에 재직하면서 시사(時事)를 말했다가 하루아침에 언책(言責)을 사직하였다. 내 듣건대 군이 예로써 나아가고 물러나 의(義)를 잃지 않았다고 하니, 이 또한 옛사람이 힘썼던 바이다. 내가 두 군에게 이 두 가지 훌륭한 점이 있다는 것을 알게 되어 매우 흐뭇하고 기쁘다. 군이 돌아갈 때에 나의 이 말을 또한 대인(大人)을 위해서 아뢰는 바이다. 군이 돌아가는 지금 나도 길을 떠나게 되었다. 돌아가는 군에게 축하를 먼저 표한 뒤에 작별의 말을 전한다.[19]

이들의 관계는 인친으로서의 교감을 넘어 정치적 연대로 확장된다. 그 계기가 된 인물은 곽성구의 아들 곽제화였다. 그는 1650년 문과에 합격하여 지평·정언·장령 등 중앙의 요직을 지냈고, 1662년 다시 지평에 임명되었을 때 실록에는 그에 대한 인물평을 이렇게 싣고 있다. 곽성구는 처신이 근신(勤愼)했던 반면 곽제화는 다소 경망한 인물로 묘사되어 있다.

곽제화는 본래 강진(康津)의 한미한 집안 출신인데 그의 아비 곽성구(郭聖龜) 때

---

18) 許穆, 『記言』 別集 卷8, 「送郭仲望燕京之行小序(丙申)」.

19) 許穆, 『記言』 別集 卷8, 「送郭仲望與其弟歸石湖序」.

부터 등제(登第)하여 벼슬길에 나섰다. 그런데 성구는 상당히 근신할 줄을 알았던 반면 제화는 경망스럽고 매우 교만하였으므로 대각의 자리에는 걸맞지 않았는데, 뒤에 과연 우망(愚妄)한 일로 견책의 벌을 받았다.[20]

1674년 갑인예송의 결과 서인이 축출되고 남인정권이 수립되자 곽제화는 정치적 변신을 단행한다. 그것은 서인으로부터의 이탈과 남인으로의 투합이었고, 사관 또한 이러한 행위의 동인으로 허목과의 인친관계를 언급하고 있다.

① 서인으로서 남인에게 붙은 자는 김수홍(金壽弘)·이지익(李之翼)·정유악(鄭維岳)·곽제화(郭齊華)였다.[21]

② 곽제화는 본래 서인으로서 물의의 버림을 받았는데, 허목(許穆)과 가까운 친척인지라 드디어 남인에 붙고는 시(詩)를 지어 서인을 조롱한 바 있어 사람들이 그를 몹시 미워하였고, 얼마 되지 않아서 폭사(暴死)하였다.[22]

이런 정황과 사실을 종합할 때, 곽성구의 상량문 찬술은 서봉서원이 지니는 다면적 성격, 즉 서인 기호학파와 남인 퇴계학파의 융합적 성향을 가늠하는 작은 단서가 될 수 있을 것 같다.

한편 서봉서원은 늦어도 1657년에 이후백 봉안례를 치른 것으로 파악된다. 이런 추정은 봉안문의 찬자 가운데 한 사람인 이경여(李敬輿, 1585~1657)의 졸년이 1657년이라는 것에 바탕한다. 봉안문을 이경여 외에 신익전(申翊

---

20) 『顯宗實錄』, 顯宗 3年 5月 2日(甲戌).
21) 『肅宗實錄』, 肅宗 1年 6月 4日(辛酉).
22) 『肅宗實錄』, 肅宗 1年 6月 20日(丁丑).

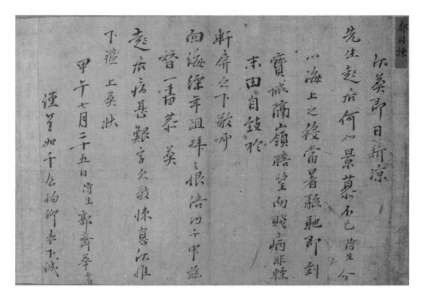

곽제화(郭齊華) 서간(書簡): 이 서간은 1654년 곽제화가 안방준(安邦俊)에게 보낸 것으로 죽산 안씨 우산종가(牛山宗家)에 소장되어 있다. 안방준을 '선생(先生)', 자신을 '시생(侍生)'이라 칭한 것에서 사제관계임을 알 수 있고, 행간에 흐르는 정서의 요체 또한 상대에 대한 경모의 마음이다. 이처럼 그는 서인 기호학파의 핵심 구성원이었지만 정치적 환경의 변화 속에서 허목을 매개로 남인으로 전향함으로써 서인으로부터 규탄되었다.

全)에게[23] 다시 부탁한 사유는 자세하지 않다. 다만,『청련집』에 이경여의 봉안문만 수록되어 있고, 숙종 후반 함흥 문회서원 추향제문을 이경여의 손자 이건명(李健命)이 찬술한 것으로 보아 서봉서원 공식 봉안문은 이경여의 글이 채택되었을 가능성이 크다.

이경여는 봉안문에서 이후백을 염락관민(濂洛關閩)의 학을 이은 대유(大儒), 조정에 온화한 기풍을 조성한 양신(良臣), 청백한 절조를 지킨 지사(志士)로 칭송하였으며,[24] 한 시대를 압도했던 문장은 여사(餘事)로 표현함으로써

---

23) 申翊全,『東江遺集』卷12,「康津縣靑蓮李公 後白 祠宇奉安告祭文」.

24) 李敬輿,『白江集』卷14,「靑蓮書院新建後祭文」: "緬惟先生 天授英特 啓鍵自己 委身斯學 建安工程 曲江標格 霽月光風 山休玉立 行修家庭 聲騰邦國 補綴舜裳 彰施五色 餘事文章 … 月峯之陽

이후백의 학자적 순정성을 특별히 강조했다. 서봉서원 봉안을 통해 이후백은 조선후기라는 주자학 시대가 추구했던 유현(儒賢)으로서의 요건을 갖추게 되지만 사액 문제는 여전히 숙제로 남게 된다.

그 대신 청액을 위한 문헌 정비에 박차를 가해 1686년에는 송시열(宋時烈)로부터 행장을 받아 내기에 이른다. 이때 청문(請文) 등 제반 절차를 주관한 이는 이후백의 현손 이석형(李碩亨)이었다.

> 요사이 이석형(李碩亨)이 행장의 일로 천리를 마다하지 않고 와서 부탁을 하니 내가 끝내 사양하지 못하고 이와 같이 기록하여 입언(立言) 군자의 질정을 기다릴 따름이다. 숭정 기원후 병인년(1686) 8월 일 은진 후인 송시열 삼가 행장을 짓다.[25]

이런 맥락에서 서봉서원 청액론은 1694년(숙종 20) 공식적인 행위로 표출되기에 이른다. 1694년은 남인이 축출되고 서인정권이 수립되는 갑술환국이 일어난 해라는 점에서 정치사적 의의가 컸고, 청액론 또한 이러한 정치적 상황을 고려했음이 분명하다. 효종 연간에 이루어진 봉안례는 서봉서원의 정치적 성향을 서인계(노론계)로 확정하는 계기가 되었고, 청액론 또한 그런 프레임 속에서 기획되고, 추진되었다.

1694년 서봉서원 청액소의 소두(疏頭)는 영암 출신의 진사 김증(金)이고, 상소문을 지은 이는 지평 김진서(金鎭瑞)였다. 이들은 둘 다 광산김씨 출신이지만 일족적 상관성은 없다. 김증의 경우 8대조 김순원(金順元)이 나주에 정착한 이후 영암 등지로 족세를 확장한 가계의 자손이고, 김진서는 이른바 '사계가문'의 구성원으로 김장생의 손자 김익훈(金益勳)이 그의 조부이다. 그는

武夷一曲 杖屨攸經 龜筮亦協."

25) 宋時烈, 『宋子大全』 卷206, 「青蓮李公行狀」: "今碩亨 以行狀千里來托 余不敢終辭 而第錄如右 以俟立言之君子云 崇禎紀元後丙寅八月日 恩津後人宋時烈狀."

비록 문과 출신은 아니었지만 음직으로 지평 등 대관직을 지냈고, 인조반정의 주체로서 효종의 국구가 된 장유(張維)의 손서라는 점에서 사회적 지위는 매우 견고했다.

청액소 또한 문의(文義)의 대체는 박순과 이이가 인정한 경세관료, 김천일(金千鎰) 등을 육성한 교육자, 도학과 문장으로 일세의 모범이 된 순유(醇儒) 등 건원 당시 통문류에서 나타나는 서술 형태를 크게 벗어나지 않는다.[26] 하지만 같은 사실이라도 송시열이 찬술한 '청련행장(靑蓮行狀)'을 논거로 삼음으로써[27] 갑술환국 이후에 구축된 서인정권에 대해 강한 호소력을 지닐 수 있었다. 그럼에도 조정의 반응은 미온적이었고, 청액론 또한 한동안 소강상태로 접어들게 되었다. 당시 숙종이 내린 답은 '예조로 하여금 품의하여 처리하게 하라'는 뜻인 '해조품처(該曹稟處)'였다.

이런 상황에서 서봉서원은 1723년 청련문인 백광훈(白光勳) 및 최경창(崔慶昌)을 추향하여 3현 체제를 이루게 된다.[28] 두 사람은 이후백이 박산촌(博山村)에서 강학할 때 문하를 출입했던 인물들이다. 특히 장흥 출신인 백광훈은 이후백의 손자 이복길(李復吉)을 사위로 맞았을 만큼 양가의 척분은 매우 두터웠다. 백광훈의 경우 1668년 장흥 예양서원(汭陽書院)에 신잠(申潛)·김광원(金光遠)을 추향할[29] 때 안방준의 발의로 함께 추향하려 했으나 실현되지 못했다. 그 후 도유들이 사우의 별건을 논의하였으나 성사되지 못하자 강진 사림의 요청으로 서봉서원에 추향하는 것으로 선회한 것이었으며, 이 과정에서

---

26) 李後白, 『靑蓮集』, 附錄, 「建院事蹟」, 〈瑞峯書院請額疏〉(金鎭瑞撰).

27) 李後白, 『靑蓮集』, 附錄, 「建院事蹟」, 〈瑞峯書院請額疏〉(金鎭瑞撰): "臣等謹按先正臣宋時烈所撰行狀 … 夫以時恕之道德學問 其知足以知之 其言足以徵之 其稱道後白 乃如此."

28) 白光勳, 『玉峯集』別集, 「年譜」, 癸卯(1723): "崇禎甲申後八十年癸卯四月日 南中多士以公及崔孤竹 於李靑蓮有函丈之義 配享於靑蓮康津書院."

29) 汭陽書院은 1620년(광해군 12) 李穡의 제향처로 건립되었고, 1668년(현종 9)에 申潛과 金光遠을, 1681년에는 南孝溫을, 1683년에는 兪好仁을 추배하였다.

동문인 최경창도 함께 추향한 것이다.[30] 백광훈·최경창의 추배는 변통책의 결과이기는 했지만 이들의 추배는 서봉서원이 청련학통의 거점으로 인식되며 사림에서의 권위를 보다 신장하는 계기가 되었다는 점에서 중요한 의의가 있었다.

1725년의 청액운동은 서원의 권위 확장에 따른 강한 자신감을 반영한다. 동년 4월 16일 전라도 유생 김면(金冕) 등이 상소하여 서봉서원의 청액을 요청한 것이다. 청액의 명분은 1694년의 청액소와 맥락을 같이한다. 다만 한 가지 달라진 것이 있다면 향유(鄕儒)의 건의라고 해서 대수롭지 않게 여기는 조정의 태도에 대한 불만을 토로하는 한편 사액의 무산은 이후백의 손상을 넘어 왕조의 흠전이 됨을 지적하는 등 매우 공격적인 태세를 취했다는 점이다. 그러나 영조의 대답은 1694년 숙종의 그것과 판박이었다.

① 단지 말이 시골 유생으로부터 나왔다는 것 때문에 따를 필요가 없다고 대뜸 단정하는 것이 어찌 수교의 본뜻이겠습니까? … 이후백과 같은 현자가 표창하는 반열에 끼이지 못한다면 신들은 그것이 이후백에게는 손상되는 바가 없으나 성조에는 흠이 될까 걱정됩니다.[31]

② "상소를 보고 잘 알았다. 상소의 내용은 예조로 하여금 내게 물어 처리하도록 하겠다." 하였다.[32]

---

30) 白光勳, 『玉峯集』別集, 「年譜」, 癸卯(1723): "蓋公之建祠之議 其來久矣 按一處文字 長興地金月峯書院之議也 安牛山謂其發文者宜與白玉峯幷享之意 通諭多士云 而今無幷亨事 未可知也 厥後道內多士屢倡別建之議 而以子孫無官 力未得相役之故 每未果焉 至于是年 康津多士以爲與其無財力未得別建 毋寧合享于靑蓮書院 呈書于本道方伯 略得物力以合享 而旣入于靑蓮書院 則以爲與靑蓮有師弟子之誼 同孤竹而侑焉."

31) 『承政院日記』, 英祖 1年 4月 16日(癸未).

32) 위의 글.

1694년과 1725년은 서인집권기였고, 서인(노론)의 영수 송시열이 핵심 전기(傳記)인 행장을 찬술하여 극도로 추앙했음에도 사액이 거부된 것은 무엇을 뜻하는가? 거부의 표면적 사유는 서원의 남설 및 사액을 통제코자 했던 숙종~영조조의 서원정책에서 찾을 수 있지만 보다 근본적인 것은 인물에 대한 평가와 직결되어 있는 것 같다. 즉, 당시의 조선사회는 이후백을 '학자'보다는 '문장가'에 무게 중심을 두고 바라보고 있었기 때문에[33] 이런 결과를 수반한 것이 아닐까라고 조심스럽게 평가해 본다.

---

33) 1725년의 請額보다 몇 년 전에 이루어진 咸興 文會書院 追享이 성사된 것은 문교진흥에 노력한 관료로서의 기여를 인정한 것으로 해석된다. 문치를 선도한 관료적 기여는 이건명이 지은 추향제문에도 상술되어 있다. 李健命, 『寒圃齋集』卷10, 「咸興文會書院青蓮追享祭文」: "穆廟御世 儒化旁達 時維文淸 簡界北臬 思宣德意 首關庠序 其敎其育 有條有緖 廣聚經籍 厚以廩餼 由淺入深 必以身帥 賢愚咸得 遠近風動 椎鄙一變 弓馬絃誦 北人叫閽 誠深借寇 聖褒炳然 且示恩諭 功德入人 百歲如昨 睠玆咸府 儒宮有侐 敬憲始享 文翼追躋 亦有鄕賢 竝列東西 公曾樂斯 遺躅可尋 士論始倡 事若待今 儷美匹休 間間先後 英靈不昧 庶歆玆卣."

3

연성동조론(延城同祖論)
― 정파·학파·지역을 초월한 순혈적(純血的) 혈통의식

연안이씨 청련가문의 가계 운영에 있어 매우 중요한 특징 가운데 하나는 강고한 혈통의식(血統意識)이다. 그것은 '연성동조의식(延城同祖意識)'으로 표현할 수 있을 만큼 매우 인상적이다. 조선전기까지만 해도 사실상 법제적으로만 존재했던 계후제도는 17세기 이후 종법질서(宗法秩序)의 확대 및 정착이라는 시대 상황과 맞물려 일반화되었다. 원칙적으로 계후는 적처(嫡妻) 및 소실[妾] 모두에게 아들이 없어야 하는 신청 조건이 있었지만 조선후기의 양반들은 사실상 이를 사문화시켰다.

청련가문 역시 여타 사대부 가문과 마찬가지로 후사[嫡子]를 두지 못하는 경우가 발생하면서 적지 않은 출계(出系)·입양(入養)을 통해 가통을 계승해 나갔다. 출계 전통은 이후백(李後白)의 부친 이국형(李國衡) 대로 소급된다. 이국형은 이말정(李末丁)의 장자 이숙황(李淑璜)의 손자로서 종조부 이숙함(李淑瑊)의 아들 이세문(李世文)을 계후하여 이후백을 낳은 것이다. 생가에 대한 혈통의식은 항렬 자의 활용 양상에도 잘 드러나 있다. 이숙황·숙함의 손자

청련가문 출계 및 입양

```
末丁 ➡淑璜 ➡元禮      ➡國權      ➡小白 ➡應慶 ➡成材 ➡壽崑 ➡東亨
                    ➡國衡[出_淑珹派]                ➡文亨  ➡徵國[出_靑蓮派]
          ➡亨禮 ➡國樑
                    ➡國柱[出_淑琦派]
                    ➡柳公綽 ➡仲郢 ➡成龍
     ➡淑琦 ➡世範 ➡國柱[系] ➡友閔
                         ➡師閔
                         ➡希閔
                         ➡好閔
                         ➡尙閔 ➡景賢 ➡山賚
                              ➡海賚 ➡濟謙 ➡龜挺 ➡徵久
                                                ➡徵彦[出_靑蓮派]
                                   ➡濟臣 ➡奎挺 ➡徵龜[出_靑蓮派]
     ➡淑珹 ➡世文 ➡國衡[系] ➡後白 ➡善慶 ➡泰吉 ➡壽仁 ➡碩亨 ➡徵龜[系]
                              ➡有吉 ➡友仁 ➡碩耆 ➡徵國[系]
                              ➡復吉
                              ➡益吉 ➡好仁 ➡碩昌 ➡徵彦[系]
```

대인 국(國) 자 항렬에서 6세손인 징(徵) 자 항렬까지 7대 가운데 5대의 항렬이 일치하는 것은 결코 우연이 아니다. 이와는 대조적으로 이말정의 차자 이숙기(李淑琦) 계통은 위의 항렬 질서에서 벗어나 있다. 보다 구체적으로 언급하면 이국형은 출계 이후 생가의 항렬 체계를 수용함으로써 생가(生家)와 본가(本家)를 동일시했고, 이런 인식은 하나의 가풍으로 세전되었던 것이다.

이런 맥락에서 청련가문은 가계 계승상의 난맥상이 수반되었을 때 큰집[大宅]인 이숙황 계통에서 입후하는 경향성을 보이게 된다. 여기서 유념할 점은 이런 경향이 청련가문의 핵심 구성체인 이후백의 다섯 손자의 종통(宗統)

계승자에 집중된다는 사실이다.

청련가 출계 및 입양 현황

① 장손 李泰吉 계통: 증손 徵龜 _李淑琦 계통에서 입양
② 2손 李有吉 계통: 증손 徵國 _李淑璜 계통에서 입양[34]
③ 4손 李益吉 계통: 증손 徵彦 _李淑琦 계통에서 입양

위 표에 따르면 청련가문에서 입양한 인물은 이숙황·숙기 계통으로 양
분되고, 그중에서도 이숙기 계통의 빈도가 높음에도 양 계통을 이숙황 계통
으로 통칭하는 까닭은 무엇인가? 청련가문에서 입양한 이숙기 계통의 인사
는 혈통상 모두 이숙황의 자손이다. 위 가계도에서 제시한 바와 같이 이숙황
의 손자 이국주(李國柱)가 이숙기의 아들 이세범(李世範)을 계후했고, 청련가
문으로 출계한 이징언(李徵彦)·징귀(徵龜)는 이세범의 후손으로 혈통상 모두
이숙황의 자손이 된다. 필자는 이러한 출계·입양의 메커니즘을 연성군(延城
君) 이말정(李末丁) 혈통에 대한 동질의식, 즉 '연성동조의식(延城同祖意識)'으
로 규정하고자 한다. 주로 영남에 기반을 두고 있었던 이숙황·숙기 계통은
남인 영남학파를 표방했고,[35] 호남에 근거를 둔 이숙함 계통의 청련가문은

---

34) 이후백의 차손 忠毅公 李有吉 종가에는 1719년(숙종 45) 예조에서 李徵國(初名 道謙)이 이
석구를 계후한 사실을 인준하는 立案이 소장되어 있다. 이석구는 전취 潘南鄭氏와 후취 星山
玄氏 모두에게서 적자를 두지 못해 입양의 필요성이 발생했다. 1719년 당시 李碩耉는 사망했
고, 문서상의 계후 주체는 후취 星山玄氏였다. 이에 따르면, 李碩耉와 李文亭(李徵國의 생부)
을 10촌 형제로 기술하고 있는데, 여기에는 사실 관계에 작은 문제가 발생한다. 계통상 두 사
람은 18촌 형제가 되고, 혈통상으로는 12촌 형제가 되기 때문이다. 그럼에도 10촌 형제로 기
술한 것은 보다 근친임을 강조하기 위함으로 파악된다. 국가의 인준을 요하는 공문서에 계통
에 따른 촌수를 설정하지 않고 혈통상의 촌수를 기재한 것에서 양측의 친연성을 충분히 감
지할 수 있다. 「1719年禮曹立案」, 『全北地方의 古文書 (3)』, 전라북도향토문화연구회, 1995.

35) 李徵彦·徵龜의 생가 증조 李海賚는 숙종조 남인의 영수 許穆의 문인이었다. 許傳, 『性齋集』
卷31, 「吏曹判書華陰李公謚狀」: "又三傳至諱海賚 有至行 與兄花谷公山賚受業於眉叟許文正
門."

서인 기호학파로 활동함으로써 양자 사이에는 학파·정파적 괴리감이 존재했음을 부인할 수 없다. 그럼에도 학파·정파는 물론 지역성을 뛰어넘으면서까지 출계·입양의 루트를 지속적으로 작동시킨 배경으로 '연성동조의식' 외에는 달리 설명할 논리가 없다. 무엇보다 정치적 계통과 학문적 연원의식(淵源意識)이 친족의식을 압도했던 17세기 이후의 사회적 풍토를 고려할 때, 청련가문의 입양 사례는 파격을 넘어 조선후기 양자제도 및 문화를 새롭게 조명할 수 있는 매우 중요한 사례로 포착된다. 아울러 1789년에 이루어진 이후백의 지례 도동서원(道洞書院) 추배도 '연성동조의식'의 틀 속에서 바라볼 여지가 있다. 본래 도동서원은 이말정의 조카 이숭원(李崇元)을 제향하는 서원으로 1771년에 건립되었고, 이후 이숙기(李淑琦)·이호민(李好閔)을 추배했다. 1789년에 다시 추배론이 대두되어 이숙함과 이후백을 추배함으로써 일문오현(一門五賢)의 제향처가 되었는데, 두 차례에 걸친 추배론의 추진력이 곧 '연성동조의식'이었다.

4

호령겸수론(湖嶺兼受論)의 가능성과
노론 기호학파로의 좌정

1) 이수인(李壽仁)의 기호·영남학풍 양측적 계승론

청련가는 이후백의 다섯 손자 대에 '가문공동체'의 기반을 확보함과 동시에 지역적 분산 과정을 수반하게 된다. 엄밀한 의미에서 분산은 청련가의 확장적 전개로 설명할 수 있을 만큼 강한 역동성을 지녔다. 그 결과 강진을 중심으로 해남·영암 일원으로까지 청련가의 지역적 기반이 확장되었고, 19세기에는

청련가문 분거(分居) 현황

李後白　▶李善慶　▶① 李泰吉: 康津 安靜洞
　　　　　　　　　▶② 李有吉: 康津 古邑面 _19세기 초반 茂朱 이거
　　　　　　　　　▶③ 李復吉: 海南 松汀
　　　　　　　　　▶④ 李益吉: 靈巖 紙所
　　　　　　　　　▶⑤ 李井吉: 未詳

차손 이유길 계통이 무주(茂朱)로 이거함으로써 동선은 더욱 확대되었다.

이들 5개파는 청련가문이라는 혈연적 동질성을 바탕으로 결속하는 한편으로 자신들이 처한 정치·사회 그리고 지역적 환경에 적응하면서 그 나름의 삶의 방향 및 방식을 모색 또는 추구했을 것으로 짐작된다.

이후백의 역사적 인간상을 관료(문신文臣) 및 학자의 복합체로 규정할 때, 제 자손 가운데 가장 착실한 계승 양상을 보인 인물은 강진 안정동(安靜洞) 출신의 장증손(長曾孫) 이수인(李壽仁, 1601~1661)이었다.[36] 그 계승성은 과거를 통해 관계에 입문한 '문신(文臣)'이라는 점, 학자적 소양을 갖추어 문집(『성암집惺庵集』)을 남겼다는 형태 비교에 한정되지 않는다. 이수인은 인조반정 이후 서인과 남인의 정치·학문적 대립이 치열하게 전개되던 17세기 중반 서인계 관료로 활동하면서도 학문적 지향에 있어서는 균형감을 추구하고 있었다. 이때 그가 균형추로 삼았던 것이 영남학(특히 퇴계학退溪學)이었는데, 이것은 증조 이후백의 지식문화적 토대와 맥락을 같이하는 것이었다.[37]

---

36) 1677년(숙종 4) 강진 安靜洞을 방문했던 金昌集은 李壽仁(1661년 사망)을 이후백 이래의 가업을 잘 계승했다는 의미에서 '靑蓮賢孫'으로 예칭한 바 있다. 金昌集, 『夢窩集』卷4, 「南遷錄」, 〈述懷〉: "安靜 洞名 月山南 煙霞開一壑 靑蓮有賢孫 李典翰壽仁 謝世成幽築 平生素封享 永留靑氈業 流觴有遺處 引水爲幾曲 亭臺尙依俙 撫迹感疇昔 暑月奉慈還 炎威已肆虐 護送限觀津."

37) 『靑蓮年譜』에 따르면, 함양 출신인 이후백은 12세 때 백부(생가)의 명으로 表寅의 문하에서 盧禛·梁喜·吳健 등과 동학했다. 노진은 조식의 대표적인 종유인으로 이황과도 가까웠고, 양희는 남명고제 鄭仁弘의 처부이며, 오건은 남명·퇴계문인으로 후일 朴世采가 『東儒師友錄』에서 퇴계문하의 首門으로 설정한 鄭逑도 그의 문인이었다. 특히 양희는 이후백의 부친 李國衡과 妻邊으로 6촌친이었다. 양희의 처조부 梁灌과 이국형의 처외조부 梁灝은 형제였다. 따라서 정인홍과 이후백 사이에는 8촌의 척의가 있었던 것이다. 선조 후반 양희의 아들 梁弘澍와 사위 정인홍 사이에 간극이 생겼을 때 李善慶(이후백 자)이 양희와 절교하여 정인홍을 두둔하는 듯한 입장에 선 것에서도 정인홍과의 친연성을 감지할 수 있다[『宣祖實錄』, 宣祖 36年 8月 9日(壬辰)]. 한편 이후백은 16세 이후 조모 봉양을 위해 강진에서 생활하는 과정에서 白光勳·崔慶昌·李義健·李純仁·林檜·柳夢鼎·金千鎰 등과 사우문인관계를 맺었고, 1552년에는 金麟厚를 예방하여 강론하였으며, 1554년에는 광주로 가서 奇大升(退溪門人)과 經義를 토론하는 등 호남권 석학들과도 광범위한 학연을 형성했다. 이후백은 생가가 퇴계학과 관련이 깊고, 소년기에는 후일 南冥學派의 핵심으로 부상하는 인사들과 학연을 맺었으

남원양씨 가계도: 이후백과 정인홍의 관계도

梁川至	➡梁灌	➡梁應鯤	➡梁 喜	➡梁弘澍
				⇨鄭仁弘
	➡梁淵	⇨林宗義	⇨李國衡	➡李後白

이후백의 장손 이태길의 아들로 강진 태생인 이수인은 1624년(인조 2) 생원·진사 양시에 입격한 수재로서 1632년 헌릉참봉(獻陵參奉)에 임명되어 남항으로 사환을 시작했다. 그러나 이듬해인 1633년 증광 문과에 합격함으로써 이후백에 이어 두 번째로 '문신(文臣)'의 반열에 올랐다. 청빈을 강조했던 주자학적 가치는 유학자들의 전기에서 '가난(艱難)'과 검약의 서술 구조를 강요했고, 그 또한 이런 관행으로부터 자유롭지 않았기에 박세채(朴世采)가 찬술한 '행장'에 따르면 주거 및 생활 여건이 유족하지 못했던 것으로 나타난다.

이는 이념적 외피일 뿐이다. 강진 소재 선외가(先外家, 남양홍씨南陽洪氏)의 기반을 물려받은 데다 개인적 역량과 성취로 인해 광국공신에 오른 공신가의 후예가 가난하게 사는 상황을 상정하기란 쉽지 않다. 무엇보다 부친 이태길이 거주지 안정동 인근인 백운동(白雲洞)에 별서(別墅)까지 조성했고, 또 그것이 아들(이수인)에게 전계된 사실을 고려한다면[38] 이수인의 생활 및 학업 여건은 매우 풍족했다고 할 수 있다.

그는 경제적 여건 못지않게 인척적 배경 또한 매우 견고했다. 외조 한일휴(韓日休)는 임진왜란 당시 포의의 신분으로 의주로 가서 선조의 안위를 문후했을 만큼 충의로운 선비이자 회덕 지역의 향촌 교화 및 교육 기반의 강화에

며, 장년기에는 호남계 기호학파권 인사들과의 학문적 교류를 활성화했던 것이다. 그의 학문적 체질을 嶺南學(退溪·南冥學)과 畿湖學의 습합이라는 관점에서 바라봐야 하는 배경도 여기에 있다. 이런 경향은 이후백 당대에 그치지 않고 일정 부분 家學의 형태로 전승된 측면이 있었는데, 그 표본에 해당하는 인물이 바로 증손 李壽仁인 것이다.

38) 김경국, 「강진 원주이씨 白雲洞 別墅 정착과정 고찰」, 『민족문화연구』 81, 고려대 민족문화연구원, 2018.

노력하여 사계학파로부터 큰 존경을 받은 인물이었다.[39] 송시열이 묘표를 찬술한 것에서도 17세기 초반 호서사림에서 차지했던 위상을 가늠할 수 있다.

한편 그의 처가는 선조의 '유교칠신(遺敎七臣, 신흠申欽·박동량朴東亮·유영경柳永慶·한응인韓應寅·서성徐渻·허성許筬·한준겸韓浚謙)'의 한 사람인 영의정 신흠(申欽) 가문이었다.[40] 신흠은 네 사위 가운데 둘을 반남박씨 야천가문(冶川家門, 박소朴紹)에서 맞았는데, 장녀서 박호(朴濠)와 4녀서 박의(朴漪)가 그들이다. 이수인은 박호의 사위였고, 박의의 아들이 박세채였다. 이수인은 신흠의 외손서이고, 박세채는 외손자였으므로 둘은 4촌의 척의를 지녔다.[41]

평산신씨 신흠(申欽) 자녀도

申欽	➡① 申翊聖		
	➡② 申翊全	➡申晟	➡申徵華
			⇨李碩亨[李壽仁 子]
	⇨① 朴濠	⇨李壽仁(1601~61)	
	⇨② 趙啓遠		
	⇨③ 姜文星		
	⇨④ 朴漪(1600~44)	➡朴世采(1631~95)	

39) 宋時烈,『宋子大全』卷193,「掌苑署別坐韓公墓表」: "少才名絶等夷 隆慶元年擧進士 宣廟壬辰 倭奴充斥 車駕西幸 士民皆奔竄以自保 公奮曰 王室在難 吾雖布衣 何可只爲身謀 卽杖劍詭行 至龍灣問上起居 … 公旣歸懷德 日與縣人 修饔舍糾鄕俗 鄕人推以爲山長 公作亭山水間 圖書自娛 金南匑玄成題以月浦."

40) 申欽의 외조 宋麒壽는 조식의 지우였던 宋麟壽와 4촌간이며, 처부 李濟臣은 남명문인 李濟臣의 사위였다.『德川師友淵源錄』「師友·門人」〈李濟臣〉에 따르면, 이제신은 曺植으로부터 원대한 재목으로 인정받았고("公來拜先生 先生期以遠大."), 晉州牧使 재직 시에는 祭文을 지어 치제한 바 있다[曺植,『南冥集』卷3, 附錄,「祭文(晉州牧使李濟臣)」]. 그가 외조 또는 처부로부터 어떤 영향을 받았는지는 별도로 검토해야 하겠지만 남명학파와의 연관성을 전혀 간과할 수는 없을 것 같다. 이와 관련하여 그가 남명고제 鄭逑의 신도비명(「寒岡神道碑銘」)을 찬술한 것도 유념할 대목이다. 김학수,「'寒岡(鄭逑)神道碑銘' 改定論議와 그 의미」,『朝鮮時代史學報』42, 조선시대사학회, 2007.

41) 朴濠와 朴漪는 친가로 4촌이었으므로 반남박씨에 기준할 때 李壽仁과 朴世采는 6촌이 된다.

이 척의는 인척적 관계를 넘어 두 사람이 학문적으로 종유(從遊) 관계를 맺는 계기가 되었다. 박세채는 가정에서 수학하는 과정에서 아버지를 찾아온 이수인을 두 번 정도 친견했다. 물론 강진과 서울이라는 지역적 한계로 인해 청업(請業)의 기회를 얻지는 못했지만 박세채는 이수인을 학문적으로 매우 존경했다.[42] 그리하여 왕래된 서한 또한 적지 않았으며, 이수인 사후에는 장문의 행장을 찬술하여 관료적 궤적과 학자적 지향을 질직(質直)하게 표현했던 것이다.

이수인은 문과 출신이지만 관료로서 대성하지는 못했다. 물론 정언·지평·수찬·교리·사간 등 3사의 요직을 두루 거쳤지만 당상관인 통정대부에 오르지 못했기 때문이다. 그가 관인의 신분을 지는 것은 30년에 이르지만 실제 조정에 있었던 것은 몇 개월에 지나지 않았다. 이것은 네 조정을 섬기면서도 재조한 것은 40일에 지나지 않았던 주자(朱子)의 예를 연상케 한다.

결국 그는 사환가의 자제로서 등과까지 했음에도 관료보다는 학자에 가치 비중을 두었던 것 같다. 난진이퇴(難進易退)의 출처관은 그런 인식의 자연스러운 표출이었다. 아래는 『현종개수실록』에 실린 졸기인데, "담담하고 조용했고[恬靜], 서사(書史)를 벗 삼아 지낸다[書史自娛]."란 표현 속에 그의 성정과 취향이 고스란히 드러난다.

홍문관 전한 이수인(李壽仁)이 집에서 졸하였다. 이수인의 자(字)는 유안(幼安)이니 고 판서 이후백(李後白)의 증손이다. 사람됨이 담담하고 조용하여 벼슬길에 나서려는 뜻이 없었다. 기축년에 지평으로 임명되었으나 얼마 있지 않아 강진의 옛집으로 돌아가 수죽(水竹) 사이에다 움막을 짓고 서사(書史)를 벗 삼아 지냈다. 삼사에서부터 사인·전한에까지 임명되었으나 모두 취임하지 않았는

42) 朴世采, 『南溪集』 卷82, 「弘文館典翰惺菴李公行狀」: "而抑世采早從先君子隅坐講誨甚習也. 晚董再親警欬 興慕者愈深 然所居相遠 未有以從容函丈 審問而詳視之."

데, 이때에 이르러 졸하였다.[43]

그가 사환하는 동안 유일하게 적극적인 관심을 보인 직임은 통신사(通信使)였다. 현종 연간 조정에서는 일본에 통신사 파견을 계획하였고, 그 적임자로 이수인이 추천되었다. 여느 때와 달리 그는 여장을 꾸리는 등 사행에 적극적인 태도를 보였다. 물론 이 사행은 사유가 발생하여 무산되었지만, 박세채는 이수인이 보여 준 임관 자세를 '나라가 위급할 때 기꺼이 일신을 바친다'는 순국[身殉國家]의 정신으로 풀이하였는데,[44] 행간에 깔린 정서는 1573년 사행하여 종계변무사에 부심했던 증조 이후백의 국가적 책무의식의 착실한 계승이었다.

비록 짧은 기간이었지만 그는 언관직에만 종사하며 관직사회의 부정과 폐단을 날카롭게 비판했고, 재향 시에는 상소를 통해 정령 및 민생의 개선안을 적극 개진하는 열정을 보였다.[45] 이에 양송(송시열宋時烈·송준길宋浚吉)은 기회가 있을 때마다 적극 천거하여 동조(同朝)를 모색하는 등 두터운 신뢰를 표했던 것이다.[46]

① 선생(송시열宋時烈)이 무술년(1658) 막 이조판서가 되었을 때, 당상으로 청망에 오른 사람은 이응시(李應蓍)·윤집(尹鏶)·이수인(李壽仁)·심노(沈𢢝) 등이었고, 산림(山林)으로 처음 벼슬한 사람으로는 정도응(鄭道應)·신석번(申碩

43) 『顯宗改修實錄』, 顯宗 2年 5月 29日(丁丑).

44) 朴世采, 『南溪集』卷82, 「弘文館典翰㮰菴李公行狀」: "朝廷間欲通信日域 衆以專對爲難 議將起公者屢矣 公聞之束裝俟命 期以身殉國家之急 會因事遂止."

45) 대표적인 것으로는 1644년 사헌부 지평 재직 시에 올린 상소를 들 수 있다. 『仁祖實錄』, 仁祖 22年 2月 20日(己卯).

46) 1649년 송준길이 申濩(이수인의 종처남)을 논핵하자 이수인이 대간으로서 이를 두둔함으로써 '妻黨'을 비호했다는 비난과 함께 송준길과도 한때 불편한 관계에 놓인 것은 사실이지만 [『孝宗實錄』, 孝宗 卽位年 9月 13日(己巳)], 양송과의 우호적인 관계는 그가 사망할 때까지 지속되었다.

蕃) · 조임도(趙任道) · 하홍도(河弘道) · 정세후(鄭世厚) · 임위(林湋) · 유진석(柳晉

錫) 등 10인인데, 그중 세 사람은 내가 이름을 잊어버렸다.[47]

② (인재 천거에 대해서는) 견문이 고루한 신 준길이 혼자서 서계를 담당하는 것

은 감히 할 수 없는 바이므로, 참판 신 이일상(李一相), 참의 신 조복양(趙復

陽) 등과 함께 모여 상의해서 초계(抄啓)한 내용을 감히 아룁니다.[48] 전 교

리 이수인(李壽仁)은 시종(侍從)의 신하로 명리(名利)를 탐하지 않고 조용히

물러나 뜻을 지키므로 세상 사람들의 칭찬을 받습니다.

이제 박세채가 찬술한 '성암행장(惺庵行狀)'을 통해 이수인의 학자적 자세

및 학문 성향을 살펴보기로 한다. 박세채가 설정하고 있는 서술 구조는 관료

보다는 학자, '출(出)'보다는 '처(處)'에 무게 중심을 두고 있다. 과거와 사환은

세신가(世臣家)의 의무일 뿐 본령이 아님을 강조한다. 본령은 당연히 '문학(問

學)'이었고, 이를 위해 이수인은 등과한 지 채 10년이 되지 않은 1641년에 관

인의 뜻을 접은 것으로 기술된다.[49] 그럼에도 군주에게 약석과 같은 허심종

선(虛心從善)의 도(道)를 개진할 수 있었던 것은[50] 학력(學力)을 갖춘 관료만이

할 수 있는 것으로 평가하며 그를 특별시했다.

이수인이 갈망했던 것은 위기지학(爲己之學)이었고, 그것을 위해 '존심(存

心)'과 '경(敬)' 공부에 착력했다.[51] 그가 평생 동안 애독했던 책은 『주역(周

---

47) 宋時烈, 『宋子大全』附錄 卷19, 「記述雜錄」(李樺).

48) 宋浚吉, 『同春堂集』卷8, 「國葬時赴哭人別單抄入啓(己亥吏判時)」.

49) 朴世采, 『南溪集』卷82, 「弘文館典翰惺庵李公行狀」: "辛巳服闋 翌年春省先墓于坡山 復授典籍
謝恩訖 卽歸田里 自是絶迹進取 一意經訓 遂以問學爲己任 蓋欲隨時安分 收心筋跼 以求其所未
至 非特資閒中翫閱已也."

50) 朴世采, 『南溪集』卷82, 「弘文館典翰惺庵李公行狀」: "戊子復拜持平 不得已赴召入都 上疏請暇
歸遷先墓 仍陳人主虛心從善之道累數百言 … 時孝宗嗣位 以興衰撥亂爲意 勵精圖治 而規模未
定 喜怒或過 又欲矯群臣朋黨之弊 擧措之際 多未得宜 故公疏及之 實當時藥石之言也."

51) 朴世采, 『南溪集』卷82, 「弘文館典翰惺庵李公行狀」: "專意斯學 知庶事之必本於心則以存心爲

易)』·『주자서절요(朱子書節要)』·『계몽전의(啓蒙傳疑)』였다. 특히 『주자서절요』는 임종의 순간까지도 손에서 놓지 않았을 만큼 애착이 컸다.[52]

위기지학(爲己之學)의 지향, 성리(性理) 제가(諸家)에 대한 침잠은 학문의 순숙(醇熟)함으로 이어졌다. 그 순숙함은 엄정함과 접목되어 다수의 문인을 양성하며[53] 지역의 학문적 분위기를 고조시키는 데 기여함으로써 '호남현사(湖南賢士)'로 일컬어졌다. 이와 관련하여 송준길(宋浚吉)이 우암문하 입문을 모색하던 호남 선비들에게 던진 권언(勸言)은 당시 이수인이 호남학계에서 차지하고 있었던 비중을 간명하게 대변한다.

호남 선비 가운데 더러 회천(懷川, 우암尤庵)에게 배움을 청하려는 자가 있었다. 동춘당(同春堂, 송준길宋浚吉) 등 여러 인사들이 "귀향에 이학사(李學士, 이수인李壽仁)가 계시거늘 굳이 먼 곳으로까지 가서 사우를 구할 필요는 없다."고 했다.[54]

앞에서도 언급했듯이 이수인은 '존심(存心)'과 '주경(主敬)'을 공부의 본원으로 삼아[55] 『주역』에 힘을 쏟는 가운데 『주자서절요』·『계몽전의』를 평생토록 애독하며 그 뜻을 복응했다.[56] 이런 경향은 조선후기 주자학자들의 일반

要 知心體之必安於敬則以直內爲本."

52) 朴世采, 『南溪集』卷82, 「弘文館典翰惺菴李公行狀」: "易簀之日 手抽朱子節要一冊 斂袵危坐而讀之 無異平昔."

53) 朴世采, 『南溪集』卷82, 「弘文館典翰惺菴李公行狀」: "結書齋於屋後溪上 以待同志之士 隨其資品 諄諄教誨 皆有階級 晚歲聞風而至者亦多."

54) 朴世采, 『南溪集』卷82, 「弘文館典翰惺菴李公行狀」: "湖南人士或有請益於懷川者 同春諸公必曰仁郷自有李學士在 無事於遠求師友也."

55) 朴世采, 『南溪集』卷82, 「弘文館典翰惺菴李公行狀」: "嘗論主敬直內之要曰 有志於學者 只當隨處操存 隨時省察 無一念之或放 無一息之或弛 勉勉孜孜死而後已 又有詩曰 一敬由來入聖門 勿忘勿助道斯存 方寸莫使容私意 成始成終要須論."

56) 朴世采, 『南溪集』卷82, 「弘文館典翰惺菴李公行狀」: "最用力於易經 以及啓蒙傳疑之屬 亦必考

적 공부 형태처럼 보일 수 있다. 하지만 박세채가 '성암행장'에 이를 명기하면서까지 도출하고자 했던 궁극적인 논리는 '퇴계계승론(退溪繼承論)'이었다.

세채가 또 듣기로, 청련공(이후백)은 존재(存齋) 기공(奇公, 기대승奇大升)을 종유하며 강마하면서 그를 몹시 존앙했다고 한다. 공(이수인李壽仁)이 다른 사람과 더불어 학문을 논하면서 "수사(洙泗, 공자孔子) 이래로 거경궁리(居敬窮理)와 체용(體用)에 있어 엄격하게 중정을 지켜 한쪽으로 치우침이 없는 이는 오직 주자만이 그렇게 할 수 있다. 당시 육자정(陸子靜, 육구연陸九淵) 형제처럼 총명하고 박식한 이들도 함께 닦고 병진하는 도움에는 이르지 못하고 끝내 일변으로 추락하고 말았다. 오직 우리 퇴계(退溪) 이선생이 주자와는 큰 시간적 격차를 두고 이 땅에 태어나셨음에도 잔편(殘編)과 좀먹은 책자 속에서도 능히 주자의 종지(宗旨)를 얻었으니, 또한 회옹(晦翁, 주희朱熹)의 세적(世適, 세적世嫡)이라 할 만하다. 존재 또한 퇴계 문하를 종유하여 많지 않은 면대와 한두 말씀에서 대의(大意)를 들었고, 정미했던 왕복 문답을 통해 마침내 난만하게 견해가 귀일되었으니, 전도(傳道)의 요체는 참으로 여기에서 벗어나지 않는 것이다."고 했다. 그렇다면 공(이수인)의 사승의 이어받음은 참으로 그 노맥이 유원(悠遠)했던 것이다.[57]

위 인용문이 전달하는 메시지는 주자(朱子)의 적전은 이황(李滉)이고, 이황의 적전은 이후백이 종유한 바 있는 기대승(奇大升)이며, 이수인은 주자 → 이황 → 기대승으로 이어지는 학통의 사숙인(私淑人)을 자임했다는 뜻이다. 기

證而融會焉 朱子遺書 歿身服膺 於簡要益加愛玩."

57) 朴世采, 『南溪集』 卷82, 「弘文館典翰惺菴李公行狀」: "世采又聞青蓮公嘗從存齋奇公講劘 尊仰不置 及公與人論學曰 洙泗以還 居敬窮理 有體有用 大中至正 無所偏倚者 唯朱夫子爲然 當時聰明達識如陸子靜兄弟 尚不能自底於交脩並進之益 終乃墮於一邊 唯我退溪李先生生于東土 距朱子之時遠甚 而乃能得其宗旨於殘編蠹簡之餘 亦可謂晦翁之世適也 存齋又能游其門 獲聞大意於一面片辭之間 往復精微 卒爛慢而同歸 傳道之要 固不外是 然則公之淵源私淑所漸者固已遠矣."

대승이 친자(親炙)를 통해 호남에 퇴계학을 수용한 1세대 학자라면 이수인 자신은 사숙을 통해 그 통서를 이은 학자임을 언명한 것이고, 박세채 또한 이를 인정하고 있다.

주지하다시피 『주자서절요』·『계몽전의』는 이황의 편저이다. 이는 조선 주자학의 교본인 동시에 퇴계학풍이 강하게 풍기는 저작임도 부인할 수 없다. 이수인이 활동하던 17세기 중반은 우율문묘종사(牛栗文廟從祀) 찬반 논쟁을 거치면서 서남간의 학문적 대립이 고조되던 시기였다.[58] 이런 시기에 서인 기호학파로 분류되는 이수인의 이황의 저작에 대한 집착, 즉 퇴계학풍에 대한 경도 현상을 어떻게 설명할 수 있을까? 혹 행장을 찬술한 박세채의 호도적 기술의 여지는 없는가? 이에 대한 해명을 위해서는 이수인의 문집 『성암집(惺庵集)』을 살펴볼 필요가 있다. 아래는 1650년(효종 1) 9월 이수인이 김만영(金萬英, 1624~1671)에게 『계몽전의』의 차람(借覽)을 청하는 서간이다. 『계몽전의』와 관련된 박세채의 기술이 실사였음을 증명하는 대목이다.

'세마 김만영에게'

들자 하니 퇴도(退陶)의 계몽해(啓蒙解, 계몽전의啓蒙傳疑)를 당신 혼자만 보셨다고 하는데, 제게도 보여 주셔서 고루함을 깨트릴 수 있도록 해 주시는 것이 어떻겠습니까? … 경인년(1650) 9월 23일 이수인[59]

그렇다면 김만영은 또 어떤 인물인가? 나주 출신(33세 때인 1656년 남평으로 이거)인 그는 인조~현종 연간 호남의 준재로 꼽힌 인물이다.[60] 26세 때

---

58) 許捲洙, 『朝鮮後期 南人과 西人의 學問的 對立』, 法人文化社, 1993.

59) 李壽仁, 『惺庵集』卷2, 「與金洗馬萬英」.

60) 김만영의 조부 金元祿은 花潭·退溪門人으로 李珥·成渾과도 교유가 깊었던 朴淳의 문인이었다[金萬英, 『南圃集』 附錄 卷1, 「家狀」(羅晩成撰): "祖諱元祿 受業於思菴朴相公."]. 박순은 김만영의 5대조 金孝禎의 외손자였으므로 양가는 학연과 척연으로 연결되어 있었다. 김만영이 後書를 통해 박순의 관료·학자적 존재성을 특서한 것도 학연·척연에 바탕한 선대 이래의

인 1649년 남인계 관료 조경(趙絅)의 천거로 세마에 제수되었고, 이듬해인 1650년에는 어사 민정중(閔鼎重)이 포계(褒啓)했을 만큼 정파를 초월하여 인정을 받았다. 1652년에는 안방준(安邦俊)에게 「우산께 올리는 질의서[上牛山質疑書]」를 통해 '우산문답(牛山問答)'에 대한 반론을 제기하는 등 당시 호남학계의 자극제와 같은 존재로 인식되었다. 이런 가운데 그의 명성은 조선의 사림사회에 파다해졌던 것 같다. 아래는 윤증(尹拯)이 고향으로 돌아가는 문인 임시(林峕)를 전송하는 글인데, 종유할 만한 호남의 준재로 김만영과 유진석(柳震錫, 1635~1671)을 언급하고 있다.[61]

내가 남쪽 지방 선비 중에 인물이라고 들은 사람은 김만영(金萬英)이고 직접 본 사람은 유진석(柳震錫)이니, 자네가 돌아가 그들을 찾는다면 그들을 통해 절차탁마하는 이익이 어찌 크다 하지 않겠는가.[62]

특히 주목할 것은 그가 자의대비(慈懿大妃) 복제를 둘러싸고 예송(禮訟)이 발생했을 때 남인계인 허목(許穆)·윤휴(尹鑴)의 3년설을 지지했고,[63] 송시열과는 상당한 긴장관계에[64] 있었다는 사실이다. 이는 그가 학문 성향에 있어

세의와 밀접한 관련이 있다(金萬英, 『南圃集』 卷10, 「謹書思菴集後」). 이런 정황을 고려할 때, 김만영이 퇴계학을 존신하게 된 路脈으로 李滉 → 朴淳 → 金元祿 → 金萬英으로 이어지는 家學淵源을 설정할 수 있다.

61) 유희춘의 후손인 柳震錫에 대해서는 李壽仁 또한 朴世采에게 보낸 서간에서 性理學과 周易에 밝은 쉽사리 얻을 수 없는 인재로 극찬한 바 있다. 李壽仁, 『惺庵集』 卷2, 「與朴相國世采(第3書)」: "春初眉巖之後裔柳生晉錫 自海南歷訪 年纔踰冠 頗有意於性理之學 且讀羲易 亦豈句讀之比 可尙可尙 能自樹立於遐鄕孤陋之中 眞不易得之人也."

62) 尹拯, 『明齋遺稿』 卷32, 「送林士駕序」.

63) 金萬英, 『南圃集』 卷14, 「南郊日記」(上): "大王大妃於先王 旣爲嫡孫承重 則當服斬衰三年之服 而今服朞非禮也."; 附錄 卷1, 「家狀」(羅晩成撰): "先是大妃服制之論大閧朝野 爭其是非 門生有難于先生者 先生曰朝家大禮 非在野之人所敢議也 仍出當時論禮諸箚及眉爺白湖長書曰 此足以定其是非矣."

64) 金萬英, 『南圃集』 附錄 卷1, 「家狀」(羅晩成撰): "及黃山書院之刱 大宋會儕朋于礪山 奉安有日

퇴계학풍(退溪學風)을 수용했음을 짐작게 하는 대목인데, 그의 행장 후서(「書南圃金公行狀後」)를 17세기 퇴계학파의 영수 이현일(李玄逸)이 찬술한 것도 이런 맥락에서 이해할 필요가 있다.[65] 이 예상은 빗나가지 않는다. 이현일은 '후서(後書)'에서 김만영의 학문 성향을 다음과 같이 기술하고 있으며, 이런 경향은 그 문인들의 인식에서도 일관되게 나타난다.[66]

① 공은 퇴도(退陶) 선생의 학문을 존신하여 몸가짐은 한결같이 거경(居敬)을 위주로 하였습니다. 일찍이 말하기를, "공자(孔子)와 안자(顔子)가 주고받은 것은 바로 보고 듣고 말하고 행동하는 사이에 그 외면을 제어함으로써 내면을 기르고자 한 것이다. 어찌 외면이 방사(放肆)하면서 내면이 고요하고 전일(專一)할 수 있겠는가." 하였습니다.[67]

② 선생은 평생토록 퇴도(退陶)를 독실하게 존신하여 입언(立言)과 처심(處心)에 있어 조술(祖述)한 것이 많았다.[68]

道內自好之流 莫不干謁 人或告先生曰儒林大擧也 子不可不往 宋意亦欲先生來 先生曰我平生多病 親舊喪葬 且不能匍匐 況今數百里外 其能馳赴乎 竟不往 宋知其意大憾焉."

65) 李玄逸의 學問과 經世論에 대해서는, 김학수, 「葛庵 李玄逸 연구 — 經世論과 學統關係를 중심으로」, 한국학중앙연구원 한국학대학원 석사학위논문, 1996 참조.

66) 김만영의 문인으로는 사위 李錫三(居咸平)을 비롯하여 洪最一(居南平), 羅晩成(居羅州) 등이 확인된다. 가장을 찬술한 나만성은 鄭介淸의 문인으로 己丑獄事에 연루되어 유배형을 당했던 羅德俊의 현손이다. 나주나씨 羅士忱·德明·德俊·德潤·德顯·德愼·德憲 가문은 호남지역 동인계의 핵심을 이루는 집안이다. 이는 김만영 문인의 성격을 가늠할 수 있는 실마리가 된다. 金萬英, 『南圃集』 附錄 卷1, 「家狀」(羅晩成撰): "門人李都事錫三洪進士最一深懼先生之學問操行 久而泯晦 議所以撰成行狀 僉議咸推於晩成曰 尹早趎先生之門 身親見其動作規矩 且薰炙於德業行義 旣厚且久 則惟君捃撫揄揚 以胚來後 不亦宜乎 晩成不獲辭 乃撰次如右."

67) 李玄逸, 『葛庵集』 卷21, 「書南圃金公行狀後」: "公尊信退陶先生之學 持身一以居敬爲主 嘗曰 孔顔所授受 乃在視聽言動之間 制乎外 所以養其中也 安有外放肆而內靜專者乎乎."

68) 金萬英, 『南圃集』 附錄 卷1, 「家狀」(羅晩成撰): "先生平生尤篤信退陶 其立言處心 多所祖述云."; 附錄 卷1, 「墓誌銘」(李明迪撰): "篤志勤業 漸義磨仁 近慕退陶 遠學洛閩."

즉, 이수인과 김만영은 퇴계학풍을 수용했던 호남권 학자로 규정할 수 있는데,[69] 청련가문의 경우 가학적 경향으로까지 확장된 양상이 포착된다. 김만영으로부터 『계몽전의』를 입수한 이수인은 평소 학문적 논담의 주된 대상이었던 열 살 아래의 종제 이영인(李榮仁, 1611~1669)에게[70] 아래의 서간을 보낸다.

> 퇴도의 『계몽해』는 김우(金友, 김만영金萬英) 편에 빌렸는데, 이 책은 그대가 늘 보고 싶어 했던 것으로 알고 있네. 내용 가운데 의회(疑晦)한 곳이 있으니 빨리 와서 토론을 할 수 있다면 얼마나 다행이겠는가?[71]

위 인용문에는 종형제간의 공통의 학문적 관심사가 『계몽전의』를 매개로 펼쳐지고 있다. 이것은 퇴계학풍에 대한 관심이 이수인 개인의 학문적 성향에 국한되지 않음을 의미한다.

이런 맥락에서 김만영은 「성암집서(惺庵集序)」에서 이수인의 학풍, 특히 퇴계학에 대한 혹모적 지향을 아래와 같이 언명함으로써 17세기 호남의 대표적 퇴계존신론자의 한 사람으로 평가했다.

---

69) 이수인과 김만영은 서간을 통해 『心經』에 대해 질의·토론하는 등 학문적 교유가 매우 깊었다. 李壽仁, 『惺庵集』 卷2, 「與金洗馬萬英(第2書)」; 金萬英, 『南圃集』 卷9, 「答李典翰壽仁書」.

70) 이영인은 이수인의 숙부 復吉의 차자이다. 무후한 형 克仁을 대신하여 家統을 이었고, 자신의 당대에 해남 松汀으로 이거한 것으로 파악된다. 이수인은 이영인의 書齋의 기문인 「松潭齋記」에서 이영인을 松柏과 같은 歲寒의 節操와 물처럼 至淸한 품성의 소유자로 평가하는 한편 家庭의 志節을 착실하게 이은 '청련가학의 계승자'로서 朱子學에 더욱 전념하여 醇儒로 대성하기를 기원한 바 있다(李壽仁, 『惺庵集』, 「松潭齋記」). 『延安李氏世譜』(甲寅譜) '李榮仁條'에 따르면, 그는 性理學에 정통했을 뿐만 아니라 투철한 尊周論者로서 명나라가 망한 뒤로는 청의 月曆인 '時憲曆'을 쓰지 않았다고 한다. 후술할 李有吉의 深河에서의 순절이 靑蓮 일가의 尊周意識 고양에 상당한 영향을 미쳤을 것으로 짐작된다.

71) 李壽仁, 『惺庵集』 卷2, 「與堂弟汝安(李榮仁)」.

공의 위학(爲學)을 살펴보노라면 퇴계(退溪, 이황李滉)·존재(存齋, 기대승奇大升)에게서 감발(感發)된 것이 많았다. 이런 까닭에 독송(讀誦)에 있어서는 주문(朱文)을 오로지했고, 퇴도의 『주자서절요(朱子書節要)』를 가장 중시하였다. 고요히 『주역(周易)』을 연구할 때는 주자의 『역학계몽(易學啓蒙)』을 요지로 삼았고, 『역학계몽』을 읽을 때는 퇴도의 『계몽전의(啓蒙傳疑)』를 지남(指南)으로 삼았다. 치도(治道)를 논할 때는 치심(治心)을 천하국가의 근본으로 삼았고, 치심(治心)을 논할 때는 거경(居敬)을 궁리(窮理)의 표준으로 삼았는데, 그 언사는 사직 봉사(封事)에 대략 드러나 있다.[72]

퇴계학에 대한 관심과 수용이 기호학으로부터의 이탈을 의미하는 것은 결코 아니었다. 이수인이 착목했던 것은 조선 주자학의 종문(宗門)으로서의 퇴계학이었고, 그것은 기호학에 대한 폄하와는 전혀 별개의 영역이었다. 호남권 기호학파에서 갖는 그의 학자적 영향력은 1650년 남평 소재 봉산서원(蓬山書院)의 「백인걸봉안제문(白仁傑奉安祭文)」,[73] 1657년 보성 소재 대계서원(大溪書院)의 「안방준봉안축문(安邦俊奉安祝文)」을 찬술한[74] 것에서도 확인할 수 있다. 비록 이수인 사후의 일이지만 미수문인(眉叟門人)으로 퇴계학통을 계승한 이해뢰(李海賚)의 증손 이징구(李徵龜)가 이수인의 손자로 출계한 것도 혈통적 동질성에 더해 학문적 친연성과도 일정한 관련이 있어 보인다.

---

72) 金萬英, 『南圃集』 卷10, 「惺庵集序 名壽仁號惺庵 靑蓮後白之孫 仁廟朝登第不仕 沉潛易學而終」: "盖嘗窺公之爲學 感發於退存之間者多矣 是以讀誦專主朱文 而以退陶節要爲歸重 默究周易而以朱子啓蒙爲要旨 讀啓蒙則以退陶傳疑爲指南 其論治道則以治心爲天下國家之本 論治心則以居敬爲窮理之標準 而其言略見於辭職封事矣."

73) 李壽仁, 『惺庵集』 卷2, 「白休庵祠宇奉安祭文」. 이 글에서 그는 白仁傑을 李滉의 문인으로 규정하는 듯한 인식을 보이는데, '師友退陶 門生牛栗'이라는 표현이 그것이다. 이는 퇴계학에 친화적이었던 이수인의 개인적 학문 성향이 일부 개입된 것으로도 해석할 수 있다.

74) 李壽仁, 『惺庵集』, 「安牛山祠宇奉安祝文」.

2) 이석신(李碩臣)의 노론 강경노선 천명과 청백치가론(淸白治家論)

기호학파(畿湖學派)와의 제휴와 노론 강경론자로의 대두

이수인(李壽仁)과 이영인(李榮仁)을 통해 모색되었던 기호·영남학풍의 양측적 계승의식은 당쟁이라는 정치적 상황과 맞물리면서 가학(家學) 또는 가풍(家風)으로 지속될 수 있는 동력을 상실하게 된다. 즉, 청련가문은 숙종조 환국정치를 통해 서남당쟁이 격화되어 정치적 살육이 단행되는 상황 속에서 서인(노론) 기호학파로서의 자기 정체성을 확고하게 정립하게 되는데, 이런 흐름을 주도한 인물은 이석신(李碩臣, 1649~1738)이었다. 이석신은 이후백의 3손 이복길의 손자로 이수인과 함께 이황의 『계몽전의(啓蒙傳疑)』를 강독하며 퇴계학에 심취했던 이영인의 아들이다. 한 세대 만에 퇴계학풍에 대한 포용성이 무관심 또는 비적극적 배척성으로 변화하게 된 일차적인 배경은 정치적 상황의 악화에 더해 인척적인 배경 또한 강하게 영향을 미친 것으로 파악된다.

청련가문 가계도: 이복길 계통

李復吉	▶李榮仁	▶李碩臣	▶李徵奎
(白振南女)	(高傳吉女)	(朴世根女)	(朴泰韓女)
	(韓卞女)		▶女 金福澤
	(羅茂善女)		(金鎭龜子)
	▶李友仁[出系有吉]		
	(朴漳女)		

위 가계도에 따르면, 이복길 계통은 수원백씨(백광훈가문白光勳家門), 장택고씨(고경명가문高敬命家門), 거평나씨(나율가문羅㮚家門), 반남박씨(박응복가문朴應福家門) 등 경향의 서인명가들과 통혼하였으며, 18세기 이후에는 기호학파의 종사 김장생 집안으로까지 혼맥을 확장하게 된다.

특히, 주목할 것은 반남박씨와의 혼맥인데, 이우인(李友仁)·이석신(李碩

臣)·이징규(李徵奎) 3대가 박응복(朴應福)의 아들 박동윤(朴東尹) 및 박동량(朴東亮) 집안과 척연을 맺고 있었다.

반남박씨 가계도

朴應福	➡朴東尹	➡朴漲	➡朴世根	➡朴泰熙
				⇨女 李碩臣
			⇨女 李友仁	
➡朴東亮	➡朴瀰	➡朴世橋	➡朴泰韓	⇨女 李徵奎

위 가계도에 의하면, 이우인·석신 숙질은 처변으로도 3촌의 척분이 있었고, 이석신·진규 부자는 삼종숙질간이 된다. 이렇듯 경화(京華) 서인계 핵심 집안인 반남박씨와의 연혼·중혼적 요소는 청련가문의 정치·학문적 행보 설정에 일정한 영향을 미쳤음을 부인할 수 없다.

1619년 이유길의 심하 순절은 청련 일문이 존주의식을 강화하는 명분이 되었고, 정묘·병자호란의 와중에서 표출된 김상헌(金尙憲)·정온(鄭蘊)의 절의는 청련 일가를 정치이념적으로 사로잡기에 부족함이 없었다. 이런 정황은 호란 이후 세사를 단절했던 이석신의 부친 이영인이 양인(청음·동계)의 대절을 흠모하여 석실(김상헌)과 안의(정온)를 몸소 방문한 사실에서 선명하게 확인할 수 있다.

> 선교랑부군(이영인李榮仁)께서는 정묘·병자호란 이후로는 두문불출하며 세사를 단절하였지만 유독 청음 김상헌(金尙憲)과 동계 정온(鄭蘊)의 절의를 깊이 사모하여 평소에도 늘 흠송(欽誦)하였으며, 일찍이 석실(石室)로 가서는 김공을, 안의(安義)로 가서는 정공을 뵈었다.[75]

---

75) 李碩臣, 『何有堂集』 下, 附錄, 「何有堂行狀」(李文述撰).

이영인의 김상헌 및 정온 방문은 아들 이석신의 존주의식 강화에 영향을 미쳤음은 두말할 나위가 없다. 예컨대, 이석신이 선친의 유고를 열람한 소회를 토로한 시에서 '이유길의 심하 순절'과 '이영인의 김상헌·정온에 대한 존모심'을 특서한 것에서도[76] 가학의 계승 양상이 뚜렷하다. 특히 이석신은 숙종 연간 철원에서 관직을 수행하던 종제 이석관(李碩寬)에게 '요동백김응하묘비(遼東伯金應河廟碑)'의 탁본을 보내 줄 것을 요청한 바 있는데, 이 또한 그의 정치이념적 성향과 관련하여 많은 것을 대변하고 있다. 김응하는 이유길과 심하에서 함께 순절한 인물이고, 이 비는 송시열이 비문을 찬술하고 김수항(金壽恒)이 두전(頭篆)을 쓴 존주기념물이었다. '김응하'·'송시열' 그리고 김상헌의 손자 '김수항'까지 모든 관련자가 청련가문에게는 매우 특별한 의미를 지닌 존재였던 것이다. 탁본의 쓰임은 자람(自覽)를 넘어 동지 및 동종 보급용이었다는 점에서 이석신의 송시열을 정점으로 하는 17세기 존주론의 구심체적 역할을 수행하고 있었다.

들자 하니, 군이 직무를 살피는 고을(철원鐵原)에 요동백비(遼東伯碑)가 있는데, 이는 송문정공(송시열宋時烈)께서 찬술한 것이라 한다. 충신의 행적을 대로가 발휘하였으니, 어찌 찬연하면서도 기장한 것이 아니겠는가? 한 건을 탑본하여 인출한 뒤에 인편에 보내 주는 것이 어떻겠는가? 내 생각에는 한 건을 인출한 것에 그치지 않고 수십 건을 추가로 인출하여 우리들 가운데 호의(好義)의 기상이 있는 사람 및 동종들에게 반질코자 하니 이와 같이 조처해 주면 참으로 다행이겠네.[77]

한편 이영인과 김상헌의 관계가 상향적 존모성의 성격이 컸다면 이석신과

---

76) 李碩臣, 『何有堂集』 上, 「謹閱先君遺稿有感重題」: "嗚咽深河萬古流 家庭節義襲前休 平生欽仰清桐老 異代同歸魯澹儔."

77) 李碩臣, 『何有堂集』 上, 「與堂弟大裕」(第2書).

김상헌 자손들의 관계는 사우관계로 확장되어 상호성을 지니게 된다. 그 계기가 된 것은 1675년 김수항의 영암 유배였다. 인조의 계비 자의대비(慈懿大妃)의 복제를 둘러싼 논쟁인 1649년의 1차예송(기해예송己亥禮訟)에서는 서인의 기년설(朞年說)이 채택되었지만 다툼의 불씨는 여전히 남아 있었다. 3년설(三年說)을 주장했던 남인들은 기년설의 부당성을 줄기차게 제기했고, 마침내 1674년 2차예송(갑인예송甲寅禮訟, 1674) 당시 현종은 남인의 주장을 채택하고 서인의 주장을 오례(誤禮)로 지목함으로써 정국변동이 불가피해졌다. 예송 정국이 채 마무리되기 전에 현종이 승하하자 새로 즉위한 숙종은 서인을 축출하고 남인정권을 수립시켰다. 이 과정에서 송시열·김수항 등 서인 당로자들은 오례(誤禮)의 책임을 지고 각기 덕원(德原)과 영암(靈巖)으로 유배되는 조처가 따랐다.

이때 이석신은 해남과 영암을 빈번하게 왕래하며 사제관계를 맺기에 이른다. 이것은 선의(先誼)의 확장이자 절행과 의리에 대한 강렬한 추종의식의 발로였다.

을묘년(1675)에 청음공의 손자 문곡공(文谷公) 수항이 영암에 적거하자 공이 선대의 세의를 추념하고, 또 절행의리(節行義理)의 집안이라는 이유에서 마음을 다해 교계(交契)를 맺었으며, 빈번하게 왕래하며 가르침을 청하였다.[78]

이로써 안동김씨 청음가문과 연안이씨 청련가문은 학연을 통해 세의를 더욱 강화하게 되는데, 전술한 바와 같이 1677년(숙종 4) 김수항의 장자 김창집(金昌集)이 강진의 안정동(安靜洞)을 방문한 것도 이런 맥락에서 이해할 필요가 있다.

한편 김수항은 1680년 경신환국을 통해 정계에 복귀하여 서인정권을 주

---

78) 李碩臣, 『何有堂集』下, 附錄, 「何有堂行狀」(李文述撰).

도하다 1689년 기사환국으로 다시 남인정권이 수립되자 이번에는 진도(珍島)로 유배되었다. 이때에도 이석신은 진도를 왕래하며 물품을 지원하는[79] 등 김수항의 적거생활을 보조했다. 하지만 김수항은 유배된 지 약 3개월 만인 동년 윤3월 28일 유배지에서 사사되었다. 이에 이석신은 김수항의 자질(子姪) 및 나양좌(羅良佐, 김수항의 처남) 등과 함께 치상을 적극 주선하는 가운데 김수항가의 선영이 있던 양주 석실(石室)까지 가서 안장한 뒤에 귀가하는[80] 열성을 보였다.

이런 맥락에서 그는 1717년 김창집의 천거를 통해 효릉(孝陵) 참봉에 임명되었고, 그 뒤 6품으로 승진하여 주부·경력 등을 역임하다 신임사화(辛壬士禍)를 맞게 된다. 왕위계승권을 둘러싸고 경종을 지지하는 소론과 후일의 영조를 지지하는 노론의 정치적 투쟁이었던 신임사화는 소론의 승리로 귀결되었고, 이 과정에서 노론4대신(老論四大臣)으로 일컬어지는 김창집(金昌集)·이이명(李頤命)·조태채(趙泰采)·이건명(李健命)이 사사되었다.

공교롭게도 당시 이석신의 직책은 형벌을 집행하는 의금부 경력이었다. 이에 그는 노론에 대한 치죄에 참여할 수 없다는 입장에서 사직하게 된다. 이를 사실상 항명으로 받아들인 판의금부사 홍만조(洪萬朝)가 그에 대한 처벌을 강도 높게 요청함으로써 약 50일간 수감되는 곡절이 따랐다. 물론 그는 극형을 면하고 고신(告身)이 박탈되는 것에 그쳤지만 신임사화에 따른 직간접적인 피화는 노론적 성향을 더욱 강화하는 계기가 되었음에 분명했다. 그런 경향은 청련가문 전체에 대한 지휘 및 통제의 방식으로 확장되었다는 점에서 특별한 의미를 갖는다.

신임사화가 마무리된 1723년 2월 23일 경종은 목호룡(睦虎龍)을 부사공신

---

79) 李碩臣, 『何有堂集』下, 「上金相國壽恒」: "若干物 玆敢伏呈 以助廚政之萬一."

80) 李碩臣, 『何有堂集』下, 附錄, 「何有堂行狀」(李文述撰): "己巳文谷公 受後命於沃州 府君躬進弔哭 與公之諸子及羅公良佐 公辦喪事 扶襯出陸 送至楊山而歸."

(扶社功臣)에 녹훈하고[81] 규례에 따라 공신의 적장손을 모아 회맹제(會盟祭)를 거행했다. 광국공신(光國功臣) 이후백의 적장손 이징구 또한 회맹제 참가 대상이었다. 이에 이석신은 이징구에게 장문의 편지를 보내 회맹 불참을 강력하게 권고한다.

듣자 하니, 무옥(誣獄)이 이루어지자마자 감히 위훈(僞勳)을 책록하고 이른바 회맹제를 순서에 따라 거행한다고 한다. 군은 공신의 적장손으로 마침 관직을 지니고 서울에 있는 터라 회맹제에 참여할 듯하다. 그러나 이는 정사(正邪)와 충역(忠逆)이 구분되고, 의리와 시비에 관련된 것인 만큼 군이 만약 작록을 탐내고 기화(奇禍)를 모면하기 위해 구차하게 회맹에 참여하여 삽혈하게 된다면 평생의 의리(義理)는 하루아침에 땅을 씻은 듯이 사라지게 될 것이니 장차 무슨 낯으로 지하에서 선형(先兄, 이석형李碩亨)을 뵐 수 있겠는가?[82]

이석신은 신임사화를 무옥(誣獄)으로, 부사공신(扶社功臣)은 위훈(僞勳)으로 지목하며 의리의 수호 차원에서 회맹 불참을 사실상 강제했던 것이다. 이징구는 이 권유를 받아들인 대가로 1725년 1월까지 약 2년 동안 유배를 살아야 했다.[83] 이석신이 언급한 '의리(義理)'는 매우 중의적이지만 그것의 실체는 송시열에 의해 주창된 의리, 즉 존주론(尊周論)을 본체로 하는 노론의리(老論義理)임은 이론의 여지가 없다. 이징구가 이석신의 권고를 수락했다는 것은 청련가문의 정치적 좌표를 명확하게 설정해 주고 있다.

한편 이석신이 사사된 김창집·조태채의 상사(喪事)를 보조한 것은 '의

---

81) 『景宗修正實錄』, 景宗 3年 1月 25日(乙巳).

82) 李碩臣, 『何有堂集』 下, 「與宗侄徵龜書」.

83) 『景宗實錄』, 景宗 3年 4月 11日(庚申); 『英祖實錄』, 英祖 1年 1月 7日(丙午). 李碩臣은 집안사람들의 위로 방문을 주선하는 등 자신의 권유로 인해 경상도 모처에 유배된 李徵龜에 대한 미더움과 미안함을 함께 느끼고 있었음을 서간을 통해 확인할 수 있다. 李碩臣, 『何有堂集』 下, 「與從姪聖瑞」.

리'에 대한 공감으로 해석할 수 있고, 그것은 또 영조 즉위 이후 출사권을 획득하는 중요한 구실이 되었다. 당시 정치적 후견인이었던 민진원(閔鎭遠)에게 보낸 서간에서 착상되는 이석신의 정치적 노선은 다른 당파와의 공존을 인정하지 않았던 노론 강경파 그 자체였고,[84] 그것은 청련가문의 정치적 지향을 대변하는 것이기도 했다.

청백치가론(淸白治家論)

이석신(1649~1738)은 기사환국이 발생하던 1689년 전후부터 사망하던 1738년까지 약 50년 동안 청련가문의 문장적 지위에 있었다. 물론 그의 재종형제 중에는 이석형(1649~1716)·이석구(1647~1696)·이석관(1664~1714) 등 관직을 지낸 인물이 적지 않았고, 이석관의 경우 통제사를 지낸 무반의 고위관료였다. 그럼에도 그가 오랜 기간 문장적 역할을 수행했던 것은 장수한 데다 학식이 높고 사회적 교유망이 광범위했기 때문이다.

문집 『하유당집(何有堂集)』에 따르면, 그가 교유한 인사는 김수항(金壽恒)·김창집(金昌集)·김창협(金昌協)·김창흡(金昌翕)·민진원(閔鎭遠)·정호(鄭澔)·조태채(趙泰采)·김진구(金鎭龜)·김춘택(金春澤)·이만성(李晩成)·이재(李縡) 등 기호지역 노론계 명가의 자제들이 망라되어 있다. 특히 숙종의 국구 광성부원군(光城府院君) 김만기(金萬基)의 아들 김진구(판서)와는 사돈관계라는[85] 것에서도 사회적 위상을 짐작할 수 있다.

'청백'을 청련가풍의 정수(精髓)로 전제할 때, 이는 이후백이 남겨 놓은 무형의 자산이자 가치였다. 이석신은 이런 자산 또는 가치를 벼슬과 같은 공적

---

84) 李碩臣, 『何有堂集』 下, 「與宗侄徵龜書」: "竊以爲當此大化方新 萬物成覩之日 旌別淑慝 進退人物 爲今日之最先務 苟或不善處於此 則恐有薰猶氷炭同器竝進之慮 若使匪人更起而間之 則國事將至於河境哉."

85) 이석신은 슬하에 자녀가 없어 아우 碩賓의 아들 徵奎를 양자로 들였고, 큰딸을 양녀로 삼았다. 이 양녀가 金鎭龜의 아들 金福澤에게 출가했다. 엄밀한 의미에서 김복택은 姪壻가 되지만 입양관계에 입각하여 김복택은 사위로, 그 자손들은 외손으로 인식했다.

영역에서 활동하는 문친(門親)들에게 주입하는 데 부심했다.

철원부사로 재직하던 종제 이석관은 정사(政事)를 엄격하게 하여 아전들을 제압하고 여러 고질적인 폐단들을 바로잡는 등 선정을 행한다는 평판이 있었다. 이에 이석신은 즉시 서간을 보내 선조 이후백의 청백정신을 계승한 것을 격려하는 한편 시종(始終)의 차이가 없어야 함을 강조한다.

군이 고을의 정사(政事)를 엄격하게 살펴 아전들이 농간을 부릴 수가 없게 되자 백성들은 그 은혜를 칭송하지 않는 이가 없다고 들었다. 진실로 이 소문과 같다면 임금께서 군에게 목민(牧民)의 직임을 맡긴 뜻에 부응함은 물론 우리 청련(靑蓮) 선조의 청백 또한 능히 계승할 수 있을 것이다. 그러나 선을 행하는 도리는 처음과 끝의 차이가 없음을 가장 귀하게 여기는 법이다. 만약 마지막의 한 정령(政令)과 한 조처(措處)가 조금이라도 마땅함을 잃게 되면 앞에서 행한 선은 하루아침에 쓸모없는 것이 되고 마는 것이니 이 점을 매우 신경 써야 할 것이다.[86]

이 서간의 본질은 칭찬이 아닌 경계에 있다. 이처럼 그는 '시종일관론(始終一貫論)'을 통해 만일의 사태를 예방하고 있었고, 그것은 이석관 개인에 대한 애착을 넘어 '청련가문'이라고 하는 가문공동체의 명예보존이라는 보다 큰 가치를 지향하고 있었다.[87]

선행에 대한 당부와 경계는 때와 장소를 불문한다. 자신의 권고로 인해 부사공신 회맹제에 불참하여 유배형에 처해진 이징구(李徵龜)에 대한 경계는

---

86) 李碩臣, 『何有堂集』 下, 「與堂弟大裕(第2書)」.

87) 이석신은 昌寧縣監에 재직하던 종형 李碩亭에게 서간을 보내 매우 이채로운 당부를 한 바 있다. 당시 창녕 일대에는 金宏弼의 후손이 상당수 거주했고, 경제적으로 어려운 처지에 있는 이가 많았다. 이에 이석신은 그들에 대한 보호책을 종형에게 부탁했던 것이고, 심지어 犯科가 사소하다면 寬恕하게 조처해 줄 것을 권유했다. 이는 정파와 지역을 초월했던 청련가문의 尊賢意識을 압축적으로 보여 주는 사례이다. 李碩臣, 『何有堂集』 下, 「上堂兄昌寧公」.

더욱 특별하다. 정치적 의도를 가지고 접근하는 무리를 신중하게 살필 것을 당부하는 한편 선대의 묘소를 수호하는 묘직에 대한 후대를 권유한다.

선대의 묘역을 지키는 이들이 반드시 인사하러 올 것이니, 더욱 후하게 대접하 도록 해라. 술을 먹이고 음식을 주는 것 외에 노자(路資) 또한 후하게 주고, 또 주머니 속에서 한두 사소한 물건이라도 꺼내 줘서 마음을 표시하도록 해라.[88]

그는 지금 유배 중인 종질에게 약자에 대한 배려를 가르치고 있다. 이것은 역시 약자인 백성들에게 선정을 베풀 것을 강조했던 종제 이석관에게 보낸 편지와 맥락을 같이하는 것이며, 묘직에 대한 후대는 정신적 청백으로 해석 할 수 있을 만큼 그 정서가 매우 살갑다.

이석신의 치가론과 관련하여 가장 주목할 대상은 아들 이징규(李徵奎)였 다. 이징규는 1729년에 사마시에 입격하고, 1735년 56세의 나이로 문과에 합 격하여 사헌부 지평 및 지제교 등 중앙의 요직을 거쳤다. 이석신은 아들이 노 령에 문과에 합격했음에도 "요즘의 과거는 도리어 불행에 빠지는 길"이라고 하며 기쁜 내색을 하지 않았고, 오히려 세사에 매여 실학(失學)할까 염려했 다.[89] 이른바 '불설지교(不屑之敎)'의 시작이었다.

사헌부 지평 재직 때 올린 계사에 대해서는 독서의 부족에서 오는 작문의 불완전성과 충후한 기상의 부족을 신랄하게 지적하기도 했다.[90] 과거에 합격 하여 '문신'의 반열에까지 오른 자식을 향한 미덥지 못한 시선은 비단 이석신 만의 문제는 아니었다. 여기서 잠시 다른 예를 소개하기로 한다. 아래는 박세 당이 아들 박태보(朴泰輔, 문과 장원)의 관각문자(館閣文字)의 미숙성을 꾸짖는 내용이다.

---

88) 李碩臣, 『何有堂集』 下, 「與從姪聖瑞」.
89) 李碩臣, 『何有堂集』 下, 「與家兒(第1書)」.
90) 李碩臣, 『何有堂集』 下, 「與家兒(第2書)」.

인편이 와 너의 편지를 보고 근황이 편안함을 알았다. 다만 또 찬진(撰進)한 제
문(祭文)이 격식에 맞지 않은 일 때문에 전패(顚沛)됨이 많다 하니, 한탄스럽다.
처사에 신중치 못하고 작문의 대체를 모르니, 어찌 그르치지 않을 수 있겠느
냐. 지난번 너에 대해 경솔하여 그르치는 일이 많다고 염려하였는데, 이 역시
증거로 삼을 만한 한 가지 일이다. '이분의 이러한 덕[此人此德]'이라는 말이나
'어이하여 영원치 못한가[云胡不永]' 등의 말을 어떻게 지존(至尊)에게 쓸 수 있
단 말이냐. 글을 자세하게 보지 않은 병통이 문득 용처(用處)에 나타난 것이니,
어이하겠느냐. 일찍이 남들에게 보이지 않았느냐?[91]

한편 이징규는 내직을 수행한 지 얼마 되지 않아 부친 봉양을 위해 외직을
청했는데, 그때 주어진 것이 순천부사(順天府使)였다. 이석신은 자신의 효양
을 위해 순천이라는 큰 고을을 택한 것의 과람성을 지적하는 가운데 부임 행
렬을 간소하게 할 것을 극력 당부한다. 심지어 말안장과 의복조차 새로 맞추
지 말라고 지시한다. 그는 아들에게 절용(節用)을 가르치면서도 빠트리지 않
는 한 가지가 있다. 파주 선영을 수호하는 사람들에 대한 인정(人情)의 베풂
이다. 동시대의 여느 사대부들과 마찬가지로 그는 아들의 출세를 선음(先蔭)
의 소치로 인식했고, 묘직을 후대할 것을 권유한 것은 보은의 우회적 표현 방
식이었다.

파주 선영의 묘직들에게도 마땅히 내려 줌이 있어야 할 것이다. 그들은 선대의
묘소를 받드는 사람들이다. 어찌 범연하게 여겨 간과할 수 있겠느냐.[92]

자신의 관료적 경험은 아들 교육에도 여지없이 발휘된다. 우선 그는 '선공

---

91) 林世堂, 『西溪集』卷17, 「寄子泰輔」.
92) 李碩臣, 『何有堂集』下, 「與家兒(第4書)」.

후사론(先公後私論)'에 입각하여 인수인계 등 공적 절차가 마무리되기 전에는 근친하지 말 것을 권고했고, 관정의 문턱을 낮추어 정송(呈訟) 등 각종 사무가 있는 백성들의 출입을 자유롭게 할 것을 당부한다. 이 대목에서 그가 특별히 강조했던 것은 결옥(決獄)의 신중함이었다. 그것은 백성의 재산 또는 생명과 직결되는 사안이었기 때문이다.

동시에 그는 허예(虛譽)에 현혹되지 말 것을 주문한다. 이석신은 주위 사람들로부터 순천 경내에 수령의 선정을 칭송하는 다수의 목비(木碑)가 서 있다는 전갈을 듣고 우려를 금치 못한다.[93] 부임한 지 3~4개월밖에 되지 않은 수령의 선정을 칭송하는 것은 상궤에 어긋나는 것이었다. 이에 그는 목비를 간사한 백성들의 아부행위로 간주하고 목비의 존재가 인근 고을에 알려지지 않도록 할 것을 재삼 당부했다. 대신 그는 진정(賑政)에 만전을 기하여 한 사람의 백성도 곤경에 처하는 일이 없도록 하는 것이 군은에 답하고 선지를 계승하는 것이라 가르친다. 허명에 대한 경계는 곧 염치의식에 바탕한 자기단속이라는 점에서 이후백의 염결(廉潔)과 상통했다.

착실한 진정(賑政) 못지않게 백성을 아끼는 것은 때[時]의 조절이다. 농번기에 순천에서 백일장이 개최된다는 소식이 들리자 그는 즉시 편지를 보내 만류한다. 사회경제적 조건에서는 '반농반사(半農半士)'의 처지에 있었던 유생들의 의식(衣食)을 보장하는 정치를 주문했던 것이다.

백일장이 비록 학문을 권장하는 방도이기는 하지만 몇 달 사이에 두 차례나 설행하는 것이 옳은 것인지 모르겠다. 백일장에 와서 응시해야 하는 유생들 또한 농민이 아니고 무엇이더냐? 농사가 한창일 때에 본업을 버려두고 백일장에 분주하게 해서야 되겠는가?[94]

93) 李碩臣, 『何有堂集』 下, 「與家兒(第5書)」.
94) 李碩臣, 『何有堂集』 下, 「與家兒(第6書)」.

이 대목에서 그는 "자식에게는 이치(吏治)의 기술을 가르치지 않는다."는 중국 한나라 관료 설선(薛宣)의 격언을 환기하면서도 훈계를 이어 간다.

우선 효양의 명분으로 자신에게 물품을 보내는 횟수는 월 2회로 제한하고 물품 또한 간소하게 할 것을 지시한 다음 중요한 당부를 덧붙인다. 그것은 심부름하는 관예(官隸)들에 대한 배려 조항이었다.[95] 당시 관예들은 비록 수령의 심부름일지라도 교통·음식 등 제반 경비를 스스로 부담했다. 이런 관행이 사리에 매우 어긋난다고 인식한 이석신은 소요 경비를 관에서 지급할 것을 권유했던 것이다. 그가 편지에서 묘직(墓直)·관예(官隸) 등 약자에 대한 배려를 통해 전달하고자 했던 메시지는 치자 계층의 최고 덕목인 애민(愛民)이었다.

애민에 더하여 그가 아들에게 주문했던 또 다른 가치는 존현(尊賢, 모현慕賢)이었다. 마침 순천에는 김굉필을 제향하는 옥천서원이 있었다. 이석신이 추구했던 모현은 '경모(敬慕)'라는 추상적 개념이 아니었다. 그는 서원의 교의(交椅)·상탁(床卓) 및 제기 등에 파손이 있으면 수리를 지원하고, 원우 운영에 폐단이 있어 유생들이 개선을 촉구하면 즉시 시행하라고 당부한다.[96] 수령 자격으로 서원을 자주 왕래하는 것이 존현이 아니고, 결손됨이 있으면 보태 주고 막힌 것이 있으면 터 주는 것이 수령이 갖춰야 할 존현의 자세임을 가르쳤던 것이다.

이석신이 아들에게 당부하고, 또 가르치고자 했던 것은 인정(仁政)을 행하는 목민관이었다. 아래의 편지에는 그런 의향이 우회적이지만 매우 명확하게 제시되어 있다.

백성들에게 속임을 당하지 않는 방법에는 세 가지가 있다. 관원이 어질면[仁] 차마 속이지 못하고, 밝으면[明] 속일 수가 없으며, 사나우면[嚴] 감히 속일 수

---

95) 李碩臣, 『何有堂集』 下, 「與家兒(第7書)」.

96) 李碩臣, 『何有堂集』 下, 「與家兒(第8書)」.

가 없는 것이다. 너는 능히 속임을 당하지 않을 수 있겠느냐?[97]

이석신의 모든 주장과 당부는 '청렴정신'으로 귀결된다. 그것은 그의 한계이자 장점이다.

요사이 듣자 하니, 네가 읍례(邑例) 가운데 부정(不正)한 물건에 대해서는 애당초 거론조차 하지 않았다고 하는데, 이처럼 잘 조처하는 것이 곧 나의 뜻이다. 우리 집안은 문청부군(文淸府君) 이래 대대로 청백을 서로 전하고, 모두 무첨(無忝)의 경계를 잘 지켜 왔다. … 우리 집안에서 역대로 벼슬살이를 한 사람 가운데 어느 누구도 탐학하다는 비방이 없었음은 너도 잘 아는 바이다. 네가 벼슬에서 갈려 고향으로 올 때 그저 채찍 하나 들고 왔을 뿐 행낭(行囊)은 텅텅 비었다는 칭송이 있게 된다면 이 얼마나 좋은 제목(題目)이겠는가? … 네가 체직되어 돌아온 뒤에 고을 사람들이 아무개는 벼슬살이를 매우 맑게 하여 빈 행낭으로 돌아갔고, 아무 송사는 잘 처결했고, 아무 옥사는 억울함이 없게 했고, 진휼 또한 잘 처리하여 백성이 그 정치에 힘입어 소생하게 되었고, 아무 세금은 견감(蠲減)했고, 아무 폐단은 개혁했다고 칭송한다면 이 얼마나 좋은 소식이겠는가?[98]

청백의 실천을 통한 '청렴정신'의 계승을 피력했던 그의 편지는 여기서 끝을 맺는다. 그는 아들 징규의 치성이 들려올 무렵인 1738년 생을 마감했고, 징규 또한 1740년에 사망함으로써 관료로서의 포부와 경륜을 다 펼치지는 못했다. 그럼에도 아들 징규를 비롯한 가족 구성원들을 대상으로 주입되었던 이석신의 청백의 치가론(治家論)은 조선후기 사대부가의 가풍 및 가학계승의 명장면으로 착상되기에 손색이 없다.

97) 李碩臣, 『何有堂集』下, 「與家兒(第9書)」.
98) 李碩臣, 『何有堂集』下, 「與家兒(第10書)」.

5

존주론(尊周論)의 작동과
정치이념적 가(家)의 실현
─충의공가(忠懿公家)의 형성과 전개를 중심으로

1) 가(家)의 의미

이후백은 부인 남양홍씨와의 사이에서 독자 선경(善慶)을 두었고, 선경은 전주최씨와의 사이에서 5남(태길泰吉·유길有吉·복길復吉·익길益吉·정길井吉)을 두어 이른바 '청련가문' 형성의 기틀을 마련하였다. 여기에 5증손(수인壽仁·우인友仁·극인克仁·영인榮仁·호인好仁)과 6현손(석형碩亨·석구碩耉·석신碩臣·석빈碩賓·석창碩昌·석관碩寬)의 활약이 더해지면서 청련가문은 선산유씨 유희춘(柳希春) 가문, 울산김씨 김인후(金麟厚) 가문, 순흥안씨 안처순(安處順) 가문, 행주기씨 기대승(奇大升) 가문, 장택고씨 고경명(高敬命) 가문, 연일정씨 정철(鄭澈) 가문, 나주임씨 임복(林復) 가문 및 해남윤씨 윤효정(尹孝貞) 가문, 광주이씨 이중호(李仲虎) 가문 등과 함께 호남사림을 대표하는 집안으로 성장하게 된다.

조선시대 호남 명현(명가)(이의현李宜顯, 「도협총설陶峽叢說」)

- 羅州: 崔溥(錦南_耽津) / 朴祥(訥齋_忠州) / 朴淳(思庵_忠州) / 金千鎰(健齋_彦陽) / 林亨秀(琴湖_平澤) / 林悌(白湖_羅州)

- 光州: 奇大升(高峯_幸州) / 高敬命(霽峰_長澤) / 金德齡(將軍_光山) / 鄭忠信(錦南_羅州)

- 南原: 丁熿(遊軒_昌原) / 黃進(兵使_長水)

- 長城: 金麟厚(河西_蔚山)

- 益山: 蘇世讓(陽谷_晉州)

- 金堤: 李繼孟(贊成_全義)

- 靈巖: 愼天翊(素隱_居昌)

- 靈光: 姜沆(睡隱_晉州)

- 寶城: 安邦俊(牛山_竹山)

- 昌平: 鄭澈(宋江_迎日) / 鄭弘溟(畸庵_迎日)

- 泰仁: 李恒(一齋_星州)

- 康津: 李後白(青蓮_延安)

- 海南: 林億齡(石川_善山) / 柳希春(眉巖_善山) / 白光勳(玉峯_水原)

청련가(青蓮家)의 형성에 있어 그 초석을 다진 인물이 이후백임은 재론의 여지가 없지만, 청련가의 확장적 계승이라는 측면에서 가장 주목할 대상은 차손 이유길(李有吉) 가계였다. 장손 이태길(李泰吉) 계통의 경우 문과 출신의 현관을 배출하고, 김재찬(金載瓚)과 같은 정승을 사위로 맞는 등 혼반이 화려했고, 3손 이복길(李復吉) 계통 또한 이에 못지않은 환력과 혼반을 갖추고 있었다. 특히 이복길 계통은 백광훈의 외파(外派)라는 혈통적 자부심에 더불어 족세가 가장 번창하여 다수의 문인(聞人)을 배출했다. 4손 이익길(李益吉) 계통은 문호는 크게 확장되지 못했지만 무과를 통해 고위직 무관을 배출하는 등 사환적 측면에서 문세(門勢)가 매우 견고했다.

차손 이유길 계통의 경우 환력·혼반 등 제 사회적 기반이 이태길·복길 계통에 비해 열세에 있었음에도 특별히 주목해야 하는 이유는 어디에 있는가? 여기에 잠시 가격(家格)의 논리를 대입해 보기로 한다. 조선후기의 경우, 일가(一家)의 문벌화를 위한 필요조건은 명조(名祖)·현조(顯祖)·달조(達祖)로 지칭되는 저명한 조상의 존재였고, 저명성은 학문·행의·충절·공훈 등의 기여 및 자취로 계량화된다. 이때 계량의 척도로 기능하는 것이 환력·시호·신도비·불천위 등의 매우 현실적이면서도 가시적인 가치이다. 이 기준에 입각할 때 이후백은 네 가지 요건을 모두 충족한다. 신도비의 경우 자격 요건을 갖춘 상황에서 건립만 하지 않았을 뿐이며,[99] 광국공신에 녹훈되어 연원군(淵原君)에 봉군되었으므로 부조지전(不祧之典)의 자격 또한 충족했다.

이후백의 자손 가운데 선대에 준하는 국가적 자격을 획득한 인물은 이유길이 유일하다. 그는 충절을 인정받아 실직 현령에서 영의정에 초증(超贈)되고, 충의공(忠毅公)에 추시되었으며, 마침내 '부조지전(不祧之典)'의 특전까지 누리게 됨으로써 이후백을 이어 가문의 새로운 현조로 자리매김될 수 있었다.

이유길의 현조화는 개인적 성취와 시대정신(특히 군주 및 노론계)이 접목된 결과로서 조선후기의 가(家)가 이념에 의해 어떻게 디자인되고, 또 창출될 수 있는지를 생생하게 보여 주고 있다. 즉, 이유길의 사절(死節)은 '존주의리'를 절대 명분으로 삼았던 노론정권의 시대정신에 정면으로 부합함으로써 국가적 현창의 아이템으로서의 잠재성을 함축하고 있었고, 여기에 충을 강조했던 정조의 국정운영론이 더해지면서 공적 가치로 발양되었던 것이다. 특히 이유길의 충의는 종계변무에 이바지했던 조부 이후백의 종묘에 대한 충, 살신

---

99) 이후백의 신도비명은 陶菴 李縡의 문인으로 영조~정조조 노론의 핵심으로 활약한 黃景源이 찬술했다. 그는 선조 때 대제학을 지낸 黃廷彧의 8세손이기도 하다. 李後白과 黃廷彧은 각기 1573년과 1584년에 종계변무사로 활동하였고, 이후백은 광국공신 2등, 황정욱은 1등에 녹훈된 인연도 있다(黃景源, 『江漢集』 卷13, 「資憲大夫吏曹判書兼弘文館提學贈輸忠貢誠翼謨修紀光國功臣崇政大夫議政府左贊成延陽君文清公李公神道碑銘并序」). 황경원 찬술의 신도비가 그 당대에 건립되었는지는 미상이며, 현재의 신도비는 최근에 건립된 것으로 파악된다.

(殺身)의 효를 행했던 부친 이선경의 효행과[100] 접합되어 더욱 강렬한 시너지 효과를 낳았던 것이다. 아울러 존주의리(尊周義理)의 '주인(主人)'을 자임했던 송시열이 '청련행장'을 찬술했다는 점도 이유길의 현창과 관련하여 대수롭지 않게 여길 대목은 아닐 것 같다. 이후백이 설계했던 가(家)의 지향이 문청(文清)으로 결실(結實)되었다면, 이유길은 여기에다 충의(忠毅)의 가치를 보탬으로써 청련가문의 가치는 '문(文)'과 '충(忠)'의 영역으로까지 그 외연이 확장되었던 것이다. 그리고 이것은 주자학이 추구했던 가장 이상적인 조합이자 안배였다.

2) 1618년 심하(深河)의 역(役)과 이유길(李有吉)의 사절(死節)

이유길은 1576년 이선경과 전주최씨의 차남으로 태어났다. 3세 때인 1578년에 이후백이 사망했으므로 조부를 통해 가법을 전수받을 기회를 얻지는 못했다. 사계문하를 출입하여 김장생으로부터 장려를 입었다고[101] 하나 이는 김장생 → 송시열로 이어지는 존주론(尊周論)의 계통을 고려하여 후대에 덧씌워진 것이 아닐까 싶다.

임란 당시 부친 이선경의 참화는 그가 충분을 격동시키며 토왜(討倭)에 부심하는 이유가 되기에 충분했다. 1597년 정유재란 때 이순신 휘하에서 종군하다 명량해전(鳴梁海戰)에서 큰 공을 세운 것은 충분의 구체적 실천이자 사원(私怨)의 되갚음으로 해석할 수 있다. 이 일이 조정에 알려지자 선조는 그

---

100) 趙斗淳, 『心庵遺稿』 卷25, 「永柔縣令贈領議政李公有吉諡狀」: "考諱善慶 蔭察訪不就 壬辰之亂 母夫人病篤 不能奔避 賊至願以身代 朝服北向四拜而遇害 母夫人獲無恙 賊亦不忍幷賊之 傷孝子之心也 贈司僕寺正."

101) 趙斗淳, 『心庵遺稿』 卷25, 「永柔縣令贈領議政李公有吉諡狀」: "受業沙溪金文元之門 文元亟稱之 謂能繩其祖武."

가 이후백의 손자임에 주목하여 알현의 기회를 제공했다. 이 자리에서 선조는 이유길의 기상(氣象)과 의지(意志)를 훌륭하게 여겨 9품직에 제수하고, '충효(忠孝)' 두 글자를 하사하여 지우(知遇)의 뜻을 표했다고 한다.[102]

위의 서술 가운데 공식적으로 확인되는 것은 1597년 9월 명량해전에서 전공을 세운 것으로 인해 효력부위 익위사 세마(洗馬)에 임명된 사실이다.[103] '시장(諡狀)'에는 이후 여러 고을의 수령을 거쳐 고향으로 돌아왔을 때 주머니가 텅 비었을 만큼 청렴을 행한 것으로 기술되어 있지만 이와는 다른 주장을 펼치는 사료도 있다.

장령 최응허(崔應虛)가 아뢰기를, "신이 어제 마침 기일(忌日)이어서 집에 있었는데, 동료의 간통을 보니, 바로 전라병사 이응해가 무고한 자를 죽이고 배에 짐을 싣고 왔다가 적발된 일과, 제주판관 이유길(李有吉)이 집이 가까운 곳에 있어 배가 빈번하게 오가는 일과, 유릉참봉(裕陵參奉) 안유경(安由敬)이 능의 나무를 베어 사삿집을 지은 일 등에 관한 것이었습니다."[104]

위 사료는 1615년 제주통판에 재임할 때 비리사건에 연루된 정황을 보여준다. 물론 이유길 관련 혐의는 장령 최응허가 받았다는 첩보의 오류일 수 있고, 그런 맥락에서 공식적으로 논계되지 않았다. 사실 관계를 떠나 이런 유형의 첩보가 나도는 것 자체가 '시장(諡狀)'에서 언급한 청렴의 이미지와는 일정하게 결을 달리하는 것임은 부인할 수 없다.

다만 그의 의기(義氣)에 대해서는 누구도 이론을 제기하는 이가 없다. 이유길의 제주통판 재임 시 제주 대정현(大靜縣)에서 유배생활을 하던 정온(鄭蘊)

---

102) 趙斗淳, 『心庵遺稿』 卷25, 「永柔縣令贈領議政李公有吉諡狀」: "遂以墨綫 從忠武李公 丁酉大破倭虜於鳴梁 事聞 宣廟知其爲文淸公孫 特賜見 壯其氣意 除九品職 因書忠孝二字以寵之."

103) 「李有吉翊衛司洗馬敎牒」, 『全北地方의 古文書 (3)』, 全羅北道鄕土文化研究會, 1995.

104) 『光海君日記』, 光海君 7年 6月 10日(乙酉).

은 그에 대한 인상을 이렇게 증언한다.

12월 그믐 경신일에 제주통판 이유길(李有吉)과 대정현감 성하종(成夏宗)이 와
서 모여 수세(守歲)하였다 — 두 사람은 모두 선생이 평소에 알지 못하던 사람
들이다. 이유길은 의기(義氣)가 있고, 성하종 또한 염근(廉謹)하였는데, 매우 후
하게 선생을 대우하였다. 후년에 이유길이 심하(深河)의 전투에서 죽었는데, 선
생이 시를 지어 애도하였다.

정온은 병자호란 당시 김상헌과 함께 청나라와의 화의를 목숨으로 거부했
던 양대 척화신(斥和臣)이라는 점에서 이유길의 삶의 궤적과 동질성이 매우
컸다.[105] 실제 정온은 그의 죽음에 깊은 애도를 표하는 시를 보내왔는데, 이
에 대해서는 뒤에서 소개하기로 한다.

한편 이유길이 함흥판관에 재직하던 1618년 후금이 명나라를 침공하면서
동아시아 정세가 급변했고, 명에서는 조선에 지원병을 요청하기에 이른다. 당
시 조선은 파병할 만한 여건이 되지 못했지만 임진왜란 때 명이 조선을 구원
해 준 이른바 '재조지은(再造之恩)'에 입각하여 강홍립(姜弘立)을 도원수, 김경
서(金景瑞)를 부원수로 삼아 약 1만 3000명의 군대를 파병하게 된다.

이에 이유길이 파병을 자원하자 조정에서는 그를 영유현령에 임명하여 참
전하게 했다. 그가 배속된 곳은 선천군수 김응하가 지휘하는 좌영(左營)이었
고, 직임은 중군이었다. 좌영장 김응하(金應河), 중군 영유현령 이유길 등 좌
영이 압록강을 건넌 것은 1619년 2월 19일이었고, 양마전(亮馬佃)·진자령(榛
子嶺)·배동갈령(拜東葛嶺)을 거쳐 3월 1일에 심하(深河) 마가채(馬家寨)를 지
나 행군하던 중 3월 4일 진시(辰時)에 교전이 이루어졌다. 후금의 장수 귀영
가(貴盈哥)의 매복작전에 말려 명군은 가합령(家哈嶺)에서 패전하여 제독(提

---

105) 鄭蘊, 『桐溪集』, 「年譜」, 丁巳(1617).

督) 유정(劉綎)이 전사하였고, 그 여파는 조선군에게까지 미쳐 좌영장 김응하 및 영유현령 이유길을 비롯하여 운산군수 이계종(李繼宗), 우영 천총 김요경(金堯卿)·오직(吳稷), 좌영 천총 김좌룡(金佐龍) 등이 동일 순절했다. 당시 도원수의 종사관으로 참전했던 이민환(李民寏)은 당시의 참상을 이렇게 기술하고 있다.

연기와 먼지 속을 바라보니, 적의 기병이 크게 닥치는데, 양쪽 날개처럼 멀리 에워싸고 먼저 아군의 좌영을 치니 홍립이 전령을 내려 우영(右營)으로 하여금 달려와 구원하게 하여 좌영과 진을 연합하게 하여서 겨우 대열을 이루자, 적의 기병이 달려와 충돌하니, 기세가 비바람과 같았다. 포와 총을 한 번 쏘고 나서 두 번째 화약을 장전하기도 전에 적의 기병은 벌써 진중에 들어와 순식간에 좌우영이 모두 함몰되었다. 이에 선천군수 김응하, 운산군수 이계종(李繼宗), 영유현령 이유길(李有吉), 우영 천총(右營千摠) 김요경(金堯卿)·오직(吳稷), 좌영 천총 김좌룡(金佐龍)은 모두 전사하고, 좌영 천총 신충업(申忠業)은 도망가고, 우영장 순천군수 이일원(李一元)은 벗어나 달려서 중영으로 들어왔다.[106]

죽음에 이르는 순간까지 장수로서의 본분을 잃지 않았던 이유길의 비장한 최후는 여러 문헌에 남아 '충절(忠節)'의 사적으로 남게 된다.

① 김응하 및 이유길이 산상으로 올라가 진을 쳤다. 편전(片箭)이 바닥나자 장전(長箭)으로 무수한 적을 사살했다. 이유길 또한 10여 급을 쏘아 거꾸러뜨렸으나 이윽고 화살을 맞고 전사했다.[107]

---

106) 李民寏, 『紫巖集』 卷5, 「柵中日錄」.
107) 李栽, 『密菴集』 卷16, 「金將軍應河傳」.

② 영유현령 이유길(李有吉)이 김응하와 같이 죽었는데, 죽을 때에 한삼(汗衫)을 찢어서 "3월 4일 죽다.[三月四日死.]"라는 다섯 글자를 써서 말갈기에 매었더니, 말이 군중을 지나 뛰어서 3일 만에 집에 돌아가서 슬피 울고 곧 죽었다. 이에 그 말을 유길의 무덤 밑에 묻었다. 그 무덤이 파주 광탄(廣灘)에 있는데 지금 사람이 '말무덤[義馬塚]'이라 이른다.[108]

특히 그는 도원수 강홍립이 항복을 획책하자 '재조지은(再造之恩)', 즉 대명의리(大明義理)를 언급하며 크게 힐난했다고 하는데,[109] 이 대목은 후일 그가 존주의리의 상징으로 부각되는 중요한 단서가 되었다고 할 수 있다. 강홍립이 항복을 모색했던 것은 "사태의 변화를 지켜보다가 항배를 결정하도록 하라.[觀變向背.]"는 광해군의 밀명에 따른 것임은 주지의 사실이며, 광해군은 이로 인해 폐위되는 수난을 겪게 되고, 강홍립 또한 의리의 죄인으로 낙인되어 규탄의 대상으로 전락하게 된다.

직급은 공훈을 재량하는 기초 요건이 되었고, 이런 맥락에서 이유길은 좌영장 김응하의 종속적인 존재로 격하되는 경향을 보였다. 물론 이들의 전사 보고가 올라왔을 때 조정에서는 망자에 대한 치제(致祭), 자손의 등용을 긍정적으로 검토했지만 그 실행성 여부는 매우 회의적이었다.

비변사가 아뢰기를, "김응하(金應河) 등 전사한 장수와 군사들을 증직하여 충성을 드러내고, 아울러 가족들을 위로하고 자손을 녹용(錄用)하는 조치는 서둘러야 할 일입니다. 그러나 김응하·이유길(李有吉)·이계종(李繼宗)이 전사했다는 말이 신기남(愼己男)과 한충립(韓忠立)의 공초에서 나왔지만, 전사한 장수는 반드시 응하 등 3명만이 아닐 것이니, 우선 계속하여 돌아오는 사람들을 기

---

108) 李肯翊, 『燃藜室記述』 卷21, 「廢主光海君古事本末」, 〈深河之役〉.

109) 趙斗淳, 『心庵遺稿』 卷25, 「永柔縣令贈領議政李公有吉諡狀」: "先是 廢主授弘立密旨 使之觀變向背 弘立遣譯舌河世圖 輸降欵於虜 令一軍解甲 公罵曰 而忘再造恩於父母之邦乎."

다렸다가 그 실상을 알아본 후에 조치해야 하겠습니다."[110]

이에 비해 김응하는 국가적 추앙의 대상이 되어 추증 및 포상이 이루어졌고,[111] 심지어 명나라 신종이 조서(詔書)를 내려 요동백(遼東伯)에 봉했으며, 이후에도 현종~정조조에 이르기까지 포양의 열기가 꾸준히 지속되었다.[112]

반면 이유길은 순절 직후부터 포증의 범주에 들지 못하면서 사실상 그 존재 자체가 잊히게 된다. 순절한 지 60년이 경과한 1680년 손자 이석구(李碩耉)가 상언하여 포증을 애청했음에도 조정의 반응은 냉담했다.

그의 손자 이석구(李碩耉)가 상언하여 은전(恩典)을 베풀어 줄 것을 애걸하였으나, 해조(該曹)에서 오래된 일이라 하여 들어주지 아니하였다.[113]

그러나 이유길과 역사적 시간을 공유했던 사림(士林)의 반응은 달랐다. 그들은 한 무장의 죽음을 엄숙하게 바라봤고, 문자를 통해 비장했던 죽음의 과정, 시신조차 거두지 못해 초혼장(招魂葬)을 치른 애절함을 기술하고, 또 기리려 했다. 이정구(李廷龜)·심희수(沈喜壽)·이호민(李好閔)·정온(鄭蘊)·이명한(李明漢)·박미(朴瀰) 등이 바로 그들인데 정온·박미를 제외한 네 사람은 문형(文衡)을 지냈다. 그 형식은 만시(挽詩)였지만 그것은 문학의 형식을 빌린 서사(書史)였고, 이 서사적 증언은 후일 조정의 인식을 변전시키는 육중한 근

---

110) 『光海君日記』, 光海君 11年 3月 21日(甲辰).

111) 김응하는 병조판서에 추증된 이후 1670년에는 忠武의 시호가 내렸고,[『顯宗實錄』, 顯宗 11年 8月 23日(丁未)], 1754년에는 '命不祧'되었으며[『英祖實錄』, 英祖 30年 10月 2日(丁未)], 1799년에는 領議政에 추증되는 등 포양론이 매우 순조롭게 이루어졌다.

112) 『光海朝日記』, 光海君 11年 正月: "左營將宣川郡守金應河力戰死 應河終始力戰 依於樹下 手劍打殺不可勝數 身被重鎧 矢集如蝟 終不能傷 賊以槍刺之 手把大刀而仆 終不捨刀云云 本朝贈戶判天朝贈遼東伯."; 李裕元, 『嘉梧藁略』 18冊, 「遼東伯忠武金公墓誌」.

113) 『肅宗實錄』, 肅宗 6年 12月 7日(壬辰).

거로 활용되기에 이른다.

먼저 정온의 만시를 살펴본다. 둘은 2년 전만 해도 한 사람은 유배죄인이고, 한 사람은 그를 단속해야 하는 관료로서 제주에 함께 있었다. 통판 이유길은 정온을 후대했고, 죄인 정온은 이유길의 의기(義氣)를 한눈에 알아보고 심허(心許)했다. 1619년 3월 4일의 비보가 제주에 전해진 것은 이미 초혼장을 치른 뒤였다.

이유지(李有之) 유길(有吉)을 추도하며

적을 죽인 것이 비록 김장과 짝할 수는 없더라도	殺賊縱非金將匹
기꺼이 이능처럼 투항하여 살려고 하겠는가.	投降肯作李陵生
조정에서 포상하는 은전을 빠뜨린 것이 한스러워	却恨朝家欠褒典
굳이 시구에다 의지하여 높은 이름을 부치노라.	強憑詩句寄高名[114]

만시를 통해 표출하고자 했던 정온의 심기(心氣)는 간명하면서도 준절하다. 이능(李陵)을 언급한 것은 이유길의 대의에 대한 강한 공감에 더해 투항을 서슴지 않았던 도원수 강홍립을 향한 준엄한 경고였고, 마지막 구의 '고명(高名)'은 '흠전(欠典)'과 대조를 이루며 조정의 각박한 조처에 대한 우회적 비판으로 읽힌다. 제주에 위리안치된 정온조차 이유길에 대한 처우를 '흠전'이라 표현한 것은 무엇을 말하는가? 그것은 균형 감각을 잃었던 조선 광해군 정부의 혼란성이다.

사림들은 이유길의 충의를 '청련가법'의 계승으로 인식한다. 그의 '정충(精忠)'은 분명 개인의 의로운 행위이지만 그것을 양성하고, 단련시켰던 원동력으로서 청직(淸直)을 일상화했던 '청련가법'을 주목했던 것이다.[115] 이 대목에

---

114) 鄭蘊, 『桐溪集』 卷1, 「追悼李有之」.

115) 沈喜壽, 『一松集』 卷4, 「挽陣亡李永柔 有吉」: "藉甚靑蓮學士孫 詩書舊業換橐鞬"; 李好閔, 『五峯集』 卷5, 「李永柔有吉挽」: "承家淸白從前有 死事精忠到此知 已許姓名天子識 介山何恨獨依依";

서 이후백의 '문(文)'과 이유길의 '무(武)'는 이상적인 복합체로 재구성되어 양질의 가치로 탄생한다.

만시를 지은 명사 중에는 이유길의 친인척도 포함되어 있다. 박미(朴瀰)[116]와 이호민(李好閔)이 바로 그들이다. 친친(親親)의 정리(情理) 때문인지 사의(辭意)가 자못 질실(質實)하다. 먼저, 박미의 경우 살기를 바라면 항로(降虜)가 되고, 기꺼이 죽으면 충신(忠臣)이 되는 생사의 갈림길에서 죽음의 길을 선택하여 의리를 실천한 용기를 찬탄한다.[117] 아울러 그는 이유길의 충의는 전대의 역사에서도 예를 찾기 힘든 삼한(三韓)의 강상(綱常)을 부식시킨 행위로 평가하는 데 주저하지 않았다.[118]

이호민의 만사는 더욱 사무친다. 혈통상 이호민과 이후백은 6촌간이며, 이유길 또한 근친의 범주에 든다. 이호민은 두 편의 만사를 남겼는데, 앞의 것은 순절 직후에, 지금 언급할 것은 파주의 강변에서 초혼한 뒤 고향 강진으로 가는 허장(虛葬) 행렬에 대한 관감(觀感)을 담은 것이다.[119]

이호민은 이유길의 행위를 '충효병행(忠孝並行)'이라는 유교적 틀에서 바라보고 있었고, 누구도 쉽게 행할 수 없는 그것에 대해 경모의 마음을 숨기지 않는다. 동시에 흉중에 깊이 담아 둔 속마음을 털어놓는다. 이유길이 함흥

  李明漢,『白州集』卷11,「挽李永柔 有吉」: "爾今差可報主恩 爾家尙書宜有孫."

116) 朴瀰(1592~1645)는 이유길의 사돈 朴潭(李友仁의 처부) 및 종형 이태길의 사돈 朴濠와 종형 제간이며, 후일 朴世堂·尹拯·南九萬과 함께 소론계의 영수로 활약하게 되는 朴世采의 숙부이다. 박미는 만사에서 이유길을 '吾家表叔'이라 칭하고 있는데, 이 관계를 계보적으로 확인하지는 못했다.

117) 朴瀰,『汾西集』卷1,「哀李永柔有之有吉」: "哥舒身手謾自好 欸要雌聲掃一壁 忠臣降虜死生間 誰料人心殊咫尺."

118) 朴瀰,『汾西集』卷1,「哀李永柔有之有吉」: "要與三韓樹綱常 此事從來稀簡策 千秋暴露丈夫骨 慟哭不得裹馬革."

119) 李好閔,『五峯集』卷15,「己未三月 青蓮兄孫李有吉以求柔縣令 署左營千總 隨劉都督綎征建夷 初四日 爲賊鏖戰 都督死之 有吉與營將宣川郡守金應河 倚樹射賊 賊不敢近 矢盡逢箭而死 其家小招魂江邊 作魂帛而歸 將虛葬其鄕康津 過京城 余以文哭之曰」.

판관의 직임으로 참전을 자원하였을 때 이호민은 함흥으로 가서 이를 만류했던 것 같다. 이유길은 제안을 수용하지 않았고, 이호민 또한 더 이상 강청하지 못했다. 여기서 이호민은 자책한다. 기꺼이 사지로 가는 투지를 끝내 꺾지 못했기에 그 죽음을 자신의 탓으로 돌린다. 마지막으로 그는 족손을 향해 '대죄(待罪)'라는 표현까지 쓰면서 그 죽음의 숭고함을 기리며 충혼을 아프게 위로했던 것이다.[120]

여러 애도의 글 중에서도 이유길의 충의를 가장 장엄하게 그려 낸 것은 이정구의 '애사(哀辭)'였다. 이정구는 심하로 떠날 때 장검을 차고 자신을 찾아온 이유길에게서 장부의 기상을 체감했다. 그 미덥던 마음이 가시기도 전에 날아든 비보를 접했을 때 그의 흉중에는 상심과 분노가 교차했다.

얼마 전 네가 떠나갈 때에	昔爾之去兮
한강 가로 나를 찾아왔었지.	訪我於河湄
현령의 인끈을 길게 늘어뜨리고	佩郡綬之若若兮
흔들거리는 장검을 차고서,	帶長劍之陸離
저 서방에 난리가 있어	謂西方之有難兮
내가 황제의 군대를 구원하러 간다고 했었지.	將余赴乎王師[121]

상심 속에서도 그는 이유길의 불굴의 기상을 칭송하기가 무섭게 일개 교위(校尉)보다 못한 항복을 자처한 수뇌(首腦)들에 대해서는 강한 분노를 숨기지 않는다. 행간에 응축된 메시지는 이정구 개인의 입장을 넘어 한 나라의 건

---

120) 李好閔,『五峯集』卷15,「己未三月…」: "戰陣無勇 聖稱非孝 汝於親孝 敵愾死綏 世謂之忠 汝於國忠 旣孝於親 又忠於國 汝之死也何惜 若余者 旣老且病 遭時不淑 念經溝瀆 非惟哭汝之死 實乃慕汝之死 稱爲吾兄之孫子 所可恨者 當赴咸城 汝不我聽 由我不强 餧身豺虎 死若我故 死固有所各有常處 我何奈汝 白首待罪 國門且阻 遣酹壺醑."

121) 李廷龜,『月沙集』卷56,「李永柔有吉虛葬哀辭」.

장한 병사들을 사지로 몰아넣은 것에 대한 공분이었다.

이미 힘은 다했으나 마음은 변치 않았고	力已竭兮心不渝
들판을 진격하여 백사장에 해골이 누웠어라.	身離原野兮骨暴沙磧
선진의 돌아오지 못함을 슬퍼하고	悲先軫之不反兮
장홍의 같은 날 죽음을 가슴 아파하노라.	痛藏洪之同日
저 간사한 소인과 늙은 놈이	彼豎子與老奴兮
중군을 장악하고 후군을 거느린 채,	制中權兮擁後勁
오랑캐 추장의 숨소리만 우러러보며	仰凶酋之鼻息兮
앞다투어 달려가 그 명령을 따랐지.	爭嚮風而趨命
…	
적이 잘 대접하며 은근한 말로 달래니	壺漿迎兮款話言
그만 두터운 성은을 잊고 대의를 저버렸지.	忘厚渥兮背大義
슬프도다 그대 작은 장부는	哀爾眇小之丈夫兮
일개 대오 속의 장교일 뿐이라.	一行間之校尉[122]

이정구는 이유길의 충의를 배태시킨 청련가문으로 화제를 돌린다. 문한가(文翰家)의 자제가 붓을 던지고 궁시를 잡았을 때는 비난이 따랐지만 이제 충으로써 보국했고, 창검으로써 가성을 떨쳤으니 이유길은 이후백의 효손이자 청련가의 의자손으로 평하며 망자를 위로했다.

아들이 벼슬할 수 있으면 충성을 가르쳤으니	子能仕兮敎之忠
내 그대 가정에서 받은 가르침이 있음을 알겠네.	吾知爾之有所受
생각건대 그대의 조부는 선배들 중에서	念爾祖於先輩兮

---

122) 李廷龜, 『月沙集』 卷56, 「李永柔有吉虛葬哀辭」.

문장이 뛰어난 대신이요 경륜을 갖춘 대가였지.	詞華哲匠兮經綸大手
그대가 젊은 나이에 붓을 던지는 것을 보고	謂爾之妙年投筆兮
처음에는 조상을 욕되게 한다 여겼더니,	初若忝乎所生
지금에 성취한 바가 이와 같으니	及今成就之若此兮
참으로 가성을 떨어뜨리지 않았다 할 만하네.	眞可謂不墜家聲[123]

이정구가 이 글에서 녹여 내고자 했던 것은 대절(大節)에 직면하여 구차하게 목숨에 연연하지 않는 장부의 지조에 대한 칭송, 융숭한 대접과 은근한 말에 빠져 대의를 저버리는 도원수 이하 지휘부에 대한 분노와 규탄이었다. 이처럼 이정구는 애도의 글에 의리를 담았고, 이 글은 그의 명성과 어우러져 하나의 신필(信筆)로 전해지게 된다. 1680년 손자 이석구가 포증 요청의 근거로 삼은 것도 바로 이 '애사(哀辭)'였다.

3) 존주의리(尊周義理) 상징으로의
'충의공가(忠毅公家)'의 형성과 전개

숙종~정조 대 포증론의 점화 — '우암문파(尤菴門派)'의 지원

1680년 12월 손자 이석구(李碩耉)의 포증 요청은 거부되었지만 조정의 일각에서는 충신 후예의 애청(哀請)을 외면해서는 안 된다는 자성의 목소리가 일었다.

정언 이언강(李彦綱)이 상소하여 그 일을 말하면서 정승 이정구(李廷龜)가 지은 제문(祭文, 애사哀辭)을 증거로 삼았는데, 임금이 대신들에게 의논하게 하였다.

---

123) 李廷龜, 『月沙集』 卷56, 「李永柔有吉虛葬哀辭」.

김수항(金壽恒)·정지화(鄭知和)·민정중(閔鼎重)·이상진(李尙眞) 등이 모두 옳다고 하여, 마침내 그대로 따랐다.[124]

이언강의 상소는 60년 동안 잊혔던 이유길의 존재를 환기시켜 향후 전개될 포증론의 단초가 되었다는 점에서 그 의미는 매우 컸다. 숙종이 이언강의 건의를 받아들여 검토를 지시한 김수항(金壽恒, 영의정)·정지화(鄭知和, 좌의정)·민정중(閔鼎重, 우의정)·이상진(李尙眞)이 송시열의 문인, 즉 우암문파(尤庵門派)라는 사실도 유념할 대목이다. 무엇보다 당시는 경신환국(庚申換局) 이후 노소분당의 조짐이 구체화되는 가운데 정치이념적으로는 노론계의 의리론(義理論)이 팽창되던 시점이기도 했다.

우의정 민정중(閔鼎重)이 포증 여부에 대한 검토 의견을 즉시 제출한 것도 이런 추세를 반영한다. 민정중의 의견은 매우 우호적이면서도 적극적이다. 우선 그는 이유길의 충절을 김응하(金應河)에 비견되는 것으로 평가하는 가운데 포증에서의 누락 사유를 광해조의 정치적 파탄 탓으로 돌렸다.[125] 이처럼 그가 포증에 적극적인 입장을 펼칠 수 있었던 자료적 근거는 이정구의 애사(哀辭)였고, 이에 바탕하여 '대절(大節)'·'현충(顯忠)'·'포사(褒死)'라는 용어까지 쓰면서 정증(旌贈)을 강력하게 주장했던 것이다.[126] 숙종은 민정중의 건의를 전적으로 수용했고, 그 결과로서 이듬해인 1681년 이유길을 가선대부 병조참판(兵曹參判)에 추증하는 은전이 내렸다.

노론계 관료의 적극적인 건의와 숙종의 재가를 통해 포증론의 물꼬는 트였지만 이런 흐름이 탄력적으로 이어지지는 못했다. 그나마 1712년(숙종 38)

---

124) 『肅宗實錄』, 肅宗 6年 12月 7日(壬辰).

125) 閔鼎重, 『老峯集』 卷5, 「李有吉旌贈議」: "應河是其時左營之將 其管下同時同死之人 亦必有可傳於後者 而時當昏朝 賊臣擅國 不能盡爲之表章 以至埋沒而無聞 則可勝惜哉."

126) 閔鼎重, 『老峯集』 卷5, 「李有吉旌贈議」: "今因正言李彦綱陳疏 取考故相臣李廷龜文集 則永柔縣令李有吉 實與應河同時捨命 其取義之節 無愧於巡 遠之竝美者較然矣 雖其歲月旣久 事蹟難詳 而只此哀辭一篇 可以昭揭千古 顯忠褒死 豈可以不擧於前而有斬於後."

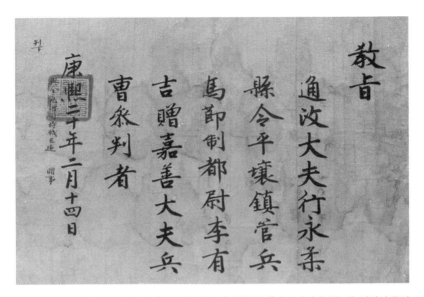

敎旨

通政大夫行永柔
縣令平壤鎭管兵
馬節制都尉李有
吉贈嘉善大夫兵
曹參判者

康熙二十年二月十四日

이유길 병조참판 추증고신: 연조에 청나라 연호인 '강희(康熙)'가 표기되어 있는데, 당시의 문서 규식에 따르면 정상적으로 발급된 것이다. 다만, 명을 위해 후금[淸]과 싸우다 전사한 이에게 내리는 고신에 청의 연호를 쓰는 것은 부당하다는 정조의 명에 따라 명의 연호인 '숭정(崇禎)'으로 대체하거나 연호 없이 간지(干支)만 기록한 고신을 재발급하였다. 이 명은 하나의 규례가 되어 순조~헌종 연간의 고신 발급에 적용되었다. 이 부분에 대해서는 뒤에서 다시 언급하기로 한다.

해남 충무사(忠武祠)에 이유길의 위패가 배향된 것은 사향(祠享)의 형식을 빌린 포증의 또 다른 양상으로 해석할 여지는 있다. 해남 용정리(龍井里)에 소재한 충무사는 1652년(효종 3) 이순신(李舜臣)·유형(柳珩)의 주향처로 건립되었으며 1712년 이유길과 이계년(李桂年)을 추배했다. 이유길의 추배 명분은 1597년 정유재란 때 이순신을 도와 명량해전(鳴梁海戰)에서 전공을 세운 것에서 찾을 수 있는데, 이에 대해서는 전술한 바와 같다. 숙종조에 이루어진 추증(追贈, 병조참판兵曹參判)과 사향(祠享, 충무사忠武祠)은 충절에 대한 충분한 보상이라 할 수는 없었지만 이유길이라는 존재가 환기되고, 그에 대한 포증이 국가 보훈정책의 틀 속에서 입론된 것은 분명한 진전이었다. 그러나 그의 공로가 제대로 평가되고, 그 공에 상당하는 포증을 획득하기까지는 향후 100년 동안 지난한 과정을 거쳐야 했다.

1795년(정조 19) 9월 정조는 자신이 명했던 『이충무공전서(李忠武公全書)』 편찬이 완료되자 반질처를 직접 지정하는 세심함을 보였다. "충의를 드높이고 공로에 보답하며 무용(武勇)을 드러내고 공적을 표창하려는 뜻"이라고 밝힌 편찬의 취지를 반영하듯 충렬의 인물을 제향하는 사묘(祠廟)가 그 주된 대상이었는데, 이유길의 제향처인 해남의 충무사도 거기에 포함되었다. 『이충무공전서』의 편찬은 1796년에 시작되어 1798년에 완료된 『존주록(尊周錄)』과 함께 정조의 존주의리론을 상징하는 국가주도형 편찬사업이었다.

① 전교하기를, 『이충무공전서(李忠武公全書)』 8책을 교정하여 편찬해서 올렸으니, 내각에서 40건을 인쇄하여 들이게 한 뒤에 10건은 서고(西庫)에 보관하고, 또 각 1건씩을 5곳의 사고(史庫), 홍문관, 성균관, 순천(順天) 충민사(忠愍祠), 해남(海南) 충무사(忠武祠), 통영(統營) 충렬사(忠烈祠), 남해(南海) 충렬사(忠烈祠), 아산(牙山) 현충사(顯忠祠), 강진(康津) 유사(遺祠), 거제(巨濟) 유묘(遺廟), 함평(咸平) 월산사(月山祠), 정읍(井邑) 유애사(遺愛祠), 온양(溫陽) 충효당(忠孝堂), 착량(鑿梁) 초묘(草廟)에 나누어 보관하고, 나누어 줄 것은 32건을 인쇄하라.[127]

② 『존주록(尊周錄)』을 편찬하도록 명했다. 왕이 존주의 의리에 대해 자나 깨나 선왕의 뜻을 이어 갈 생각으로 언제나 황단(皇壇)에 망배를 하고 관원을 보내 선무사(宣武祠)를 봉심하게 했으며 … 김응하 장군의 큰 절의를 장려하고, 이유길(李有吉)의 유손(遺孫)을 찾았다.[128]

이로부터 약 4년이 지난 1799년 2월 19일 정조는 아래의 전교를 통해 이유

127) 『日省錄』, 正祖 19年 9月 14日(壬戌).
128) 『正祖實錄』, 附錄, 「正祖大王行狀」(李晩秀撰).

길의 충절에 특별한 관심을 표명했다. '1799년 2월 19일'은 김응하·이유길 등 좌군이 압록강을 건너던 '1619년 2월 19일'로부터 정확하게 3주갑이 되는 날이었다. 정조가 날짜까지 맞춰 이런 전교를 내린 것은 이유길의 포증을 위한 고도의 정치적 포석으로 해석할 수 있다. 정조 역시 이정구가 지은 '애사(哀辭)'에 근거하여 이유길의 충절을 칭송하는 가운데 전조(前朝)에서의 포증 여부 및 자손들의 실태를 파악하여 보고할 것을 지시했다.

전교하였다. "사람들은 충무공(忠武公, 김응하金應河)이 무오년에 요동으로 건너 갔다고 한다. 그런데 요즘 문적을 상고해 보니, 충무공이 선천군수로 좌영장(左 營將)이 되어 중군(中軍)인 영유현령 이유길(李有吉)과 함께 군대를 거느리고 강을 건너간 것은 바로 기미년 2월 19일이었고 3월 4일에 순절하였다. … 중군 이유길의 절의에 대해서는 고 재상 이문충(李文忠, 이정구李廷龜) 유집(遺集)의 애사(哀辭)를 보면 명확한 증거가 되기에 충분하다. … 다만 그 후로 포증(褒贈)을 시행했는지의 여부와 그들 집안의 후손들이 누구누구인지를 자세히 알 수가 없으니, 이조·병조 및 해도(該道)로 하여금 자세히 물어서 보고하도록 하라."[129]

정조가 이유길의 포증에 특별한 관심을 보였던 것은 존주의리(尊周義理)의 천양이라는 정치이념적 기치에 더해 호남사림의 포섭을 통한 정치적 기반의 강화라는 현실적 필요가 함께 작용한 결과였다. 1796년(정조 20) 김인후(金麟厚)의 문묘종사를 허락하여[130] 호남사림의 숙원을 해소하고, 1799년『호남절의록(湖南節義錄)』을 편찬한 것도[131] 같은 맥락이었다.

정조의 직접적 관심의 표명은 포증의 행정적 절차 진행에 박차를 가하는

---

129)『正祖實錄』, 正祖 23年 2月 19日(丁未).

130)『正祖實錄』, 正祖 20年 9月 17日(己未).

131) 洪良浩,『耳溪集』卷10,「湖南節義錄序」.

효과를 수반하여 1799년 5월 25일 이조는 전교에 대해 다음과 같이 복명했다.

> 이조가 아뢰기를, 전 전라감사 이득신(李得臣)의 회답 공문에 '고 현령 이유길은 숙종조 신유년(1681)에 병조판서에 특별히 증직하고 또 정려(旌閭)하라는 명이 있었으며, 임진년(1712)에 충무사(忠武祠)에 배향되었습니다. 5대 봉사손 이지상(李志相, 이의상李宜相)은 지금 24세이며 강진(康津)에 살고 있고 무업(武業)에 종사하고 있습니다.'[132]

인용문에 등장하는 무업에 종사하는 24세의 이지상(李志相)은 5세손 이의상(李宜相)과 동일인으로[133] 파악된다. 관찬 사료에서는 추가 정보를 확인할 수 없지만 성해응(成海應)의 『연경재전집(研經齋全集)』에 따르면, 이의상은 입경하여 정조를 알현했을 가능성이 있다. 특히 우의정 이시수(李時秀)의 건의는 가증(加贈) 여건을 조성하는 원동력이 되었다.

> ① 상께서 이유길(李有吉)·이계종(李繼宗)·오직(吳稷)·김좌룡(金佐龍)·김요경(金堯卿)의 후손들을 두루 수소문하자 이유길·오직의 후손은 호남에서 올라왔고, 이계종·김좌룡의 후손은 해서에서 올라왔다.[134]

> ② 우의정 이시수(李時秀)는 '이유길·이계종·김요경·오직·김좌룡 5인이 어떤 이는 군수로서, 어떤 이는 막부(幕府)로서 충무공을 따라 압록강을 건너 요

---

132) 『正祖實錄』, 正祖 23年 5月 25日(壬午).

133) 李宜相(1776~1826)은 1776년생으로 1779년이면 24세가 맞으므로 동일인이 분명한 것 같다.

134) 成海應, 『研經齋全集』 外集 卷36, 「風泉雜志」: "編訪李有吉李繼宗吳稷金佐龍金堯卿之後 於是有吉稷之後孫自湖南至 繼宗佐龍之後孫自海西至."

동으로 갔으나, 절의를 지켜 목숨을 바친 것은 또한 같은 날에 있었습니다. 의를 위해 목숨을 바친 행적을 고찰해 보면 차이가 없으니 기리고 증직하는 방도를 논한다면 마땅히 똑같은 은전을 시행해야 합니다. 그러나 은전을 내리는 일이니 상께서 재결하시는 것이 어떻겠습니까?'라고 하였습니다.[135]

그런데 정조가 특별히 관심을 보인 5인 가운데 이유길·이계종·오직은 이미 숙종 때 추증되었으므로 김좌룡만 이계종에 준하여 추증하고, 후손이 없었던 김요경은 추증에서 제외되었다.[136] 추론컨대, 정조는 포증의 공정성을 고려하여 이미 추증된 3인에 대한 가증을 자제했던 것으로 짐작된다.

이의상은 입경 시 1681년에 발급된 병조참판 추증고신을 지참했고, 거기에 씌어진 '숭정(崇禎)' 연호를 혐의하여 그것을 바로잡아 줄 것을 요청했다. 엄격하게 말하면, 1681년 추증고신은 형식상 아무런 문제가 없었지만 대명의리의 측면에서 청의 연호인 '강희(康熙)'를 삭제한 고신의 재발급을 요청한 것이었다.

예조판서 이만수(李晩秀)가 아뢰기를, "심하(深河)의 전투에서 요동백(遼東伯) 김응하(金應河)와 같은 날 순절한 고 현령 이유길을 병조참판에 증직하는 교지에 연호를 잘못 썼기 때문에 그 자손들이 본조에 와서 바치고 바로잡아 주기를 원하였습니다." … 전교하기를, "앞으로 이런 집안의 사람들에게 증직하거나 시호(諡號)를 내리는 교지에는 연호를 쓰지 말도록 이조와 병조에 분부하고, 또한 고사(故事)에 기재해 두도록 해당 방에 지시하라." 하였다.[137]

135) 『日省錄』, 正祖 23年 6月 12日(己亥).

136) 成海應, 『硏經齋全集』 外集 卷36, 「風泉雜志」: "有吉·繼宗·稷 已並贈官 獨佐龍依繼宗例贈官 堯卿則無後 亦無贈."

137) 『日省錄』, 正祖 24年 5月 10日(辛卯).

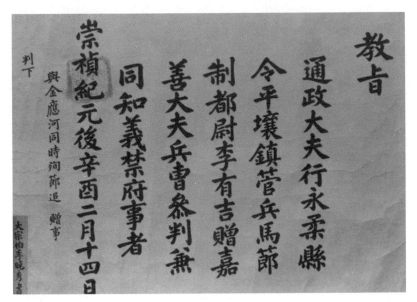

이유길 병조참판 추증고신(1681년 발급/1800년 재발급): '康熙24年'을 '崇禎紀元後辛酉'로 고쳐 썼다.

　　정조는 요청을 수용함은 물론 대명의리를 지킨 충신을 대상으로 하는 고신에는 청의 연호를 쓰지 말 것을 명하였다. 이런 조처의 결과가 바로 아래 고신의 발급으로 나타났다.

　　청의 연호인 '강희(康熙) 24년' 대신 명의 연호인 '숭정(崇禎) 기원후(紀元後) 신유(辛酉)'로 개서되어 있다. 통상의 고신은 이조의 서사관이 작성하는 것이 준례였지만, 이 고신은 충신을 예우하는 의미에서 예조판서 이만수(李晩秀)가 직접 썼다.[138]

　　이처럼 정조는 존주 충절인에 대한 포증을 통해 의리사업을 용의주도하게 처리해 나갔고, 이유길의 충절 또한 크게 현창될 수 있는 호기를 만났으나 위

---

138) 이만수는 이유길 포증론의 明證으로 활용된 '李有吉哀辭'의 찬자 李廷龜의 7세손이다. 이런 관계를 고려할 때, 그가 고신의 글씨를 쓴 것은 상징성이 매우 크다.

의 전교를 내린 지 보름 만에 승하함으로써 포증론은 순조 대의 과제로 넘겨지게 된다.

순조~철종 대 포증론의 결정(結晶) — 정조의 '의리사업(義理事業)'의 결실

정조의 승하로 이유길 포증론은 동력을 상실한 채 30년 가까이 공전하게 된다. 이런 가운데 1828년 태학생 김방유(金邦儒)의 상소는 포증론을 재점화시키는 기폭제가 되었다. 김방유는 이후백 등과 함께 16세기 호남사림을 대변했던 학자로서 1796년 문묘에 종사된 김인후(金麟厚)의 8세손이었다. 태학생이자 김인후의 후손이라는 김방유의 사회적 환경 및 배경은 그의 상소가 개인의 주장을 넘어 성균관의 유생 공론 및 호남사론을 대변하는 의미를 갖게 했다.

김방유의 상소는 그 주장이 매우 구체적이다. 그것은 김응하에 준하여 이유길을 포증하는 것이었다.[139] 이는 곧 가증(加贈)·증시(贈諡) 그리고 부조(不祧)의 혜택을 인준하라는 것과 같은 의미를 지녔다. 사안이 중대했던 만큼 예조에서는 의정부에 문의했다. 영의정 남공철(南公轍)을 비롯한 의정부 대신들의 검토 의견은 매우 호의적이었고, 순조 또한 이를 수용함으로써 포증론은 매우 순조로운 진행을 보였다.

> 예조에서 상달하기를, "진안대군(鎭安大君) 이방우(李芳雨)의 사우에 선액(宣額)할 일과 이유길에게 증시(贈諡)하고 부조(不祧)할 일을 대신에게 문의(問議)한즉, … 이유길이 황조를 위하여 토적(討賊)한 충성은 요동백(遼東伯) 김응하에 밑돌지 않았으니, 활시위를 잡은 손가락이 다 떨어져 나간 것과 조각난 적삼에 쓴 혈서(血書)에서 증거할 수가 있습니다. 이제 이 많은 선비들이 호소하는 데에는 더욱 공의를 짐작할 수 있으니, 품질(品秩)을 높여 시호를 주며, 부조(不祧)의

---

139) 趙斗淳, 『心庵遺稿』卷25, 「永柔縣令贈領議政李公有吉謚狀」: "純宗戊子 太學生金邦儒等 請一依金忠武已施之典事."

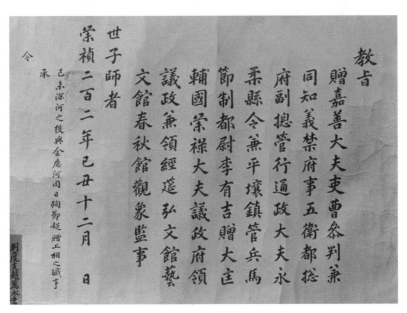

이유길 영의정 추증고신(1829)

사판(祠版)을 내리는 데 대하여 신도 또한 다른 의견이 없습니다.'고 하였습니다."하니, 모두 따랐다.[140]

이런 흐름 속에서 1829년에는 영의정에 가증(加贈, 초증超贈)됨과 동시에 '부조지전(不祧之典)'의 특전이 내렸으며, 1859년에는 '충의(忠義)'의 시호까지 받음으로써 사후 약 240년에 걸친 포증론도 일단락되기에 이른다. 영의정 추증은 이순신·권율·김응하와 동급의 예전(禮典)인데, 선무공신(1등)에 녹훈된 원균(元均)이 좌찬성 추증에 그친 것에서 이 조처의 파격성을 감지할 수 있다.

1829년은 도광(道光) 9년에 해당하지만 청의 연호 대신 명의 연호인 '숭정(崇禎)'을 표기한 것은 충절인 및 그 후손들에 대한 예우 조항을 설정했던

---

140) 『純祖實錄』, 純祖 28年 10月 14日(庚辰).

1800년 정조의 명을 적용했기 때문이다. 연조 좌측에는 초증(超贈)의 사유가 적혀 있다.

기미년(1619) 심하(深河)의 역에 김응하와 함께 같은 날 순절하여 상상(上相, 영의정)의 직에 초증(超贈)한다.

김방유 등의 상소가 김응하와 동급의 포증을 요청하는 데 주안점이 있었던바, 이 표기는 거기에 대한 행정적 답변의 성격을 갖는다.

왼쪽 하단에는 고신의 서사자의 이름이 첨부(簽附)되어 있는데, 풍양조씨 세도정권의 핵심이자 명필로도 이름이 높은 조만영(趙萬永)이다. '판탁지(判度支)'라는 표기에서 당시 그의 관직이 호조판서였음을 알 수 있다. 이는 고신 발급의 상례를 뛰어넘은 것인데, 이런 파격성은 이유길 자손들의 고신에서도 적용되었다.

영의정으로의 가증 확정은 부조지전(不祧之典)을 획득하는 근거가 되었다. 순조가 김방유의 소청(疏請)을 수용한 것은 1828년 10월 14일이며, 이때부터 '가증(加贈)'·'부조지전(不祧之典, 명부조命不祧)'·'증시(贈諡)'를 위한 행정절차가 진행되었던 것 같다. 이 가운데 행정적 절차가 비교적 간소했던 '부조지전'부터 시행되었는데, 예조에서 '입안(사판부조입안祠版不祧立案)'을 발급한 것은 1828년 11월이었다.[141] 흔히 '명부조(命不祧)'로 일컬어지는 '사판부조(祠版不祧)'란 사판, 즉 위패를 조천하지 않고 영구히 모시는 '불천위(不遷位)'로 삼는다는 의미이고, 입안을 발급하는 것은 국가에서 그것을 공인한다는 뜻이다.

종법의 강조를 통해 가(家)의 격(格)이 개인의 사회적 위상을 가늠 또는 결정하기도 했던 조선후기 사회에서 '명부조(命不祧)'의 의미는 매우 컸다. 비

---

141) 「李有吉祠版不祧立案」(1828), 『全北地方의 古文書 (3)』, 全羅北道鄕土文化研究會, 1995.

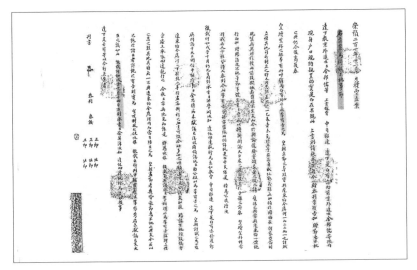

예조입안(1828): 이유길에게 '부조지전(不祧之典)'을 내리는 예조의 입안. 이 또한 특례적으로 글씨는 주서(注書) 서시순(徐蓍淳)이 썼다.

록 시조가 아니더라도 대종(大宗)을 형성할 수 있는 자격을 획득하는 것이 바로 '명부조'의 특전을 입는 것이었다.[142] 이 점에서 부조지전(不祧之典)은 종(宗)의 지위를 갖춘 가(家)의 제도적 탄생을 의미했다. 연안이씨 청련가문에서 '부조지전'을 획득한 인물은 이후백과 이유길 둘뿐이고, 이 중에서도 국가에서 입안을 통해 그 사실을 공증해 준 것은 이유길이 유일하다. 청련가문의 종통을 계승한 것은 장손 이태길 계통이지만 개인적 역량과 성취를 통해 가(家)의 확장을 실현한 것은 차손 이유길 계통이었던 것이다.[143]

142) 柳重教, 『省齋集』 卷45, 「柳氏家典」, 〈正倫理〉(第1): "凡人家繼始祖之宗子曰大宗 爲一族之主 繼高祖之宗子曰小宗 爲一門之主 繼曾祖以下之宗子未成宗 猶自爲一家之主 立宗所以尊祖也 祖祧則不相宗 我國士大夫 除王子後裔外 不得祭始祖 不祭始祖則無大宗 其有時命不祧者 雖非 始祖 亦可立大宗矣."

143) 후술하겠지만 조정에서 이유길가(忠毅公家)에 대한 免稅・免役의 혜택을 내리는 문서의 대부분에서 '光國功臣 文淸公 李後白의 후손인 贈領議政 李有吉'이란 표현을 상투적으로 쓰고 있다. 이는 李後白 → 李有吉로 이어지는 계승성을 강조하기 위한 문서 작성상의 기법이라 하

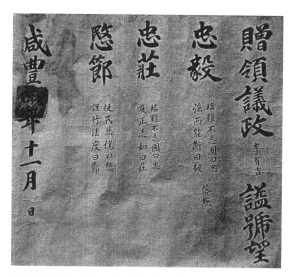

이유길 시호망단자(1854): 시호망은 시장(諡狀)에 바탕하여 봉상시(奉常寺)와 홍문관(弘文館)이 합좌하여 3망을 의망하면 국왕이 낙점을 통해 최종 결정하였다. 수망인 '충의(忠毅)' 하단에 '낙점(落點)'이란 글자가 보인다.

'부조(不祧)' 행정의 신속성과는 대조적으로 증시 행정은 순조의 재가 이후 약 30년을 소요하다 철종 연간에 가서야 완결을 보게 된다. 증시 행정은 2품관을 전제로 진행하는 것이기 때문에 실질 또는 증직 2품의 자격을 획득해야 한다. 이유길은 1829년에 영의정에 추증됨으로써 그 자격을 갖추게 되었다. 다만, 시호를 내리기 위해서는 '공적조서(功績調書)'에 해당하는 시장(諡狀)이 찬술되어야 한다. 이 요건이 갖추어지면 봉상시에서 사무를 주관하는 가운데 이조·홍문관 등과의 합의, 이조 → 의정부를 통한 대국왕 보고 등 복잡한 절차를 거쳐야 했다.[144] 국왕의 재가가 내려도 사헌부·사간원의 서경을 거쳐야 시호로 확정될 수 있었고, '선시(宣諡)' 및 '연시(延諡)' 의식을 거쳐야

겠다.

144) 김학수, 「고문서를 통해 본 조선시대의 贈諡 행정」, 『고문서연구』 23, 한국고문서학회, 2013.

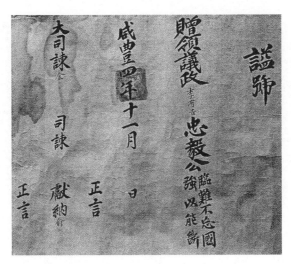

이유길 시호서경완의(1854): 사간원

시호로 활용할 수 있었던 것이다.

이유길의 경우 시장은 조두순(趙斗淳)이 찬술했고,[145] 제 절차를 거쳐 시호망이 확정된 것은 1854년이었다. 시호망은 의망된 '충의(忠毅)'·'충장(忠壯)'·'민절(愍節)' 가운데 수망인 '충의(忠毅)'로 낙점되었고, 양사 또한 서경완의(署經完議)를 통해 이를 인준함으로써 심의 절차를 마무리했다. 여기서 눈여겨볼 것은 '충의'의 시주인데, 이유길의 관료적 태도와 처신에 대한 매우 적실한 평가라 판단된다.

어려움에 처하여 나라를 잊지 않음이 '충(忠)'이고　臨難不忘國曰忠

---

145) 趙斗淳, 『心庵遺稿』卷25, 「永柔縣令贈領議政李公有吉諡狀」. 조두순은 이유길의 증손 이징국의 '同知中樞府事告身'(원발급 1773년) 및 이징국의 처인 영광김씨의 '贈貞夫人告身'(원발급 1773년), 재취 안산김씨의 '貞夫人告身'(원발급 1773년)의 재발급 고신 글씨도 쓴 것으로 확인된다. 「李徵國同知中樞府事告身」, 「金氏贈貞夫人告身」, 「金氏貞夫人告身」, 『全北地方의 古文書 (3)』, 全羅北道鄕土文化硏究會, 1995.

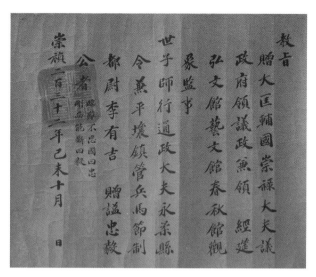

이유길 시호교지(1859): '충의공(忠懿公)'

강직하면서 용단이 있음이 '의(毅)'이다. 　　　　　剛而能斷曰毅

　이제 남은 절차는 시호의 내림, 즉 선시(宣諡)이다. 그런데 1854년에 확정된 시호가 1859년에 가서야 선시되었다. 약 5년이 지연된 셈인데, 그 연유는 자세하지 않다.

　이 교지에서도 '숭정(崇禎)' 연호가 쓰인 이유는 앞에서 언급한 바와 같다. 이로써 이유길은 '증직(贈職)·증시(贈諡)·부조지전(不祧之典)'을 획득함으로써 조선후기의 이른바 '명조'들이 갖추어야 할 요건을 충족시키면서 사후 약 210~240년 만에 연안이씨 '충의공가(忠毅公家)'를 탄생시키며 종조(宗祖)의 지위에 올랐던 것이다. 이런 맥락에서 1893년 방손 이정직(李貞稙)과 해남 송정(松汀)에 거주하던 방손 이순탁(李舜鐸)의 주관하에 해남 대둔산(大芚山) 자락에 유허비가 건립됨으로써 이유길의 사회적 기림의 외연도 더욱 확장되었다.[146)]

　비문의 찬술자가 송시열의 9세손으로 19세기 후반 노론학계의 영수 송병선(宋秉璿)이라는 사실은 이 비가 존주의리적 관점에서 치밀하게 기획, 조성되었음을 반증한다.

존주론이 양성한 가(家)의 실체 ─ 정치이데올로기의 운행과 가(家)

이유길의 포증과 거기에 따른 국가적 보상은 '이유길가(李有吉家, 이하 충의공가忠毅公家)' 세거 기반의 변화를 수반했다. 그 변화는 강진에서 무주로의 이주였고, 그것을 가능하게 했던 것은 이후백의 광국훈(光國勳)에 따른 사패지의 획득과 유지였다.

이유길에게 부조지전(不祧之典)이 시행된 것은 1828년이고, 영의정에 추증된 것은 1829년이다. 이에 따른 제반 특전이 이루어질 수 있는 시점은 빨라도 1828년으로 보는 것이 법적, 행정적 절차를 고려한 합리적 추론일 것이다. 그러나 충의공가의 경우 이런 통례를 일정 부분 벗어난 특례적 성격의 가능성이 엿보인다. 이런 정황은 「임오년강진현완문(壬午年康津縣完文)」(1802)과 「경오년무주부완문(庚午年茂朱府完文)」(1810)을 통해 확인할 수 있다.[147]

1802년은 이의상이 생존했던 시기로 거주지는 강진현 고읍면(古邑面, 당동堂洞)이었다. 이 완문에서는 이유길을 '무오년에 심하에서 순절한 충신[戊午殉節忠臣]', '숙종조에 충신으로 정려되고 참판에 증직된 충렬공[肅廟朝命旌特贈參判忠烈公]'이라 표현하며[148] 후손에 대한 각종 면세·면역 혜택을 명기하고 있다. 대동미(大同米) 및 결전(結錢)을 제외한 제반 잡역과 환곡(還穀)을 부과하지 말라는 것이 완문의 골자였는데, 이는 당시 향촌의 사민(士民)으로서는 상당한 특혜에 해당한다.

---

146) 宋秉璿, 『淵齋集』 卷32, 「李忠毅公有吉遺墟碑」: "今上癸巳 兵使李公貞稙 又伐石以表公生長舊址 公之傍裔舜鐸 謁余記其事." 송병선에게 비문을 청한 이순탁은 이유길의 아우 이복길의 9세 손이다. '청련후손'이라는 가문의식이 방조 현창의 열성으로 표출된 예라 하겠다.

147) 「壬戌年康津縣完文」(1802), 「庚午年茂朱府完文」(1810), 『全北地方의 古文書 (3)』, 全羅北道鄕土文化硏究會, 1995.

148) 「壬戌年康津縣完文」(1802).

「경오년무주부완문(庚午年茂朱府完文)」(1810) 또한 면세·면역 특전의 보장을 위해 발급된 것에서는 앞의 문서와 성격이 동일하다. 하지만 이 문서에는 이유길을 '존주순절충신(尊周殉節忠臣)'이라 하여 존주론적 관점에서 칭명(稱名)하고 있다. 인물에 대한 표현이 사실적 행위를 넘어 정치이념적 관점에서 해석되고, 또 표현되고 있다.

「경오년무주부완문」(1810)이 새롭게 증명하는 것은 충의공종가(忠懿公宗家)의 경우 늦어도 1810년에는 강진(康津)에서 무주(茂朱)로 이거했다는 사실이며, 이 문서는 새 거주지에 대한 안착을 촉진하기 위한 국가적 조처로 해석할 수 있다.

위 두 문서에는 이유길을 '충렬공(忠烈公)'으로 표기하고 있는데, 결과적으로 '충의공(忠毅公)'의 오기이다. 그러나 이것은 단순한 오기로 보기는 어려울 것 같다. 추론컨대, 정조는 1799~1800년 후손(이지상李志相, 즉 이의상李宜相)의 사견(賜見) 및 고신(告身)의 재발급 등 일련의 과정을 거치면서 포증안을 구체화했던 것 같다. 여기에는 증작(贈爵)·증시(贈諡)·부조지전(不祧之典)을 비롯한 제반 특전 등이 포함되었던 것으로 파악된다. 물론 정조의 급서로 포증론에 제동이 걸린 것은 사실이지만 1802년에 발급된 공문서에 '충렬(忠烈)'이란 시호가 등장하는 것은 정조의 의중과 깊은 관련이 있어 보인다. 아울러 순조는 선왕의 유지를 계승하는 차원에서 여러 특전을 시행하였는데 「경오년무주부완문」(1810)은 국가에서 보장하는 '가계안정책'으로 해석할 수 있다.

그렇다면 무주 이거는 이의상 대에 이루어진 것이 분명한 것 같다. 이후 이의상은 '증작·증시·부조지전'의 확보 등 제반 포증론을 주도하다 1826년에 사망하게 된다. 이에 단명한 형 이준성(李畯成, 1798~1822)을 대신하여 종사(宗事)를 권섭했던 인물이 차자 이면성(李冕成, 1800~1877)이었다. 그는 아들 병직(炳稷, 1836~1866)을 무후한 형 준성에게 출계시켜 충의공가의 종통이 이어지게 하는 한편 호남사림들과 연대하여 증작·증시·부조지전 등을 이끌어

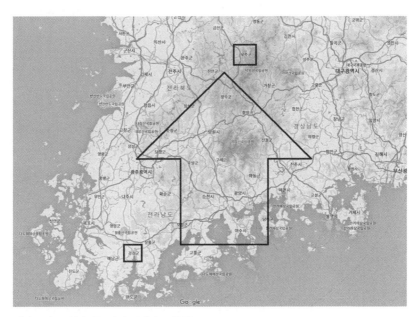

전라도 지도: 청련가문 이거도(강진 → 무주)

내며 포증론을 마무리했던 것이다. 『연안이씨세보』(갑인보甲寅譜)에서는 그의
역할이 다음과 같이 기술되어 있다.

 공은 품성이 영민(穎敏)했고, 미처 완수하지 못한 위선(爲先) 사업에 갖은 정성
 을 다해 실마리가 잡히도록 하자 여러 종친들이 공경하고 심복했다.[149]

 연안이씨 충의공가의 새로운 터전으로 확보된 무주부(茂朱府)의 구체적 지
명은 이안면(二安面) 이화동(梨花洞, 현재의 무주군 안성면)이었다.
 같은 호남이면서도 서남 해안인 강진과는 상당한 거리에 있었던 중부 내

---

149)『延安李氏世譜』(甲寅譜),「楊原公五世孫忠毅公派」,〈昆成〉: "公稟性敏悟 誠於爲先未遑之事 竭
 力就緖 宗黨敬服."

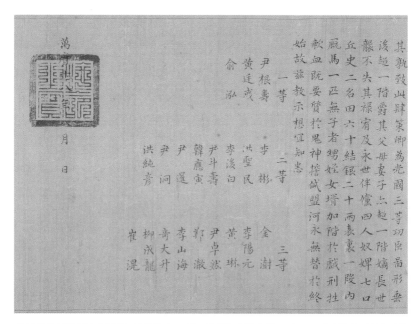

류성룡 광국공신교서(3등): 이후백의 교서는 현전하지 않아 참고자료로 제시한다. 3등의 경우
전 60결, 노비 7구가 주어졌다.

류지역인 무주로 주거를 옮긴 배경은 자세하지 않다.

　추론컨대, 무주는 이후백이 광국공신으로 녹훈되어 받은 사패지의 일부
분이었을 가능성이 있다.[150) 이후백의 재산 규모가 어느 정도였는지는 추산
하기 쉽지 않다. 다만, 국가로부터 지급받은 토지와 노비 가운데 가능한 것만
도 적지 않다. 「청련연보」에 따르면, 1573년 종계변무사의 정사로 파견되어 사
행을 완수한 공으로 전 30결과 노비 5구를 하사받은 바 있다.

---

150) 김경국은 「강진 원주이씨 白雲洞 別墅 정착과정 고찰」(『민족문화연구』81, 고려대 민족문화
　　연구원, 2018)에서 강진의 安靜洞 및 백운동 일대를 이후백의 사패지로 추정하였는데, 근거
　　가 미약하다. 강진에 구축된 청련가문의 재지적 기반은 조모 南陽洪氏의 친정 기반이 상속
　　을 통해 연안이씨 측으로 전계되었을 가능성이 크다고 본다.

선생이 칙서를 받들고 돌아오자 상께서 법가(法駕)를 갖추고 교외로 나와 맞았으며, 특별히 가의대부(嘉義大夫)의 품계와 함께 전(田) 30결, 노비 5구를 하사하였다.[151]

이후 15년 뒤인 1588년『대명회전(大明會典)』에서 종계의 오류가 수정되자 선조는 1590년 종계변무를 경축·치하하기 위해 광국공신(光國功臣)을 녹훈하였다. 당시 이후백은 사후였지만 광국공신 2등에 녹훈되고 연양부원군(延陽府院君)에 봉해졌다.

공신 녹훈은 경제적 보상으로 이어졌는데, 광국공신 2등의 경우 전 80결, 노비 9구가 주어졌다. 사행 직후 선조로부터 특별히 하사받은 것과 녹훈 이후 공식적으로 지급받은 것을 합하면 전(田)이 110결, 노비가 14구이다. 이 110결 가운데 일부가 무주 이화동(梨花洞) 일대에 소재했을 가능성을 배제할 수 없다. 충의공가의 무주 이거도 청련가문의 이런 사회경제적 기반의 운영 구조 속에서 추론할 수 있는 여지가 있다. 이와 관련하여 아래 1832년 전라도 관찰사가 발급한 완문(「壬辰年全羅道觀察使兼巡察使完文」)은 이런 추론에 무게를 실어 주고 있다.

이화동(梨花洞)은 증 영의정 행 영유현령 이공의 봉사손이 사는 마을이다. 문청공(이후백李後白)은 국조의 명신으로 공신에 녹훈되었는데, 그 음덕이 후손에게까지 미쳐 사패(賜牌)의 은전을 입게 되었다. 영유공(永柔公, 이유길李有吉)은 대절(大節)에 몸을 바쳤고, 존양(尊攘)의 의리를 세워 역대 조정에서 정려(旌閭)·증작(贈爵)·증시(贈諡)·부조지전(不祧之典)·제수지급(祭需支給)·복호(復戶) 및 부처(夫妻) 각 묘소의 묘직(墓直) 배정의 은명을 입었다.[152]

151) 李後白,『青蓮集』,「年譜」, 癸酉(1573).

152) 「壬辰年全羅道觀察使兼巡察使完文」(1832),『全北地方의 古文書 (3)』, 全羅北道鄕土文化硏究會, 1995.

충의공가의 주거지 이화동의 내력을 설명하면서 '이후백의 훈공(勳功)'과 '후손에게까지 미친 사패(賜牌)의 은전'을 언급하고 있다. 이화동이 이후백 사패지의 한 구역임을 방증하는 대목임에 분명하다.

한편 1829년 영의정 추증 이후 가장 먼저 취해진 후속 조처는 이유길과 그 부인 묘소의 수호인[墓直] 배치였다. 이유길 묘소는 파주 풍동(楓洞), 부인 정부인 광산이씨 묘소는 강진현 고읍면(古邑面) 당동(堂洞)에 소재했는데, 관련 공문서는 이유길 묘소 수호인에 대한 차정장(差定狀)만 남아 있다. 묘직 차정의 추체는 경기도 관찰사이며, 발급된 연월은 1829년 12월로 영의정으로 추증된 때와 일치한다.

관찰사 겸순찰사는 아래와 같이 차정한다. 파주 광탄면 풍동(楓洞) 소재 심하 순절(深河殉節) 충신 영유현령 증영의정 이공 묘의 묘직(墓直)을 판하된 사의에 따라 정국량(鄭國良)을 차정하니 착실하게 수호함이 마땅하다. 기축년 12월 일[153]

이후 1830~1832년에는 무주부사·예조판서·충청감사 명의의 면세·면역 특전을 규정한 문서들이 연이어 발급되어 제 권리가 신규 인준 또는 재보장 됨으로써 특권의 지속성을 보장받게 된다.[154] 1830년 무주부사 완문에 따르

---

153) 「己丑年京畿道觀察使差定狀」(1829), 『全北地方의 古文書 (3)』, 全羅北道鄉土文化研究會, 1995.

154) 이 문서의 起頭 부분의 주된 공통점은 '李惟吉家'(忠毅公家) 및 그 주거지인 '梨花洞'을 지칭 함에 있어 李後白과의 관계를 상투적으로 명기하고 있다는 사실이다. 이런 상투성은 계승성 과 치환될 수 있을 만큼 강렬하게 착상되는데, 그 주된 용례를 소개하면 다음과 같다. "本府 二安城面梨花洞 卽故光國功臣號青蓮李文清公之後裔也 故忠臣贈領議政永柔公奉祀孫所居里 也."[「庚寅年茂州府使完文」(1830)]; "全羅道茂朱府二安城面梨花洞 卽光國功臣贈左贊成行吏 曹判書延陽君清白吏青蓮李文清公之孫 深河殉節忠臣贈領議政行永柔縣令李公奉祀孫所居里 也."[「辛卯年禮曹完文」(1831)]; "…行永柔縣令李公奉祀孫所居里也 文清公以國朝名賢 盟存帶礪 爱及苗裔 而得蒙賜牌之典 永柔公身殉大節 義立尊撰…"[「壬辰年全羅道觀察使兼巡察使完文」

면, 충의공가에 대한 제반 잡역의 물침(勿侵) 및 분환(分還, 환곡還穀)의 예외적 적용은 정조(正祖) 수교의 적용으로 표현하고 있다.[155] 이는 충의공가에 대한 제반 혜택의 밑그림이 정조에 의해 그려졌음을 말해 준다. 위 완문에서 핵심적으로 규정하는 권리는 분환 대상으로부터의 공식적 제외였다. 분환, 즉 환자는 국가의 식리(殖利) 수단으로 변질되어 강제 배정되는 경우가 많아 민폐의 핵심으로 대두되었다. 이에 충의공가에서 정조의 수교를 적용해 줄 것을 청원하자 무주부사가 이를 확약하는 완문을 발급한 것이다.[156]

1831년 6월에는 예조에서 충의공가의 권리를 보장하는 완문을 발급했다. 군역(軍役) 및 제반 잡역의 물침, 환곡의 강제 배정 금지를 규정하고 있다는[157] 점에서 무주부 완문과 내용상 차이가 없지만 발급처가 중앙 관서라는 점에서 그 효력의 중량감은 자못 다르다. 이 문서를 통해 부가적으로 확인할 수 있는 것은 치제(致祭) 및 복호(復戶)이다. 치제는 국왕의 사제(賜祭)를, 복호는 세제 혜택을 뜻한다. 현재 사제문은 전하지 않아 내용을 확인할 수 없고, 복호의 규모 또한 구체적인 확인은 어렵다. 한편 1832년 전라감사는 충훈부(忠勳府) 및 예조에서 1831년에 확인해 준 사항을 거듭 확인하는 완문을 발급함으로써 권리의 보장성을 강조하게 된다.[158] 이로써 충의공가는 본관(本官)인 무주부사를 비롯하여 충훈부·예조·전라감영에서 발급한 완문을 획득하게 되는데, 이는 국가가 부여한 권리의 지속성을 담보하는 것이라는 점에서 사회경제적 기반의 유지와 관련하여 시사하는 바가 매우 크다.

(1832)]

155)「庚寅年茂州府使完文」(1830),『全北地方의 古文書 (3)』, 全羅北道鄕土文化硏究會, 1995.
156)「庚寅年茂州府使完文」(1830)(『全北地方의 古文書 (3)』, 全羅北道鄕土文化硏究會, 1995)에는 충의공가의 거주지인 '梨花洞'과 그 주변의 '梨木洞'을 혼동하지 말 것과 이화동 아래에 分還의 대상이 아님을 뜻하는 '不受幷勿給還事'라는 상세 조항을 명기[懸錄]할 것을 지시하고 있는데, 이 완문의 시행자는 茂朱府 作廳 관하의 都監色吏였다.
157)「辛卯年禮曹完文」(1831),『全北地方의 古文書 (3)』, 全羅北道鄕土文化硏究會, 1995.
158)「壬辰年全羅道觀察使兼巡察使完文」(1832),『全北地方의 古文書 (3)』, 全羅北道鄕土文化硏究會, 1995.

6

맺음말

연안이씨는 조선초기에 서울에서 지례(知禮, 지금의 김천)로 이거하여 '영남 사람[嶺南人]'이 되었고, 그 일파가 함양을 거쳐 강진(康津)으로 이주하여 호남 사대부의 한 축을 이루었다. 종지(宗支) 관계에서 볼 때, 지례가 본종이라면 강진·해남·영암 등지에 세거했던 호남파는 지파에 해당한다. 본고의 주인공 인 이후백가(李後白家)가 바로 호남으로 이주한 지파이다.

그러나 호남파는 이후백(1520~1578)의 학자·관료적 두각에 힘입어 사림 의 명가로 성장하였고, 서인 기호학파를 자신들의 정치·학문적 좌표로 설정 하여 가(家)를 운영하였다. 학파를 정파의 모집단으로 전제할 때, 조선에서의 '학(學)'과 '정(政)'은 분리될 수 없었고, 그 일체성은 당쟁의 격화라는 정치적 환경 속에서 타자에 대한 '외면', '배격', '적대시'로 변태(變態)하게 된다. 서인 과 남인은 서로 스스로는 '군자(君子)'로 높이면서 상대는 '소인(小人)'으로 매 도하는 데 부심했고, 율곡(栗谷)·퇴계학(退溪學) 등 자신들의 연원이 되는 학 문체계에 대한 신봉을 넘어 수호자를 자처하는 단계에까지 이르게 되었다.

이런 상황에서 양자의 통섭의 가능성은 요원해졌지만, 그 대척 속에서도 시대적 경향과는 일정하게 다른 행보를 보여 준 집안이 바로 강진에 본거를 두고 있었던 이후백가였다. 그들은 무후하여 입양의 필요성이 대두되면 영남 본종에서 양자를 맞으려 했고, 그것이 종손 계통일수록 더욱 영남 집착 현상을 보였다. 그 입양의 대상이 그들과 정치적으로 대척점에 있었던 남인의 영수 허목(許穆)의 학문적 계승자라 할지라도 개의치 않았다. 상식과 인정(人情)의 영역에서 볼 때, 본종에서 입양하는 것은 별론(別論)·특서(特書)의 대상조차 될 수 없음에도 이것이 현안으로 대두되는 것은 조선 사회에 만연했던 정치·이념적 연막 때문일 것이다.

또한 이후백의 자손들은 기호학파에 속했음에도 퇴계학(退溪學)에 대한 학습에 주저함이 없었다. 오히려 그들은 퇴계학의 수용을 통해 지적 갈증을 해소하고, 학문적 외연을 확장하려 했다. 이를 위해 퇴계학 관련 서적을 백방으로 수소문했고, 그 책을 구하면 형제가 머리를 맞대고 앉아 탐독하며 토론했다. 학문의 영역에서 볼 때, 이들의 행동은 지극히 정상적인 행위이자 태도였지만 조선을 아는 우리 눈에는 매우 낯선 풍경으로 착상된다.

이렇듯 이후백가에는 종족·학문적 통섭의 분위기가 조성되어 있었고, 이것의 가학 및 가풍화는 고질화되어 있었던 조선후기의 사회적 병폐를 치유하는 하나의 시약(試藥)으로서 손색이 없었다. 하지만 그것의 확장성을 가로막은 것은 정치였다. 경종 연간 최대의 정치적 사건인 신임사화(辛壬士禍)는 그동안 일가를 감쌌던 통섭의 조짐을 남김없이 걷어 버렸고, 그들은 평범한 서인(노론)으로 회귀하였다. 그 조짐의 지움이 양질의 가적(家的) 특색의 '자삭행위(自削行爲)'였음에도 그들은 그것을 정치적 의리의 실천이라 굳게 믿었다. '정(政)'은 곧 '정(正)'을 의미하며, 정(正)의 궁극적 지향은 막힌 곳을 뚫어 주는 데 있다. 그런데 조선의 '정(政)'은 잘 흐를 수 있는 물길조차 차단했던 것이다.

| 참고문헌 |

원전

『德川師友淵源錄』.

『陶山及門諸賢錄』.

『萬家譜』.

『宣祖實錄』; 『宣祖修正實錄』; 『光海君日記』; 『仁祖實錄』; 『孝宗實錄』; 『顯宗實錄』; 『顯宗改修實
　　錄』; 『肅宗實錄』; 『英祖實錄』; 『正祖實錄』; 『純祖實錄』.

『承政院日記』.

『燃藜室記述』.

『延安李氏世譜』(甲辰譜).

『日省錄』.

『全北地方의 古文書 (3)』.

姜沆, 『睡隱集』.

金萬英, 『南圃集』.

金壽恒, 『文谷集』.

金昌集, 『夢窩集』.

閔鼎重, 『老峯集』.

朴瀰, 『汾西集』.

朴世采, 『南溪集』.

白光勳, 『玉峯集』.

成海應, 『研經齋全集』.

宋秉璿, 『淵齋集』

宋時烈, 『宋子大全』.

宋浚吉, 『同春堂集』.

申翊全, 『東江遺集』.

沈喜壽, 『一松集』.

柳重教, 『省齋集』.

尹拯,『明齋遺稿』.

李健命,『寒圃齋集』.

李敬輿,『白江集』.

李明漢,『白州集』.

李民宬,『紫巖集』.

李碩臣,『何有堂集』.

李壽仁,『惺庵集』.

李裕元,『嘉梧藁略』.

李栽,『密菴集』.

李廷龜,『月沙集』.

李玄逸,『葛庵集』.

李好閔,『伍峯集』.

李滉,『退溪集』.

李後白,『靑蓮集』.

鄭蘊,『桐溪集』.

趙斗淳,『心庵遺稿』.

曹植,『南冥集』.

趙彭年,『溪陰集』.

許穆,『記言』.

許傳,『性齋集』.

洪良浩,『耳溪集』.

黃景源,『江漢集』.

논저

김경국, 「강진 원주이씨 白雲洞 別墅 정착과정 고찰」, 『민족문화연구』 81, 고려대 민족문화연구원, 2018.

김학수, 「葛庵 李玄逸 연구 ― 經世論과 學統關係를 중심으로」, 한국학중앙연구원 한국학대학원 석사학위논문, 1996.

김학수, 「'寒岡(鄭逑)神道碑銘' 改定論議와 그 의미」, 『朝鮮時代史學報』 42, 조선시대사학회, 2007.

김학수, 「月沙 李廷龜의 학문적 계통과 사림에서의 역할」, 『한국인물사연구』 16, 2011.

김학수, 「고문서를 통해 본 조선시대의 증시(贈諡) 행정」, 『고문서연구』 23, 한국고문서학회, 2013.

許捲洙, 『朝鮮後期 南人과 西人의 學問的 對立』, 法人文化社, 1993.